हिन्द पॉकेट बुक्स

एमेके

27 सितंबर 1924 को जन्मे चेक साहित्य के मील - स्तंभ जोसेफ़ पूरी दुनिया में एक लोकप्रिय साहित्यकार हैं। उन्होंने कायर (*Cowards*) लिखकर तहलका मचा दिया था। कम्युनिस्ट सरकार ने उस पर प्रतिबंध लगा दिया। यह इतना लोकप्रिय हुआ कि जब प्रतिबंध हटा तो उपन्यास हाथों-हाथ बिक गया। उन्होंने अपना अधिकांश जीवन कनाडा में बिताया, क्योंकि उनके अपने देश में उन पर प्रतिबंध लगा दिया गया तो वहां उनके लिए रहना मुश्किल हो गया था।

एमेके

चेक रिपब्लिक का सर्वश्रेष्ठ उपन्यास

एमेके : एक गाथा

तथा एक प्रसिद्ध कहानी *मास्टर जी*

जोसेफ़ श्कवोरेस्की

हिन्द पॉकेट बुक्स

पेंगुइन रैंडम हाउस इम्प्रिंट

हिन्द पॉकेट बुक्स

यूएसए | कनाडा | यूके | आयरलैंड | ऑस्ट्रेलिया | सिंगापुर
न्यू ज़ीलैंड | भारत | दक्षिण अफ्रीका | चीन

हिन्द पॉकेट बुक्स, पेंगुइन रैंडम हाउस ग्रुप ऑफ़ कम्पनीज़ का हिस्सा है,
जिसका पता global.penguinrandomhouse.com पर मिलेगा

पेंगुइन रैंडम हाउस इंडिया प्रा. लि.,
चौथी मंजिल, कैपिटल टावर -1, एम जी रोड,
गुड़गांव-122002, हरियाणा, भारत

पेंगुइन
रैंडम हाउस
इंडिया

प्रथम हिन्दी संस्करण हिन्द पॉकेट बुक्स द्वारा 2012 में प्रकाशित
यह संस्करण हिन्द पॉकेट बुक्स में पेंगुइन रैंडम हाउस द्वारा 2022 में प्रकाशित

10 9 8 7 6 5 4 3 2

ISBN 9789353492243

मुद्रकः रेप्रो इंडिया लिमिटेड

www.penguin.co.in

FSC www.fsc.org MIX Paper from responsible sources FSC® C047271

This is a legitimate digitally printed version of the book and therefore might not have certain extra finishing on the cover.

जोसेफ़ श्कवोरेस्की

1924-2012

परिचय

चेकोस्लोवाकिया अब बदल चुका है। अब वहां 'चेक' और 'स्लोवाक' गणराज्य हैं। मूल देश में पैदा हुए जोसेफ़ श्कवोरेस्की चेक गणराज्य के नागरिक तथा चेक भाषा और साहित्य के महान् साहित्यकार हैं। अविभाजित राज्य के समय में ही वह बहुत ही विवादास्पद बन गए थे।

विवाद का सबसे बड़ा कारण था उनका विश्व-विख्यात उपन्यास 'द कावर्ड्स' (1958)। इस उपन्यास ने पूरे देश में हंगामा खड़ा कर दिया था।

सरकारी तौर पर यह माना गया कि लेखक ने अपनी कृति में 1945 की क्रान्ति पर छींटाकशी की थी तथा स्वतंत्रता के लिए बनी रेड

आर्मी के प्रति भी कुछ वितृष्णा थी। इस पर घोर अपत्ति की गई। इतने बड़े लेखक के उपन्यास में इतनी भ्रान्तियां और ग़लत-सलत धारणाएं! नए सत्ताधारियों के गले यह सब उतरा नहीं। उन्होंने जोसेफ़ श्कवोरेस्की के इस उपन्यास पर तत्काल प्रतिबंध लगा दिया गया। मुख्य आरोप तो यही था कि लेखक ने लिब्रेशन आर्मी को ही 'मंगोलियन' क़रार दे दिया था। इस दृष्टि से लाल सेना बौड़म या मूर्ख हुई। भला क्रान्ति के लिए लड़ने वाले इसे बर्दाश्त कर सकते थे! जबकि जोसेफ़ स्वंय नस्लवादी बिल्कुल नहीं थे, फिर भी उनके साथ ऐसी सख़्ती की गई।

जोसेफ श्कवोरेस्की 1924 में जन्मे स्वस्थ, सुंदर और आकर्षक व्यकितत्व के धनी थे। उनकी बौद्धिक परम्परा विकास के शिखर छू रही थी और रचनाशीलता हमेशा ग़लत के खिलाफ़ खड़ी रही। उन पर अमरीकी लेखकों का प्रभाव था। ख़ासकर विलियम फ़ॉकनर का आवश्यकता से अधिक ही।

दिलचस्प बात तो यह है कि जब 'कावर्ड्स' पर से दो वर्ष पहले ही पाबंदी हटा ली गई, तो यह उपन्यास हाथों-हाथ बिक गया और विश्व-भर में चर्चित हो गया।

उन्होंने अनेक पुस्तकें लिखीं। इनमें 'रिफ़लेक्शन ऑफ ए डिटेक्टिव स्टोरी रीडर' और 'द लायन कब' उल्लेखनीय है।

'एमेके-लेजेंडा' तो उनकी ऐसी संगीतमय और रूहानी कथा-रचना है, जिस पर स्वंय लेखक ही मोहित हैं। 'एमेके' का विश्व की 20 भाषाओं में अनुवाद हो चुका है और ख़ूब ही चर्चा हुई है। इसका अनुवाद सीधे चेक भाषा से किया है हिन्दी के प्रख्यात कथाकार निर्मल वर्मा ने।

नाखोद शहर में जन्मे श्कवोरेस्की को जैज़ का नशा सवार था। पागलों की तरह बिग-बैंड बजाते थे, जबकि अमरीका की संगीत रचनाओं पर पाबंदी थी। जर्मन की गुलामी के दिन थे वे, जब जोसेफ़ श्कवोरेस्की बड़े हो रहे थे तथा घर, बाहर, समाज और देश को भी समझ रहे थे। 'कावर्ड्स' की पाबंदी से उन्हें बहुत नुक़सान हुआ। यहां तक कि 'विश्व-साहित्य पत्रिका' के सम्पादक मण्डल की नौकरी से भी हाथ धोना पड़ा।

इस बीच वह अनुवाद करते रहे। विलियम फॉकनर की 'ए फ़ेबल', अर्नेस्ट हैमिंगवे की 'फ़ेयरवेल टु आर्म्स' तथा हैनरी जेम्स की 'द एसपर्न पेपर्स' जैसी महान् कृतियों का अनुवाद करते हुए एक विशेष आनंद में डूबते चले गए।

'कावर्ड्स' आत्म-कथात्मक उपन्यास है। 1945 की क्रान्ति थी। लड़ाई समाप्त हो चुकी थी। एक छात्र दीवानों की तरह सैक्सोफ़ोन बजाया करता था। उसने अपनी आंखों से वह क्रान्ति देखी थी और सिर्फ़ उसी का वर्णन-भर था, जिस पर इतना तूफ़ान मचा।

फिर यह 'एमेके'। दो वर्ष तक जोसेफ़ इसे अपने मस्तिष्क में पालते-पोसते रहे और जब 'एमेके' गाथा बन गई, तब उसने जन्म लिया और किसी गाथा की तरह ही उसकी ख्याति दूर-दूर तक फैलती चली गई।

□

कथा-क्रम

मेरा यह उपन्यास

अपनी एक कहानी में विलियम फॉकनर ने कहा है, "जो कुछ कर सकते हैं, करते हैं। जो नहीं कर सकते, वे उसके बारे में लिखते हैं।"

मैं हूबहू इसी ढंग से साहित्य में दाख़िल हुआ। जब मैं छोटा था, मुझ पर जैज़ का नशा सवार हो गया, उन दिनों जैज़ का मतवालापन कुछ वैसा ही था, जैसे आजकल बीट म्यूज़िक का नशा है।

नाखोद शहर (जहां 1924 में मेरा जन्म हुआ) के जिमनेज़ियम में हम छात्रों का एक 'बिग बैंड' था और हम पागलों की तरह अमरीकी स्विंग-संगीत बजाया करते थे। हम इस संगीत के लिए ख़ुद अपनी रचनाएँ तैयार करते थे, क्योंकि उन दिनों अमरीकी संगीत-रचनाओं पर पाबन्दी थी। मैं जर्मन आधिपत्य के दिनों में बड़ा हुआ था।

मेरी बड़ी तमन्ना थी कि मैं सैक्सोफ़ोनिस्ट बनूं, लेकिन मेरी प्रतिभा सिर्फ़ इतनी थी कि मैं महज़ एक शौक़िया सैक्सोफ़ोनिस्ट ही बन सकता था, उससे ज़्यादा कुछ नहीं। इसीलिए फॉकनर के कथानुसार

मैंने जैज़ के बारे में लिखना शुरू कर दिया।

मेरा प्रथम आत्म-कथात्मक उपन्यास 'कायर' मई, 1945 की क्रांति के बारे में था, जब लड़ाई ख़त्म हुई थी। एक छात्र सैक्सोफ़ोनिस्ट की आँखों देखी क्रांति का विवरण, बस इतना ही।

किन्तु स्तालिनवादी-युग में ऐसी घटनाओं को सिर्फ़ अफ़सरी, साहित्यिक चौखटे के भीतर ही व्यक्त किया जा सकता था। इसलिए जब 1958 में (लेखन के दस वर्ष बाद) उपन्यास प्रकाशित हुआ, साहित्य-आलोचकों ने उसे लेकर एक भयानक स्कैण्डल खड़ा कर दिया। परिणामस्वरूप मुझे 'विश्व साहित्य पत्रिका' के सम्पादक-मण्डल से अच्छी-ख़ासी नौकरी छोड़नी पड़ी, किन्तु यही स्कैण्डल उपन्यास की विज्ञापनबाज़ी का साधान भी बन गया।

कुछ अरसे बाद कट्टर आलोचकों की उत्तेजना ठंडी पड़ गई। इस बीच मैं अनुवाद करता रहा (ए फ़ेबल –फॉकनर, फ़ेयरवेल टु आर्म्स-हैमिंगवे, द एसपर्न पेपर्स–हैनरी जेम्स आदि)। कुछ दिनों बाद मुझे अपनी रचनाएँ प्रकाशित करने की भी आज़ादी मिल गई। जैज़ की बूंद मेरी हर पुस्तक में है और जैसा आप देखेंगे 'एमेके: एक गाथा' भी उससे पूरी तरह मुक्त नहीं है।

'एमेके : एक गाथा' मेरी सबसे प्रिय साहित्यिक-सन्तान है। (दुर्भाग्यवश मेरी और कोई सन्तान नहीं है)। जन्म लेने से पूर्व वह दो वर्ष तक मेरे भीतर पकती रही। मेरे विचारों में उसका सन्देश और उसकी कविता

में मेरी स्मृतियाँ।

पाठकों की गोष्ठियों में अक्सर मुझसे यह प्रश्न पूछा जाता है, महज़ उत्सुकतावश कि क्या एमेके, सम्पादक और मास्टर महज़ कहानी के काल्पनिक पात्र हैं, या वे जीते-जागते सचमुच के लोग थे। ज़ाहिर है, इस 'त्रिमूर्ति' के अस्तित्व से मैं इनकार नहीं करुँगा। किताब के बाहर भी कहानी का अपना यथार्थ रहता है, किन्तु किताब की कहानी 'असली' कहानी की पार्थिवता से मुक्त हो जाती है। शब्दों के जादू से ख़ुद यथार्य जादुई हो जाता है। सम्भव है, 'एमेके' इतनी आकर्षक नहीं थी, मास्टर इतना ख़राब नहीं था और सम्पादक इतना सिनिक नहीं था। गाथा के 'लघु विश्व' में हर चीज़ सम्पूर्णता-एबसोल्यूट की तरफ़ अग्रसर होती है, वरना वह गाथा नहीं रह पाती, वरना 'एमेके' का अस्तित्व ही न रहता, वरना यह यथार्थवाद होता, सत्य नहीं।

यह बहुत कम है, क्योंकि एक तो मैं अपने बारे में, या अपनी रचनाओं के बारे में ज़्यादा लिखना पसन्द नहीं करता। दूसरे, जो इस भूमिका में मैंने लिखा है, महत्त्वपूर्ण बातें उसमें लगभग आ गई हैं और तीसरे, 'एमेके' की गाथा के बारे में पढ़ने की अपेक्षा ख़ुद 'एमेके: एक गाथा' पढ़ना शायद ज़्यादा बेहतर होगा।

जोसेफ़ श्कवोरेस्की

एमेके

कहीं कहानी घटती है, गुम हो जाती है और कोई उसे सुनाता नहीं, फिर कहीं आदमी जीता है, बेमानी तपती दोपहरों के बाद क्रिसमस के दिन आते हैं, आदमी मर जाता है और सिमिट्री में नये नाम की तख़्ती लगा दी जाती है। दो-तीन व्यक्ति—पति, भाई या माँ कुछ वर्षों तक उस कहानी की रोशनी अपने भीतर थामे रहते हैं और फिर वे भी मर जाते हैं। बच्चों के लिए वह घटना एक पुरानी फिल्म है, जिसमें हर चेहरा एक धुंधला धब्बा-सा दिखाई देता है। पोतों-पड़पोतों को तो उस घटना के बारे में कुछ मालूम ही नहीं होता और बाकी लोग उसे बहुत जल्द भुला देते हैं। आदमी के बाद कुछ भी नहीं रहता—न नाम, न स्मृति, न ख़ालीपन। कुछ भी नहीं।

किन्तु रिक्रियेशन सेण्टर की वह इमारत, जो शायद पहले कभी होटल या गेस्ट-हाउस या कस्बाती धर्मशाला रह चुकी होगी, आज भी ज्यों की त्यों खड़ी है। अपनी दीवारों के भीतर उसने दो व्यक्तियों की मूर्खतापूर्ण गाथा छिपा रखी है.... और शायद आज भी डांसिंग-हॉल या पिंगपांग के टेबल के आसपास उन दोनों की छायाएँ देखी जा सकती हैं, उन पुराने, उजाड़ मकानों के भीतर भटकती प्रेतात्माओं की तरह, जो अपने भीतर चन्द मृत

मानवीय विचारों को हमेशा के लिए कैद कर लेती हूं और जिन्हें अपनी जगह से सौ, पाँच सौ, हज़ार वर्ष या शायद चिरंतन काल तक नहीं हटाया जा सकता।

उन कमरों की ढलवाँ छत थी, खिड़कियाँ फर्श से बहुत ज़्यादा ऊँची थीं और उनमें से बाहर की कोई चीज़ नहीं दिखाई देती थी, जब तक मेज़ को दीवार से सटाकर और उस पर खड़े होकर बाहर न झाँका जाए।

वह हमारी पहली रात थी, गर्म, अगस्त की रात। बाहर खिड़की के नीचे यासीन और लीपा सुदूर समुद्र की लहरों की तरह सरसरा रहे थे और भींतर घास और झींगुरों और लीपा के फूलों और सिगरेटों की रात्रि-गन्ध बह आती थी; और संगीत, जिप्सियों का संगीत, ग्लेन मिलर का 'इन द मूड' लड़खड़ाती जिप्सी लय के साथ और उसके बाद दीन्हा और उसके बाद सेन्ट लुइंस ब्लूस। ऑर्केस्ट्रा भी जिप्सियों का था, दो वायलिन, वास, सिम्बल लेकिन बूगी-बूगी नहीं, सिर्फ़ जिप्सियों की डोलती फड़कन, ब्लूस और वह भी जिप्सी लय के साथ।

और तब उस रात वह मास्टर मुझसे औरतों के बारे में बातचीत करने लगा। वह अंधेरे में बिस्तर पर बैठा था और खंखारती आवाज़ में बोल रहा था। औरतों के साथ मेरे किस किस्म के अनुभव रहे हैं, वह इस बारे में मेरे भेदों को कुरेदने की कोशिश कर रहा था। मैंने उससे कहा कि क्रिसमस से पहले मेरी शादी हो रही है। मैंने उससे यह भी कहा कि मैं एक विधवा से शादी कर रहा हूं....विधवा का नाम इरेना था, किन्तु मन ही मन में मार्गरेता के बारे में सोच रहा था, जिसके पति ने मुझे धमकी दी थी कि अगर उसने मुझे दोबारा लिबन्य के इलाके या लिबन्य के मेले में मार्गरेता के साथ देखा, तो मेरी हड्डी-पसली बराबर कर देगा। मार्गरेता की नाक मिट्टी के उस बौने की नाक की तरह लाल-सुर्ख थी, जिसका पुतला उस रिक्रियेशन-सेण्टर या होटल या धर्मशाला (कुछ भी कह लीजिए) के वीरान, उजड़े बगीचे में खड़ा दिखाई देता था।

बाद में ख़ुद मास्टर मुझे औरतों के बारे में ऐसे किस्से सुनाने लगा, जिनके हर शब्द से गन्दगी और अश्लीलता की दुर्गन्ध आती थी। लगता था जैसे उसके खरगोशी दिमाग और मुंह से बूंद-बूंद गलाज़त टपक रही हो। उसकी बातों ने मुझे काफी उद्विग्न-सा कर दिया। मुझे ऐसा महसूस हुआ, मानो उस गँवई-गाँव के मास्टर के रेगिस्तान से मृत्यु अपनी अँगुलियाँ उठाकर मुझे छू रही हो। उसकी उम्र पचास वर्ष की थी, एक पत्नी थी, तीन बच्चे थे।

और वह मुझसे औरतों, और स्कूल की जवान मास्टरनियों के साथ अपने यौन-सम्बन्धों के क़िस्से बघार रहा था। ये मास्टरनियाँ ऐसी लड़कियाँ थीं, जिन्हें अपनी माँ और घर-बार को छोड़कर सिर्फ़ दो फटे-पुराने सूटकेसों के साथ ईश्वर ही जाने कहाँ दूर पहाड़ों या सीमान्त प्रान्तों या गाँवों में शरण लेनी पड़ी थी। जहाँ सिनेमा या रेस्तराँ कुछ भी नहीं था, सिर्फ़ इक्का-दुक्का लकड़हारे, इने-गिने जिप्सी, या बाहर के ऐसे लोग, जिन्हें तरह-तरह की योजना या ख़्वाब या अपने भीतर की कचोटती आत्मा यहाँ खींच लाई थी।

महज़ एक उजड़ा हुआ गिरजा और राष्ट्रीय कमेटी का अध्यक्ष, जो जिन्दगी-भर खेतिहर मज़दूर रह चुका था और जिसके रक्त में उन अनेक पीढ़ियों का पैतृक विद्रोह भरा था, जो ख़ून-पसीना बहाकर जमीन जोतते थे, लेकिन जिनकी अपनी कोई जमीन नहीं थी, क्रान्ति के बाद ज़मीन की पुरानी भूख उन्हें यहाँ घसीट लाई थी, अब वे अपनी ज़मीन के मालिक थे, किन्तु उन्हें पहले ही की तरह जी तोड़कर काम करना पड़ता था।

इन लोगों के बीच यह मास्टर, जिसे वॉयलन बजाना आता था और जो कारेल हिनेक माखा, स्मेतना और फ़िबीरव जैसे शब्दों से परिचित था, और वे ऐसे शब्द थे जिनमें भोली लड़कियाँ अपने देशभक्ति के आदर्श ढूंढती थीं, यूं भी ट्रेनिंग-स्कूल की लड़कियाँ अपने अध्यापन के पेशे को सबसे अधिक कवितापूर्ण और आदर्शमय मानती हैं और इस मास्टर की

अपनी पत्नी थी और (उन दिनों) उसके तीन बच्चे थे और उम्र चालीस वर्ष की थी और वह कहता था कि वह उससे प्रेम करता है, मास्टराना ख़ुश दस्तख़तों में उसे पत्र और कविताएँ लिखता था (मास्टर के पास इस काम के लिए अज्ञात कवियों के प्रेम-पत्रों और प्रेम-कविताओं का एक संकलन था, जो हमेशा उसकी तात्कालिक ज़रूरतों को पूरा कर देता था); और सुबह स्कूल के सामने वह फूलों का गुच्छा लिए उसकी बाट जोहती थी और उसकी बातें सुनती थी, गाँव के पिछवाड़े चीड़ों के जंगल में लुक-छिपकर उससे मिला करती थी, जहाँ नंगी पहाड़ी के आर-पार ख़त्म होती गर्मियों की हवा चलती रहती और शहर धीरे-धीरे ठंडा होने लगता, गिरजे की बुर्जियाँ कटे-फटे, पीछे आकाश पर चुभती हुई-सी दिखाई देतीं, जहाँ पतझर के बादल लोहे के थैलों-से फैले रहते।

बाद में एक दिन वह सहमत हो गई और उसे अपने कमरे में ले गई और मास्टर ने अपनी बात जारी रखते हुए मुझसे कहा, "कमरे में मुझे लाकर कहने लगी कि यहाँ रोशनी बहुत है, कि उसे शर्म आ रही है, वहाँ उस कमरे में सिर्फ़ तार पर बिजली का नया बल्ब झूल रहा था, कोई शेड नहीं, कुछ भी नहीं और तब मैंने अपनी नीली पतलून उतारकर उस बल्ब पर लटका दी और कमरे में कुछ उस तरह का धुंधला-सा अंधेरा हो गया, जैसा लड़ाई के दिनों में ट्रामों में ब्लैक-आउट के समय कर दिया जाता था और फिर मैंने उसके साथ किया...."

वह मास्टर सचमुच मौत के नीचे दबा था और उसकी जिन्दगी की शून्यता मुझे घेरने लगी। मुझे लगा कि उसकी जिन्दगी उतनी ही शून्य और ख़ाली है, जितनी किसी चूहे की, या खेत के कव्वे की या उस वन-मानुस की जो चिड़ियाघर के कांटेदार पिंजरे में बन्द रहता है, टिन के फ़र्श पर इधर-उधर चहलकदमी करता है, नथुनों को फुलाकर हाँफता है, खाता है, संभोग करता है। एक हास्यास्पद जानवर जो हूबहू जानवरी कानूनों के अनुसार जिन्दगी बसर करता है, किन्तु यह मास्टर आदमी था, अध्यापकों की पुरानी परम्पराओं का उत्तराधिकारी जो एक ज़माने

में अपने साथ किताबें, संगीत, सौंदर्य और दर्शन इन उजड़े पहाड़ी प्रान्तों और गांवों में लाए थे, एक ऐसी औरत का पति जो किसी दूसरे क़स्बे में अकेली रहा करती थी, तीन बच्चों का बाप, जो खेत के चूहे या चिड़ियाघर के जानवर के कानूनों के मुताबिक़ ज़िन्दगी जी रहा था।

उस लड़की (मास्टरानी नहीं, यहाँ मैं उस लड़की की बात कर रहा हूं, जो पहले दिन डायनिंग-हॉल में हमारी मेज़ के पास ही बैठी थी और सांस्कृतिक कार्यकर्ता के भाषण को सुन रही थी) उस लड़की का डील-डौल एक नर्तकी का-सा था। लैम्प-पोस्ट की तरह पतली-छरहरी, लड़कों की-सी कमर और कंधे जैसे नाजुक शीशे के हों और वक्षस्थल, उन कलात्मक मूर्तियों के वक्षों की मानिन्द, जो युवा देह की सन्तुलित रूपरेखा को भंग नहीं करते, और बादामी मदिर आँखें; जले हुए चारकोल की तरह स्याह और जिप्सियों के से काले बाल, संगमरमर की तरह चमकीले।

उस दिन हम सब लोग पिकनिक पर गए थे और मैं उस लड़की के साथ चल रहा था। हम मारिया ताल नाम के एक पवित्र स्थान पर गए थे। बहुत अर्सा पहले समूचे आस्ट्रिया-हंगरी या शायद समूचे यूरोप के धार्मिक लोग यहाँ तीर्थयात्रा करने आते थे। एक जंगली घाटी, जो अब वीरान और उपेक्षित पड़ी थी।

उस लड़की के साथ चलते हुए मैं बहुत झेंप रहा था और बातचीत का हर विषय मुझे काफ़ी बेतुका और बेकार-सा जान पड़ रहा था। ऐसी मामूली चीज़ों के बारे में उससे बात करना नामुमकिन था, जहाँ शब्द कोई मानी नहीं रखते या उतने ही मानी रखते हैं, जितनी मुर्ग़ी की कुकड़ू-कूं, या पेड़ पर बैठे उल्लू की टिटियाहट, जो अपनी मादा का ध्यान आकर्षित करने की कोशिश करता है। मुझे लगा कि अगर उससे बातचीत हो सकती है, तो सिर्फ़ विचारों के बारे में। वह उन लड़कियों में नहीं थी, जिनसे कॉफ़ी हाउस में कोई आदमी निधड़क पूछ सकता है, 'मिस....क्या आप मेरे साथ नाचेंगी?' और बाद

में इधर-उधर की बातें, ऑर्केस्ट्रा बहुत अच्छा बजा रहे हैं, आपकी पोशाकं बहुत सुन्दर है, क्या मैं आपका टेलीफोन-नम्बर जान सकता हूं? और दूसरे दिन उसे फ़ोन पर बुलाना, हो सकता है, वह न आए, हो सकता है वह आपसे मिलना पसन्द करे आप उसे दुबारा नाच के लिए आमंत्रित करें और फिर उससे ज़्यादा बातचीत करना जरूरी नहीं।

आपकी सफलता बस सिर्फ़ इस बात पर निर्भर करेगी कि आपके पास अपना कोई कमरा है, या कम-से-कम ऐसी भली-मानस लैंड-लेडी, जो अपना मुंह बन्द रखेगी और अगर कुछ भी नहीं, तो कम-से-कम इतने पैसे ज़रूर होने चाहिए कि आप होटल में एक रात के लिए दो कमरे किराए पर ले सकें, लेकिन यह लड़की बहुत गहरी थी और कहीं उसने आत्मा की गहराई में अपने जीवन की फ़िलासफ़ी छिपा रखी थी और उसके निकट आने के लिए उससे इस फ़िलासफ़ी के बारे में बात करना ज़रूरी था। मास्टर इस चीज़ को बिल्कुल नहीं समझ सका। उसे अपनी ओर आकर्षित करने के लिए वह अपने पुराने, घिसे-पिटे नुस्ख़े आज़माने लगा। उसे हँसाने के लिए वह कभी ज़ोर-ज़ोर से चीख़ने लगता। बीच-बीच में कभी कोई फड़कता हुआ अश्लील शब्द इस्तेमाल करता। डांसिंग-हॉल में बातचीत करने के जो फूहड़ फार्मूले सिखाए जाते हैं, उन्हें अंधाधुंध दुहराता, गाँवों और क़स्बों की रुचिहीन ठिठोलियाँ या ऐसे बंधे-बंधाए काइयाँ प्रश्न, जो हमेशा लड़कियों से बंधे-बंधाए उत्तरों या वाक्यों की अपेक्षा रखते हैं, कुछ-कुछ पादरी और मिनिस्टर के डायलॉगों की तरह, एक ऐसी बात-चीत, जिसके पीछे हमेशा ही कुछ ख़ास क़िस्म के सेक्सुअल संकेत और मंत्र छिपे रहते हैं।

किन्तु उस लड़की ने कभी कोई घिसा-पिटा जवाब नहीं दिया। वह चुप रहती थी और सिर्फ़ हेय ('हाँ' की जगह वह हेय कहती थी। वह हंगेरियन थी और चेक नहीं जानती थी। एक ख़ास तरह की भाषा बोलती थी, जिसमें हंगेरियन, स्लोवाक और जिप्सी भाषाओं के शब्द मिले-जुले रहते थे) या नहीं में जवाब देती थी।

शीघ्र ही मास्टर के सब करतब और फ़ार्मूले चुक गए। वह चुप हो गया। सड़क के किनारे से घास का एक तिनका उखाड़कर अपने मुंह में दबा लिया और उसे दाँतों के बीच चबाता हुआ चुपचाप आगे-आगे चलने लगा।

इतने में ही एक बड़ी-सी मक्खी हमें रास्ते पर उड़ती दिखाई दी और तब मैंने उस लड़की से पूछा कि क्या उसे मालूम है कि एक ज़माने में इन मक्खियों के लगभग पौने मीटर लम्बे पंख हुआ करते थे।

उसने विस्मय-भरे स्वर में कहा कि शायद यह सम्भव नहीं हो सकता।

और मैं उसे प्राणिशास्त्र के सिद्धान्तों और डार्विन के बारे में और दुनिया के विकास के बारे में, प्रकृति की अंधी और अनिवार्य प्रक्रियाओं के बारे में समझाने लगा, जहाँ ताक़तवर जीव कमज़ोर जीवों को अपना आहार बनाते हैं और कुछ जानवर सिर्फ़ इसलिए पैदा होते हैं कि अपना खाद्य ढूंढ सकें। बच्चे जनने के तुरन्त बाद वे मर जाते हैं, उनके अस्तित्व का कोई और उद्देश्य नहीं। दरअसल 'उद्देश्य' महज़ आदमी के मस्तिष्क की उपज है, वरना जहाँ तक प्रकृति का सवाल है, वह तो कारण-कार्य की लौह ज़ंजीर के अलावा कुछ भी नहीं। उसमें किसी रंगीन, अर्थसंगत रहस्यमय जीवन-दर्शन के सूत्रों को ढूंढ़ना बेकार है।

उसने मेरी बात सुनी और कुछ देर बाद कहा कि मेरी बात में सच्चाई नहीं है, कि प्रकृति का कोई उद्देश्य अवश्य है और ज़िन्दगी का भी.....

'कैसा उद्देश्य?' मैंने पूछा।

और उसने कहा 'ईश्वर।'

और तब मास्टर ने कहा, "अरे छोड़ो भी," और फिर उसने लड़की से कहा, "क्या बियर पीने की इच्छा नहीं है? बेहद उमस है, जैसी गर्मी की छुट्टियों में होती है।"

किन्तु उसने सिर हिलाकर मना कर दिया।

और तब मैंने पूछा, "क्या आप ईश्वर में विश्वास करती हैं?"

"हाँ, करती हूं।" उसने कहा।

और मैंने कहा, "ईश्वर नहीं है.....अगर होता, तो बहुत सुन्दर बात होती, लेकिन वह है नहीं।"

"आप अभी उसके काबिल नहीं बने," उसने कहा, "आप अभी सिर्फ़ दैहिक जीव हैं, अभी मुकम्मल नहीं हैं, लेकिन एक दिन आप उसके काबिल बन जाएंगे।"

"मैं नास्तिक हूं।" मैंने कहा।

"मैं भी नास्तिक थी," उसने कहा, "लेकिन मैं समझ गई। मैं जान गई, सत्य क्या होता है।"

"कैसे जान गईं?" मैंने तनिक व्यंग्यात्मक स्वर में पूछा, क्योंकि वह नर्तकी की तरह सुडौल-छरहरी थी और ऐसी लड़कियां चाहे गिरजे में घुटने टेकती हों, क्रॉस बनाती हों, ईश्वर में विश्वास नहीं करतीं। प्रश्न विश्वास करने-न करने का उठता ही नहीं, क्योंकि वे उसके बारे में ज़्यादा सोचती नहीं। उनके लिए वह सिर्फ़ अन्धविश्वास है।

"जब मेरा विवाह हुआ...." लड़की ने कहा।

और मास्टर जो अब एक नया तिनका चबाता हुआ गुमसुम चल रहा था, सहसा अपनी विमूढ़ निद्रा से जागकर बोला, "अच्छा, आप विवाहित हैं?"

"नहीं," उसने कहा, "मैं विधवा हूं, लेकिन विवाह के बाद मैं ईश्वर में विश्वास करना सीख गई।"

"आपके पति धार्मिक पुरुष रहे होंगे?" मैंने पूछा।

उसने सिर हिलाया, "नहीं, वह बहुत दैहिक क़िस्म का आदमी था। उसमें आध्यात्मिक कुछ भी नहीं था।"

"अच्छा, तो आप जवान विधवा हैं, क्यों?" मास्टर ने कहा, "दुबारा शादी करने का ख्याल है?"

"नहीं।" एमेके ने कहा, उसका नाम एमेके था, हंगेरियन जो थी। उसका पिता डाकख़ाने में क्लर्क था। दक्षिणी स्लोवाकिया पर जर्मनों का कब्ज़ा हो जाने के बाद उसका तबादला कोशित्से शहर में हो गया, जहाँ उसकी नियुक्ति, पोस्ट-मास्टर की जगह हुई। ज़िन्दगी-भर जिस सुखी-सम्पन्न कैरियर की तमन्ना थी, वह आखिर पूरी हुई और वह एक संभ्रांत, भद्र व्यक्ति की तरह रहने लगा। एक पियानो, बढ़िया स्कूल में लड़की का दाख़िला, घर में फ्रेंच पढ़ाने के लिए एक ट्यूटर।

"मैं अब कभी शादी नहीं करूँगी।" उसने कहा

"आपने ऐसा निर्णय क्यों लिया?" मैंने पूछा।

"क्योंकि अब मैं जान गई हूँ कि ज़िन्दगी का लक्ष्य बहुत ऊँचा है," उसने कहा, "आपने अभी मुझसे कहा था कि समूची दुनिया का विकास महज़ कार्य और कारण का अर्थहीन चक्कर है और उसका कोई उद्देश्य नहीं। आपको सिर्फ़ ऐसा लगता है, सच यह नहीं है। मैं उसमें उद्देश्य देखती हूं, जो आपको दिखाई नहीं देता।"

"कैसा उद्देश्य?" मैंने पूछा।

"सब कुछ ईश्वर की दिशा में अग्रसर है," उसने कहा, "उसमें लीन होने के लिए.....हर जीवित प्राणी का यही उद्देश्य है; और कुछ नहीं।"

आस्तिकों और नास्तिकों के बीच कोई समझौता नहीं है। उनके बीच एक लोहे की दीवार खड़ी है, जिस पर हर तर्क टकराकर लंगड़ाने लगता है। मैंने उसे समझाने की भरसक कोशिश की कि हर चीज़ में 'उद्देश्य' खोजने की आदत मनुष्य में है, जो वह प्रकृति के अन्धे और अर्थहीन चलन पर थोपने की चेष्टा करता है। इस मनुष्य-केन्द्रित-एन्थ्रोपोमोरफ़िक दर्शन से ही आप इस नतीजे पर पहुंची हैं कि हमारे हर कार्य का कोई उद्देश्य है। हम भोजन पकाते हैं, ताकि हम उसे खा सकें, हम रिक्रियेशन-सेन्टर में आए हैं, ताकि अपनी थकान मिटा सकें, हम

रोज दाँत मांजते हैं, ताकि वे खराब न हों और हम अपना तर्क प्रकृति पर भी थोपने की कोशिश करते हैं, क्योंकि उसमें किसी 'उद्देश्य' का अभाव हमें खटकता है।

लेकिन वह मेरे सब तर्कों और प्रमाणों पर सिर्फ़ मुस्कराती रही और मेरे भीतर एक लाचार-सा गुस्सा भर आया (वह खराब गुस्सा नहीं था, सिर्फ़ बेबसी-भरा गुस्सा था कि मैं उसे इतने स्पष्ट सत्यों के बारे में भी सहमत नहीं करवा सकता। उसमें एक अजीब क़िस्म की क्षमता या अक्षमता थी, तर्क से परे जो हर सबूत को ठुकरा देती थी)।

एक अलौकिक-सी मुस्कान के साथ बहुत कोमल और शान्त स्वर में उसने सिर्फ़ इतना कहा, "आप कुछ नहीं, सिर्फ़ दैहिक प्राणी हैं, आप अभी अपूर्ण हैं।"

इस पर मैंने उससे पूछा कि क्या वह मेरे प्रति घृणा का हिक़ारत का भाव नहीं रखती, क्योंकि मैं नास्तिक हूं।

और तब उसने सिर हिलाकर कहा, "नहीं, मैं आप पर सिर्फ़ अफ़सोस करती हूं।"

"क्यों?" मैंने पूछा।

"क्योंकि पूर्ण बनने के लिए आपको अभी अनेक ज़िन्दगियाँ भुगतनी होंगी..."

"अनेक ज़िन्दगियाँ?" मैंने पूछा।

"हाँ,' एमेके ने कहा, "क्योंकि सत्य को ठीक-ठीक पहचानने के लिए आपको आध्यात्मिक आदमी बनना होगा।"

"मिस, आप दूसरे जन्म में विश्वास करती हैं?" मास्टर ने पूछा।

"आप कुछ भी कह लीजिए, शब्दों से फ़र्क़ नहीं पड़ता, ईश्वर भी मत कहिए.....लेकिन सत्य को जानना जरूरी है।" उसने कहा।

इस बीच हम 'मारिया ताल' की पहाड़ी-घाटी में पहुंच चुके थे, जहाँ सफ़ेद गिरजा खड़ा था। चौड़ी सड़क से दोनों ओर तीर्थयात्रियों की उजाड़ झोंपड़ियाँ दिखाई देती थीं, चंदन की लकड़ी की सुगंध आ रही थी। सड़क के किनारे ख़ाली ठेले थे, जिन पर किसी ज़माने में मेले के दिनों में चीज़ों की भरमार दिखाई देती थी–धार्मिक चित्र, पवित्र रोटी से बनाए गए हृदय-बिम्ब, लकड़ी के फ्रेम में झूलते हुए काले-पीले और लाल गुलाब के फूल, जंजीरों पर लटकती हुई सोने की मैडोनाएँ, पवित्र जल के बर्तन, दिन के बने सलीब, ईसा मसीह की तस्वीर। किसानों की झोपड़ियों की दीवारें ऐसी चीज़ों से भरी दिखाई देतीं, 'मारिया ताल' की वर्जिन मेरी की तस्वीर, पूजा की मोमबत्तियाँ और दूसरी सामग्री।

बग़ल में ही तुर्की शहद की दुकानें थीं, जहां एक आदमी सिर पर फ़ैज़ टोपी पहने और गले में सफ़ेद एप्रन लटकाए बड़ी दक्षता से चाकू से चिपचिपे, मीठे शहद को काट-काट कर तराजू में तोलता था और कुछ दूर पर कपड़ों के स्टॉल, सूती जुराबों, काँच के आभूषणों और धार्मिक चित्रों की दुकानें....। और ग्रामीण लोगों की भीड़ जो काले कपड़े और काली टोपियाँ पहनकर वहाँ आते थे और लाल रूमालों से अपने चेहरे का पसीना पोंछते थे। लम्बा रास्ता पार करने के कारण उनके काले फ़ीतों वाले जूते धूल में सने होते थे और इतवार की सफेद

पोशाक में सजी-बनी बूढ़ी दादियाँ और थके माँदे बच्चे और थके-माँदे नवविवाहित जोड़े, जो अपने वैवाहिक जीवन की सफलता या संतान पाने की कामना से यहाँ प्रार्थना करने आते थे और बूढ़े-बूढ़ियाँ, जिनकी एकमात्र अभिलाषा यह थी कि शुभ घड़ी में उनकी मृत्यु आ सके।

गिरजे से ऑर्गन संगीत की ध्वनि और तीर्थयात्रियों का गायन-स्वर सुनाई देता था और फिर वह रास्ता ऊपर जंगलों की तरफ़ मुड़ जाता था, जिसके दोनों तरफ़ सफ़ेद छोटे-छोटे चेपल थे, जहाँ लकड़ी के बने ऑल्टरों पर सन्तों की जीवन झाँकियाँ चित्रित की गई थीं, किन्तु जिनके रंग अब फीके और धूमिल पड़ गए थे, पहाड़ की कड़ी हवाओं और बारिश ने उन्हें जर्जरित कर डाला था।

इन्हीं में से एक चेपल की सीढ़ियों पर हमारे 'रिक्रियेशन-सेण्टर' के सांस्कृतिक गाइड खड़े हो गए। उन्होंने निकर पहन रखी थी और उनकी नंगी टाँगों के घने बाल मकड़ी के जालों से दिखाई देते थे। (इन गाइड महोदय ने पहली शाम हमारे सांस्कृतिक कार्यक्रम के बारे में रिपोर्ट पढ़ी थी, किन्तु दूसरे दिन सारी शाम शराब में धुत रहे, तीसरे दिन बिस्तर पर जमे रहे। और अन्तिम दिन विदाई की शाम फिर पीने में जुट गए और मदहोश होकर ऑर्केस्ट्रा के मंच के नीचे लुढ़क गए और सेक्सोफ़ोन से निकलती थूक की बौछार उन पर गिरती रही।) यह गाइड महोदय चेपल की सीढ़ी पर खड़े होकर उस तीर्थ-स्थान का महत्त्व हमें समझाने लगे और उनके मुंह से पहला शब्द निकलने की देर नहीं थी कि मैं तुरन्त जान गया कि वह बिल्कुल कोरे हैं.....कैथोलिक चर्च के नियमों, धार्मिक अनुष्ठानों, मंत्रों और परम्पराओं के बारे में उनका अज्ञान भयंकर था। बाइबल और चर्च के इतिहास की बात तो बहुत दूर रही, वह इस बात को लेकर मज़ाक़ करने लगा कि पहले यहाँ 'मारिया ताल' बाँझ औरतें और नपुंसक पुरुष प्रार्थना करने आते थे।

और फिर वह एकाएक गम्भीर हो गया और धर्म के बारे में भाषण देने लगा। एंगल्स के विचारों का इतना भीषण, कुत्सित और भोंडा

संस्करण देखकर मैं दंग रह गया। भूसे-भरे दिमागों में विज्ञान का कचरा भरने की कोशिश, जिसके लिए सांस्कृतिक गाइड हर महीने बारह सौ क्राउन वेतन पाता था। निरक्षर लोगों में विज्ञान का प्रचार करने के लिए नहीं, बल्कि स्वाभाविक रूप से समझदार और बुद्धिमान आदमियों को शिक्षित करने के लिए उसे यह वेतन दिया जाता था और उसके एवज़ में यह शख़्स विज्ञान के नाम पर आधे-पौने सत्यों के नुस्ख़े ऐसे लोगों में बाँटा करता था, जो परजीवी-जोंकों से भी बदतर थे और जिनकी आंखों में सत्य का कौड़ी-भर भी मूल्य न था। विज्ञान की जगह महज़ विज्ञान का भ्रम, विज्ञान का उपहास, अपमान, कलंक, सत्य नहीं, बल्कि सिर्फ़ छिछोरापन, स्थूल-जड़ता, हृदयहीनता–ऐसी सख़्त खाल, जिसमें उस तड़पते स्वप्न को ट्रेजिक, तड़पती कविता नहीं समा सकती, जो कम्युनिस्ट दुनिया में भविष्य का स्वप्न है, एक ऐसा विवेक जिसका खाने-पीने के उस भोगी जीवन से कोई नाता नहीं, जो शारीरिक काम से कतराता हो और टूरिस्ट गाइडों के अधकचरे, घिसे-पिटे वाक्यों पर जीता हो।

तीर्थयात्रा के धूपीले दिनों की कविता, जहाँ बच्चों के काग़ज़ी बिगुलों का नाद गिरजे से बाहर तिरते ऑर्गन-संगीत के सुरों से टकराता है और चीड़ की पत्तियों की ख़ुशबू गिरजे की धूपबत्तियों की गन्ध में घुल जाती है। प्रार्थना में गाते हुए छोटे लड़के, जो लाल या हरे कॉलर पहने रहते हैं और टिमटिमाती मोमबत्तियाँ, बाहर जंगल की छायाएं और रोशनी, कोयल की गूंजती पुकार, भीतर गिरजे में सुनहरे चोग़े में पादरी का धीरे-धीरे चलना, उसके उठे हुए हाथों में जगमगाता हुआ पवित्र, पारदर्शी पात्र, जिसके बीचो-बीच एक सफेद चमकीला दायरा, जो प्राचीन यूनानियों के सबसे मुकम्मल फ़ॉर्म का स्मरण कराता था और स्कार्फ़ में ढंके हुए औरतों के सिरों और ग्रामीण बूढ़ों के सफेद बालों के ऊपर-ऊपर चलता हुआ वह पात्र, धूपबत्तियों का धुआँ उड़ाता, सितम्बर की धूप और जंगल की छाया में तपा हुआ मनुष्य की शाश्वत आकांक्षा और उम्मीद का प्रतीक-सा जो यहाँ, इस धरती पर जन्म लेगा, किन्तु

जिसकी कल्पना उस सहज आस्था के बिना नहीं की जा सकती, जो हर साधारण मनुष्य के भीतर है– आशा, आस्था, मुहब्बत जैसी चीज़ें, जो उस पियक्कड़, उजड्ड भखुए सांस्कृतिक गाइड के मस्तिष्क से बाहर थीं।

उस शाम होटल के बड़े रूम में मास्टर ने मुझसे कहा, "मुझे लगता है, औरतों के मामले में तुम काफ़ी भोंदू हो....कोई ऐसे बात की जाती है? ईश्वर और प्रकृति के नियम और इस तरह की अल्लम-गल्लम! यार अगर यही हाल रहा, तो कहे देता हूं, हफ़्ता गुज़र जाएगा और वह तुम्हारे पास भी नहीं फटकेगी!"

बाद में उसने मुझे सब कुछ बताया। एमेके ने। मास्टर सुबह तड़के ही उठ जाया करता था और उसकी खिड़की के नीचे चहलकदमी किया करता था।

जब कभी वह खिड़की के सामने दिखाई देती, मास्टर अपने पीले दाँत निपोरकर उससे फूहड़ मज़ाक़ करने लगता। कहता, "अरे ज़रा सुनो, अपनी यह सफ़ेद जुर्राबें खिड़की से मत दिखाओ।"

वह हर रात अपनी जुर्राबें धोकर खिड़की के तार पर सुखाने डाल देती थी। जब मास्टर खिड़की के नीचे से अभिवादन करता, तो वह बहुत ठंडे स्वर में उसका उत्तर देती और तब मास्टर कहता, "जंगल की हवा जैसी कोई चीज़ नहीं, क्या आप मेरे साथ अपने फेफड़े ताज़ा करने नहीं आ रहीं?"

वह सिर्फ़ अपना सिर हिला देती और कहती "नहीं।"

और तब मास्टर अकेले ही घूमने निकल जाता। दिन-भर उसके इर्द-गिर्द चक्कर लगाता, लोलुप चेहरे पर आंखें चमकती रहतीं, दिमाग में इने-गिने विचार चक्कर लगाते रहते, विचार उतने नहीं, जितने बातचीत करने के कुछ बने-बनाए फॉर्मूले। बार-बार वह उसके पास जाकर इन फार्मूलों का प्रयोग करता और जब वे कारगर साबित न होते तो लौट आता।

और दुबारा उसकी आँखें चमकने लगतीं और दूर कहीं कोने में खड़ा, होकर ललचाई नज़रों में उसे देखता रहता और फिर चक्कर लगाने लगता, कुछ उसी तरह से, जैसे कोई घमंडी मुर्ग़ा पकड़ के बाहर किसी पराई मुर्ग़ी के इर्द-गिर्द मंडराता रहता है।

उसने मुझे अपनी कहानी सुनाई थी–अपनी समूची गाथा। उसकी यह गाथा कैलण्डर के पन्ने की तरह थी। उन आत्म-कथाओं की तरह, जो वेश्याएँ अपने ग्राहकों को सुनाती हैं, किसी राजघराने में अपनी जवानी के दिनों के बारे में, फिर पतन, फिर ग़रीबी के दिन और बाद में किस तरह अपने शरीर को बेचने तक की नौबत आ पहुँचती है।

लड़ाई ख़त्म होने के बाद वे कोशित्से में ही रहे थे, लेकिन चूंकि उसका पिता युद्ध के दौरान जर्मन-शासन का पक्षपाती था, क्लर्क और फ़ासिस्ट, इसलिए युद्ध के बाद वह बिल्कुल तबाह हो गया, पैसे-पैसे का मोहताज, जीने का कोई सहारा नहीं, ऊपर से बुढ़ापे और बीमारी का बोझ, जिसके कारण वह सड़क बनाने या जंगल में लकड़ी काटने का काम भी नहीं कर सकता था।

माँ की कमर झुक चली थी और वह किसी भी शारीरिक काम के अयोग्य थीं, और वह जवान थी, हंगेरियन हाई स्कूल में पढ़ती थी, किन्तु लड़ाई के बाद स्कूल टूट गया और तब उन दिनों वह आदमी आया था, खेत और अंगूर के बग़ीचे का मालिक, ब्रातीस्लावा में उसका एक होटल भी था, अच्छा-खासा मालदार, पैंतालीस वर्ष की उम्र और वह उससे विवाह करने को राज़ी हो गई, ताकि किसी तरह अपने परिवार को भूख, ग़रीबी और मृत्यु से बचा सके।

वह काफी धौंसी किस्म का आदमी था, कमीना और संकीर्ण। किसी में विश्वास नहीं करता था, न ईश्वर में, न लोकतन्त्र में, न मानवीय शिष्टाचार में, किसी में भी नहीं, बस, सिर्फ़ अपने में।

उसे पुत्र पाने की लालसा थी, जो उसके बग़ीचे, खेत और होटल का उत्तराधिकारी बन सके, किन्तु उसमें किसी तरह के जातीय पूर्वाग्रह नहीं थे और उसे इस बात पर कोई आपत्ति नहीं थी कि वह हंगेरियन है। जिस दिन घर में लड़की का जन्म हुआ, उस दिन वह बाहर जाकर शराब में धुत पड़ा रहा और पूरे एक सप्ताह तक उससे नहीं बोला। बाद में जब कभी ज़्यादा पी लेता, तो उस पर हाथ उठाने में भी नहीं चूकता था।

एक रात वह नशे में चूर होकर घर लौटा। उसके मुंह से भयानक दुर्गन्ध छूट रही थी और उसने ज़बरदस्ती उसे मजबूर किया, जो शायद उसके लिए 'आनन्द' की चीज़ रही हो, किन्तु एमेके के लिए वह घोर यातना और शर्म का अनुभव था। उस दिन उसने साँड़ की गर्दन और बोझिल साँसों वाले अपने 'पति' को सही-सही पहचाना। उस क्षण उसने सत्य को भी पहली बार पहचाना।

उन दिनों वह एक दूसरे आदमी के सम्पर्क में आई, जो उनके बग़ीचे में काम करता था। उसे तपेदिक की बीमारी थी और बाद में वह मर गया। वह उसे अनेक पुस्तकें पढ़ने के लिए दिया करता था–ईश्वर की खोज के बारे में, आध्यात्मिक शक्ति के विकास के बारे में, मानसिक लोक और मृत्यु के परे जीवन के बारे में। तब वह धीरे-धीरे समझने लगी कि इस दुनिया में आदमी का एकमात्र कर्त्तव्य यह है कि वह अपने को बुराई के धब्बों से मुक्त कर सके और बुराई यह भौतिक अस्तित्व है और उसे इस भौतिकता से, देह से, देह की मांगों से मुक्त होना है और उसका लक्ष्य आत्मा में है, लेकिन दरअसल वहां भी नहीं, वह सिर्फ़ एक मंजिल है, दैहिक जीवन से ऊपर, किन्तु अन्तिम लक्ष्य ईश्वर है, ईश्वर में पूरी तरह निमग्न हो जाना। इस असीम आनन्द की अनुभूति में अपना 'मैं' ख़त्म हो जाता है और तब एक रहस्यमय पवित्र प्रेम और साधुत्व का जन्म होता है।

बाद में उसके पति की मृत्यु हो गई। फरवरी की घटनाओं के बाद सरकार ने उससे उसका बग़ीचा और होटल छीन लिया और उसे जेलख़ाने में डाल दिया, किन्तु वह जेल से भाग निकला। उसका इरादा डेन्यूब पार करके आस्ट्रिया भाग जाने का था, किन्तु जब वह नदी पार कर रहा था, उसे गोली से मार दिया गया।

बाद में एमेके को एक दफ्तर में काम मिल गया। अब वह अपना बच्ची के साथ कोशित्से में रहती है और उसके पालन-पोषण में ही अपना समय गुज़ार देती है। माँ-बाप दोनों ही मर चुके हैं और उसकी सिर्फ़ एक आकांक्षा है कि अपनी बच्ची को भी उस सत्य की ओर उन्मुख करा सके, जो ख़ुद उसने अपने जीवन में पहचाना है।

बाद में उसने मुझे कुछ किताबें पढ़ने को दीं, जिनकी चर्चा उसने मुझसे की थी। उनमें से कुछ किसी मनोवैज्ञानिक, थियोसोफ़िकल जर्नल के अंक थे, जो अलग-अलग जिल्दों में बंधे थे। उसमें मैंने एक लेख पढ़ा, जिसमें तावीज़ बाँधने के फ़ायदों का लम्बा विवरण दिया गया था। किस तरह आदमी उसकी सहायता से अपने को जोड़ों के दर्द और हैमरेज (रक्त नाड़ी का फूट जाना) जैसी बीमारियों से बचा सकता है।

मैंने उससे पूछा कि क्या यह अजीब बात नहीं है कि वे लोग, जो

आत्मा को लेकर इतनी लम्बी-चौड़ी बातें करते हैं, हमेशा अपनी देह को लेकर इतने चिन्तामग्न रहते हैं, क्योंकि इन थियोसोफ़िकल लेखों में तीन चौथाई ऐसे हैं, जिनमें नाना प्रकार की बीमारियों से बचने के तरीक़े सुझाए गए हैं। और क्या वह इन सबमें विश्वास करती है ?

उसने उत्तर दिया कि जीवन-विकास की हर मंजिल में उन कानूनों का पालन करना ज़रूरी है, जो ईश्वर ने दिए हैं, और उसी तरह दैहिक स्वास्थ्य की रक्षा के लिए, दैहिक अस्तित्व के क़ानूनों का पालन करना आवश्यक है।

"लेकिन इन तावीज़ों के बारे में क्या कहोगी? मैंने उन्हें आज़माया नहीं, लेकिन उन पर विश्वास करना असंभव है," मैंने कहा, "मैं अभी अपूर्ण हूं और सत्य से कतराता हूं।"

"सब लोग शुरू में सत्य से कतराते हैं, किन्तु कभी-न-कभी उसे जरूर पहचान लेते हैं, क्योंकि ईश्वर की दया असीम है।" उसने कहा। और इन शब्दों को कहते हुए उसकी आँखों में एक अजीब-सी पीड़ा भावना की चमक उभर आई, मानो वह डर रही हो कि मैं कोई चीज़ उससे छीनने की कोशिश कर रहा हूं, उसकी दृढ़ आस्था को, जो उसके पास है और जिसके बिना वह जी नहीं सकती, जिसके बिना वह अपने दुखी, जर्जरित वैधव्य का बोझ, ज़िन्दगी और मृत्यु का भार नहीं ढो सकती। उसकी आँखों में कुछ वैसा ही भाव उभर आया, जैसा किसी बनैले जन्तु के बदहवास चेहरे पर सिमट आता है, जब वह अपनी निरीह आँखों से आदमी से याचना करता है। कि उसे और अधिक परेशान न करे, उसे अपनी शक्ति से मुक्त करके जंगल की स्वतन्त्रता में खुला छोड़ दे।

बाद में मास्टर ने पूछा कि मैं उस लड़की के साथ कितनी दूर जा चुका हूं।

मुझे मालूम था कि वह मेरे पास है, मेरे पास वैसी ही है, जैसे वह

बनैला जानवर, एक अजीब शक्ति में बंधी हुई एक ऐसा मोह-पाश, जिसमें कभी-कभार पुरुष और स्त्री दोनों ही बँध जाते हैं, बिना कोई चेष्टा किए, बिना किसी आकांक्षा के, अनायास, महज सहानुभूति और एक अजाना-सा 'श्रद्धा भाव' उन्हें एक-दूसरे के पास खींच लाता है।

किन्तु उस समय मैंने अपने रिश्ते में यह तथ्य उस ढंग से स्वीकार नहीं किया, जैसा मैं दूसरी लड़कियों के सम्पर्क में अक्सर स्वीकार लेता था, जैसे मागेरेता के साथ जो बहुत सीधी-सादी, पेंचहीन और कामुक किस्म की लड़की थी, किन्तु एमेके के साथ मुझे लगता था, जैसे कहीं किसी अदृश्य बिन्दु पर हमारी नसें आपस में रगड़ गई हों, और उसकी भभकती ज्वाला ने एक ड्रामे को जन्म दिया है, एक अजीब किस्म की पूर्ति, जो उस हताशा-भरी मरीचिका को तोड़ देगी, जिसने उसकी सुडौल, छरहरी देह और आकर्षक चेहरे और छोटे-छोटे वक्षों और मानव-सृजन की अपार शक्ति को एक बदहवास अस्तित्व में बदल दिया था, और वह एक भूलभुलैया में फड़फड़ाता अस्तित्व बनकर रह गया था।

उस 'रिक्रियेशन-सेण्टर' में हमारी छुट्टियाँ खत्म होने से दो दिन पहले बारिश की झड़ी लग गई। पिकनिक-पार्टी के लोग दिन-भर पिंग-पाँग या ताश खेलने में वक़्त काटते या डायनिंग-रूम में बैठे गप्पें हाँकते या कभी-कभार किसी को पियानो बजाने के लिए विवश करते।

सांस्कृतिक गाइड ने किसी तरह अपने होश-हवास संभालकर कुछ लोगों को इकट्ठा किया और एक 'खेल' शुरू किया, जिसे 'फ्रांसीसी डाक' कहते हैं। किन्तु एक बूढ़े दम्पति के अलावा कोई भी उस खेल में भाग लेने को तैयार नहीं हुआ। इन सज्जन की पद्रिवित्से में 'रेडीमेड' कपड़ों की दुकान थी। उन्होंने बिरजिस टाइप की पतलून पहन रखी थी, जिसके भीतर उनकी फूली-फैली तोंद दिखाई देती थी। उनकी पत्नी भी काफ़ी स्थूलकाय थी। उम्र शायद पचास वर्ष रही होगी, किन्तु जरा-जरा-सी बात पर आश्चर्य से चीख़ने-चिल्लाने की आदत कुछ वैसी ही थी, जैसी अठारह वर्ष की किशोरियाँ झूले में ऊपर-नीचे झूलते हुए डर और आनन्द से चिल्लाती हैं।

इन महिला का चेहरा भोजन के समय हमेशा खिल जाता था। भूख या लालच या पेटूपन के कारण नहीं, बल्कि भोजन ही एक ऐसी चीज़ थी, जिसे वह जिन्दगी में ठीक-ठीक समझ पाई थीं, वरना उनका जीवन महज़ एक धुंधला पर्दा था, पीढ़ी-दर-पीढ़ी आती परम्पराओं

की सुरक्षित रोशनियों में झिलमिलाता हुआ, बचपन में माँ के उपदेश, फिर कुछ बड़े होकर नाच-गाना सीखना, केवल उन लोगों के सम्पर्क में आना, जिन्हें माता-पिता ने बड़ी हिफ़ाजत से उसके लिए चुना है, फिर सगाई और विवाह, इतवार के दिन गिरजे जाना।

किन्तु यदि कोई उससे 'धर्म' के बुनियादी विचारों के बारे में प्रश्न पूछता, तो वह बग़लें झाँकने लगती, सिर्फ़ गिरजे में हाज़री बजाना ही उसके लिए धर्म था। वहाँ वह नियमित रूप से जाती थी, अपने बेसुरे स्वर में धार्मिक भजन गाती थी, घुटने टेककर प्रार्थना करती थी, पवित्र जल में अंगुलियाँ भिगोकर सलीब का निशान बनाती थी, मोमबत्तियाँ जलाती थी और स्वर्गीय माँ की स्मृति में पूजा-पाठ करवाती थी। बस, यही उसका 'धर्म' था।

दो या तीन प्रसव और फिर चौका-चूल्हा, जो उसके लिए सुरक्षा का द्वीप था और जहाँ वह एक दक्ष कलाकार में बदल जाती थी, हर रस, गन्ध और स्वाद को उतनी ही मर्मज्ञता से पहचानती थी, जिस तरह कोई कुशल बॉयलनिस्ट एक सुर को दूसरे सुर से अलग करके पहचान लेता है, मस्तिष्क से उतना नहीं, जितना सिर्फ़ 'महसूस' करने की शक्ति से। एक ऐसी चमत्कारपूर्ण शक्ति, जो दूसरे लोगों के पास नहीं होती और न कभी हो सकती है, क्योंकि वह पाँच या सात वर्ष रसोई में माँ द्वारा दी गई ट्रेनिंग से प्राप्त नहीं होती, बल्कि वह एक तरह का अलौकिक वरदान है, अमरत्व का एक अंश, जो उन्हें अपनी औसत योग्यता और धुंधले मस्तिष्क के अतिरिक्त प्राप्त होता है। हाँ, ऐसे लोगों का मस्तिष्क काफी धुंधला होता है, जिसमें केवल कुछ अपंग विचार धीमी गति से चक्कर लगाते हैं और उनका दिल महज़ पानी में भीगा चर्बी का एक लोंदा होता है, जो किसी भी झूठ या गुस्से के काबिल नहीं, जिसमें केवल जन्तुगत, परजीवी प्रेम होता है–बच्चे के प्रति, पति के प्रति, परिवार के प्रति, लोगों के प्रति, जीवन के प्रति और अन्त में मृत्यु के आगे शान्त समर्पण, मृत्यु जो उनके धुंधले जीवन में सुरक्षा की अन्तिम रोशनी है।

उस दम्पति के अलावा वहाँ एक और अधेड़ अविवाहित महिला थीं, जो ज़िन्दगी-भर दर्ज़ीगीरी का पेशा करती रही थीं। प्राग के एक ग़रीब इलाके शिशकोव में उनका घर था और पहली बार अपनी चारदीवारी के बाहर छुट्टियाँ बिताने यहाँ आई थीं। पुरुषों के कपड़े सीने-पिरोने के काम में वह सिद्धहस्त थीं, क्योंकि पूरी जिन्दगी में इसके अलावा उन्होंने कोई दूसरा काम नहीं किया था।

यहाँ 'रिक्रियेशन-सेण्टर' में उन्होंने पूरा हफ्ता कभी बैठकर, कभी खड़े होकर, कभी इधर-उधर चहलकदमी करके काट डाला था। वह यहाँ सचमुच काफी अटपटा-सा महसूस कर रही थीं। उन्हें कुछ समझ में नहीं आता था कि क्या करें, किससे बात करें, किस बारे में बात करें, क्योंकि वह यहाँ किसी से भी परिचित नहीं थीं और यों भी पुरुषों की कमीजों के अलावा उन्हें ज़िन्दगी में किसी भी पुरुष का परिचय या प्रेम प्राप्त नहीं हुआ था और उन्होंने अपनी सारी ज़िन्दगी क़मीजों के गद्य और कुंवारी औरतों के सपनों की आदिम कविता के बीच गुज़ार डाली थीं।

वहाँ एक गडरिया भी था, जो तीन दिनों तक लम्बी चुटिया वाली स्लोवाक लड़की का पीछा करता रहा था, किन्तु उसके हाथ कुछ भी नहीं लगा था, क्योंकि वह स्लोवाक लड़की एक कर्मचारी के प्रति आकर्षित थी, जो लड़ाई के दिनों में आर०ए०एफ़० में काम कर चुके थे। यह कर्मचारी महोदय भी शादीशुदा बाल-बच्चेदार आदमी थे, किन्तु लड़कियों को पटाने की जिस कला में मास्टर जितना ही नादान और भोंदू था, यह महोदय उस कला में उतने ही परिपक्व और पारंगत जान पड़ते थे। गडरिये ने खूब चढ़ा रखी थी और चेहरे पर कठोर, उद्धत भाव लिये मनोरंजन-कक्ष के एक कोने में वह चुपचाप अकेला बैठा था। सांस्कृतिक गाइड ने जब अपने 'फ्रांसीसी डाक' वाले खेल के लिए उसे बुलाया, तो उसने कोई आपत्ति नहीं की, हालाँकि उसकी उद्धत, आक्रोशमयी भावमुद्रा ज्यों की त्यों बनी रही।

अन्त में हमारे बीच एक ख़ामोश-टाइप आदमी भी था, जिसके बारे में निश्चित रूप से किसी को कुछ मालूम नहीं था। वह शायद किसी फैक्टरी में कारीगर था, किन्तु अपने सम्बन्ध में उसने कभी किसी से एक शब्द भी नहीं कहा था। उसे यहाँ एक हफ़्ता गुज़ारने के लिए फ़ैक्टरी की तरफ से बहुत सस्ते दामों पर या शायद मुफ़्त ही मनोरंजन और विश्राम की सुविधा मिली थी। उसे देखकर लगता था, मानो इस सुविधा का फायदा उठाना उसके लिए एक तरह से अपनी ड्यूटी पूरी करना है, क्योंकि कभी किसी ने उसके चेहरे पर ख़ुशी या आनन्द की चमक नहीं देखी।

वास्तव में वहाँ आने वाले सब लोग इस गलतफहमी का शिकार जान पड़ते थे कि किसी ऐसे ढंग में समय गुजारा जा सकता है, जिसके वे अभी तक आदी नहीं बने थे। ऐसे लोग जिन्होंने जिन्दगी में अपने काम के अलावा कभी कुछ नहीं जाना और यह काम उनके लिए उत्तरोत्तर भोजन और हवा की तरह ही अनिवार्य बन गया था। ऐसे लोगों को अब उन पुराने जमाने के रईसों की जीवन-पद्धति में पटक दिया गया था, जिन्होंने कभी काम का अर्थ जाना ही न था, धनी कर्मचारियों की बीवियाँ, फौजी अफ़सर, डॉक्टर, व्यापारी, शेयरों के मालिक, रईसों के लाडले बेटे, सुखी-सम्पन्न घरानों की टेनिस-पोशाक में इधर-उधर फुदकती लड़कियाँ, दूसरे शब्दों में ऐसे भद्र लोग, जिनके लिए अवकाश का हर क्षण आत्मपूर्ति का साधन था और मनोरंजन एक ऐसा पेशा था, जिसकी रग-रग से वे परिचित थे। भला रिक्रियेशन-सेण्टर में आने वाले ये लोग अपनी ज़िन्दगी में ऐसा सहज मनोरंजन कहां से ला पाते ?

किन्तु दूसरी तरफ़ हमारे सांस्कृतिक गाइड बेचारे इन लोगों के लिए जोड़-तोड़कर कुछ ऐसा ही सामूहिक 'मनोरंजन' जुटाने की कोशिश कर रहे थे। उनकी आँखों में यह एक ईमानदार पेशा था, जिसे निभाने का ढोंग उनकी जेब में हर महीने बारह सौ क्राउन खींच लाता था।

मास्टर उस कमरे में था, जहाँ पिंग-पाँग की टेबल थी। वह बार-

बार अपनी मनहूस आँखों से हरी टेबल और शीशे के पार्टीशन के परे उस अँधेरे कोने की ओर देख लेता था, जहाँ एक बेंच पर मैं एमेके के साथ बैठा था। बाद में वह फ़ैक्टरी के कारीगर के साथ पिंग-पाँग का मैच खेलने लगा। वह एक मँजे हुए खिलाड़ी की अदा से बड़ी फुर्ती से सर्विस फेंकता, हालाँकि अक्सर गेंद जाल से टकराकर लौट आती, किन्तु कभी-कभार जब वह सफल हो जाता, तो अपनी गिजगिजी आँखों से एमेके की ओर इस ग़रज से जरूर देख लेता कि वह उसका खेल देख रही है या नहीं, फिर वह स्विमिंग-पूल पर घूमने वाले लोफ़रों या केबिन के छोकरों की बनावटी अदा से मेज के नीचे से गेंद उठाता, चेहरे पर एक विजेता की गर्वीली-मुद्रा सिमट आती। अपने उस चश्माधारी विपक्षी की ओर हिक़ारत से देखता, जो बेचारा उत्साह और जोश में खेल रहा था। खेल के लिए, प्रभाव जमाने के लिए नहीं, किन्तु जो अभी कच्चा था और बार-बार गेंद को कमरे के कोनों में फेंक देता था।

मैं एमेके के साथ कमरे के उस अकेले शान्त कोने में बैठा था, जहाँ अंधेरा था। मैं ग्रॉग (रम और चाय) पी रहा था और वह चीन की चाय, बिना रम के, क्योंकि आदमी को मद्य-सेवन नहीं करना चाहिए, क्योंकि मद्यसेवन आदमी को दैहिकता की निम्नतम सीढ़ी पर गिरा देता है, उसे दुबारा जानवर में बदल देता है, जो वह पहले कभी था।

उसने मुझे एक ऐसे उपाय के बारे में बताया, जिसके इस्तेमाल से इस बुरी आदत से छुटकारा पाया जा सकता है। ऐसे पेड़ होते हैं, जो आदमी की बीमारियों को खींच लेते हैं, बस अपनी छाती पर छोटी-सी खरोंच करके लहू की बूंद निकाल लो और फिर उसे किसी पेड़ की छाल पर रगड़ दो, तब आदमी और पेड़ के बीच एक अत्यधिक कोमल, पारदर्शी रेशे की ज़ंजीर बँध जाएगी, और आदमी आजीवन उस पेड़ से जुड़ा रहेगा, उसी तरह से, जैसे वह हमेशा उन चीज़ों से जुड़ा रहता है, जो उसके शरीर से निकलती हैं, झरे हुए बाल, साँसें, काटे हुए नाखून

और तब उसकी बीमारी उस रेशे की मदद से पेड़ पर उतर आएगी और आदमी की जगह वह पेड़ अब उस बीमारी से लड़ेगा। कभी-कभी यह पेड़ सूखकर महज़ ठूँठ रह जाता है, लेकिन आदमी स्वस्थ होकर अपनी ज़िन्दगी के शेष दिन आनन्द से गुज़ारता है।

फिर वह मुझे प्रेत आत्माओं के दुष्प्रभावों के बारे में बताने लगी, जिनसे केवल पवित्र जल और प्रार्थनाओं के द्वारा ही छुटकारा पाया जा सकता है। उसने मुझे काले जादू और शैतान की शक्तियों के बारे में भी बहुत कुछ बताया, जिन्हें हर वह आदमी प्राप्त कर सकता है, जिसमें इतना दुस्साहस है कि वह एक ऐसे दायरे के बीच खड़ा हो सके, जिसमें सर्वशक्तिमान के सात गुप्त नाम लिखे हों और जो नरक की प्रार्थना-पुस्तक के पीछे और आगे मुड़कर पाप-दूषित प्रार्थनाएँ पढ़ सके।

वह देर तक मुझे भेड़िए के भेष में आदमियों, ख़ून चूसने वाले जोंको, प्रेतात्माओं से अभिशप्त मकानों और चुड़ैलों के रास-रंग के बारे में बताती रही और मुझे लगा, जैसे उसकी आत्मा उन भयावह लोकों में विचर रही है, जिन पर हम विश्वास नहीं करते, कभी-कभी मज़ाक़ भी उड़ाते हैं, किन्तु एक बार सुन लेने के बाद हमारे भीतर हमेशा के लिए डर, दहशत और आतंक की बूँद जम जाती है।

वह मुझे भूल गई और मैं ख़ामोश बैठा रहा। वह देर तक बोलती रही। बारिश के धुंधले, सलेटी आलोक में उसकी आँखें ज्वरग्रस्त, अस्वस्थ, अस्वाभाविक उत्साह में चमक रही थीं और मैं ख़ामोश बैठा रहा और उसकी आँखों को देखता रहा और उसे भी अहसास हुआ कि मैं बराबर उसकी ओर देख रहा हूं और तब सहसा उसकी आँखों की वह ज्वरग्रस्त चमक बुझ गई और मेरे लिए भी वह भयावह क्षण बीत गया, जब मुझे लगा था, मानो किसी जादू के एक अजीब मोह-पाश में मैं धीरे-धीरे जकड़ता जा रहा हूं।

मैं व्यंग्यात्मक भाव से मुस्कराया और मैंने कहा, "ईश्वर के लिए यह मत कहिए कि आप ख़ुद काले जादू की ताक़त हासिल करना चाहती हैं? आख़िर यह बुराई की जड़ है और आप अच्छाई की तरफ़ जाना चाहती हैं।"

उसने आंखें झुका लीं, मुझसे कहा, "अब नहीं चाहती, लेकिन पहले कभी मैं ज़रूर चाहती थी।"

"कब?" मैंने पूछा।

उन दिनों, जब मैंने देखा कि मैं और अधिक बर्दाश्त नहीं कर सकूँगी। मुझे लगा, जैसे ईश्वर ने मेरी तरफ से अपने कान बहरे कर लिए हैं मानो वह मुझसे किसी कारणवश रुष्ट है। तब मेरा ध्यान इन 'काली शक्तियों' की तरफ गया। मैंने सोचा शायद वे मेरी मदद कर सकेंगी, मुझे ईश्वर से छुटकारा दिलवा सकेंगी।"

"और क्या आपने मदद मांगी? क्या आपने चॉक से दो दायरे खींचे?" मैंने पूछा।

"नहीं", उसने कहा, "ईश्वर ने मुझे बचा लिया। अब मैं जान गई हूं कि भगवान हर क्षण आदमी की परीक्षा लेता है और बहुत से लोग उसकी परीक्षा से कतराकर मुंह मोड़ लेते हैं।"

"लेकिन वह क्यों परीक्षा लेता है?" मैंने पूछा।

"यह जाँचने के लिए कि क्या आदमी उसका वरदान पाने के लायक है, या नहीं, ताकि वह अपनी दैहिक वासनाओं से छुटकारा पा सके, यह जांचने के लिए कि क्या वह तैयार है।" उसने कहा।

"लेकिन ऐसा क्यों?" मैंने पूछा, "आख़िर आदमी ने ईश्वर से प्रार्थना नहीं की थी कि वह उसकी रचना करे, फिर ईश्वर को क्या अधिकार है कि उसकी परीक्षा ले ?"

"ईश्वर को सब चीज़ों का अधिकार है," उसने कहा।

"क्योंकि ईश्वर प्रेम है।" उसने आगे कहा।

"क्या वह दयावान भी है?" मैंने पूछा।

"हाँ।" उसने कहा।

"फिर उसने आदमी की रचना क्यों की?" मैंने पूछा।

"क्योंकि वह उससे प्रेम करता है।" उसने कहा।

"लेकिन मैं पूछता हूं, उसने आदमी को बनाया क्यों ? क्यों उसे इस दुःख-दर्द की दुनिया में भेजा ?"

"उसकी परीक्षा करने के लिए, यह जाँचने के लिए कि क्या वह उसकी दया पाने के योग्य है," उसने कहा, "लेकिन इस तरह आदमी को तड़पाने में तुक क्या है?"

मैंने पूछा, "अगर ईश्वर सचमुच उससे प्रेम करता था, तो उसने आराम से उसे अकेला क्यों नहीं छोड़ दिया ? और अगर उसे आदमी की रचना करनी ही थी, तो शुरू से ही उसे सम्पूर्ण और मुकम्मिल क्यों नहीं बनाया, ताकि वह सर्वोच्च आनन्द का अधिकारी हो सकता ? आख़िर देह और आत्मा के बीच इस शहादत-भरी भटकन का अर्थ क्या है ?"

"आप अभी अपूर्ण हैं," उसने कहा, "आप सत्य से कतराते हैं।"

"नहीं कतराता," मैंने कहा, "लेकिन मैं सबूत चाहता हूं, और अगर सबूत नहीं, तो कम-से-कम कोई अर्थसंगत तर्क, कोई लॉजिक।" मैंने कहा।

"लॉजिक ईश्वर की देन है, आदमी उसे नहीं बनाता।" उसने कहा।

"अगर उसकी देन है, तो वह ख़ुद उसका पालन क्यों नहीं करता?" मैंने पूछा।

"ज़रूरी नहीं, वह उसका पालन करे," उसने कहा, "एक दिन आप ज़रूर समझ जाएँगे। सब लोग एक दिन समझ जाएँगे और तब उन्हें

अपने पापों से मुक्ति मिल जाएगी। एक दिन ऐसा आएगा, जब इस दुनिया में पाप रहेगा ही नहीं, किन्तु मेहरबानी करके अब आप इस बारे में बहस मत कीजिए।" उसने याचना-भरे स्वर में कहा और उसकी आँखों में एक बार फिर उस बनैले जन्तु का भाव छलक आया, जो हर क्षण इस बात से डरता रहता है कि कोई उसकी अमूल्य बनैली स्वच्छन्दता को उससे छीन न ले।

मैं चुप हो गया और पियानो के आगे जाकर बैठ गया। एमेके ने पियानो के पिछले पट्टे पर सिर टिका लिया और तब मैं 'रिवर साइड ब्लूज़' (River side Blues) की धुन बजाने लगा, जो उसे अच्छी लगी और फिर मैं सेण्ट जेम्स इन्फ़मेरी (St. James Infimary) की धुन पर गाने लगा और मास्टर पिंग-पाँग के कमरे के अँधेरे-उजाले से बाहर आकर एमेके के पीछे बैठ गया और मैं गाता रहा–

सेण्ट जेकब के अस्पताल में
जाता हूं मैं
अपनी औरत के पास
एक सफेद मेज़ के आगे
बैठी है वह,
सुन्दर, पीली, उदास

पाँच नॉटों की यह धुन, जो कभी मनुष्य की असीम उदासी से उत्पन्न हुई थी, सिर्फ़ सिसकियों में ही डूब सकती है। एक-दूसरे से जुदा होते हुए दो व्यक्तियों का शोक धीरे-धीरे एमेके के हृदय को भी मथने लगा और उसने कहा, "बहुत सुन्दर गीत है।"

"गीत कैसा, ये नीग्रो-ब्लूज हैं।" मैंने कहा।

और एमेके ने कहा, "हाँ, नीग्रो लोग बहुत आध्यात्मिक होते हैं। मैंने रेकॉर्डों पर उन्हें धार्मिक-गीत गाते हुए सुना है। हमारे दफ़्तर में एक

क्लर्क के पास अमरीकी रेकॉर्ड हैं।"

"हां, ये नीग्रो लोग काफ़ी इन्द्रियभोगी क़िस्म के लम्पट होते हैं," मैंने कहा, "लेकिन संगीत के प्रति बेहद संवेदनशील होते हैं।"

"आपको सिर्फ़ ऐसा लगता है, लेकिन असल में वे बहुत आध्यात्मिक होते हैं।" उसने कहा और मैं बराबर पियानो बजाता रहा और गाता रहा।

और जब मैं ख़त्म कर चुका, मास्टर ने कहा, "अरे यार, कोई बुलबुल जैसी फड़कती धुन बजाओ, जिस पर कुछ नाच-वाच सकें हम यहाँ दिल बहलाने आए हैं, या बोर होने......? क्यों मिस, आपका क्या ख्याल है?"

और इस पर एमेके मुस्करा उठी और ख़ुद मेरी जगह पियानो के सामने बैठ गई और अपनी सधी हुई, सहज रूप से लययुक्त अंगुलियों से धीरे-धीरे पियानो बजाने लगी और एक गीत की धुन ऊपर उठी, जिसमें हंगेरियन संगीत 'चरदाश' का सुदूर स्पर्श छिपा था, जो उतना ही दोषहीन था, जितने नीग्रो गीतों के ब्लू नॉट्स होते हैं और उस धुन के साथ-साथ उसका स्वर उठने लगा, चरवाहों का-सा सीधा-समतल स्वर, जो एक स्तर पर चलता है, जिसे न तेज किया जा सकता है, न धीमा, किन्तु जो आदिम ढंग से सुन्दर, निश्चित और समतल होता है।

और तब वह एक हंगेरियन गीत गाने लगी, सख्त और मीठा। ऐसा गीत, जो न उदास था, न प्रसन्न, सिर्फ़ बेहद निराशा-पूर्ण, और गाते-गाते उसका चेहरा सुर्ख़ हो आया और मुझे लगा कि उस गीत का चॉक से खींचे गए दायरों के काले जादू से दूर का भी रिश्ता नहीं। वह रेगिस्तान में उस चरवाहे की पुकार है, जो जन्त्रों-मन्त्रों के बारे में कुछ नहीं जानता, जो प्रकृति की गोद में जीता है, दूध और दही पर गुज़ारा करता है, बाँस की झोंपड़ी में सोता है, जिसके कुछ अन्धविश्वास ज़रूर हैं, किन्तु जिन्हें वह किसी अच्छी या बुरी शक्ति के साथ नहीं जोड़ता और कभी-कभी ज़िन्दगी में उसे एक अनिर्वचनीय-सी चाहना घेर लेती

है और तब वह अपनी मीठी और अक्खड़ भाषा में निराशा और चाहना से भरा साफ और समतल गीत गाने लगता है, फिर उसकी जीवन-संगिनी नए चरवाहों को जन्म देती है और वह पूर्ववत् अपनी ज़िन्दगी के दिन दूध और मक्खन और शाम को आग की लपटों, बाँस की झोंपड़ी में खालों की गन्ध के बीच गुज़ार देता है।

और तब मुझे सहसा इस बात का अहसास हुआ कि इस मास्टर के कुरुचिपूर्ण वाक्य ने जादू की तरह एमेके को आध्यात्मिक दुनिया की उलझनों से मुक्त करा दिया था और यह गीत उस महान 'दैहिकता' से उत्पन्न हुआ था, जो एमेके के भीतर मौजूद है, किन्तु मैं यह भी जानता था कि यह सिर्फ़ मास्टर के वाक्य की करामात थी, ख़ुद मास्टर की नहीं।

और सहसा एमेके के ड्रामे का चरम बिन्दु मेरी आँखों के सामने चला आया।

उसके जीवन में पापात्मा का प्रतीक वह पैंतालीस वर्ष का आदमी था। होटल और बग़ीचे का मालिक, जिसने अपनी क्रूरता से उसे खतरनाक छायाओं के लोक में अवास्तविक कल्पनाओं की भयानक दुनिया में धकेल दिया था और अब वह उसमें सर्व शक्तिमान, पुण्य, प्रेम, आध्यात्मिक, अदैहिक, पवित्र प्रेम को खोज रही थी, किन्तु मुझे लगा कि थोड़ा-सा सच्चा प्यार अगर उसे मिले, तो अंधविश्वासों, मनोवैज्ञानिक, आध्यात्मिक प्रतीकों की यह उलटी दुनिया, जो वह अपने भीतर पाल रही थी, ख़ुद उसके लिए अजीब और अजनबी बन जाएगी, या दूसरे शब्दों में, ज़रा-सा मानवीय प्यार उसकी आत्मा को, जो अब तक सिर के बल उलटी खड़ी थी, उसे अपने पैरों पर सीधा खड़ा कर देगी।

और तब मैंने सोचा कि जिस 'अच्छाई और विराट शक्ति' को वह खोज रही है, वह मैं स्वयं हो सकता हूं, या शायद अब तक उसकी आँखों में हो चुका हूँ, हालाँकि वह अभी शायद ख़ुद इस तथ्य को स्वीकार नहीं कर पाएगी, शायद वह अभी इस बारे में ख़ुद कुछ जानती भी

नहीं, किन्तु शायद उसके अवचेतन के अजाने, गहरे कोटर में मैंने वह 'जगह' पा ली है, जिसे वह अब तक ढूंढ़ रही थी और इस 'जगह' पर खड़ा होकर मैं उसकी गाथा, उसके जीवन-प्रवाह को बदल सकता हूं, मैं सचमुच सर्वोच्च शक्ति, सृजनकर्त्ता बन सकता हूँ......धुँधले पागलपन की तरफ भागती हुई सुन्दर छायाओं से एक ठोस व्यक्ति का निर्माण कर सकता हूँ, उसका मस्तिष्क अभी इस काबिल है, हालाँकि ज़्यादा देर नहीं रहेगा कि उसे धूमिल कल्पनाओं की अंधी गली से खींचकर दुबारा ठोस वस्तुओं की पटरी पर लाया जा सके और अब इसे ज़्यादा देर नहीं टाला जा सकता, क्योंकि किसी भी समय वह उन बादलों के धुँधलके में खो सकता है, जो ठोस धरती से उठते हैं, किन्तु बाद में अपने नियमों के अनुसार अजानी, ख़तरनाक ऊँचाइयों में उड़ जाते हैं, जहाँ उनका इस ठोस धरती के नियमों-कानूनों से कोई सम्बन्ध नहीं, जहाँ उनका अपना सत्य है, जिसे झूठ नहीं कहा जा सकता, क्योंकि वह एक बिल्कुल दूसरी दुनिया है और हमारी दुनिया और उसके बीच कोई रिश्ता, कोई बोलचाल नहीं और उस दुनिया में बन्द होकर वह लड़की से औरत बनेगी और औरत से बूढ़ी झुर्रियों से लदा चेहरा, व्यर्थ में मुरझाई हुई जननेन्द्रियाँ और उसकी आत्मा धीरे-धीरे एक ठंडे, गोथिक गलियारे में बहती बूढ़ी अभिशप्त आवाज़ों में खो जाएगी, एक गलियारा, जो इस दुनिया को दूसरी दुनिया से जोड़ता है, जिसके बारे में हम कुछ नहीं जानते और जो शायद कुछ भी नहीं है।

"वाह, कमाल कर दिया।" जब मास्टर ने ताली बजाते हुए कहा, "अब कोई 'चरदाश' की धुन बजाइए।"

वह धीरे से मुस्कराई और फिर सचमुच 'चरदाश' बजाने लगी, और उसकी समूची देह उसकी मदमाती लय में हिलने लगी। आँखों में एक गहरी-सी चमक उभर आई किन्तु वह वैसी ज्वरग्रस्त चमक की छाया न थी, जो कुछ देर पहले मुझसे बातें करते हुए उसकी आँखों में सुलग आई थी।

मास्टर पियानो से जरा दूर जाकर नाचने लगा। उसके पैर बिना

किसी लय-ताल की परवाह किए इधर-उधर पड़ रहे थे और फिर एमेके गाने लगी। इस बार उसका गीत सुनते ही हॉल के दूसरे लोग, जो अब तक 'फ्रांसीसी डाक' वाले खेल में भाग ले रहे थे या पिंग-पांग खेल रहे थे, हमारे इर्द-गिर्द दायरा बनाकर खड़े हो गए। मुझे फिर पियानो के आगे बैठना पड़ा और चन्द लोकप्रिय फ़रमायशी धुनें बजाने लगा।

कुछ लड़के-लड़कियों के जोड़े डांसिंग-फ्लोर पर नाचने लगे, जिनमें मास्टर भी एमेके के साथ शामिल हो गया। एमेके बिल्कुल बदल गई थी, मानो किसी तितली के अचानक पंख निकल आए हों, अब वह सचमुच की एमेके लग रही थी, कोई स्वप्न-गाथा नहीं, बल्कि जीवन्त और असली, क्योंकि उस आदिम और अनजान मास्टर ने अनजान और आदिम तरीक़े से उसके गहरे, रहस्यमय दिल का पता लगा लिया था, जो उसके भविष्य का रास्ता था, किन्तु इस रास्ते और भविष्य का मास्टर की नियति से कोई लेना-देना नहीं था, क्योंकि मास्टर को उसके भविष्य से कोई दिलचस्पी नहीं थी। उसकी दिलचस्पी सिर्फ़ इस सप्ताह के चन्द मनोरंजन-भरे दिनों तक सीमित थी, ग़लीज़ सुख की चन्द ग़लीज़, फोहस स्मृतियों तक। मैं उस रास्ते पर जा सकता था, किन्तु मैं अपनी जिन्दगी के रास्ते पर इतना दूर जा चुका था कि बिना सोचे-समझे किसी दूसरे के भविष्य की तरफ़ अपने को मोड़ पाना बहुत आसान नहीं जान पड़ता था।

पियानो के 'की-बोर्ड' पर मैं अपनी अँगुलियाँ घुमाता रहा, एक धुन के बाद दूसरी धुन और मेरी आँखें बराबर उस पर टिकी थीं और तब सहसा मास्टर की तरह मेरे दिल में भी उसकी सुगठित छरहरी देह के लिए अजीब-सी चाहना उमड़ने लगी, उसके वक्षस्थल के लिए जो उसकी सुडौलता को जरा भी भंग नहीं करते थे।

किन्तु मुझे यह भी मालूम था कि सारी चीज़ बहुत, ज़्यादा पेचीदा है। उसका आसान-सा नुस्ख़ा ज़रूर था (मास्टर बेझिझक कह देता, इसके हम बिस्तर हो जाओ, सारी समस्या सुलझ जाएगी)। मैं यह भी जानता था कि कुछ भी हो, यह नुस्ख़ा अपनी जगह सही था, किन्तु उस

लक्ष्य, उस दैहिक कर्म पर पहुँचने से पहले एक ऐसे स्टेज को पार करना बहुत जरूरी था, जो अपने में बहुत कोमल, बहुत अधिक पेचीदा था और जिसमें मास्टर के उथले, बने-बनाए फार्मूले किसी काम के नहीं थे।

किन्तु यहाँ प्रश्न शारीरिक माँग का नहीं था, बल्कि उस दायित्व का था, जो उसकी शर्त है और जो उसका साक्षी भी है, उस आपसी सम्बन्ध का साक्षी, जिसे दो व्यक्ति जीवन और मृत्यु के खिलाफ बनाते हैं, एक सृजनात्मक कर्म का प्रतीक, जिसे मैं क्रियान्वित कर सकता था, किन्तु मैं उनके लिए इच्छुक नहीं था।

ऐसे कर्म के लिए ज़िन्दगी के अनेक वर्ष त्यागने की जुर्रत होनी चाहिए, और आदमी जानता है कि कोई भी सम्मोहन, चाहे वह कितना ताकतवर क्यों न हो, अन्त में महज़ अतीत के हाशिये पर सिकुड़ जाता है और बचा रहता है सिर्फ़ वर्तमान, दैनिक चर्या के मामूली दिन।

नहीं, मैं उसके लिए इच्छुक नहीं था, मैं इच्छुक था महज़ उसकी देह के लिए, एक प्रीतिकर एडवेंचर के लिए, जो मनोरंजन के दूसरे साधनों से अलग होगा, नारी पाँवों के लिए, जंघाओं के लिए, गोद के लिए... मैं जानता था कि अगर मैं सिर्फ़ यही पाता हूँ, और उसकी सारी जिन्दगी को अलग छोड़ देता हूँ, तो यह उसे नष्ट कर देने के लिए काफ़ी होगा।

और मैं एमेके को देखने लगा, जो मास्टर के साथ नाच रही थी और तब मास्टर के प्रति मेरा दिल घृणा से जलने लगा, वह जो आदमी न होकर महज़ सहवासों का 'कुल जोड़' था। और स्वयं एमेके के प्रति मेरे मन में आदिम किस्म का मर्दाना गुस्सा भड़क उठा, क्योंकि वह उसके साथ नाच रही थी और मुझे लगा कि वह वैसी नहीं है, जैसा कुछ देर पहले मैंने उसके बारे में सोचा था और यद्यपि मैं उसकी निराशा-भरी कुंठाओं की दुनिया से सहमत नहीं था, उस क्षण मुझे वह दुनिया मास्टर की दुनिया से कहीं बेहतर जान पड़ रही थी।

इसलिए जब उस शाम हम भोजन कक्ष जाने के लिए सीढ़ियाँ उतर रहे थे, मैंने व्यंग्यात्मक लहज़े में उससे कहा कि मास्टर के साथ उसका अच्छा-खासा समय बीत रहा है और आख़िर वह भी तो काफी निचले किस्म का दैहिक आदमी है।

और उसने बहुत भोले अन्दाज में उत्तर दिया, "मैं जानती हूँ, वह बहुत देहवादी शख़्स है, मुझे उस पर काफ़ी अफ़सोस है। हमें ऐसे लोगों से सहानुभूति करनी चाहिए, जो उस जैसे गए-गुजरे हैं।"

तब मैंने उससे पूछा कि क्या उसे मुझ पर भी अफ़सोस होता है, क्योंकि मैं भी आख़िर देहवादी हूँ।

"आप उतने नहीं हैं," उसने कहा, "आपमें कम-से-कम आध्यात्मिक चीज़ों के बारे में दिलचस्पी है, उसमें तो बिल्कुल नहीं है।"

अब दुबारा सहसा वह बदल गई थी। कुछ देर पहले वह जैसी मास्टर के साथ दिखाई देती थी, उसका लेश-मात्र चिह्न भी अब दिखाई नहीं देता था। पुन: किसी दूसरी दुनिया का बादल दुबारा उसके चेहरे पर सिमट आया था। अपने विचारों में खोई एक भिक्षुक-सी वह खाने की मेज़ के सामने बैठी थी। मास्टर की ललचाई निगाहों के प्रति सर्वथा उदासीन, न ही उसे गडरिये की लुब्ध दृष्टि का ध्यान था, जो अब तक एक

उत्पीड़ित प्रेमी की हैसियत से अकेले में समय गुज़ार रहा था, किन्तु अब लगता था, जैसे इतना अकेलापन उसकी शक्ति के बाहर है।

भोजन के बाद करीब साढ़े आठ बजे हमारे सांस्कृतिक गाइड ने घोषणा की, कि कुछ छोटी, डॉकुमेन्ट्री फिल्में दिखाई जाएंगी।

एमेके अपने कमरे में चली गई और मैं बगीचे में टहलने चला आया। वह ऊबड़-खाबड़ बगीचा था, बासी हवा और उमस का वातावरण। मैं एक टूटे-फूटे बारिश में भीगे बेंच पर बैठ गया। मेरे सामने बौने की मूर्ति खड़ी थी, बारिश में भीगा चेहरा और मुँह में दबी पाइप कुछ-कुछ वैसी पाइप की तरह, जो मेरे दादा पिया करते थे। उनके बाग़ में भी एक बौने की मूर्ति थी और लकड़ी का छोटा-सा क़िला, जिसके चारों तरफ खाई थी और जिसकी खिड़कियों पर दादा ने सचमुच का शीशा लगाया था और हर वसन्त में वह क़िले की दीवारों पर लाल रंग की वार्निश से पुताई किया करते थे। उनकी उम्र सत्तर से ऊपर थी, किन्तु क़िले की क़ल्पना उन्हें उसी तरह उत्तेजित करती थी, जितनी मुझे, जब मैं छोटा था।

किन्तु उस रात बगीचे में भी दादा के क़िले की स्मृति मुझे एकाएक झिंझोड़ गई, छोटा और नन्हा किला, किन्तु जो मेरी आँखों में बहुत वास्तविक था, जिसकी सीढ़ियों से कभी शायद बादशाह का जुलूस निकलेगा, जिसमें लोग गुलीवर कथा की मानिन्द अंगुल-भर लम्बे होंगे। शीशे की खिड़कियों के पीछे कमरे, शयन-कक्ष और अतिथियों के आदर-सत्कार के लिए लम्बे हॉल, जो उतने ही वास्तविक थे जितना वह क़िला।

मेरी आँखें मिट्टी के बने उस बौने के सुखी, विलासप्तिय, कटे-फटे चेहरे पर टिक गईं और तब सहसा मुझे लगा कि यह मैं हूँ। तीस वर्ष की उम्र वाला कुँवारा शख़्स, जिसकी मार्गरेता जैसी एक विवाहित औरत के साथ साठ-गाँठ है। एक ऐसा आदमी जो किसी चीज में विश्वास नहीं करता, किसी चीज़ को गंभीरता से नहीं लेता, जिसके लिए दुनिया, ज़िन्दगी, राजनीति, यश और सुख सब कुछ महज़ ताश के पत्ते हैं। जो

अकेला है, और यह अकेलापन मजबूरी के कारण नहीं है, बल्कि जो अनिवार्य है, एक सफल और स्वच्छ आदमी, जिसे अच्छा वेतन मिलता है, जिसे अब कोई चीज़ आश्चर्य में नहीं डाल सकती, जो हर चीज़ के रहस्य से परिचित है, एक ऐसी बढ़ती हुई उम्र जब देह की परेशानियाँ शुरू हो जाती हैं।

यह उम्र का वह हिस्सा है, जब आदमी अन्तिम क्षण में विवाह कर लेता है, ताकि उसे अपने बच्चों का बड़प्पन देखने का मौका मिल सके, जब वे दुनिया की चीजों को समझने-बूझने लगते हैं। और एमेके ? वह अभी सुन्दर थी, जवान थी, हंगेरियन थी, जिसके एक बच्चा था... एक नया-ताजा व्यक्त्वि कुछ-कुछ अजाना-सा और फिर भी काफ़ी वयस्क, उम्र लगभग अट्ठाईस वर्ष की, एक बच्चे के साथ रहती थी, विदेशी, हंगेरियन लड़की, बहुत तेज़ बुद्धि नहीं, आध्यात्मिक झक्कीपन से लदी हुई, पता नहीं कैसी पवित्र, लेकिन पवित्र, हर चीज़ को ठुकराने वाली, दूसरों को अपनी आस्था की तरफ़ खींचने में प्रयत्नशील। संक्षेप में, एक आदर्श चीज़, जिसके साथ मन बहलाने के लिए मजे से कोई एडवेंचर किया जा सकता है, इससे अधिक कुछ नहीं इससे अधिक कुछ भी नहीं।

किन्तु वनैले जानवर की वह भयानक निगाहें, दुनिया के विरुद्ध अपने को बचाने की वह आत्मघाती छटपटाहट, गहरी धुंध में भरे वह रहस्यवादी अन्धविश्वास, उनका ख्याल आते ही मेरी देह में एक ठंडी-सी कंपन दौड़ गई।

उसके साथ समस्या जीवन और मृत्यु की थी, इतनी आसान नहीं कि कुछ घिसी-पिटी आकर्षक बातें किसी ऐसे चुने हुए क्षण में, जब गर्मियों की शाम अजानी-सी चाहना ऊपर तिर आती है और छुट्टियों का बहका-सा मूड, सब मिलकर एक ऐसी भीगी-सी मन:स्थिति पैदा कर देते हैं, जिसमें सब डर और वर्जनाएँ घुल जाती हैं और हर लड़की अपने को समर्पित करने को तैयार हो जाती है, नहीं उसके साथ ऐसा

नहीं था, उसके लिए यह एक बहुत बड़ी चीज थी, समूची जिन्दगी की, प्यार की, आत्मबलिदान की अथवा रहस्य की, धुंध में मृत्यु की, आधी रात के सफेद दायरों की, जो मेज़ के इर्द-गिर्द खींचे जाते हैं, मध्ययुगीन लोगों, सनकी या मानसिक रूप से बीमार लोग जो बीसवीं शती में भी यह विश्वास करते हैं कि मेंढ़क के बाल से केन्सर का इलाज़ किया जा सकता है, काले जादू के विनाशकारी अशुभ मंत्र, जिन्हें दुहराने से किसी भी आदमी की आत्मा को अंधेरे नरक में भेजा जा सकता है या अच्छी शुभ प्रार्थनाएँ, जिन्हें एकाग्र मन से पढ़ने या सन्तों के चित्रों को चूमने से बुरी से बुरी बीमारियां दूर की जा सकती हैं।

हालांकि मृत्यु किसी भी दृष्टि से अधिक वांछनीय है, क्योंकि मृत्यु वह दरवाज़ा है, जिसमें से गुजरकर आदमी उस सम्पूर्ण गति को प्राप्त कर लेता है, जो सर्वशक्तिमान और चिरानन्द के सबसे अधिक निकट है, यह उसकी समस्या थी, यह महज़ एक रात की समस्या नहीं थी, बल्कि अब रातों की, जिसे अनेक वर्षों से वह अपने भीतर पालती रही थी और सच पूछा जाए, तो यह सिर्फ़ रात की समस्या नहीं थी, बल्कि दिनों में भी, जिनमें वैवाहिक प्रेम को बड़ी सतर्कता से सँभालकर रखा जाता है, ताकि पति-पत्नी दुःख-सुख को एक साथ झेल सकें, जब तक मृत्यु उन्हें हमेशा के लिए एक-दूसरे से अलग ने कर दे। ऐसा वह लड़की सोचती थी, वह लड़की जिसका नाम एमेके था।

किन्तु कुछ देर बाद मैं अँधेरे हॉल में आकर बैठ गया, जहाँ हमारा सांस्कृतिक गाइड वह डॉकूमेंट्री फिल्म दिखा रहा था। उसने शायद सबसे अधिक उबाने वाली फिल्म को चुना था। समूचा हॉल सिगरेट के धुएँ से और शाम के धुंधलके में डूबा था और तब मैंने एमेके का हाथ पकड़ा, कोमल और गर्म, और चूँकि मैं जानता था कि उस 'रिक्रियेशन-सेण्टर' में कल हमारा आखिरी दिन है, सहसा मैंने सोचा कि मुझे कुछ कहना चाहिए, या शायद मैं उस फैली हुई अफ़वाह का शिकार बन गया था कि इन 'रिक्रियेशन-सेण्टरों' में अक्सर लोग कुंवारी जवान लड़कियों,

विधवाओं या दूसरे लोगों की पत्नियों के साथ मज़ा लूटते हैं।

मैं भी अपने को बस में नहीं रख सका और मैंने उससे कहा कि क्या कुछ देर बाहर टहलने के लिए वह मेरे साथ आ सकती है। वह मान गई और मैं खड़ा हो गया। वह भी खड़ी हो गई और पर्दे पर से गिरती सिनेमा की रोशनी में मैंने देखा कि किस तरह मास्टर की निगाहें उसका पीछा कर रही हैं, जब वह मेरे साथ हॉल से निकलकर बाहर आई थी बाहर इमारत के सामने, जहाँ अगस्त की रात को आलोक फैला था।

हम खेतों के बीच रात की रोशनी में सफ़ेद पगडंडी पर चलने लगे। हमारे दोनों ओर चेरी के पेड़ और चौड़े सफ़ेद पत्थर और घास की गन्ध और लाखों कीड़े-मकोड़ों और झीगुरों की छोटी-छोटी आवाजें थीं।

मैंने एमेके की बग़ल में हाथ डाल दिया, उसने कोई आनाकानी नहीं की। मैं उससे कुछ कहना चाहता था, किन्तु उस क्षण मुझे नहीं सूझा कि मैं क्या कहूँ और हम चुपचाप चलते रहे। शायद मेरे भीतर छिपी अपराध-भावना ने मुझे वे गिरी हुई ठिठोलियाँ करने से रोक दिया, जो अगस्त की रात में कोई भी आदमी किसी लड़की के साथ कर सकता है और छुट्टी के मूड में कोई भी लड़की उसे रोकेगी नहीं, बशर्ते वह आदमी थोड़ा-बहुत जवान हो और शक्ल-सूरत में बिल्कुल ही गया-गुजरा न हो, पर मैं ऐसा कुछ भी नहीं कर पा रहा था, क्योंकि मुझे एक बार फिर यह ख्याल आया कि कोई भी बात, चाहे वह कितनी ही हल्की क्यों न हो–उसके जीवन और मृत्यु से जुड़ी है और यह ख्याल भी कि वह और लड़कियों से अलग है, कहीं अधिक गहरी और विचारशील।

मैं चलते-चलते ठहर गया और मैंने सिर्फ़ इतना कहा, "एमेके!"

और वह भी ठहर गई और उसने कहा, "क्या?"

और तब मैंने उसे आलिंगन में ले लिया, या शायद मैंने सिर्फ़ उसे

आलिंगन लेने की हरकत की, किन्तु उसने तुरन्त अपने को मेरी अधूरी पकड़ से छुड़ा लिया। मैंने कोशिश की, उसकी पतली और सुडौल कमर को पकड़कर मैंने उसे अपने पास खींचना चाहा, किन्तु उसने झटके से अपने को मुक्त करवा लिया। फिर वह मुड़कर जल्दी-जल्दी चलने लगी।

तेज़ी से भागकर मैं दुबारा उसके साथ हो लिया और धीरे से उसकी कुहनी पकड़ ली। उसने कोई आपत्ति नहीं की और मैंने कहा, "आप नाराज हो गईं?" उसने सिर हिलाया और कहा, "नहीं मैं नाराज़ नहीं हूं।" "सच कहो," मैंने कहा।

"सच मैं नाराज़ नहीं हूँ, लेकिन आपने मुझे बहुत निराश किया।" उसने कहा।

"निराश?" मैंने कहा।

"हाँ,' एमेके ने उत्तर दिया, "मैंने समझा था कि आप कुछ अलग किस्म के हैं, लेकिन असल में आप है नहीं, आप पर भी देह सवार है, जैसे और पुरुषों पर।"

"ईश्वर के लिए मुझ पर ख़फ़ा न हो, एमेके।" मैंने कहा।

"नहीं, मैं ख़फ़ा नहीं हूँ, मुझे मालूम है, ज़्यादातर मर्द ऐसे ही होते हैं, आपका क़सूर नहीं है, अभी आप मुकम्मल नहीं हैं। मैने सोचा था, आप सही रास्ते पर हैं, लेकिन आप हैं नहीं। ठीक उसी तरह नहीं, जैसा मैंने सोचा था।"

"और आप?" मैंने कहा, "क्या आप... क्या आपने मुकम्मल तौर से हर दैहिक चीज़ को छोड़ दिया है ?"

"हाँ।" उसने कहा।

"लेकिन अभी आप जवान हैं," मैने कहा, "क्या आप दुबारा विवाह नहीं करना चाहतीं ?"

उसने सिर हिलाया, "सब मर्द एक जैसे होते हैं," उसने कहा, "मैंने सोचा था कि शायद ऐसा कोई मित्र पा सकूँ, जिसके साथ जीना संभव हो सके, लेकिन सिर्फ़ मित्र की तरह, कोई शारीरिक संबंध नहीं, वह मुझे भयानक लगता है। नहीं, मुझे उससे कोई नफरत नहीं है। मैं जानती हूँ कि देहवादी लोगों को उसकी ज़रूरत है। मैं उसे अपने में बुरा भी नहीं मानती, किन्तु वह एक बुरी चीज़ से पैदा होती है, एक अपूर्ण चीज़ से, शरीर से, जो भौतिक है, जबकि आदमी को आत्मा की तरफ जाना चाहिए, किन्तु अब मैं विश्वास नहीं करती कि कोई ऐसा मित्र पा सकूँगी; और इसलिए मैंने सोच लिया है कि अकेले रहना ही बेहतर है, सिर्फ़ अपनी बच्ची के संग।" वह बोल रही थी और चाँद और अगस्त की रात और तारों के आलोक में उसका चेहरा अजीब-सा दूधिया और गरिमामय हो आया था।

"आपको ऐसा मित्र कहीं नहीं मिलेगा," मैंने कहा, "उस बाग के माली की बात अलग थी, जो आपको किताबें दिया करता था, क्योंकि उसमें इतनी सामर्थ्य ही न थी..."

"उसके बारे में ऐसी बात मत करिए," उसने मुझे बीच में ही टोक दिया, "मेहरबानी करके इस तरह मत बोलिए।"

"लेकिन एमेके, मैं सारी बात बहुत गंभीरता से कह रहा हूँ," मैंने कहा, क्या आपके भीतर किसी आदमी के लिए चाहना नहीं उठती... मेरा मतलब है, जब लड़कियां वयस्क और सुन्दर हो जाती हैं, जैसी आप हैं, तब क्या वे कोई आकांक्षा नहीं करतीं ? क्या आप सचमुच यह सोचती हैं कि आपको कोई ऐसा मित्र मिलेगा ?"

अगर वह अपाहिज या लूला-लंगड़ा न हो, जो आपसे कुछ नहीं चाहेगा?"

"नहीं, चाहना की बात नहीं है," एमेके ने कहा, "हर आदमी के भीतर लालच होता है, उसे अपने को उससे मुक्त करना चाहिए।"

"लेकिन क्यों ? किसलिए ?" मैंने कहा, "जरूरी नहीं कि इस तरह की चाहना सिर्फ़ दैहिक हो, वह प्रेम का लक्षण भी हो सकती है, अपने को पूर्ण करने की चाहना। आख़िर आप अपनी बच्ची से भी तो प्रेम करती हैं। क्या आप नहीं चाहतीं कि आपके और बच्चे हों, जबकि आप इसके काबिल हैं? क्या आप अपनी इच्छा से इन सब चाहनाओं का त्याग कर देंगीं?"

"त्याग?" एमेके ने कहा, "सब ईश्वर की मरज़ी पर है।"

"लेकिन ईश्वर ने क्या आपको किसी तरह रोक रखा है?" मैंने कहा, "उसने आपको कितना कुछ दिया है, औरों से कहीं ज़्यादा....आप जवान, सुन्दर और स्वस्थ हैं। सब आदमी आपके पहले पति की तरह नहीं होते और न ही उन कारणों से लोगों के वैवाहिक संबंध टूटते हैं। ऐसे पुरुष भी होते हैं, जो सचमुच स्त्रियों से प्रेम करते हैं और सिर्फ़ वैवाहिक जीवन के दैहिक पक्ष के कारण नहीं, हालाँकि वह भी प्रेम का एक ज़रूरी हिस्सा होता है...."

"सच्चे प्रेम का वह हिस्सा नहीं होता," एमेके ने कहा, "सच्चा प्रेम आत्मा का प्रेम होता है।"

"अगर ऐसा है, तो बच्चों की चाहना के क्या मायने हैं?" मैंने कहा, "या शायद आप बच्चों के खिलाफ हैं?"

"अरे नहीं," उसने कहा, "बच्चे बेचारे निर्दोष होते हैं और उन्हें प्रेम की ज़रूरत है, लेकिन उन पर पाप का बोझ है, और हर औरत को जो बच्चे को इस दुनिया में लाती है, अपने पाप की पीड़ा भोगनी पड़ती है।"

"यह मेरे प्रश्न का जवाब नहीं है," मैंने कहा, "और आजकल तो बिना पीड़ा के बच्चे जने जा सकते हैं, लेकिन मैं पूछना चाहता हूं कि क्या आप सचमुच इस बात का समर्थन करती हैं कि बच्चे जने जाएँ? क्या आपके तर्क के मुताबिक़ यह बेहतर नहीं होगा कि बच्चे पैदा करने का काम छोड़ दिया जाए? आख़िर इस दुनिया में बार-बार पाप के फलों को लाने का क्या फायदा, ऐसे ही फल, जो देह की भौतिक चाहनाओं से भरे

हैं, क्योंकि अधिकांश बच्चे बड़े बनकर उन्हीं चाहनाओं का शिकार होंगे, जिनसे आप नफ़रत करती हैं......क्या सचमुच यह बेहतर नहीं होगा कि मनुष्य जाति को ख़ुद-ब-ख़ुद नष्ट हो जाने के लिए छोड़ दिया जाए?"

"नहीं-नहीं," उसने जल्दी से कहा, "यह तो ईश्वर की इच्छा है कि वे जीवित रहें। ईश्वर की दया अन्तहीन है और वह चाहता है कि सब लोग अपने पापों से मुक्त हो सकें......और एक दिन सचमुच वे मुक्त हो जाएंगे।"

"लेकिन ये सब लोग कौन हैं, कब होंगे ये 'सब लोग'?" मैंने कहा, "क्या यह बेहतर नहीं होगा कि दुनिया में अब जितने 'सब लोग' हैं, वे उतने ही रहें।"

"अरे नहीं, आप नहीं समझते।" उसने कहा।

"आप नहीं समझतीं," मैंने कहा, "आप ख़ुद अपने को नहीं समझतीं, आप अन्तर्विरोधों से भरी हैं, अपनी इस रहस्यमय फिलॉसफी में आप एक भी चीज़ का हल नहीं पा सकी हैं, उसमें किसी तरह का लॉजिक नहीं है।"

"आह, यह लॉजिक," उसने कहा, "यह लॉजिक होता क्या है, सिर्फ़ स्कूली कोर्स का एक विषय।"

"नहीं, वह सब कुछ है," मैंने कहा, "वह यह भी है कि आप मुझे बहुत अच्छी लगती हैं कि......मैं आपको चाहता हूं कि......"

"नहीं-नहीं, ऐसा मत कहिए," और उसने मुझे वह नियति से भरा वाक्य कहने से रोक दिया, जो कम-से-कम उसके केस में वापस नहीं लिया जा सकता था, जो एक गहरे अर्थ से ओत-प्रोत होता। महज़ ऐसा वचन नहीं, जिसे कभी भी तोड़ा जा सकता है, जिसे कभी भी भुलाया जा सकता है। नहीं वह तोड़ने और भुलाने से बहुत परे होता, क्योंकि वह एक ऐसे प्राणी को सम्बोधित करके कहा जाता, जो वह थी, एमेके, एक गाथा, एक लीजेण्ड, एक कविता, एक अतीत, एक भविष्य।

हम 'रिक्रियेशन-सेण्टर' की इमारत के आगे आकर खड़े हो गए। दरवाज़े से रोशनी बाहर आ रही थी। वह चुपचाप जंगल की छायाओं को देख रही थी, जो शाम की घड़ी में चारों तरफ़ फैल जाती हैं। उसकी आँखों में अब बनैले जानवर का निरीह भाव नहीं था। उनमें अब एक ऐसी नारी की आहट सिमट आई थी, जो अपने युग-युगान्तर से चले आए अभिशाम से जूझती है। ऐसा अभिशाप, जो उसकी कमज़ोरी और जीवन-दाय शक्ति का कारण है, जो एक लाल लहर-सा उसके मस्तिष्क, विचारों और अनुभूतियों को छीलता-छेदता चला जाता है–चाहे उसका अन्त कितना ही पीड़ामय क्यों न हो और बाद में अविवाहित माँ बनने की शर्म और चिन्ताएँ और शरीर के मोटा होने का जोखिम और यह डर कि एक दिन देह का सौन्दर्य और जीवन और सब कुछ ख़त्म हो जाएगा। कोई भी औरत अपने को इस अभिशाप से अछूत नहीं रख सकती, हर स्त्री देर-सवेर अपने को उसके प्रति समर्पित कर देती है और उस अभिशाप से ही उसके भीतर एक नये व्यक्ति का जन्म होता है।

"अच्छा गुडनाइट!" एमेके ने कहा और अपना हाथ आगे बढ़ा दिया।

"एमेके," मैंने कहा, "एमेके, मैंने जो कहा है, आप उसके बारे में ज़रूर सोचिएगा।"

"गुडनाइट!" उसने कहा और वह होटल में ग़ायब हो गई। सीढ़ियों पर मैं उसकी पतली टाँगों को देखता रहा और फिर कुछ नहीं....कुछ लम्हों के लिए मैं होटल के आगे खड़ा रहा और फिर अपने कमरे में चला आया।

मास्टर अपने बिस्तर पर लेटा था। उसने अपनी जुराबें, जाँघिया, क़मीज़, और पतलून बड़ी सतर्कता से तह करके कुर्सी की पीठ और पलंग के पैतियाने पर फैला दिए थे। वह अभी सोया नहीं था। जब मैं कमरे में घुसा, उसने अपनी मनहूस निगाहों से मुझे ऊपर-नीचे देखा।

"तो क्या हाल है?" उसने कहा।

मैंने कोई उत्तर नहीं दिया और पलंग पर बैठकर अपने कपड़े उतारने लगा। मेरी तरफ़ घूरती उसकी आँखें दो सूखी खजूरों-सी दिखाई दे रही थीं।

"वाह मेरे यार! यूँ ही सूखा सोओगे?" उसने कहा।

"अरे छोड़ो!" मैंने कहा और कमरे की बत्ती बुझा दी और अपने बिस्तर पर लेट गया।

कुछ देर कमरे में सन्नाटा रहा, फिर मास्टर ने कहा, "मुझे लगता है, तुम औरतों के मामले में घनचक्कर हो। क्यों ठीक कहता हूं न?"

"गुडनाइट!" मैंने कहा।

खिड़की के परे मुर्ग़े की बांग सुनाई दी, शायद किसी दुःस्वप्न ने उसकी रात्रि-निद्रा को सहसा तोड़ डाला था।

दूसरे दिन शाम को मैं 'रेड वाइन' पी रहा था और एमेके को देख रहा था। उसने गर्मियों की पोशाक पहन रखी थी। सफ़ेद छोटे-छोटे कॉलर और नंगी बाँहें। बिल्कुल वैसी पोशाक, जैसी उसकी उम्र और डील-डौल की दूसरी लड़कियाँ पहनती हैं।

पिकनिक में आए हुए दूसरे लोगों ने जब देखा कि मैं अकेला बैठा हुआ पी रहा हूं, तब उन्होंने एमेके को भी नाचने के लिए आमन्त्रित किया।

पहले उन्होंने ऐसा साहस नहीं किया था, क्योंकि 'पिकनिक-सप्ताह' के कानूनों के अनुसार मैं और एमेके एक जोड़ा बन गए थे, क्योंकि वे हम दोनों को हमेशा एक साथ देखते थे और छुट्टियों के दौरान ऐसे 'जोड़ों' के संबंध को पवित्र माना जाता था, जिसमें कोई दख़ल देने का साहस नहीं करता था।

और उसके बाद एमेके हमेशा किसी-न-किसी के साथ डांसिग फ़्लोर पर दिखाई देती। एक बार सांस्कृतिक-गाइड के साथ, जो पीने के बाद अपने आधे होश खो चुका था; एक बार गडरिये के साथ, जिसका आक्रोश भाव अब तक मिट चुका था और जो अब बची-खुची घड़ियों का पूरा उपयोग कर लेना चाहता था (चार या पाँच लड़कियों में से किसी के साथ भी, जो वहाँ मौजूद थीं)।

एक बार कपड़ों की दुकान के तोंदिल महाशय के साथ, जिनकी स्थूलकाय पत्नी एक मेट्रन की तरह अपनी स्नेह-भरी आँखों से एमेके को देख रही थी; (उन आँखों में किसी तरह की ईर्ष्या नहीं थी, क्योंकि वह उन औरतों में से थी, जो हर आकर्षक लड़की में नारी की भ्रामक नियति का पता चला लेती हैं और उसके आधार पर एक रहस्यमय ढंग से उसे अपनी बहन बना लेती हैं)। एक बार जैज़ के बैंड-मास्टर के साथ, जो सारी शाम स्टेज़ पर वॉयलिन बजाता रहा था। और भी कई लोगों के साथ एमेके नाच रही थी।

और मैं अपनी शराब के तीसरे गिलास के आगे बैठा था, एक अनिश्चित आदमी की तरह, जिसमें एक तरफ अपनी जिम्मेदारी का अहसास होता है और दूसरी तरफ़ वह अपने ज़माने से इतना जुड़ा होता है कि बराबर उसे अपने भीतर सनकीपन, लापरवाही और ज़िम्मेदारी के ख़िलाफ़ लड़ना पड़ता है।

एमेके......! धीरे-धीरे शराब मेरे सिर की तरफ चढ़ने लगी। एमेके उन पांच-छः लड़कियों से बिल्कुल अलग दिखाई दे रही थी, जो डांसिंग-फ्लोर पर नाच रही थीं। सबसे अधिक आकर्षक, जवान होते हुए भी पकी हुई, जिसमें वह अधकचरापन नहीं था, जो अक्सर सत्रह वर्ष की आयु वाली लड़कियों में होता है, जो अभी तक फ़ैसला नहीं कर पाई हैं कि बचपन के आकर्षण को वयस्क उम्र के तपे हुए ग़ैर दिलचस्प सौन्दर्य में अथवा स्वाभाविक रूप से परिपक्व, उर्वरा लावण्य में बदलना कहाँ तक संगत होगा?

एमेके अन्य लड़कियों की ही तरह हँस रही थी, गहरी 'ऑल्टो' हँसी और एक ऐसी सहज दक्षता के साथ नाच रही थी जैसे पक्षी गाते हैं या चीटियाँ घर बनाती हैं। गर्मियों की झीनी पोशाक में उसकी देह रह-रहकर सरसरा उठती थी। उसकी ओर देखते हुए, पीते हुए उसकी दग्ध आत्मा के प्रति, उसकी देह के प्रति, उसके उरोजों के प्रति मेरे दिल में एक अजीब-सा स्नेह और हमदर्दी और चाहना उफनने लगी। एक गहरा-सा नशा मुझ पर छाने लगा, जिसमें शराब का नशा भी घुल गया था और मुझे लगा मानो मैं एक ऐसे मदहोश अनुभव से गुज़र रहा हूं,

जब आदमी एक क्षण की मरीचिका के लिए अपना पितृत्व, वैवाहिक जीवन, कैरियर, समूचा जीवन, अपना सब कुछ बाज़ी पर लगा देने के लिए तैयार हो जाता है।

मुझे लगा मानो मेरी समूची तर्क-शक्ति और सूझ-बूझ नष्ट हो गई है और उस क्षण मैंने देखा कि हॉल के किसी अँधेरे कोने से मास्टर बाहर आया। उसकी आँखें एक जादू के बिल्ले की तरह चमक रही थीं....। उसने एमेके को नाचने के लिए आमंत्रित किया और फिर उसके साथ नाचने लगा। उसकी देह को अपनी देह से सटाकर। हालांकि क़द में वह एमेके से कम-से-कम आधा-सिर नीचा था, एक पौराणिक नर पशु जैसा जिसके चेहरे पर पौराणिकता के गौरव के बजाए सिर्फ़ लपलपाती वासना थी।

मैं उठ खड़ा हुआ, पीने के बाद मेरी देह में एक अजीब फुर्ती-सी आ गई थी। तेज़ कदमों से मैं डांसिंग-फ़्लोर की ओर बढ़ा और एमेके को मास्टर से छुड़ाकर अपनी ओर मोड़ लिया। सारा दिन मैंने अपने कमरे में गुज़ार दिया था। मास्टर चोरी-चुपके बाहर खिसक गया था, किन्तु मैं कमरे में सोता रहा था और बाद में उस लड़की के बारे में सोचता रहा था। उन सब सम्भावनाओं के बारे में सोचता रहा था, जो मेरे सामने खुली थीं और अपनी दुविधा और अनिश्चय के बारे में भी, किन्तु अब यह मेरे साथ थी, मैंने कल की तरह उसे बग़ल से पकड़ रखा था और इस बार उसने कोई विरोध नहीं किया था। मेरे सिर पर शराब का झीना-सा नशा था और उसकी आँखें बिल्कुल साफ़ और निर्मल थीं। उनमें अब किसी तरह का रहस्यवादी कुहरा या मॉनेस्टरी में रहकर अपने जीवन को कृत्रिम मृत्यु के हवाले कर देने की बलिदान-भावना नहीं थी। अब उसकी आँखें सचमुच एक हंगेरियन लड़की की आँखें थीं, सूखे रेगिस्तान पर चमकते तारों की तरह चमकीली और पियानो की मदमाती लय ने उसकी झूमती देह के अंगों में, उसकी पतली टाँगों और कमर में एक जादुई थिरकन-सी पैदा कर दी थी।

मास्टर अपनी मेज़ पर लौट आया, जहाँ सफ़ेद शराब का गिलास रखा था और तब उसने अपनी बोझिल, मनहूस, घृणा से लबालब आँखें डांसिंग फ़्लोर की ओर उठाई और एक 'आउट साइडर' की निगाहों से मुझे देखने लगा, जब मैं उस हंगेरियन लड़की के साथ नाच रहा था।

वह जानता था कि मैं जवान हूँ, अविवाहित हूं, प्राग का एक ऐसा बुद्धिजीवी युवक हूं, जो उसके उथले छद्म ज्ञान के पाखंड को पहचान सकता है, जिसका सिक्का वह दूसरों पर जमाना चाहता था। वह उन अर्द्धशिक्षित लोगों में से था, जो अक्सर रात के समय 'रिक्रियेशन-सेण्टर' में आए पर्यटकों के सामने फैक्ट्री के मज़दूरों की मूर्खता का मज़ाक़ उड़ाते हैं, या लोहारों की निरक्षरता पर हँसते हैं, जो दस्तखत भी नहीं कर सकते और वे यह भूल जाते हैं कि वे ख़ुद दस्तख़त करने से ज़्यादा कुछ नहीं जानते कि उनका ज्ञान गणित के चार नियमों और एक इतिहास के उन मोटे तथ्यों से आगे नहीं जाता, जिन पर पहले वे 'राष्ट्रीय-आत्मा' और 'देश-भक्ति' जैसे बुर्जुआ आदर्शवाद का मुलम्मा चढ़ाते थे और आजकल ऐसी मार्क्सवादी सूक्तियों को तोते की तरह दुहराते हैं, जिन्हें वे ख़ुद नहीं समझते। मास्टर ऐसे ही लोगों में था।

उसकी 'अक्लमंदी' क्लास में बैठे बच्चों या कस्बाती चंडूख़ाने में

बैठे किसानों पर धौंस जमाने से आगे नहीं जाती थी। उसे मालूम था कि मेरी शिक्षा-दीक्षा उससे कहीं ज़्यादा है (हालाँकि मेरी 'शिक्षा' भी काफ़ी अधकचरी थी। एक तरह का बद्धिवादी प्रपंच-निन्यानवे प्रतिशत उन मैट्रिक पास लोगों की तरह, जो शिक्षित होने का भ्रम पैदा करते हैं, उनमें से केवल एक प्रतिशत ऐसे होते हैं, जो आगे चलकर फिज़िक्स या नक्षत्र-विज्ञान या शरीर विज्ञान में कुछ महत्त्वपूर्ण काम करने में सफल होते हैं)।

उसे मालूम था कि मेरा कोट भी, जिसे प्राग के दर्ज़ी ने सिया था, उसके अपने कोट से ज़्यादा बेहतर था, जो उसने अपने ठिंगने शरीर पर (जो एमेके से भी छोटा था) अड़ा रखा था, एक ऐसा स्टैंडर्ड कोट जो किसी फैशन के दायरे में नहीं आता और जो किसी भी समय शायद आधुनिक न रहा हो। कोट के भीतर उसकी टाई झाँक रही थी, शाश्वत मॉडल की टाई, जो ऊपर से नीचे तक धुंधले धब्बों और धारियों से भरी थी। उसे अपनी कमजोर, नगण्य और घिसी-पिटी हालत का अहसास था और इसलिए वह अपनी मनहूस और मजबूर आँखों से डांसिंग-फ़्लोर की ओर देख रहा था, जहाँ मैं एमेके के साथ नाच रहा था।

देर तक हम एक-दूसरे से नहीं बोले। मैं उसकी देह को महसूस कर रहा था, जो जवानी की भीतरी गहराई, संगीत, शराब, उमस और नृत्य के मिले-जुले असर से चमचमा रही थी।

हम दोनों ख़ामोश थे और तब अचानक ऑर्केस्ट्रा के वॉयलनिस्ट ने एक लम्बी, किन्तु तेज़ जिप्सी धुन छेड़ दी। ऐसी टेढ़ी-मेढ़ी लय में झूमती हुई धुन, जो शुरू में एक बहुत लम्बी, शक्तिशाली 'टोन' पैदा करती है और अन्त में एक छोटे-से बेहोशी के दौरे में विस्फोटित हो जाती है, एक धक्के की तरह; और फिर एक ऊँचे स्तर पर जाकर जारी रहती है और तब एमेके हंगेरियन भाषा में अपने बनजारे-पुरखों का एक आदिम क़िस्म का प्रागैतिहासिक, सुन्दर, पथरीला-सा गीत गाने लगी।

वह दुबारा उसमें बदल गई, जो वह सचमुच में थी। एक अल्हड़ जवान लड़की, जिसकी समूची शक्ति अपने नारी-जीवन के एकमात्र लक्ष्य में केन्द्रित हो गई थी।

और हम मतवाले-से होकर वह हंगेरियन नृत्य नाचने लगे और हमारे चारों ओर शराबियों के चेहरे और ऑर्केस्ट्रा के चाँदी के वाद्य-वृन्द तेजी से घूमने लगे, मानो सिनेमा के पर्दे पर कोई बहुत तेज़ी से कैमरा घुमा रहा हो।

पता नहीं, कितनी देर तक हम इस तरह नाचते रहे। शायद बहुत देर तक। बाद में आधी रात के समय स्लोफ़ॉक्स की भावुक मर्मस्पर्शी धुन सुनाई दी। केवल सेक्सोफोन जैसे वाद्य की ही यह सामर्थ्य है कि वह इस तरह का करुणापूर्ण सुर अपने भीतर से निचोड़कर बूंद-बूंद निकाल सके।

एमेके ने गाना बन्द कर दिया और इस बार मैं बोलने लगा। शायद यह मेरे अवचेतन में जमे उन अनगिनत 'ब्लूज़' का चमत्कार था, जो कभी मुझे बहुत उत्तेजित कर देते थे और मेरे भीतर तीन पदों की कविताएँ घुमड़ने लगीं, कुछ उसी तरह, जैसे गिटार बजाने वाले नीग्रो की चेतना से बाहर आती हैं, जो शराब के नशे में सहसा मुक्त हो जाता है, जैसे उस रात शराब ने मुझे मुक्त कर दिया था और तब मैं एमेके के कानों में अपने एक 'ब्लूज़' के पद गुनगुनाने लगा, जो बहुत पहले मैंने कभी लिखे थे, सेक्सोफ़ोन की मदमाती धुन में रँगे हुए ?

हालाँकि गँवई-गाँव के उसे बेचारे सेक्सोफ़ोनिस्ट को नीग्रो लोगों के उन्मत्त बेहोश मतवालेपन का रहस्य नहीं मालूम था, फिर भी उसका शाश्वत, आदिम सौन्दर्य उस बहके, मतवाले क्षण में आकर मिल गया, जहाँ आदमी की दुश्मन शराब सहसा उसकी मित्र बन जाती है, मदद करती है कि वह सत्य जान सके, ख़ुद अपने बारे में, एमेके के बारे में। सिर्फ़ यह क्षण सत्य है, पहला और अन्तिम। हाँ दोस्तो, सिर्फ़ यह छोटा-सा क्षण, जो पहला और आख़िरी है। हम इस क्षण की प्रतीक्षा में कितने बरस, महीने, लम्बे दिन गुज़ार देते हैं।

एमेके सहसा चुप हो गई थी और मुझे निहार रही थी। मेज़ों के ऊपर रोशनियों और सिगरेट के धुएँ के परे मुझे उसकी लम्बी, चमकीली भौंहें दिखाई दे रही थीं और मैंने कहा कि ज़िंदगी एक जंगली कबीला है; और तुम महज़ उसके हाथों से मृत्यु पाने की प्रतीक्षा कर सकते हो। ज़िंदगी एक बहुत लम्बी मृत्यु है और नहीं है, और तुम प्रतीक्षा करते हो कि कब वह तुम्हारी हत्या कर डालेगी। कभी-कभी लम्बे अर्से तक लगता है कि ज़िंदगी नहीं है और फिर अचानक वह आ जाती है। यह वह क्षण है, जब मुलाक़ात हो सकती है, मुलाक़ात का सिर्फ़ यही एक क्षण है। सुनो, कान खोलकर सुनो, इस क्षण की आवाज़......!

और तब एमेके के होंठों पर जिन पर हमेशा मॉनेस्टरी के ठंडे, मलिन फूल जमे रहते थे, सहसा एक खुली-सी मुस्कान फूट पड़ी।

और मैंने कहा, "तुम रात-भर इतनी खुशी से मुस्कराती रहो, यहाँ कोई नहीं था, लेकिन अब कोई आ गया है, जो तुम्हें मदद दे सकता है।"

उसने मेरी ओर आँखें उठाईं।

आँखों में भी वैसी ही मुस्कान थी, जैसी होंठों पर। सेक्सोफ़ोन का सिसकता-सा स्वर सुनाई दे रहा था।

सुनो, अपने कान खोलकर सुनो और देखो, वहाँ दूर कैसी बिजली चमक रही है। यह प्यार की विद्युत-रेखा है, दूर अँधेरे में चमकती हुई। मृत्यु का साम्राज्य ख़त्म हुआ, ज़िंदगी का मधुर मौसम शुरू हो रहा है।

और इस पर एमेके जोर से हँस पड़ी और कहा, "बहुत सुन्दर कविता है, किसने लिखी है?"

किंतु मैंने सिर्फ़ सिर हिला दिया और बोलता गया, "प्रिये......मत पूछो, यह मैं हूं, और यह कविता सिर्फ़ इस लम्हे की है, यह मैं हूं और मेरी कविता के ये शब्द सिर्फ़ इस लम्हे में जन्मे हैं, वे कहीं से नहीं आए, वे अब और यहाँ के हैं। ये सिर्फ़ आनन्द और मुस्कान के लिए हैं।" एमेके ने सिर हिलाया।

सेक्सोफोन का सिसकता, सुबकता स्वर रेंगता हुआ हमारे पास चला आया और मैं मनचाहे उस कविता को आगे बढ़ाता गया, एक के बाद एक शब्द किसी विचित्र, अजनबी प्रेरणा से मेरे पास खिंचते आए जिनके बारे में मुझे उस क्षण से पहले या बाद में कोई गुमान भी न था और उस क्षण मुझे अपनी वह कविता सोलोमोन के गीत की तरह सुन्दर लग रही थी–या शायद उससे भी अधिक सुन्दर, क्योंकि उस लड़की ने इन शब्दों को अपनी ज़िंदगी में पहले कभी नहीं सुना था, किसी ने अभी तक पायथोगोरस का बुनियादी प्रेम-वाक्य उससे नहीं कहा था कि तुम कितनी सुन्दर हो क्योंकि अपनी इस छोटी, समूची ज़िंदगी में उसने कभी अपने को खरीदी हुई जायदाद या खून, मांस और हड्डियों से बनी हुई देह-मात्र से ज़्यादा और कुछ महसूस नहीं किया था। किंतु अब उसने यह कविता सुनी थी, जिसे एक पुरुष ने उसके लिए रचा था, जो एक पुरुष के अन्तस्थल से निकली थी, जो इस युग का जादुई चमत्कार था, मेम्फिस के किसी मुहल्ले में रहनेवाले नशे में धुत नीग्रो के कंठ और हृदय से निकले हुए उद्गार प्राग का एक बुद्धिजीवी चेकोस्लोवाक समाजवादी देश के एक 'रिक्रियेशन-सेण्टर' के नाचघर में दुहरा रहा था–किन्तु एमेके को उस कविता का इतना लम्बा-टेढ़ा इतिहास नहीं मालूम था, वह केवल उस आदर्शमय नुस्खे से ही परिचित थी, जिससे किसी कविता का जन्म होता है और वह सही भी था क्योंकि हर कविता एक खास तात्कालिक मौके पर स्वतः रची जाती है–किसी औरत के लिए और अगर ऐसे नहीं रची जाती तो वह कविता नहीं है, कम-से-कम इस योग्य नहीं है कि उसे पढ़ा या सुना जाए क्योंकि तब वह उस एकमात्र असंदिग्ध और सच्ची प्रेरणा से उत्पन्न नहीं होती, जिससे सब कविताओं का जन्म होता है।

मुझे लगा, वह बहुत प्रसन्न है और उसने फुसफुसाते स्वर में मुझसे पूछा, "क्या मैं आप पर विश्वास कर सकती हूं? क्या आप सब कुछ संजीदगी से कह रहे हैं।"

"हाँ, एमेके," मैंने कहा, "मैंने जो कुछ कहा है, अपनी आत्मा से, अपने दिल से, या अपने भीतर के उस स्थल से जहाँ से नशे में मदमाते गिटार के ब्लूज़ उफनते हुए बाहर आते हैं।"

मुझे नहीं मालूम, किन्तु उस क्षण मुझे लगा, जैसे मैंने उससे वैवाहिक संबंध बना लिया है। उस क्षण मैंने वह समझ और सूझ प्राप्त कर ली थी, जिसे हमारा यह युग भुला चुका है। यह गहरा सत्य कि वैवाहिक संबंध, स्त्री के साथ पुरुष का जीवन नहीं है, जो भावुकता और उन्माद, गन्दगी और इन्द्रिय भोग, आत्माओं का मिलन और पारस्परिक स्वार्थों के विचित्र घोल से उत्पन्न होता है, और न ही उसमें दो व्यक्तियों की आपसी सहमति, बौद्धिक स्तरों की समानता या उलटे स्वभावों की पूरकता जैसी शर्तें कोई मानी रखती हैं।

मुझे हँसी आती है, जब लोग घरेलू व्यवस्था और चौकसी और भोजन और 'पेट के जरिए दिल का रास्ता' बनाने में वैवाहिक सुख का लक्ष्य ढूंढ़ते हैं। नहीं, दो व्यक्तियों का संबंध वह नहीं है, जो हॉलीवुड की हास्यास्पद फिल्मों, या स्तालिन-युग के फॉर्मूला-बद्ध उपन्यासों में दिखाया जाता है। इस क़िस्म का वैवाहिक संबंध अक्सर जवानी की क्षणभंगुर वासना अथवा मध्यवर्गीय टटपूंजियेपन से शुरू होता है और उसका अन्त तलाक़ के उन ग़लीज और घिनौने मुक़दमों में होता है, जिनमें दोनों ही एक-दूसरे के प्रति अपनी भयानक घृणा प्रकट करते हैं। नहीं, सही वैवाहिक रिश्ता, नर और मादी का रिश्ता है, आदिम युग में गुफ़ा में रहनेवाले नर-नारी का जोड़ा, जिनमें न कोई बड़ा था, न छोटा, हालाँकि अपने व्यक्तित्व में दोनों ही एक-दूसरे के बिल्कुल भिन्न थे। एक भाले को संभालता था, दूसरा आग को, एक जानवर का शिकार करता था, दूसरा रोटी सेंकता था, दोनों ही मिलकर पशु-जगत् के अनुसार इस दुनिया में अपनी सन्तान लाते थे, जिसका एकमात्र अर्थ नई पौध की सृष्टि था, नंगी खाल पर धूप सेकने का आनन्द, देह में फड़कती हुई शिराओं के छन्द और दिल में उगता हुआ एक बहुत कोमल सुख, जो

आज हमें उस नियम की याद दिलाता है कि उस आदमी को दोबारा उस ओर बढ़ना चाहिए, जहाँ जानवर हैं, बेशक ऊँचे स्तर पर, जहाँ पर वह रुग्ण भावुकता की उस परम्परागत गन्दगी से छुटकारा पा सके, जो शताब्दियों से नर और नारी के सम्बन्धों को लड़ाइयों, डकैतियों, तरह-तरह के रहस्यवादी फ़लसफ़ों, पुरुष की दासता और पुरुष की प्रभुता से दूषित करती आई है।

किंतु जब मैं डांसिंग-हॉल में दुबारा आया कुछ देर के लिए मैं बाहर गया था, टॉयलेट के गलियारे में, जहाँ मैं बिना शब्दों के 'ब्लूज़' गुनगुनाता जा रहा था, कुछ इस ढंग से, जैसे हमेशा से हर देश के नवयुवक नाच और संगीत की ख़ुशी की झोंक में अचानक गुनगुनाने लगते हैं।

तब वहीं गलियारे में मेरी भेंट जैज़ के बैण्ड-मास्टर से हो गई और हम दोनों बहुत हार्दिक प्रेम-भाव से एक-दूसरे से बातचीत करने लगे और उसे यह जानकर बहुत ख़ुशी हुई कि जैज़ के वर्ण-भेद विरोधी, फासिज़्म-विरोधी अन्तर्राष्ट्रीय भाईचारे में मैं भी उसी की तरह शामिल हूं।

वापस लौटकर मैंने सहसा देखा कि मास्टर ने एमेके के हाथ पकड़ रखे हैं और वह उसके कानों में कुछ फुसफुसा रहा है और जब उसकी निगाहें मुझ पर पड़ीं (मैं एक खम्भे का सहारा लिए खड़ा था और उन्हें देख रहा था), उसके चेहरे पर हवाइयाँ-सी उड़ने लगीं, कुछ उस आदमी की तरह, जिसे रँगे हाथों पकड़ लिया गया हो। जब नाच का वह अंश समाप्त हुआ, तो वह एमेके के आगे झुका और अप्रत्याशित रूप से ख़ुद अपनी मरज़ी से अपनी मेज़ पर लौट गया, जहाँ सफ़ेद शराब उसकी प्रतीक्षा कर रही थी। मेज़ के आगे बैठकर वह दोबारा अपनी घृणा-भरी काली आँखों से मुझे घूरने लगा। एक ऐसे आदमी की

तरह, जिसने किसी शाश्वत प्रतियोगिता में अपनी पराजय का बदला चुका लिया है।

मैं एमेके के निकट आया और नाचने के लिए उसकी बग़ल में हाथ डाल दिया, किन्तु वह अचानक बिल्कुल बदल गई थी। आँखों की पुतलियों पर दोबारा एक उजाड़ ख़ामोशी की झिल्ली उतर आई थी।

"एमेके, क्या बात है? क्या हुआ आपको?"

"कुछ नहीं," उसने कहा, किन्तु वह मरी-मरी-सी नाच रही थी, जैसे निष्प्राण, उन अलसाए विरक्त लोगों की तरह, जो दोपहर की चाय के समय किसी रेस्तराँ में नाचते हैं। कोई अकेला आदमी शहरी दोपहर की अपनी ऊब मिटाने के लिए किसी लड़की को नाचने के लिए आमंत्रित करता है, वह उदासीन-भाव से अपनी मेज़ से उठती है, दोनों ही एक-दूसरे को नहीं जानते। अपने में खोए-से वे धीमी गति फ़ॉक्स-ट्रॉट नाचते हैं। दोनों ही खामोश रहते हैं, या कभी-कभी इक्का-दुक्का बात कह देते हैं। दोनों में से कोई भी एक-दूसरे को पसन्द नहीं करता। नाच खत्म होने पर दोनों सिर झुकाते हैं। आदमी लड़की के साथ उसकी मेज़ तक जाता है, जहाँ लेमनेड की बोतल रखी है। वह उसे शुक्रिया अदा करता है, वह सिर हिलाती है और फिर दोनों एक-दूसरे से जुदा हो जाते हैं। दोनों आखिर तक एक-दूसरे के बारे में कुछ नहीं जान पाते। वह दुबारा अपनी मेज़ पर लौट आता है और आधे ख़ाली रेस्तराँ के आधे ख़ाली डांसिंग-फ़्लोर की ओर ताकता रहता है, दोबारा नहीं नाचता और बाद में अकेला ही अपने घर लौट जाता है, सोने की तैयारी करता है और महानगर का विरक्त सूनापन सायँ-सायँ-सा करता उसे दबोच लेता है, निगल लेता है।

"क्या हुआ है आपको?" मैंने आग्रह-भरे स्वर में दुबारा पूछा, "ज़रूर कोई बात हुई है एमेके, मुझसे छिपाइए नहीं।"

उसने मेरी ओर देखा। उसकी आँखों में, आँखों के इर्द-गिर्द, चेहरे

की उन कोमल झुर्रियों में, जो तुरन्त हर व्यक्ति की भाव-मुद्रा का नक़्शा खींच देती हैं, पीड़ायुक्त आश्चर्य झलक रहा था। आत्म-लांछना का ऐसा निरीह भाव, जो उन औरतों के चेहरे पर आ जाता है, जो सहसा यह महसूस कर लेती हैं कि उन्होंने ग़लती से फिर वही काम कर डाला है, जिसे न करने का वे बहुत पहले प्रण कर चुकी थीं।

और उसने मुझसे कहा, "अगर आप बुरा न मानें, तो मैं आपका पासपोर्ट[1] देखना चाहूंगीं।"

मुझे गहरा धक्का-सा लगा। नहीं, मुझे कोई पीड़ा नहीं हुई। नहीं उसके प्रश्न पर गुस्सा आया, किन्तु उसके सहज दफ़्तरी सवाल ने मुझे हिला-सा दिया और तब उस क्षण एकाएक मुझे उस पर गहरी सहानुभूति हुई। उसने कितनी सादगी, सहजता और ईमानदारी से मेरी इस बात को स्वीकार कर लिया था कि मैं उससे विवाह करने को राज़ी हूं और यह कितना ठीक भी था, क्योंकि उसमें किसी तरह की उलझी हुई फ़िल्मी क़िस्म की भावुकता नहीं थी।

और तत्काल मैं समझ गया कि हो न हो, यह ज़रूर मास्टर की करतूत है। अपने असहाय गुस्से में उसने एमेके के कानों में यह बात भरी है कि मैं जालसाज हूं कि मैं विवाहित आदमी हूं, जो अपने विवाहित जीवन से कुछ दिनों के लिए मुक्त होकर यहाँ रंगरेलियाँ मनाने आया है। मुझे याद आया कि मैंने उससे कहा था कि मैं एक विधवा औरत से विवाह करने जा रहा हूं, उस बात को लेकर मास्टर ने अपने कमीने दिमाग़ से यह क़िस्सा गढ़ा था, जो गलीज़ होने के बावजूद एमेके के लिए काफी विश्वसनीय और तर्कसंगत रहा होगा और उस क्षण एमेके के प्रति मेरा दिल गहरे अफ़सोस से भर उठा। न जाने अपने विवाहित-जीवन में कितनी बार उसका पाला ऐसे धूर्त, जालसाज़ क़िस्म के लोगों से पड़ा होगा और अब यह जानकर वह आतंकित-सी रह गई होगी कि मैं भी

---

1. हर चेक नागरिक के पास अपना पासपोर्ट होता है, जिसमें और बातों के अलावा यह भी लिखा रहता है कि वह विवाहित है या अविवाहित।

उन्हीं में से एक हूँ।

"एमेके," मैंने कहा, "आपको मेरे बारे में किसी ने कुछ कहा है? बेशक, मैं आपको अपना पासपोर्ट दिखा सकता हूं।" और मैंने अपने कोट की अन्दरूनी जेब में हाथ डाला, ताकि मैं वह डॉकूमेण्ट दिखा सकूँ, जो मेरी सच्चाई, मेरे चेहरे का प्रमाण था।

पर तब उस क्षण मुझे उसका स्वर सुनाई दिया, अनिर्वचनीय उदासी से भीगा हुआ, "मुझसे झूठ क्यों बोल रहे हैं आप (प्रेचोमी सिगानीते? उसने अपनी हंगेरियन-स्लोवाक भाषा में कहा था)। नहीं, मैं कुछ नहीं देखना चाहती। मैं सब जानती हूँ।"

"लेकिन क्या? एमेके, क्या जानती हैं आप? जानने के लिए है क्या?" मैंने कहा, "इनकार करने से क्या फायदा?"

उसने कहा, "मैं सोचती थी, आप अलग हैं, लेकिन आप नहीं हैं, नहीं हैं, नहीं हैं। आप और मर्दों की तरह ही हैं।"

"लेकिन एमेके।"

"नहीं, कुछ मत कहिए, मैं जानती हूँ.....कम-से-कम आप अपनी मँगेतर का तो ख़्याल कीजिए, अगर आपको मेरा ख़्याल नहीं है। मैं आख़िर आपके लिए अजनबी से ज़्यादा कुछ नहीं। आप सिर्फ़ कुछ दिनों से मुझे जानते हैं, लेकिन ईश्वर के लिए बेचारी उस लड़की पर क्यों......"

"एमेके, आप कैसी ऊल-जलूल बातें कह रही हैं।" मैं चीखने-सा लगा, "उस नामाकूल मास्टर ने आपके कानों को भरा है, लेकिन उसकी बात सफेद झूठ है......आप देखती नहीं, वह कितना मक्कार शख़्स है?"

"आप उससे नफ़रत करते हैं।" उसने कहा, "वह भला आदमी है। उसने मुझे आपके बारे में आगाह कर दिया, वरना मैं......"

"लेकिन यह सच नहीं है, एमेके, उसकी बात में रत्ती-भर सच नहीं

है।" मैंने कहा।

"मेहरबानी करके झूठ मत बोलिए......आपने उसे अपनी मंगेतर का फोटो भी दिखाया था, लेकिन......(मैंने मास्टर को मार्गरेता और उसके दो वर्ष के लड़के का फ़ोटो दिखाया था। पता नहीं क्यों......शायद उसके सामने शेख़ी बघारने के लिए) अच्छा, अगर आप कहते हैं कि यह सच नहीं है, तो मुझे अपना पासपोर्ट दिखा दीजिए।" एमेके ने कहा।

तब मुझे याद आया कि वह फ़ोटो मेरे पासपोर्ट के भीतर है, जिसे बाहर निकालकर मैंने मास्टर को दिखाया था और शायद यह बात मास्टर ने उससे भी कही थी......वह फ़ोटो, जिसमें गर्मियों की हल्की फ़्रॉक के भीतर से मार्गरेता के वक्ष दिखाई देते थे और उसका उजले बालों वाला बच्चा, जो डेन्डेलियन के फूलों के बीच घास पर लेटा था।

"मैं पासपोर्ट आपको नहीं दिखा सकता।" मैंने कमज़ोर आवाज़ में कहा, "लेकिन विश्वास कीजिए, यह सच नहीं है।"

"झूठ मत बोलिए," एमेके ने कहा, "कम-से-कम आप मुझ पर इतना रहम करें और झूठ न बोलें।"

"मैं झूठ नहीं बोल रहा।" मैंने कहा, "एमेके, सच, मैं झूठ नहीं बोल रहा, लेकिन मैं पासपोर्ट आपको नहीं दिखा सकता। क्यों? नहीं दिखा सकता, क्योंकि......"

"क्यों?" एमेके ने अपनी टटोलती हुई आँखें मुझ पर उठा दीं, मानो जंगल का कोई अकेला, निरीह जन्तु मेरी ओर ताक रहा हो, किन्तु इस बार मुझे लगा, जैसे कोई चीज़ उससे छिन गई हो, जंगल की स्वतन्त्रता का भ्रम, हरी झाड़ी के बीच सुरक्षा का भ्रम, जैसे अचानक उसकी दृष्टि किसी ख़ूंख़्वार हिंस्र जानवर पर पड़ गई हो, जिसके अस्तित्व को वह अपनी हरी-भरी, धूमिल दुनिया में भूल चुकी थी।

"क्यों नहीं दिखा सकते?" उसके स्वर में एक अजीब-सा आग्रह,

अनुनय और तड़पन थी जिसे मैंने पहले कभी नहीं सुना था। निरीह जन्तु की-सी उसकी आँखें फटी-फटी-सी फैल गईं थीं, मानो अन्तिम और निश्चित रूप से उसने शिकारी जानवर के पीले, हिंस्र दाँतों की कौंध को पहचान लिया था, और फिर से मॉनेस्टरी की गहरी सफ़ेदी ने उसके चेहरे की अस्वाभाविक लालिमा को ढक लिया।

और एमेके ने पीड़ा से काँपते हुए, लगभग रोते हुए स्वर में कहा, "मुझे छोड़ दीजिए। मैं अब जाऊँगी। मुझे रात को एक बजे की गाड़ी से जाना है......" उसने झटके से अपने को मुझसे अलग कर दिया और तेज़ कदमों से हॉल से बाहर चली गई, बाहर।......और मैं खड़ा रहा। वह आँखों से ओझल हो चुकी थी।

मैं मुड़ा और मेरी निगाहें मास्टर पर जा पड़ीं। वह अब भी मेज पर डटा था।

न्यायोचित अभिमान का आहत भाव लिए उसका चेहरा गहरी कुटिलता में सुलग रहा था।

‘रिक्रियेशन-सेण्टर’ की इमारत के सामने मैं साढ़े बारह बजे आकर उसकी प्रतीक्षा करने लगा। जब वह आई, तो अकेली न थी। उसके साथ अपनी रूम-मेट थी, जो हंगेरियन थी और पाँच स्लोवाकों का जत्था भी था, जो उस रात की गाड़ी से जा रहे थे। मुझसे यह छिपा न रहा कि उसने जान-बूझकर उस हंगेरियन लड़की को अपने साथ ले लिया था, ताकि उसे मेरे साथ अकेला न रहना पड़े। वह लड़की रास्ते-भर हमारे साथ चिपकी रही और मैं उसके सामने एमेके से कुछ भी न कह सका।

मैंने सिर्फ़ इतना पूछा कि क्या मैं उसे पत्र लिख सकता हूं।

“ज़रूर,” उसने कहा, “क्यों नहीं लिख सकते?”

“और आप भी मुझे लिखेंगी?” मैंने पूछा।

“क्यों?” उसने कहा।

मैंने बहुत धीमी आवाज में कहा, ताकि दूसरी लड़की न सुन ले, “क्योंकि मैं आपसे प्रेम करता हूं। एमेके, मुझ पर विश्वास कीजिए।”

“मैं आप पर विश्वास नहीं करती।” उसने कहा।

दूसरी लड़की एक क़दम आगे चली गई थी, लेकिन इतनी दूर नहीं कि हमें सुन न सके, इसलिए मुझे बराबर धीमी आवाज़ में बोलना पड़ रहा था।

"मुझ पर विश्वास कीजिए" मैंने एक बार फिर दुहराया, "मैं आपके शहर कोशित्से में आऊँगा, आ सकता हूँ?"

"क्यों नहीं आ सकते?" उसने कहा।

"लेकिन मैं वहाँ आपसे मिल सकता हूं? आपसे बातचीत कर पाऊँगा?"

उसने कोई उत्तर नहीं दिया।

"एमेके, आप मुझ पर विश्वास करेंगी?"

वह एक क्षण चुप रही, फिर कहा, "मैं कह नहीं सकती। शायद," उसने कहा। उसने 'शायद' बाद में कहा, जब हम स्टेशन पहुँच चुके थे।

गँवई-गाँव का छोटा-सा स्टेशन, जहाँ गाड़ी तैयार खड़ी थी और इंजन-ड्राइवर अपनी यूनीफॉर्म में प्रतीक्षा कर रहा था।

एमेके के साथ के लोग डिब्बे में चढ़ने लगे। एक स्लोवाक ने एमेके को सूटकेस समेत भीतर बैठाने में सहायता दी। बाद में उसकी काली-सी छाया कम्पार्टमेंट की खिड़की पर दिखाई दी।

"एमेके," मैंने सिर उठाकर कहा, मानो मैं उसके सम्मुख प्रार्थना कर रहा हूं, मानो मैं उससे अपने जीवन के किसी, शाश्वत, एकमात्र प्रश्न का उत्तर माँग रहा हूं। ऐसा प्रश्न, जो घिसे-पिटे, मूल्यहीन, नक़ली, प्रेम-शून्य सूत्रों से बँधा होने पर भी स्वतंत्रता का सुविधाजनक भ्रम देता है, और शायद यही सोचकर मैं डावांडोल-सा खड़ा रहा।

"एमेके," मैंने अंधेरे में ऊपर उस छाया से, उस गाथा से कहा, जो ख़त्म हो चली थी।

और तब मुझे उसका बहुत धुंधला-सा बहुत दूर से आता हुआ स्वर सुनाई दिया, "हाँ, क्या है?"

"मुझ पर विश्वास कीजिए, मेहरबानी करके......" मैंने अंधेरे में फुसफुसाते हुए कहा, "एमेके!"

"अच्छा," उसने (उसके स्वर में जंगल की झाड़ी में छिपे अकेले जन्तु की पुकार नहीं थी) कहा, किन्तु अब वह एक ऐसी समझदार, शंकालु और निराश लड़की का स्वर था, जो बाद के दिनों में सिर्फ़ खोए हुए समय की एक तस्वीर बनकर रह जाती है।

इंजन ने खखारा, रेल हिलने लगी। खिड़की से एक सफ़ेद, पतली बाँह हिलती दिखाई दी। अँधेरे में हिलता हुआ एक स्वप्न, पागलपन, एक सत्य, जो एमेके का था।

उस रात मेरे भीतर सब कुछ चुक गया। शराब का नशा, समझदारी और पहचान का आलोक, या 'रिक्रियेशन-सेण्टर' का कुछ दिनों का सम्मोहन, या कोई और चीज़।

कुछ भी रहा हो, किन्तु जब मैं दूसरे दिन इतवार की सुबह उठा, तो उनमें से कोई चीज नहीं बची रह गई थी, सिर्फ़ एक ठंडा यथार्थ कि यह इतवार की सुबह है और मुझे प्राग लौट जाना है, अपने संपादकीय मंडल के सहकर्मियों के पास। उस पीड़ायुक्त अनुभव के पास, जो मार्गरेता थी, तमाम दुनिया के पास जो मेरी दुनिया थी।

साथ के पलंग पर मास्टर खर्राटें भर रहा था। हमेशा की तरह उसने पैंट, कमीज, जाँघिया बड़े करीने से सुखाने के लिए टाँग रखे थे।

मैंने कुछ नहीं कहा। मेरे लिए वह जघन्य प्राणी था। अपने धुले हुए कपड़ों के बावजूद, क्योंकि महज़ अपने जांघिए, कमीज या पैंट को धोने से ही आदमी अपनी आत्मा की गन्दगी नहीं धो सकता। वह ख़ुद आदमी भी नहीं था। अगर वह कुछ था, तो सिर्फ़ जीता-जागता गन्दगी का ढेर, घमंडी और वासना की लार टपकाता हुआ ईडियट, दुश्मन!

मैंने उससे कुछ नहीं कहा। अगर मैं उससे कुछ पूछता, तो सम्भव है, वह साफ मुकर जाता। मेरे पास कोई सबूत नहीं था और उस पर

तमकने से मैं कोई भी चीज उसके ख़िलाफ़ साबित नहीं कर सकता था। मैंने चुप्पी साध ली, किन्तु जल्दी ही मेरी बारी आई, बदला लेने की बारी और वह बदला भी ऐसा था, जो उसकी नाजुक रग को छूता था। एक पेशेवर शिक्षक होने के नाते उसने अपने भीतर बुद्धिजीवी होने की जो आत्मतुष्टि पाल रखी थी, उसकी पोल खोलता था। मैंने वही सोचा था कि जो गड्ढा उसने खोदा है, उसमें वह ख़ुद ही गिरने वाला है।

किन्तु शायद इसका श्रेय भाग्य को जाना चाहिए, सर्वेसर्वा, प्रतिशोधक, सहचर, शासक और न्यायप्रिय भाग्य, जिसने अकस्मात् उस ट्रेन में मास्टर से बदला चुकाया था।

बाहर गर्मियों के बाद की रसीली धूप में समूचा प्रान्तर झिलमिला रहा था। चिरन्तन, धूप, मनुष्य की सीमागत चिरन्तनता में भी चिरन्तन धूप, जिसके सुख, चमचमाते प्रकाश में कम्पार्टमेंट में बैठे लोगों के चेहरे जगमगा रहे थे, मानो वे पेट्रोल के लैम्प हों, स्वर्णिम चित्रों में बदल दिए गए हों।

हम एक साथ ही ट्रेन के डिब्बे में बैठे थे। एक निस्संतान दम्पति, जिनकी उम्र तीस के आस पास रही होगी, पति किसी योजना दफ्तर के टेक्नीकल विभाग में क्लर्क था, पत्नी आँकड़ों के किसी सरकारी दफ्तर में काम करती थी। फैक्ट्री में काम करने वाला कारीगर जो 'रिक्रियेशन सेण्टर' में हमेशा ख़ामोश रहा करता था, गडरिया, कपड़ों की दुकान का मैनेजर और उसकी पत्नी, मैं और मास्टर। हम सब एक-दूसरे से 'रिक्रियेशन-सेण्टर' में ही परिचित हो गए थे।

हमारे बीच एक खेल शुरू हुआ । उस खेल का सुझाव दफ्तर के क्लर्क और उसकी पत्नी ने दिया था। बाल-बच्चे न होने के कारण दोनों ही अक्सर वक्त काटने के लिए यह खेल खेलते थे, प्रायः अपने उन क्लर्क साथियों के साथ, जो उन्हीं की तरह बाल-बच्चों के झंझट

से मुक्त थे। हर वृहस्पतिवार को पति अपने दोस्तों के साथ 'मार्याश' और पत्नी अपनी सहेलियों के साथ ब्रिज खेलने जाया करते थे। दोनों ही 'टूरिस्ट-क्लब' के सदस्य थे और वसन्त के दिनों में वे अक्सर इतवार के दिन किसी पहाड़ी कॉटेज में चले जाया करते थे, जहाँ दूसरे पड़ोसियों के साथ बॉलीवाल खेला करते थे और अंधेरा होने पर इस तरह के घरेलू खेल, जिसका सुझाव उन्होंने हमें उस दिन ट्रेन में दिया था।

वह एक ऐसा लोकप्रिय खेल था जिसका नाम कोई नहीं जानता, किन्तु हर आदमी जिन्दगी में कभी-न-कभी ज़रूर खेलता है। उसी तरह जैसे हर आदमी कभी-न-कभी शतरंज पर अपना हाथ आजमाता है, किन्तु यह खेल शतरंज के उस मृत, भयानक, शून्य और सामन्तवादी लॉजिक से कहीं अधिक मानवीय है, जो सिर्फ़ कुछ मनहूस पुतलों की अर्थहीन चाल की खातिर आदमी की मस्तिष्क-शक्ति को बेकार में बर्बाद करता है।

इस खेल में एक आदमी दरवाज़े से बाहर चला जाता है और बाकी लोग आपस में सलाह करके कोई चीज़ सोच लेते हैं। कोई भी चीज़ या आदमी या जानवर या पोप या ध्रुवतारा या सूटकेस में रखा खाने का सामान या ख़ुद उस आदमी के बारे में, जो दरवाज़े के पीछे है और फिर उसे दुबारा भीतर बुला लेते हैं और उसे धीरे-धीरे, अप्रत्यक्ष सवालों द्वारा उस चीज़ या आदमी या जानवर का पता चलाना पड़ता है, जिसे उसके साथियों ने सोचा है। क्लर्क दरवाजे के पीछे चला गया और कपड़ों की दुकान के मैनेजर ने सुझाव रखा कि ख़ुद क्लर्क को ही क्यों न चुना जाए? किन्तु गडरिये ने विरोध करते हुए कहा कि कोई भी ईडियट बहुत जल्दी इसका पता चला लेता है और ख़ुद उसने सुझाव दिया कि पोप की चप्पल के बारे में सोचा जाए।

किन्तु क्लर्क की पत्नी ने आपत्ति की कि उस चप्पल के चिह्न, यानी उसके रंग-रूप के बारे में बहुत कम लोगों को मालूम है, "नहीं, हमें कोई

आसान-सी चीज़ सोचनी चाहिए, ताकि हममें से जो लोग यह खेल नहीं जानते, वे आसानी से समझ सकें।" क्लर्क की बीबी ने कहा।

मास्टर और मैनेजर की बीवी ने यह कहा था कि उन्होंने यह खेल पहले कभी नहीं खेला। मैनेजर की बीवी पर ही विश्वास किया जा सकता था, किन्तु मास्टर पर नहीं। मैंने उसकी ओर देखा।

मुझे सहसा वह खेल याद आया, जब कोई मोटा लड़का दो पतले छरहरे लड़कों के बीच खड़ा होकर कभी इधर, कभी उधर गेंद पकड़ने के लिए भागता है, लेकिन अपने शरीर से लाचार है और अन्त में निराश होकर उनसे दया और सहानुभूति की भीख माँगता है, ताकि वे उसे और न पिटाएं और अपनी इच्छा से उसके हाथ में गेंद फेंक दें।

वह सफेद झूठ बोल रहा था, बेशक उसे वह खेल आता था, किन्तु वह उसे खेलना नहीं चाहता था। मैं जानता था, क्यों कुछ लोग यह खेल खेलना नहीं चाहते। मोटे लोग नहीं, बल्कि ऐसे लोग जो दूसरे क्षेत्रों में काफी कुन्द दिमाग होते हैं। मास्टर काफी नर्वस दिखाई दे रहा था, किन्तु जब उसने पाया कि मैं उसे देख रहा हूं, तो उसने झट ध्यान हटाने के लिए सुझाव दिया कि अगर उसका सूटकेस चुना जाए, तो कैसा रहेगा।

"नहीं" क्लर्क की बीवी ने कहा, "यह तो बहुत आसान है। चलिए, 'रिक्रियेशन-सेण्टर' में जो पिंग-पांग की टेबल थी, उसे सोचा जाए।"

क्लर्क को भीतर बुलाया गया। उसने शुरू में पूछा कि वह चीज़ ठोस है या अमूर्त?

"ठोस चीज है।" क्लर्क की बीवी ने कहा। तुरन्त मास्टर ने हामी भरते हुए सिर हिलाया। मैनेजर की पत्नी से अनिश्चित ढंग से मुस्कराते हुए क्लर्क की बीवी को देखा। उसकी आंखों में उतनी ही अक्लमंदी थी, जितनी मास्टर की आंखों में, किन्तु मास्टर की तरह कोई घबराहट न होने के बज़ाय उसमें सिर्फ़ एक विमस्य से भरा अनजानापन था।

“क्या वह चीज चेकोस्लोवाकिया में है?” क्लर्क ने पूछा।

“हां।” मास्टर, मैनेजर की बीवी, गडरिये और क्लर्क की बीवी ने एक स्वर में कहा।

“प्राग में?” क्लर्क ने पूछा।

“नहीं।” सबने कहा, केवल मास्टर चुप रहा।

“क्या वह ‘क’ में है? ‘क’ उस शहर का नाम था, जहां से हम आ रहे थे और जहाँ ‘रिक्रियेशन-सेण्टर’ था।

“नहीं।” मास्टर ने कहा।

“अरे हाँ !” मैनेजर की बीवी ने अवहेलना-भरे स्वर में चीखते हुए कहा, “हमने यही तो तय किया था कि ...”

“हिश् ! हां, वह चीज़ ‘क’ में है।” क्लर्क की बीवी ने अपने पति से कहा।

“फिर आपने इनकार क्यों किया, कि वह वहाँ नहीं है।” मैनेजर की पत्नी ने भोले स्वर में मास्टर से पूछा।

“अरे, मैं तो इन्हें यूं ही उलझाना चाहता था।” मास्टर ने कहा।

“नहीं-नहीं, ऐसा आपको बिल्कुल नहीं करना चाहिए।” क्लर्क की बीवी ने कहा, “वरना सारा खेल चौपट हो जाएगा।”

“मैंने तो खेल को ज़्यादा दिलचस्प ही बनाने की गर्ज से कहा था।” मास्टर ने कहा।

“अरे, भाई, यह बात गलत है, खेल का मज़ा इसमें ही है कि उसके नियमों के मुताबिक सवाल-जवाब किए जाएँ । सीधे तौर से सवाल नहीं पूछने चाहिए। बस यह उस आदमी पर निर्भर करता है कि कितनी चतुराई से वह सवाल पूछता है।” क्लर्क की बीवी ने कहा।

"थोड़ा-बहुत उलझाने से खेल और मज़ेदार हो जाएगा।" मास्टर ने कहा।

"वाह, अफलातून साहब ! फिर आप चीज़ का पता कैसे लगा पाएँगे?" गडरिये ने कहा, "ठहरिए, जब आपकी बारी आएगी, तब पता चलेगा।"

"चलिए, आगे खेलते हैं।" क्लर्क की पत्नी ने कहा।

"क्या वह चीज़ 'रिक्रियेशन सेण्टर' में है?" क्लर्क ने पूछा और बाद में इसी तरह के तीन-चार चतुर सवालों के ज़रिए उसने पिंग-पाँग की टेबल का पता चला लिया। कुछ नादान लोगों को तो लगभग यह खेल 'दिव्य चक्षुओं' का चमत्कार-सा प्रतीत होगा, लेकिन असल में इसमें चमत्कार की कोई बात नहीं, कोई भी आदमी, जिसे ज़रा भी लॉजिक का अभ्यास और अनुभव है, आसानी से सही-सही अनुमान लगा सकता है। फिर भी कुछ लोग आश्चर्यचकित हुए बिना नहीं रहते।

"मिस्टर एम, आप तो बहुत चतुर आदमी निकले!" मैनेजर की पत्नी ने आँखें फैलाकर कहा।

"इसमें चतुराई की कोई बात नहीं।" क्लर्क ने विनम्र-भाव से कहा, 'सिर्फ़ सवाल ठीक ढंग से पूछने चाहिए।' बहुत सामान्य सवालों से धीरे-धीरे आपको ख़ास सवालों तक आना चाहिए और फिर आप चुटकी में पता चला सकते हैं।"

फिर हमने गडरिये को दरवाज़े के पीछे भेजा। मैंने सुझाव दिया कि लुई आर्मस्ट्रांग का बिगुल सोचा जाए। कुछ लोगों ने विरोध किया। कपड़ों की दुकान के मैनेजर की पत्नी ने इसलिए, क्योंकि उसे मालूम न था कि आर्मस्ट्रांग कौन है। और मास्टर ने, हालाँकि मालूम उसे भी न था, किन्तु बाद में मेरे सुझाव को मान लिया, और हमने गडरिये को भीतर बुलाया। गडरिये के धुंधले मस्तिष्क को शुरू-शुरू में चीज़ का अता-पता मालूम करने में काफ़ी दिक्क़त महसूस हुई, किन्तु जब

एक प्रश्न के जवाब में उसे यह मालूम हो गया कि वह चीज़ कितनी लम्बी-चौड़ी है, तब उसने अगला प्रश्न पूछा कि वह चीज़ किस काम आती है और फिर उसने पूछा कि वह चेकोस्लोवाकिया में है या बाहर? और अगले प्रश्न में उसने यह पूछा कि क्या वह अमरीका में तो नहीं है (क्योंकि चेकोस्लोवाकिया के अलावा, जहाँ वह जीने के लिए विवश था, सारी दुनिया में जहाँ हम सब रहने के लिए विवश थे, सिर्फ़ अमरीका ही एक जगह थी, जिसे वह जानता था और प्यार करता था)।

और जब हमने 'हाँ' कहा, तो सहसा उसका धुंधला मस्तिष्क आलोकित हो गया और उसके भीतर का सबसे बड़ा शौक़ जाग उठा और उसने झट पूछा कि क्या इस चीज़ को बजाया जाता है और ज्योंही उसे पता चला कि हाँ, बजाया जाता है, उसका रास्ता एकदम साफ़ हो गया। एक के बाद एक उसने ऐसे तर्कपूर्ण, पैने प्रश्न पूछने शुरू किए, जो उसके जीवन की केन्द्रीय रुचि के साथ जुड़े थे, उसके जीवन को अर्थ देते थे......और तब उसे पता चलाते देर न लगी कि इस वाद्य यंत्र का मालिक एक सुविख्यात जैज़ संगीतज्ञ है, कि संगीतज्ञ का वर्ण काला है और अन्त में विजयोल्लास में, किन्तु साथ-साथ बहुत श्रद्धा-भाव से उसने पूरा, लम्बा नाम लिया मानो किसी लम्बे, पूजनीय, प्रेरणादायक ख़िताब का नाम ले रहा हो, लुई सातख़्मो डिप्पर माऊथ आर्मस्ट्रांग।

मेरी आँखें मास्टर पर टिक गईं। वह चुप बैठा था और बार-बार घड़ी की ओर देख लेता था। जब गडरिये ने अपने सवाल ख़त्म किए, मास्टर ने अपने खँखारते स्वर में सुझाव दिया कि हमें अब कोई दूसरा खेल खेलना चाहिए।

"नहीं, जनाब, यह नहीं होगा।" गडरिये ने उद्धत स्वर में कहा, "सबकी बारी आनी चाहिए।"

"हाँ।" मैनेजर की थुलथुल पत्नी ने कहा।

"अब आपकी ही बारी सही......क्यों?"क्लर्क की पत्नी ने कहा।

"मैं?" मैनेजर की बीवी ने कहा।

"क्यों नहीं?"

"लेकिन भई मुझे तो यह खेल-वेल आता नहीं।" स्थूलकाय महिला बोलीं।

"अरे, इसमें रखा क्या है," क्लर्क की पत्नी ने कहा, "एक बार शुरू कीजिए, सब समझ में आ जाएगा।"

"अरे नहीं, मुझे माफ़ कीजिए......मैं कुछ नहीं समझ पाऊँगी। स्थूलकाय महिला ने अपने मुंह पर हाथ रख लिया, "मैं कुछ नहीं जानती।" उसने उन सीधी-सादी औरतों की तरह कहा, जिन्हें अपनी मूर्खता पर इतना विश्वास होता है कि वे जीवन के उस सहज विवेक से परिचित नहीं हो पातीं, जो उनके भीतर मौजूद होता है।"

सब लोग उसे फुसलाने की कोशिश कर रहे थे। स्थूलकाय महिला बराबर सिर हिलाते हुए कह रही थीं, "भई, मुझे छोड़ो......मुझे नहीं आता, और सीखना मेरे बस के बाहर है।"

"अरे, जाइए भी......डर किस बात का है?" गडरिये ने कहा, "यहाँ हम सब एक जैसे ही बेवकूफ़ हैं, क्यों नहीं?" उसने मेरी ओर देखा।

मैं मुस्कराने लगा और मास्टर की ओर मेरी निगाहें मुड़ गईं। मास्टर वैसे ही चुप बैठा रहा। उसने स्थूलकाय महिला को मनवाने के लिए एक शब्द भी मुंह से न निकाला था, "अरे, खेलिए भी मिसेज़ एम।" मैंने कहा, "आप बेफिक्र रहिए, कुछ भी नहीं होगा।"

"अब आप कहते हैं, डॉक्टर साहब, तो चली जाती हूं।" मैंनेजर की स्थूलकाय पत्नी ने कहा, फिर बड़ी मुश्किल से वह बर्थ से उठीं और कम्पार्टमेंट के बाहर चली गईं। शीशे के दरवाज़े के पीछे उनका चौड़ा, भोला और बेवकूफ़ी-भरा चेहरा दिखाई देता था। वह बड़े ध्यान से भीतर होने वाली बातों को सुनने की कोशिश कर रही थीं।

दरवाज़े के भीतर हमने कॉफी के पैकेट के बारे में तय किया, जो मैनेजर साहब की सूचना के अनुसार उनकी पत्नी के सूटकेस में रखा था। फिर हमने उन्हें भीतर आने के लिए कहा। भीतर घुसते ही उन्होंने चारों तरफ देखा, फिर बड़ी कठिनाई से अपनी सीट पर बैठकर मुंह खोला, "क्या...क्या चीज़ है?" उन्होंने पूरा ज़ोर लगाकर पूछा।

"इस तरह आपको नहीं पूछना चाहिए......" क्लर्क की पत्नी ने समझाते हुए कहा, "आप वैसे ही सवाल पूछिए, जैसे मेरे पति ने पूछे थे या इन महाशय ने......" उसने गडरिये की ओर इशारा किया।

"लेकिन भई......जब मुझे पूछना आता ही नहीं?" स्थूलकाय महिला ने अभ्यर्थना-भरे स्वर में कहा।

"अरे, कोशिश तो करिए......जल्दी की ज़रूरत नहीं है, आराम से पूछिए।" क्लर्क की बीवी ने उन्हें आश्वस्त करते हुए कहा।

स्थूलकाय महिला ख़ूब ध्यान लगाकर सोचने लगीं। उनके गोल-मटोल चिकने गालों पर पसीने की बूँदें चमक रही थीं। काफ़ी लम्बी चेष्टा के बाद उनका स्वर अचानक बाहर आया, "यहाँ है?"

"देखिए, अब आप कैसी ठीक-से पूछ रही हैं। हाँ, यहाँ है, हमारे कम्पार्टमेंट में।" क्लर्क की पत्नी ने कहा।

स्थूलकाय महिला ने चारों तरफ़ निगाहें दौड़ाईं। उनके चेहरे के भोंदूपन में आँखें खो-सी गई थीं, एक ऐसा भोंदूपन जो चेहरे का अलंकार जान पड़ता था। कम्पार्टमेंट के हर व्यक्ति और वस्तु पर उनकी आँखें घूम रही थीं। गडरिये के फ़ैशनेबल सूटकेस पर, क्लर्क की बीवी के रेडियो पर, फ़ैक्ट्री-कारीगर के ख़ामोश चेहरे पर, मेरी रेशमी जुराबों पर और अन्त में मास्टर के पीले चेहरे पर, जहाँ दो मनहूस आँखें एक असीम घृणा में चमक रही थीं।

"क्या......क्या वह कोई खाने की चीज़ है?" उसने पूछा।

"हाँ।" हम सबने एक स्वर में कहा।

मैनेजर की स्थूलकाय पत्नी खुशी से मुस्कराने लगीं।

"बस, मैंने पता चला लिया।" उन्होंने कहा।

"हाँ......लेकिन आपको अभी और अनुमान लगाना पड़ेगा।" क्लर्क की पत्नी ने कहा।

"और......और क्यों?" स्थूलकाय महिला ने पूछा।

"अभी आपने सिर्फ चीज़ की प्रकृति के बारे में पता चलाया है, लेकिन वह क्या चीज़ है, इस बारे में नहीं।" क्लर्क की पत्नी ने कहा।

"प्रकृति......कैसी प्रकृति?" मैनेजर की पत्नी ने कुछ भी न समझते हुए पूछा।

"आप जानती हैं कि वह चीज़ खाने की है, लेकिन नहीं जानतीं कि वह क्या है।" गडरिये ने कहा।

"अहा, समझी!" महिला ने कहा और फिर चारों तरफ देखा, "लेकिन यहाँ तो खाने की कोई चीज़ दिखाई नहीं देती।"

"ज़रूरी नहीं, दिखाई दे....वह कहीं छिपी हुई भी हो सकती है।" क्लर्क ने कहा।

"लेकिन अगर छिपी हुई है, तो मैं पता कैसे चला सकती हूँ।" मोटी औरत ने पूछा।

"आपको सही-सही पूछना चाहिए।" क्लर्क की बीवी ने कहा।

"पूछना?"

"हाँ, आपको ठीक-ठीक पता चलाना चाहिए कि वह चीज़ यहाँ। कम्पार्टमेंट में कहाँ है?"

"ठीक-ठीक?" कपड़ों की दुकान के मैनेजर की पत्नी आँखें

गिड़गिड़ाती हुई सी क्लर्क की बीवी के चेहरे पर ठहर गईं।

"आप पूछिए कि वह ज़मीन पर है, या सीट पर है, या असबाब रखने की बर्थ पर।"

"क्या वह सूटकेस में है?" मोटी महिला ने जल्दी से पूछा।

"हाँ।" सबने एक स्वर में कहा।

"ज़रूर केक हैं।" मोटी महिला आह्लाद-भरे स्वर में चिहुँक उठीं, किंतु दूसरे ही क्षण उन्हें भान हो गया कि वह गलती पर हैं। फिर हमारे विरोध की परवाह किए बिना कि उसे प्रत्यक्ष तौर से सवाल नहीं पूछने चाहिए, वह अपने सूटकेस में रखी जाने की चीज़ों को एक के बाद एक गिनाने लगीं। आख़ीर में उन्होंने सही चीज़ का नाम ले लिया, और तब खुशी की झोंक में खिलखिलाकर हँसने लगी, "अहा, मैंने पता चला लिया!" उन्होंने आह्लाद-भरे स्वर में कहा और फिर खुशी में चमकती, उनकी मूढ़ आँखें हम पर ठहर गईं।

देखिए, मैंने आपसे क्या कहा था?" क्लर्क की पत्नी ने कहा।

मोटी महिला ने अपने पति की बगल में हाथ डालकर कहा, "वाह-ख़ूब खेल है !"

और अब मैंने देखा कि बदला लेने का क्षण आ पहुँचा है। मुझे उस क्षण महसूस हुआ कि वहीं दूसरी जगह, दूसरे कम्पार्टमेंट में, और फिर भी वहाँ मेरे सामने, एमेके बैठी है, भयानक अकेलेपन और जादुई चॉक के दायरों से घिरी हुई, दोबारा अपने अतीत से आक्रांत, हंगरी के धूल-धूसरित अकेले कगारों पर भटकती हुई, जहाँ वह युग-युगांतर तक बाग़ के माली के अंधविश्वासों और होटल के मालिक के भयावह दुःस्वप्नों द्वारा तड़पती रहेगी।

"चलिए, अब मास्टर जी की बारी......" मैंने कहा।

मास्टर सहसा तन गया। बहुत आनाकानी की। कहने लगा कि उसने यह खेल कभी खेला नहीं और न ही उसमें उसे कोई दिलचस्पी है, किंतु कोई उसके बहानों को मानने के लिए तैयार न हुआ और आख़ीर में उसे बाहर जाना पड़ा। शीशे के दरवाज़े के पीछे उसका कुन्द चेहरा, नीचे लटकता हुआ निचला होंठ और कुन्द मनहूस आँखें दिखाई दे रही थीं।

हमने 'ख़ुद मास्टर' को चुनने का ही निर्णय लिया। यह पुरानी ट्रिक थी और अनुमान लगाना मुश्किल न था। इस बार किसी ने विरोध न किया। हमने सिर हिलाया और मास्टर भीतर आ गया।

"कहिए, क्या चीज़ है?" उसने मज़ाक करने की कोशिश की।

"ठीक-ठीक पूछिए, मास्टर साहब।" स्थूलकाय महिला ने कहा।

मास्टर अपनी सीट पर बैठ गया। मैंने देखा कि उसके दिमाग़ के पहिए एक ही जगह पर रपटते जा रहे हैं और यह स्वाभाविक भी था। उसके मस्तिष्क का घेरा बहुत पहले कुछ रटी-रटाई सूक्तियों, या शारीरिक भोग के चंद घिसे-पिटे नियमों के आगे नहीं जाता था। वह किसी और चीज़ के काबिल न था। आसान-से-आसान लॉजिक उसकी क्षमता के बाहर था। मैं यह बात अच्छी तरह जानता था।

"क्या वह चीज़ मकान है?" उसका स्वर भीतर से निचुड़ता हुआ बाहर आया।

आस-पास बैठे दूसरे लोग, जो उससे अच्छी तरह वाक़िफ नहीं थे, काफ़ी दुविधा में पड़ गए। वे एकाएक समझ न पाए कि मास्टर क्या अब भी मज़ाक कर रहा है, या सचमुच गम्भीर है। सिर्फ़ मैं जानता था कि वह कितना गया-गुज़रा है।

"अच्छा अब बकवास बंद कीजिए और ठीक ढंग से सवाल पूछिए।" कुछ देर बार गडरिये ने कहा।

मास्टर को पसीना छूटने लगा। उसकी आँखों की काली, अप्रीतिकर

पुतलियों में एक ऐसी चेष्टा के चिह्न दिखाई दे रहे थे, जिसके लिए उसका शरीर या मस्तिष्क क़ाबिल न था।

"क्या वह....." उसने धीरे से कहा, "रेलगाड़ी तो नहीं है?"

"क्या बकते हो?" गडरिये ने भभकते हुए कहा, "ठीक ढंग से सवाल क्यों नहीं पूछते?"

गुस्से में मास्टर का चेहरा लाल हो गया।

"ठीक ढंग से ही तो पूछ रहा हूं......" उसने कहा।

इस गँवार पर, जिसने रंग-बिरंगी जुराबें पहन रखी थीं और जिसकी उम्र भी कुछ ज़्यादा न थी, अपनी मास्टराना हुकूमत जतलाने की आकांक्षा मास्टर की आँखों में चमकने लगी।

"नहीं, आप ठीक सवाल नहीं पूछ रहे।" गडरिये ने कहा, "आप काफ़ी फ़िज़ूल ढंग से पूछ रहे हैं। आपको सीधे-सीधे ऐसे नहीं पूछना चाहिए कि यह गाय है? या यह साँड है? आपको पूछना चाहिए, कैसी चीज़ है, कहाँ है......वग़ैरह-वग़ैरह।"

"कहाँ है?" मास्टर ने जल्दी से पूछा।

"अरे, ऐसे नहीं......" गडरिया कुछ कहने जा रहा था कि बीच में ही क्लर्क की पत्नी ने उसे टोक दिया।

"देखिए, मास्टर साहब, आपको ऐसे सवाल पूछने चाहिए, जिनका जवाब हाँ या न में दिया जा सके, समझ गए?"

"हाँ-हाँ, क्यों नहीं।" मास्टर ने कहा। सब लोग चुप हो गए। देर तक ख़ामोशी छाई रही। मास्टर अजीब यातनामय संकट में फँसा था।

"तो अब कुछ पूछिए न मास्टर साहब?" मैनेजर की स्थूलकाय पत्नी ने बेसब्री से कहा। वह उस खेल को देखने के लिए बहुत उत्सुक थीं, जिसमें उन्होंने इतनी बड़ी सफलता हासिल की थी।

मास्टर ने आँखें ऊपर उठायीं।

"क्या......क्या कोई खाने की चीज़ है?" उसने पूछा।

सब हँसने लगे और मास्टर का चेहरा लाल हो गया। अब वह सचमुच अपमानित महसूस करने लगा था।

"नहीं।" दोनों औरतों ने ऊँचे स्वर में कहा।

"अरे हाँ!" गडरिये ने कहा।

"कैसे?" मोटी महिला ने पूछा।

"क्यों नहीं!" गडरिये ने कहा, "दुनिया में ऐसे लोग हैं, जो खाते भी हैं।"

"ठीक है," क्लर्क की पत्नी ने कहा, "लेकिन यहाँ हम उन पर विचार नहीं कर सकते, क्योंकि हमारे देश में ऐसा रिवाज नहीं है।"

"क्या कह रही हैं?" गडरिये ने कहा, "रिवाज़ का क्या मतलब? उसने पूछा है कि क्या वह खाने की चीज़ हैं। मैं कहता हूँ, हाँ है। जब उसे जुलू के जंगली खा सकते हैं, तो वह खाने की चीज़ ठहरी, नहीं?"

मैंने मास्टर को देखा। वह उलझन में पड़ा हर व्यक्ति के चेहरे को देख रहा था। ख़ुद उसका चेहरा गुस्से में तमक रहा था। गडरिये और क्लर्क की पत्नी के बीच बहस जारी थी।

आख़िर मास्टर से न रहा गया, "अच्छा भई, मैं हार मानता हूं।"

"नहीं-नहीं, मास्टर साहब, आप ऐसा नहीं कर सकते।" मोटी महिला ने चीखते हुए कहा।

"क्यों नहीं कर सकता?" मास्टर ने कहा, "जब आप लोग ख़ुद नहीं जानते कि वह खाने की चीज़ है या नहीं।"

"जनाब, हमने तो चखकर देखा नहीं, समझे!" गडरिये ने कहा, "मुमकिन है वह काफ़ी सख़्त चीज़ है, या इतनी ख़राब है कि खाने के

बाद ही एकदम उलटी हो जाए।" मैंने देखा कि उसके स्वर में जन्मजात गायक की ध्वनि तो है ही, किंतु उसके अलावा मास्टर के प्रति गहरी हिक़ारत का भाव भी है। एक ऐसी घृणा, जो शायद उसे अपने पुरखों से विरासत में मिली होगी, जिन्हें अपने रंग-बिरंगे कपड़ों के प्रदर्शन और जीवन की अन्य सतही ख़ुशियों के लिए किसी ज़माने में अध्यापन-पेशे के लोगों ने अपमानित किया होगा।

"देखिए, बात यह है," फ़ैक्ट्री के कारीगर ने कहा (वह अब तक ख़ामोश बैठा था। शायद जवानी के दिनों में उसने 'ज्ञान का भंडार' भरने में ज़्यादा समय खर्च नहीं किया था, जिसके आधार पर मास्टर हर महीने मोटी तनख़्वाह ऐंठ लेता था, संभव है, उसने जीवन में स्कूल की शक्ल तक नहीं देखी थी और अब जीवन-निर्वाह के लिए दिन-रात कड़ी मेहनत करता था, किंतु अवकाश के इने-गिने क्षणों में हर दिन कुछ-न-कुछ सोचता था, शायद कुछ पढ़ता भी हो। एक ऐसा आदमी, जिसमें हास्य-विनोद की प्रवृत्ति ज़्यादा नहीं थी, किन्तु इतनी क्षमता ज़रूर थी कि ईमानदारी से, बोझिल ढंग से, किन्तु तर्कसंगत तरीक़े से चीज़ों के बारे में सोच सके, हालाँकि अपने विचारों को प्रकट करने में उसे शब्दों का अभाव अवश्य महसूस होता होगा) "देखिए, बात यह है," उसने कहा, "हमारे देश में तो उसे कोई खाता नहीं, लेकिन दुनिया में ऐसे देश हैं, जहाँ आज भी लोग उसका भक्षण करते हैं। बस, इतना ही....."

मास्टर ने तीखी, नफ़रत में बिलबिलाती आँखों से अपने नये दुश्मन को देखा, हालाँकि कारीगर ने बड़े आदर-भाव से अपनी बात मास्टर से कही थी। अध्यापकों के पेशे, उनकी शिक्षा-दीक्षा, सूझ-बूझ और न्यायप्रियता के प्रति आदर-भाव उसने अपने माता-पिता और बड़ों से सीखा था और बाद में स्वयं अपने बच्चों को सिखाया था, किन्तु उसके लिए मास्टर की आँखों में महज़ हिक़ारत के अलावा कुछ भी न था।

"मैं हार मान लेता हूं, बस।" मास्टर ने दोबारा ऊंचे भाव से कहा।

"अरे ज़रा ठहरिए, मास्टर साहब! इतनी आसान-सी बात है और आप......"

"नहीं, मैं हार मान लेता हूं। कोई फ़ायदा नहीं आपसे झगड़ने का, जब आप ख़ुद नहीं जानते कि वह खाने की चीज़ है, या नहीं।" मास्टर ने कहा।

बड़ी मुश्किल से उसे फिर खेलने के लिए राज़ी किया गया। मोटी महिला को खेल में इतना मज़ा आ रहा था कि हँसते-हँसते उसकी आँखों में आँसू आ गए।

ग़ुस्से में मास्टर का चेहरा स्याह पड़ गया था और वह होंठों-ही-होंठों में कुछ भुनभुना रहा था। आख़िर लोगों के कहने-सुनने पर वह फिर सोचने की कोशिश करने लगा। उसके चेहरे के बाहरी हाव-भाव को देखकर लगता था, जैसे कोई ख़ाली भट्टी में हथौड़ा घुमा रहा हो।

"क्या...मोटर तो नहीं है?" बहुत देर बाद उसने कहा।

गडरिया उफन पड़ा, "यार, तुम आदमी हो या पाजामा!" मास्टर के प्रति जो भी उसके भाव थे, वे साफ़ तरीक़े से, बिना किसी छिपाव-दुराव के, उसके चेहरे पर छलक आए, "कहीं लोग मोटर खाते हैं, ऐसा सुना है?"

"जनाब, ज़रा जुबान सँभालकर बात कीजिए!" मास्टर गडरिये पर बरस पड़ा।

"वाह साहब, मैंने ऐसी कौन-सी बात कह दी कि आपका मिज़ाज बिगड़ गया, या आप शीशे की तरह नाजुक हैं कि हाथ लगाते ही कड़क जाएँगे?" गडरिये ने कहा।

"मैं नहीं खेलता......" मास्टर ने आहत अभिमान के स्वर में कहा, "मुझे बेवजह अपनी तौहीन कराने का शौक नहीं चर्राया !"

चारों तरफ से विरोध को ज्वार उठा और सबका समर्थन पाकर मैंने बीच में हाथ डाला।

"ज़रा इधर देखिए!" मैंने कहा, "बात सिर्फ़ इतनी-सी है कि आप ज़रा तर्कसंगत ढंग से सवालों को सोचिए, बस और कुछ नहीं।"

मास्टर ने अपनी निगाहें मुझ पर चुभा दीं।

"मैंने एक बार कह दिया कि नहीं खेलूँगा, क़िस्सा ख़त्म!"

"हाय, मास्टर साहब!" मैनेजर की पत्नी ने सिर हिलाते हुए कहा, "आप नहीं खेलेंगे, तो आपके लिए बड़ी ग़ैरत की बात होगी!" उसने समूची स्थिति को साफ़, नंगे शब्दों में कह दिया। वह अब भी उस मासूम बच्चे की तरह थी, जिसे बादशाह की नई पोशाक दिखाई नहीं देती।

"डॉक्टर साहब आपको अच्छी तरह समझा देंगे......" क्लर्क की पत्नी ने कहा, "इस तरह बीच में आप खेल छोड़ देंगे, तो सारा मज़ा किरकिरा हो जाएगा।"

मास्टर धीरे से गुर्राया।

"देखिए, पहले आपको सामान्य क़िस्म की चीज़ों के बारे में सोचना चाहिए" मैंने कहा, "फिर धीरे-धीरे ख़ास चीज़ों को पकड़ने की कोशिश कीजिए, समझे आप!"

मास्टर कुछ नहीं बोला।

"देखिए, ज़रा समझने की कोशिश कीजिए।" मैंने मीठे स्वर में कहा, "सबसे पहले कोई बहुत सामान्य चीज़ सोचिए और फिर उससे एक विशेष, लोकल बिन्दु पर केन्द्रित करने की कोशिश कीजिए, धीरे-धीरे अपने सवालों के जरिए उसे ज़्यादा-से-ज़्यादा स्थानीय बनाते जाइए। आख़ीर में आप एकदम सही चीज़ को पकड़ लेंगे।" मैंने प्रश्न-भरी निगाह से उसकी ओर देखा।

वह कुछ भी नहीं समझा था।

"सबसे अच्छी बात यह होगी," मैंने कहा, "कि पहले आप यह पता

चलाइए कि वह चीज़ अमूर्त (एबस्ट्रेक्ट) है, या ठोस।"

मास्टर चुप बैठा रहा।

"चलिए ज़रा कोशिश कीजिए। पहले यूँ ही कोई सवाल पूछिए, सिर्फ़ आज़माइश के लिए।" मैंने कहा, "चीज़ को स्थानीय तौर से निर्धारित करने की कोशिश कीजिए।"

मास्टर ने नफरत से होंठ हिलाए।

"क्या वह......क्या वह चीज़ काली है?" मास्टर ने पूछा।

गडरिया ठहाका मारकर हँस पड़ा। हँसते-हँसते उसने अपनी टाँगें हवा में उठा दीं। मुझे डर लगा कि कहीं वह अपने बूट मास्टर की नाक पर न दे मारे।

"यह तो आपने एकदम बहुत ठोस सवाल पूछ डाला!" मैंने प्रेम-भाव से कहा, "चीज़ को 'लोकलाइज़' करने का तरीक़ा अभी तक आपकी समझ में नहीं आया......मास्टर साहब, याद रखिए, लोकलाइज़..... लोकलाइज़...... लोकलाइज़!" मैं बराबर एक चक्कर में बोलता गया।

"क्या वह इंजन है?" मास्टर ने फिर गधेपन की बात कही।

गडरिया फट पड़ा।

"ईश्वर के लिए यह क्यों नहीं पूछते कि वह कहाँ है?"

मास्टर ने गडरिये को एड़ी से चोटी तक देखा।

"यह तो मैंने पहले ही पूछा था।" मास्टर ने ऐसे स्वर में कहा, जिसमें झगड़ा करने की भनक थी।

"पूछा था, लेकिन बेहूदे ढंग से।" गडरिये ने कहा, "भले आदमी, कहीं इस तरह पूछा जाता है कि कहाँ है?" उसने मास्टर के स्वर की नक़ल उतारते हुए कहा, "आपको पूछना चाहिए, क्या वह यहाँ है? या......या वह......" वह जल्दी ही कोई मज़ाक़ की चीज़ कहना चाहता

था, किन्तु उस क्षण उसे सिर्फ़ वह चीज़ याद आई, जिसे कुछ लोग, या शायद सब लोग दुनिया की सबसे विनोदपूर्ण चीज़ समझते हैं, "या वह......में है......नहीं?"

"अरे, भाई साहब, छिः-छिः !" मैनेजर की पत्नी वह शब्द सुनकर ही-ही करते हुए हँस पड़ी।

"नहीं खेलता!" मास्टर ने कहा, "अगर लोग शिष्ट तरीक़े से पेश नहीं आते, तो उनके साथ खेलना बेकार है।" उसने अध्यापक की ऊँची हैसियत से घोषणा की।

किन्तु बाद में उसे खेलना ही पड़ा। लोगों ने उसे खेलने के लिए मजबूर किया। वे उससे उस समय तक खेलते रहे, जब तक पार्दूवित्से नहीं आ गया, जहाँ उसे, कपड़ों की दूकान के मैनेजर और उनकी पत्नी को उतरना था। शायद ही पहले कभी उस खेल से मेरा या गडरिये और क्लर्क की पत्नी का इतना मनोरंजन हुआ था, जितना उस दिन ट्रेन में, क्योंकि वह महज़ मनोरंजन नहीं था, वह ईश्वर की चक्की की तरह था, जो बराबर घूम रही थी और जिसमें मास्टर तिल-तिल करके पिस रहा था।

आख़िर उसके ऊल-जुलूल सवालों में किसी तरह का क्रम या नियम न रहा। जब उसने पूछा, "क्या उस चीज़ से बदबू आती है?" तो गडरिये की आत्मा में कटाक्षों का सोता-सा फूट पड़ा। हर क्षण उसकी रंग-बिरंगी जुर्राबें आग की लपटों-सी छत की ओर उठ जाती थीं।

मास्टर के इस प्रश्न ने कि "क्या वह सचमुच कोई चीज़ है?" मुझे सोचने के लिए मजबूर किया, क्योंकि मैं सचमुच निश्चय नहीं कर सका कि यह मास्टर आख़िर है क्या चीज़, एक ऐसा प्राणी, जो आजीवन एक ऐसी 'नैतिकता' पर जीवित रहता है, जिसके कोई क़ानून-नियम नहीं, न ही यीशु मसीह के और न मार्क्स के, जिसकी कोई नैतिकता नहीं, मानव-जाति की उतनी नैतिकता भी नहीं कि जैसा व्यवहार तुम दूसरों से नहीं चाहते, वैसा व्यवहार दूसरों के साथ न करो। एक मामूली-सा नियम

जिसे लोग युग-युगान्तर से मानते आए हैं, उसके लिए अर्थहीन था। दरअसल उसका समूचा जीवन ही किसी अर्थ या उद्देश्य से शून्य था। महज़ अंतड़ियों और आदतों को पुंज मात्र पिंजरे में बन्द उस गिलहरी से भी गया-बीता, जो टीन के सींख़चों को अपने गुलाबी पंजों से कुरेदती हुई बाहर आने का निष्फल प्रयत्न करती है। कम-से-कम उसे बाहर की स्वतन्त्रता का मूल्य मालूम है।

किन्तु मास्टर ऐसा भयावह जन्तु था, जिसे स्वतन्त्रता की ज़रूरत नहीं थी। स्वतन्त्रता, जो हमारे जीवन को सबसे अधिक अर्थवान बनाती है, किन्तु जिसे केवल अपने भीतर के उस विवेक में ही पाया जा सकता है, जो हमारी आवश्यकता के प्रति सचेत है। यह वह 'स्वतन्त्रता' नहीं थी, जिसे राष्ट्रीय सोशलिस्ट पार्टियों की सभाओं में नोट की तरह उछाला जाता है। स्वतन्त्रता, जो आवश्यक है, ताकि हम अपना ज्ञान-विवेक छोड़कर पागल न हो जाएं, अगर हम सचमुच मनुष्य हैं। वह मनुष्य नहीं था। बेशक मनुष्य से ऊपर नहीं, किन्तु मुझे हमेशा लगता था कि वह मनुष्य से कुछ नीचे है।

ऐसे लोग दुनिया में हमेशा मौजूद रहते हैं, यीशु के ग़रीबों की तरह। फ़र्क़ इतना ही है कि वे ग़रीब या असहाय नहीं होते। वे सिर्फ़ नीचे, मानवीय स्तर से नीचे किसी दूसरे स्तर पर जीते हैं। वे छोटे या बड़े, मोटे या दुबले जीवों, प्यार-मोहब्बत, वफादारी, ईमानदारी, 'ऑलटर-ईगो' जैसे मानवीय गुणों और विशेषताओं से अछूते रहते हैं, जिनके आधार पर मनुष्य और जानवरों की नस्ल कायम रहती है (सचेतन रूप से मनुष्यों में अचेतन रूप से जानवरों, गिलहरियों और सफ़ेद चूहों में, जो अपने लघु प्राकृतिक जीवन में कभी एक-दूसरे का गला नहीं घोटते)। ये लोग हर जगह, बिना किसी शर्म या झिझक के, अपना सिक्का जमाना चाहते हैं, दूसरों पर अपने काल्पनिक अधिकार जतलाना चाहते हैं, जिन्हें वे अपने जन्मसिद्ध अधिकार समझते हैं। वे हमेशा सही हैं, ऐसी डींग मारते हुए वे हर जगह अपने कमीनेपन का परिचय देते हैं, वे हमेशा दूसरों के बारे में अपनी राय देने के लिए तैयार रहते हैं, किन्तु अपने सौ-फ़ीसदी

मुकम्मिलपन पर एक क्षण के लिए भी सन्देह नहीं करते। दुनिया में उनके अस्तित्व का क्या अर्थ है, इस बारे में वे एक क्षण के लिए भी विचार करना ज़रूरी नहीं समझते, ईसाई धर्म और नैतिकता को पुराने ज़माने के संस्कार मानकर उनकी खिल्ली उड़ाना नहीं भूलते, किन्तु कहीं अपने बहुत भीतर के कम्युनिज्म से गहरी नफरत करते हैं, क्योंकि वह उन्हें परजीवी बनने की स्वतन्त्रता नहीं देता, फिर उनमें से कुछ लोग कम्युनिज़्म पर भी विजय पा लेते हैं और उसे भी अपनी आजीविका का साधन बना लेते हैं, उन्हें एक लम्हे के लिए भी इस चीज़ का अहसास नहीं होता कि वे खोखले हैं। खाल और हड्डियों के बीच घिरा हुआ एक बदबूदार खालीपन और कुछ नहीं।

ऐसे लोग अपने पीछे हमेशा छोटे-बड़े कुकर्मों के चिह्न छोड़ जाते हैं। दूसरे लोगों की तहस-नहस ज़िन्दगियाँ, काम की निरर्थक तबाही, अधबीच में छोड़े हुए कार्य, वीभत्स तलाक, अपराध, कुछ और ग़लीज़ क़िस्म का सनकीपन।

इन लोगों के कारण ही नरक और शाश्वत सज़ाओं का अस्तित्व आवश्यक हुआ, ताकि दुनिया में हमेशा ही अन्याय का निविड़ अँधेरा क़ायम रहे, क्योंकि कम्युनिज़्म का समूचा भविष्य भी यातना के उस अथाह सागर का मुआवज़ा नहीं चुका सकता, जो इन लोगों ने इतने अदृश्य ढंग से पिछले आठ-दस हज़ार वर्ष के दौरान मानवीयता पर लादा है।

ये लोग हर जगह अपनी जुगाड़ भिड़ा लेते हैं और कभी तकलीफ़ का सामना नहीं करते, जबकि दूसरे लोग बुरी-से-बुरी यातना सहते हैं। वे हर जगह सत्य का नारा बुलन्द करते हैं, जबकि असलियत में उनकी आँखों में सत्य का दो कौड़ी मूल्य भी नहीं, कापुरुष, दोस्तों के साथ विश्वासघात करने वाले, स्त्रियों पर पाशविक अत्याचार करने वाले, प्रेमिकाओं को धोखा देने वाले, बच्चों को आतंकित करने वाले, अपने रास्ते पर खड़े समस्त विरोधियों को नष्ट करने वाले, शायद ही कोई उनकी राक्षसी घृणा से बच पाता हो और इन सब जुल्मों के लिए उन्हें

कारण की ज़रूरत नहीं, उन्हें अगर ज़रूरत है, तो सिर्फ़ खून की, एक भयानक प्रतिशोध की, जो क्रूर और प्रत्यक्ष भी हो सकती है, या क़ानून-बन्द समाज में क़ानूनी वेष भी धारण कर सकती है।

आह, ऐसे लोग हमारे बीच आज भी मौजूद हैं......! यीशु मसीह के ग़रीबों की तरह......हमारी सभ्यता पर एक क्रूर लांछन, हमारे सुन्दर शब्दों का मज़ाक़ उड़ाते हुए, हमारे दर्प का दर्पण, हमारी आत्मतुष्ट शान्ति को चेतावनी देने वाले.......कापुरुष, हमारे दुश्मन, विध्वंसक हानिप्रद, कापुरुष हत्यारे!

आख़िर फैक्ट्री के उस कारीगर ने मास्टर को उस 'चीज़' का नाम बताया, जिसे हमने सोचा था। असीम धैर्य और सीधे-सादे तर्कों द्वारा वह मास्टर को अपमान की अन्तिम मंज़िल तक ले गया, जहाँ वह पहचान सकता था कि इतनी देर तक वह जिस 'चीज़' के आस-पास भटकता रहा था, वह कोई और चीज़ न होकर वह ख़ुद था, कि वह स्वयं अपने उन मूर्खतापूर्ण प्रश्नों का उत्तर था, जो उसने पूछे थे और जिनके कारण उसे अपने 'जीवन' की सबसे गहरी जहालत सहनी पड़ी थी, अगर उसके जीवन को जीवन कहा जा सके। पादूबित्से के स्टेशन पर वह उतर गया और विदा होते समय उसने मुझसे हाथ भी न मिलाया।

हाँ, इस तरह मैंने बदला चुकाया, किन्तु जब मैं प्राग आया और स्टेशन के अण्डरग्राउण्ड गलियारे को पार करता हुआ गेट तक पहुँचा, जहाँ लड़कियों के चेहरे अँगूरों की तरह चमक रहे थे, महानगर के वे चेहरे, गलाबी पाउडर में ढके, प्राग के कोमल और सुन्दर चेहरे और बाद में मैं उस शहर की रंगीन, अंधेरी, शोरगुल से भरी गलियों में खो गया, जहाँ हर नुक्कड़ पर गर्मियों की झीनी स्कर्ट घंटियों के रंगीन स्वरों-सी झनझना जाती थीं।

और फिर समय का बहाव और दैनिक परेशानियों का जमघट और फिर वह दिन जब मैं मार्गरेता से गुप्त रूप से मिला था, मिशाक रेस्तराँ के एक अकेले केबिन में हम बैठे थे, और वह नीले और सफेद रंग की धारीदार पोशाक पहनकर मुझसे मिलने आई थी, टॉफी-रंग की क्रीम से

उसका चेहरा एकदम ताज़ा लग रहा था और वह अपनी कोमल, प्यार भरी आँखों से बार-बार मुझे निहार लेती थी।

और मैं दुबारा महानगर के उस विराट खेल में फँस गया था, जहाँ धोखाधड़ी, छोटी-छोटी क्रूरताएँ और छलनाएँ, झूठ और बहाने जायज़ थे, किन्तु जिनके पीछे एक खोए हुए बहिश्त की तमन्ना बार-बार फड़क उठती थी, एक ऐसे सम्पूर्ण व्यक्तित्व को पाने की आकाँक्षा, जो बहुत पहले कभी अतीत में रहा होगा और जो शायद कभी-कभी भविष्य में प्रकट हो सकेगा, किन्तु फिलहाल नहीं। फिलहाल महज़ हुकूमत के विशाल और बोझिल हथियार की मदद से जन्म लेता हुआ समाजवाद था (शायद वह 'सम्पूर्ण आदमी' इस समय चिथड़ों में लिपटा हुआ उस कारीगर के साथ काम कर रहा होगा, किन्तु मैं कह नहीं सकता वह कौन है? मुझे कुछ मालूम नहीं, मैं कुछ भी नहीं जानता)।

और एमेके.....वह मेरे लिए दोबारा एक स्वप्न, एक पौराणिक गाथा में बदल गई और कभी-कभी मुझे इस पर भी सन्देह होने लगता था कि वह कहीं जीवित है और मैं उससे कभी मिला था, एक अजनबी नियति की सुदूर गूँज की तरह, जिसकी वास्तविकता में मेरा विश्वास धीरे-धीरे मरने लगा था।

मैंने उसे कोई पत्र नहीं लिखा, न ही मैंने उसे वे किताबें भेजीं, जिनका वायदा मैंने उससे किया था, दर्शन की किताबें, सुकरात से लेकर एंगल्स तक का संक्षिप्त विचार-कोश। उसके शहर कोशित्से भी मैं कभी न जा सका।

और कुछ अर्से बाद, बहुत जल्दी ही मेरे भीतर उस स्मृति, उस गाथा के प्रति उदासीनता उत्पन्न होने लगी, उदासीनता, जिसके बिना इस दुनिया में जी पाना बहुत मुश्किल है, जहाँ रोज़-बरोज़ हमारे जैसे ही रक्त-माँस के प्राणी तपेदिक़ और कैन्सर से मर जाते हैं, जेलों और यातना शिविरों में ख़त्म हो जाते हैं, पुरानी दुनिया के सुदूर ट्रॉपिक मैदानों

में लड़ते-लड़ते अपने प्राण त्याग देते हैं, निराश प्रेम के पागलपन में या ज़रा-सी तकलीफ या विपत्ति के बोझ तले दम तोड़ देते हैं। उदासीनता, जो हमारी माँ है, हमारी मुक्ति है, हमारी मृत्यु है।

इस तरह कहीं किसी घटना या गाथा का जन्म होता है और कोई उसे कहता नहीं......और फिर कहीं आदमी जीता है, गर्म और सूनी दोपहरें आती हैं और चली जाती हैं, आदमी बूढ़ा हो जाता है, अकेला रह जाता है, अपनी आख़िरी साँसें गिनता है। कब्र पर केवल एक तख़्ती रह जाती है, सिर्फ़ एक नाम। शायद तख़्ती भी नहीं, नाम भी नहीं। कुछ वर्षों तक कोई अन्य आदमी उस घटना को, उस गाथा को, अपने साथ लिये चलता है और फिर वह भी मर जाता है.....और दूसरे लोग कुछ भी नहीं, कुछ भी नहीं, कुछ भी नहीं। नाम मुर्झा जाता है और उसके साथ.......वह घटना भी, वह गाथा भी। आदमी के बाद कुछ भी शेष नहीं रहता। न नाम, न कोई स्मृति, ख़ालीपन भी नहीं। कुछ भी नहीं।

किन्तु फिर भी शायद कहीं कुछ बचा रह जाएगा। कम-से-कम कोई छाप, कम-से-कम उन आँसुओं, उस लावण्य, उस मिठास, उस व्यक्ति, उस स्वप्न, उस गाथा का कोई चिह्न, जो एमेके थी।

पता नहीं, पता नहीं, पता नहीं।

•••

मास्टर जी

जब मैं तीसरी जमात में गया, मेरे माता-पिता ने मुझे जर्मन सिखाने का निर्णय ले लिया। हालांकि स्कूल में जर्मन चौथी ज़मात से शुरू होती थी, हमारे घर का यही क़ायदा था। दूसरी ज़मात में मैंने लातिन सीखनी शुरू कर दी थी और ड्योढ़े दर्जे में फ्रेंन्च, किन्तु उन दिनों मुझे अंग्रेज़ी सीखने का शौक खाए जा रहा था, इसलिए मैंने फ्रेन्च को दरकिनार करके अंग्रेज़ी की प्राइमर ख़रीद ली और घरवालों से छिपकर अंग्रेजी सीखने लगा।

किन्तु जर्मन सीखने के लिए मेरे पिता ने मुझे श्री काट्ज के हवाले कर दिया। श्री काट्ज 'यहूदी गली' के उस घर में रहते थे, जहाँ पहले यहूदी बच्चों का स्कूल था। वह यहूदी-धर्म के अध्यापक और सिनानोग (यहूदियों का प्रार्थना-गृह) के पादरी भी थे। उनका ठिगना क़द था और सिर के बाल उड़ गए थे, लेकिन गाने और वायलिन-हारमोनियम बजाने में उनका सानी नहीं था। एक घंटा पढ़ाने के लिए वह आठ क्राउन लेते थे। इतनी कम रक़म मेरे पिता ने कभी किसी दूसरे अध्यापक को नहीं दी थी।

पहले दिन उनके घर जाते हुए मुझे बहुत डर लग रहा था। यहूदियों के स्कूल की पहली मंजिल में जहां पहले क्लास लगती थी, शीशे का एक पार्टीशन लगा था। यहीं दरवाजे पर रुककर मैंने घंटी बजायी। पार्टीशन के एक तरफ़ प्रार्थना-गृह था और दूसरी तरफ़ पादरी का घर।

मुझे काफ़ी डर लग रहा था, लेकिन श्री काट्ज़ का व्यवहार मेरे प्रति स्नेह और सहृदयता से भरा था। वह मुझे अपने साथ रसोईघर में ले गए जहाँ उनकी भारी-भरकम पत्नी पुराना गाऊन पहने चूल्हे के पास बैठी थी। मास्टर जी ने मुझे रसोई की मेज़ के सामने बैठा दिया और फिर मेरे सामने जर्मन की नयी प्राइमर खोलकर रख दी। किताब की पीठ थोड़ी-बहुत फट गयी थी और उसके पहले पन्ने पर किसी गोल और गन्दी चीज़ की काली-सफ़ेद तस्वीर दिखाई दे रही थी। तस्वीर अण्डे की थी। मास्टर जी ने स्नेहपूर्ण स्वर में मुझे बताया कि अण्डे को जर्मन में 'एइ' कहते हैं और इस तरह मेरी जर्मन भाषा की पढ़ाई शुरू हुई, बिलकुल शुरू से, यानी अण्डे से।

"दास इस्त एइन एई।" मास्टर जी ने कहा और मैंने वह वाक्य दुहरा दिया।

"क्या यह एक अण्डा है?" मास्टर जी ने पूछा।

और मैंने तुरन्त जवाब दिया, "हाँ, यह एक अण्डा है।" और फिर मैं बराबर उनके वाक्यों को दोहराता गया।

श्री काट्ज सिर्फ़ जर्मन ही नहीं पढ़ाते थे, बल्कि यहूदी-धर्म के बारे में बहुत-कुछ बताते-सिखाते थे। इसके लिए हिब्रू जानना आवश्यक था। यही कारण था कि यहूदी बच्चे अलग से उनके पास हिब्रू सीखने आते थे, किन्तु यहूदियों में यह एक प्रथा है कि जब कभी वे कोई ऐसा काम करते हैं, जिसका धर्म से कोई सम्बन्ध हो, प्रार्थना करना, या कोई ऐसा ही काम, तो वे हैट ज़रूर पहनते हैं।

जब मैं अपनी जर्मन के लिए समय से कुछ पहले आ जाता, जो देखता कि मास्टर जी के सामने योनाथ लेविथ और इत्ज़ीक खोन बैठे हैं और ऊँची आवाज़ में किसी अपरिचित भाषा में रहस्यपूर्ण वाक्य दोहरा रहे हैं। वह अपरिचित भाषा हिब्रू थी। अपने सिरों पर वे श्री काट्ज के हैट पहने रहते थे। एक अपना रोज़मर्रा का हैट और दूसरा

प्रार्थना का हैट, जो उनके कानों तक खिसक आता था। गर्मी के दिन थे। वे धर्म-पाठ के पीरियड के लिए अपने हैट नहीं लाते थे, अत: मास्टर जी को उन्हें अपने हैट देने पड़ते थे, जो उनके लिए काफी बड़े पड़ते थे। कुर्सियों पर बैठे हुए वे मुझे घमण्ड और हिक़ारत से देखा करते थे, मानो मुझे जतला रहे हों कि जिस भाषा में वे बोल रहे हैं, उसे मैं नहीं समझता। वे गला फाड़-फाड़कर कुछ चीखते थे, किन्तु मास्टर जी बीच-बीच में टोककर उनकी ग़लतियों को सुधारते जाते थे, जिससे पता चलता था कि उन्हें भी इस भाषा का ज्ञान कुछ अधिक नहीं है, किन्तु मैं तो बिल्कुल कोरा था, अत: कम-से-कम मुझ पर हँसने का उन्हें पूरा हक़ था।

बाद में, जब श्री काट्ज की पुत्री रुथ का विवाह हुआ, उन हैटों को लेकर एक अजीब घटना हुई थी। रुथ का विवाह श्री इसीडोर काफ़्ता नाम के एक सज्जन से हुआ था। 'ओ' नगर में उनका कॉपियों का छोटा-सा कारख़ाना था और वह ऑर्थोडोक्स यहूदी थे। विवाह भी ऑर्थोडोक्स ढंग से हुआ था। कोलीन शहर से प्रसिद्ध रब्बी को उसके लिए विशेष रूप से आमंत्रित किया गया था। श्री काट्ज का बहुत से लोगों से अच्छा-खासा मेल-जोल था......सब उनके बारे में यही कहते थे कि वह अच्छे यहूदी हैं......कुछ वैसे ही जैसे मोशेम चुबकालोब के बारे में कहा जाता था कि वह बुरे यहूदी हैं। यही कारण था कि श्री काट्ज की पुत्री के विवाह में न केवल यहूदी आए थे, बल्कि शहर के अनेक ईसाई भी, लेकिन वे गर्मियों के दिन थे और चूंकि वे बिना हैट पहने आए थे, अत: उन्हें सिनानोग में घुसने की इज़ाज़त नहीं मिली। लोगों को यह बात बहुत बुरी लगी, क्योंकि सभी भीतर जाकर शादी देखना चाहते थे, लेकिन नंगे सिर भीतर जाना मना था। फलस्वरूप वे बाहर खड़े-खड़े गाली-गलौच करने लगे।

कुछ देर बाद सहसा वहाँ श्री इसाक आइसनर भागते-भागते आ पहुँचे। उनकी पीठ पर दो बड़े-बड़े थैले लटक रहे थे, जिनमें ठसाठस

टोपियाँ भरी थीं। ऐसी टोपियाँ, जिनका फ़ैशन मुद्दत पहले उड़ चुका था और जो ख़रीदारों के अभाव में अर्से से उनकी दूकान में सड़ रही थीं। श्री आइसनर उन हरी-पीली धर्मोत्सव टाइप टोपियों को एक-एक क्राउन में लोगों को उधार देने लगे। कोई टोपी उड़ा न ले जाए, इसलिए दस क्राउन पहले से ही वह डिपॉज़िट के रूप में धरवा लेते थे। कुछ ही देर में सारी टोपियाँ बँट गयीं, क्योंकि विवाह की रस्म शुरू हो गयी थी और लोग भीतर जाने के उतावले हो रहे थे। इतना समय उनके पास नहीं था कि अपने नाप की टोपी चुन सकें। जल्दी-जल्दी डिपॉज़िट की रक़म देकर जिसके हाथ जो टोपी लगी, उसे पहनकर हर आदमी सिनानोग के भीतर दौड़ने लगा। फलस्वरूप किसी के सिर पर ज़रूरत से बड़ी टोपी थी और किसी के सिर पर ज़रूरत से छोटी। मेरे पिता हट्टे-कट्टे ऊँचे क़द के आदमी थे और उसी के अनुपात में उनका सिर भी काफ़ी बड़ा था। दुर्भाग्यवश उनके सिर पर काफ़ी छोटी, सिलेटी रंग की जोकर-नुमा टोपी टिकी थी, जिसे उन्हें बार-बार हाथ से संभालना पड़ता था। उनकी इस दुर्दशा को देखकर मेरी हँसी नहीं रुक सकी। पिता ने मुझे एक थप्पड़ रसीद किया और सिनानोग से बाहर निकाल दिया।

मेरे अध्यापक श्री काट्ज हमेशा रसोईघर में मुझे पढ़ाया करते थे। उनकी पत्नी चूल्हे के पास बैठकर चुपचाप हमारी पढ़ाई-लिखाई को देखा करती थी। पहले साल उन्होंने कभी मुंह से एक शब्द नहीं निकाला, किन्तु बाद में उनकी ख़ामोशी धीरे-धीरे ख़त्म हो चली थी। मैं धीरे-धीरे जर्मन बोलने-समझने लगा था। अब हम सिर्फ़ परियों की कहानियाँ और ऐसी ही दिलचस्प किताबें पढ़ा करते थे। मैं जो कुछ पढ़ता था, उसका सारांश मास्टर जी को सुनाया करता था।

बाद में जर्मनों के आने के बाद भी मैं बराबर एक साल तक श्री काट्ज के पास आता रहा था। उन दिनों पढ़ाई के बहाने हम ज़्यादातर राजनीतिक-स्थिति के बारे में ही बातचीत किया करते थे। श्रीमती काट्ज अक्सर अपने पति से सहमति जतलाने के लिए हमारी बातचीत में दख़ल

दिया करती थीं, लेकिन पढ़ाई के पहले वर्ष वह बिल्कुल ख़ामोश रहती थीं।

मेरे अध्यापक श्री कात्ज़ अपने ख़ास निजी ढंग से पढ़ाया करते थे, धीरे-धीरे कायदेवार। मैं बोलता जाता था, अच्छी पुरानी शराब, अच्छी पुरानी शराब का, के, की, अच्छी, पुरानी शराब को, के लिए इत्यादि और बीच-बीच में श्री कात्ज़ अपना सिर हिला दिया करते थे। इन वाक्यों को दोहराते हुए मेरे मन में पुरानी बढ़िया शराब पीने की तलब उमड़ आया करती थी, जिसे श्री कात्ज़ कारक-पदों में तो इस्तेमाल किया करते थे, लेकिन शायद ख़ुद कभी नहीं। सम्भव है, वह शराब पीते हों, लेकिन ज़्यादा नहीं, वह काफ़ी ग़रीब थे।

बाद में जब मुझे अच्छी-खासी जर्मन बोलनी आ गयी, वह हमेशा मुझसे कहा करते थे, "दास वासदु कान्स्ट, डेनियल, दास काहन डीर नियेमान्ड नेहमेन। डाहम लर्न, लर्न ड्योच (यह अनमोल ज्ञान है, डेनियल, कोई इसको तुमसे नहीं छीन सकता......इसलिए जर्मन सीख लो)।"

फिर कभी-कभी वह मुझे प्रथम महायुद्ध के ज़माने में अपनी ग़रीब-हालत के क़िस्से सुनाया करते थे। वे अकाल के दिन थे और लोग पैसे देकर भी कोई चीज़ नहीं ख़रीद पाते थे। श्रीकात्ज़ उस संकटकाल में भी किसानों को जर्मन पढ़ाकर अपना गुज़ारा कर लेते थे।

"और बदले में वे लोग मुझे खाने-पीने का सामान दे दिया करते थे।" मास्टर जी जर्मन में मुझसे कहते, "आटा, मक्खन और कभी-कभी गोश्त भी।" वह हर शब्द पर ज़ोर डाल कर धीरे-धीरे बोलते जाते और मुंह से उन शब्दों को सुनकर मेरे भीतर मक्खन, आटा और गोश्त खाने की लालसा भड़क उठती, हालाँकि सिर्फ़ मिठाइयों के अलावा मैं दूसरी चीज़ें बहुत कम खाता था।

श्री कात्ज़ जर्मन में मुझसे कहते, "डेनियल तुम्हें सब कुछ मिल सकता है, रुपया-पैसा, सब-कुछ.....सिर्फ़ यहाँ कुछ होना चाहिए।"

और वह अँगुली से अपने गंजे सिर की ओर इशारा करते......“जो यहाँ है, उसे कोई तुमसे नहीं छीन सकता।” वह कहा करते थे, “अगर नई लड़ाई छिड़ गई तो हमें ज़्यादा तकलीफ़ नहीं उठानी पड़ेगी। लोग हमेशा जर्मन सीखना चाहेंगे और हम उनसे कहेंगे कि ट्यूशन की फ़ीस पैसों में न देकर वे हमें आटा, मक्खन और गोश्त दे सकते हैं......और दूध भी।” एकाएक उन्हें याद आता और वे तुष्ट भाव से मुस्कराने लगते।

शुक्रवार की शाम को अक्सर मास्टर जी जल्दी छोड़ देते थे और घण्टा खत्म होने से पहले ही मुझे घर जाने की इजाज़त मिल जाती थी। वह उनकी प्रार्थना का दिन होता था। मंगलवार के दिन कछ अधिक समय पढ़ा कर वह शुक्रवार की क्षतिपूर्ति कर लेते थे।

किन्तु प्रार्थना के दिन घर जाने के बजाय मैं सीढ़ियों के अंधेरे कोटर में छिपकर उन्हें देखा करता था। शीशे के पार्टीशन के पीछे से प्रार्थना-गृह की ओर जाते हुए मुझे यहूदियों के चेहरे दिखायी दे जाते थे। शहर के जाने-पहचाने चेहरे, योनाथ लेविथ के पिता अब्राहम लेविथ, डॉक्टर स्ट्रॉस, श्री ओहरेन्जुग, जिनकी कपड़ों की बड़ी दूकान थी, उनका लड़का बेन्नो ओहरेन्जुग और कई दूसरे लोग, जिन्हें मैं नहीं जानता था।

कुछ देर बाद प्रार्थना-गृह से गाने की आवाज़ सुनायी देती थी, मास्टर जी श्री काट्ज की आवाज़ और फिर मिली-जुली आवाज़ों का एक बवंडर-सा ऊपर उठता था और मुझे यह असम्भव-सा लगता था कि ये सब आवाजें श्री लेविथ, श्री ओहरेन्जुग या डॉ० स्टॉस जैसे भद्र लोगों की हो सकती हैं। आवाज़ें धीरे-धीरे ऊपर उठती जातीं और उनके बीच सहसा श्री काट्ज का स्वर बहुत शक्तिशाली, अवसादपूर्ण और सुन्दर हो जाता। मैं सुनता रहता और मेरे भीतर एक अज़ीब, अजानी, भयानक-सी आकांक्षा उमड़ने लगती।

लड़खड़ाते कदमों से मैं सीढ़ियों के अँधेरे कोटर से बाहर निकलकर स्कूल के सामने आ जाता। पहाड़ी पर क़िले की बुर्जियों पर स्याह-नीला

आकाश फैला होता और वहीं एक धुला-धुला-सा सान्ध्य-तारा आँसू-सा टिमकता हुआ दिखाई दे जाता। शाम के झुटपुटे में घर जाते हुए अक्सर मुझे गिरजों से आती हुई ऑर्गन की संगीत-ध्वनि सुनायी दे जाती और तब मेरे भीतर एक पागल कर देने वाली उदासी घुमड़ने लगती और मुझे लगता जैसे मेरे आँसू सहसा फूट पड़ेंगे।

मैं अक्सर सोचा करता कि ये यहूदी लोग इतने विलापपूर्ण स्वर में किसे बार-बार बुलाते हैं, क्यों इतना रोते-चीखते हैं?

एक बार जब मैं पढ़ने के लिए श्री काट्ज के घर आया, प्रार्थना-गृह के दरवाज़े आधे खुले थे। डरते-डरते मैं भीतर चला आया। कमरे में एक लम्बा पर्दा लटक रहा था, जिस पर क़सीदे का काम किया गया था। खिड़कियों के बीच पैलस्टाइन का एक मानचित्र लगा था, जिसका शीर्षक हिब्रू में लिखा था।

मुझे अब सिर्फ़ उस मानचित्र की याद रह गयी है, क्योंकि कुछ देर बाद ही बूढ़ा अर्नो क्राउस वहाँ आ टपका। वह प्रार्थना-गृह की सफ़ाई-धुलाई किया करता था। उसने मुझे वहाँ से फौरन बाहर जाने का आदेश दे दिया। सम्भव है, वे पैलस्टाइन को दोबारा पाने के लिए ही रोते-चिल्लाते होंगे, जहाँ मुद्दत पहले उनके पूर्वज रहा करते थे। वह स्कूली मानचित्र काफ़ी अजीब था और उसके पास लटकते हुए उस खूबसूरत क़सीदेदार पर्दे को देखकर मुझे एक दूसरे पर्दे की याद हो आयी थी, जो कभी बहुत पहले जेरूसलम में फट गया था।

जब श्री काट्ज़ की पुत्री रुथ का विवाह हुआ, उस समय अनेक क़िस्म की रस्में और अनुष्ठान सम्पन्न किए गए थे। श्री काट्ज उन दिनों अक्सर मुझे यहूदियों के धर्म-विश्वास और रीति-रिवाजों के बारे में बताया करते थे। एक बार उन्होंने मुझे दरवाज़े के फ्रेम में जड़े एक बिगुल को दिखाया था, जिस पर वैसा ही कत्थई रंग लेपा गया था, जो दरवाज़े का रंग था। उन्होंने मुझे बताया कि इस बिगुल के भीतर एक

मोमबत्ती रखी है, जिस पर कुछ धार्मिक मंत्र ख़ुदे हैं। उन्होंने मुझे उन मंत्रों का महत्त्व भी समझाया था, जो आज मैं भूल गया हूं।

एक बार मैंने देखा कि कई दिनों से उन्होंने दाढ़ी नहीं बनायी। बाद में उन्होंने बताया कि ये उनके व्रत के दिन हैं और इन दिनों वह हज़ामत नहीं बना सकते। एक दूसरे मौक़े पर उन्होंने क़लम या पेंसिल इस्तेमाल करना बन्द कर दिया, क्योंकि उन दिनों हाथ से काम करने पर मनाही थी। उन्होंने मुझे यह भी बताया था कि यहूदियों का सिर्फ़ एक क़ानून है और वह है। 'पुराना क़ानून।'

मैं उस अवसर पर उनके सामने सहसा बहुत धार्मिक बन गया और मैंने बहस करते हुए कहा कि हम कैथोलिक-धर्म के लोग एक 'नए कानून' को भी मानते हैं।

मास्टर जी ने कहा कि वह इसके बारे में जानते हैं, लेकिन वह यीशु को 'मुक्तिदाता' के रूप में स्वीकार नहीं करते।

और मैंने कहा कि हम कैथोलिक उन्हें 'मुक्तिदाता' के रूप में स्वीकार करते हैं।

और तब हमारे बीच काफ़ी बड़ी बहस छिड़ गयी और बाद में मुझे यह सोचकर काफ़ी सन्तोष हुआ कि दुनिया में नाना प्रकार की कितनी दिलचस्प चीजें हैं और हर चीज़ एक-दूसरे से भिन्न हैं।

तीज-त्योहार के मौक़ों पर मास्टर साहब अक्सर मुझे यहूदियों की विशेष 'डबल-रोटी' भेंट में दिया करते थे, जो पार्सल द्वारा किसी कारख़ाने से उनके पास आती थी। इस रोटी को प्रायः मेरे पिता खाया करते थे, क्योंकि खाने के मामले में वह कभी कोई परहेज-पर्दा नहीं करते थे। मास्टर जी कहा करते थे कि यहूदियों की यह रोटी पेट के रोगियों के लिए बहुत लाभदायक है, क्योंकि उसे सिर्फ़ आटे और पानी से बनाया जाता है।

विवाह से एक दिन पहले रुथ को कुछ औरतों के साथ एक अलग

कमरे में बन्द कर दिया गया था। वहाँ दुल्हन के हर अंग को अच्छी तरह से धोया गया, उसे नहलाया गया और शायद उसकी देह पर सुगंधित तेल की मालिश भी की गयी......लेकिन इसके बारे में मैं निश्चित नहीं हूं। सम्भव है, तेल-मालिश की प्रथा कैथोलिक-धर्म में है और मैं उसे यहाँ ग़लती से याद कर बैठा हूं। ख़ैर, जो भी हो, मेरे इस ख़याल से ही मैं बहुत अजीब ढंग से उत्तेजित हो गया था कि कैसे नंगी, सफ़ेद रुथ नहाने के टब से बाहर निकली होगी और कैसे यहूदी स्त्रियों ने उसकी देह को सुगंधित तेल से मला-मसला होगा। आज भी उसका यह चित्र मुझे एक गोपनीय, सुन्दर और बहुत ही पवित्र ढंग से उत्तेजित कर देता है।

रुथ सचमुच कुंवारी लड़की थी और उसके होनेवाले पति इसीडोर काफ़्का भी निश्चित–रूप से कुँवारे थे। हालांकि देखने में काफ़ी ख़राब थे, खाते-पीते आदमी थे, किन्तु बहुत ज़्यादा धनी नहीं थे और ऑर्थोडोक्स यहूदी थे।

अपनी ख़ास 'यहूदी रोटी' के बारे में मास्टर श्री काट्ज बहुत रस लेकर बोला करते थे। उन्हें डायबिटीज़ की बीमारी थी। घरेलू मिठाइयाँ, पेस्टरी तथा वे सब चीज़ें खाने की उन्हें मनाही थी, जो डायबिटीज़ के मरीज़ नहीं खाते। मुझे उनकी यह बीमारी काफ़ी दिलचस्प और आकर्षक जान पड़ती थी और कभी-कभी उन पर ईर्ष्या भी होती थी कि वह सब कुछ नहीं खा सकते, जबकि मैं सब कुछ खा सकता हूं, किन्तु सिवाय मिठाइयों के मुझे कोई चीज़ अच्छी नहीं लगती थी।

इस बीच एक बार मैं बीमार पड़ गया और मुझे अजीब तरह का पेशाब आने लगा। डॉ० स्ट्रॉस ने कहा कि मेरा गुर्दा ख़राब है और मेरे लिए पथ्य निर्दिष्ट कर दिया, किन्तु यह पथ्य श्री काट्ज के पथ्य से बिलकुल उलटा था।

"क्या?" श्री काट्ज ने आतंकित स्वर में मुझसे पूछा, "क्या तुम्हें गोश्त खाने की मनाही है, डेनियल? अच्छा, चरबी भी नहीं खा सकते?"

मुझे लगा सहसा वह बहुत ग़मगीन-से हो गए हैं और किसी चीज़ के बारे में कुछ सोचने लगे हैं।

मुझे इस बात पर बहुत गर्व था कि मैं भी मरीज हूं और मेरा भी एक ख़ास पथ्य है। मैंने सोचा था कि इसके बारे में मैं मास्टर जी से डींग मारूंगा, किन्तु श्री काट्ज का चेहरा बहुत पीला पड़ गया था।

अचानक उन्होंने कांपते स्वर में मुझसे कहा, "डेनियल, अगर किसी आदमी को डायबिटीज़ हो और साथ में गुर्दे की बीमारी भी, तो वह बेचारा क्या खाएगा। वह तो सचमुच भूख से मर जाएगा।

शादी के नौ महींने बाद मास्टर जी की लड़की ने एक छोटी-सी बच्ची को जन्म दिया। बच्ची का नाम था हाना। मास्टर जी खुशी से फूले नहीं समाते थे और बराबर बच्ची के बारे में बातें किया करते थे। कहा करते थे कि बच्ची सचमुच बहुत खूबसूरत है और उसके बाल अप्सराओं की तरह हैं......वाइ आइन एंगलखेन (एंजिल की तरह)।

एक बार वह विशेष रूप से प्रसन्न दिखाई दे रहे थे। मुझसे बोले कि वह अभी-अभी अपनी लड़की की ससुराल से लौटकर आ रहे हैं। उन्होंने अपनी मेज़ की दराज़ से एक मोटी-सी किताब निकाली, जिसकी जिल्द उलटी बँधी थी......यही कारण था कि उसका आरम्भ अन्त में था। मुझे किताब दिखाते हुए बोले, "यह मैंने हाना के लिए सम्भालकर रखी है......एक दिन उसे इसकी ज़रूरत पड़ेगी।" वह बच्चों को हिब्रू हिज्जे सिखाने की प्राइमर थी, जिसे पढ़कर वह भाषा सीखी जा सकती थी, जिसमें यहूदियों की बाइबिल लिखी थी। मुझे लगता है, वे उसे बाइबिल नहीं कहते। उस प्राइमर में अण्डों, बिल्लियों, कुत्तों और पुराने फैशन के कपड़े पहने हुए लड़कों की तस्वीरें थीं, बिल्कुल हमारी चेक भाषा की प्राइमर की तरह।

मैंने किताब की भूरि-भूरि प्रशंसा करते हुए जर्मन में कहा, "हाना, दास इस्त आइन शोनर नामे!" कितना ख़ूबसूरत नाम है, हाना!)।

मास्टर जी मेरे इस वाक्य को सुनकर और भी अधिक प्रसन्न हो गये।

बाद में हमारे शहर पर हिटलर का अधिकार हो गया और यहूदियों के ख़िलाफ़ क़ानून जारी हो गए। मैं उन दिनों भी बेनागा श्री काट्ज के घर जाता था, हालाँकि अब मुझे इसकी ज़रूरत नहीं थी, क्योंकि मैं जर्मन अच्छी तरह पढ़ना-लिखना सीख गया था। हमने परी-कथाएँ और कहानियों की किताबें पढ़ना बन्द कर दिया था और अब हम राजनीति......सिर्फ़ राजनीति के बारे में बातचीत किया करते थे। मैं जी भरकर हिटलर और जर्मनों को गालियाँ दिया करता था और मास्टर जी शिकायत-भरे लहजे में बड़बड़ाते रहते थे। चूल्हे के पास बैठी हुई मास्टरनी जी भी शोक-भरे स्वर में कुछ-न-कुछ। कहती रहतीं और मैं गुस्से में आकर हिटलर को कोसने लगता, हालांकि उन दिनों मुझे ठीक-ठीक कुछ भी मालूम नहीं था कि हिटलर नाम का आदमी असल में चाहता क्या है।

"आह......हम यहूदियों को क्या-कुछ नहीं सहना पड़ा है!" मास्टर जी कहते और मुझे लगता कि वह यह बात मुझसे नहीं, छत के ऊपर आकाश में किसी से कह रहे हों।

जब मैं घर लौटता, रास्ते में धार्मिक-जुलूसों के आगे ब्लैक-बोर्ड पर मुझे उन यहूदियों के नाम दिखाई दे जाते, जो अपना धर्म छोड़ रहे हैं।

बाद में किसी अनाम व्यक्ति ने स्थानीय अख़बार 'आर्यों का संघर्ष' में एक लेख प्रकाशित किया, जिसमें लिखा था कि 'के' शहर में अमुक बैंक के डायरेक्टर अपने लड़के को जर्मन सिखाने के लिए यहूदियों के सिनानोग के पादरी अडोल्फ काट्ज के पास भेजते हैं। मेरे पिता इस लेख को पढ़कर गुस्से में भड़क उठे, लेकिन फिर बेबस होकर बैठ गए और उस दिन से मैंने श्री काट्ज के घर जाना छोड़ दिया। उस दिन से पिता जी की भी 'गिरावट' शुरू हो गयी। लोगों में यह ख़बर घर कर गयी कि वह यहूदियों को चाहते हैं। मेरे पिता गुस्से में भुनभुनाते रहते, लोगों

को गालियां देते। एक बार अचानक आधी रात को किसी ने हमारे घर का दरवाजा खटखटाया और वे मेरे पिता को जबरदस्ती बाहर ले गए... उन्हें इतना समय भी नहीं मिल सका कि अच्छी तरह अपने कपड़े बदल सकें। उसके बाद मैं उन्हें हमेशा खाकी पतलून पहने देखता... हमेशा खीजे और झुंझलाए से घर में घूमते रहते और कभी-कभी मुझे यूँ ही खामख़्वाह चांटा लगा देते अथवा धारीदार कमीज़ और शिकारियों का हैट पहनकर दादा जी के साथ बाहर निकल पड़ते। ईश्वर ही जानता है कि उन दिनों भी वह लोगों को गालियाँ देते थे या नहीं... शायद देते हों, यह उनका स्वभाव था, लेकिन हमने उसके बारे में इसके बाद कुछ और नहीं सुना।

अख़बार में उस खेल को प्रकाशित हुए लगभग तीन सप्ताह गुज़र चुके थे। एक दिन बिल्कल अप्रत्याशित रूप से मझे मास्टर जी श्री काट्ज घर की तरफ़ आते हुए दिखायी दिए। उन्होंने काला ओवरकोट पहन रखा था, जिसके कॉलर तेल और धूल से काफी गन्दे और पुराने पड़ गये थे। उन्होंने घंटी बजायी, हॉल-कमरे में कुछ देर ठिठके, फिर भीतर चले आये। भीतर कमरे में वह ओवरकोट पहने ही कुर्सी पर बैठ गए और बड़े विनीत और शान्त-भाव से मुस्कराने लगे, । "क्या बात है, डेनियल?" उन्होंने जर्मन में मुझसे पूछा, "इतने दिन से तुम दिखाई नहीं दिए। मैंने सोचा, शायद तुम बीमार पड़ गए हो।"

"मेरा चेहरा लाल हो गया।"

"मास्टर जी," मैंने कहा, "अब मैं आपके पास नहीं आ सकूंगा।"

"नहीं आ सकोगे?" उन्होंने तनिक आश्चर्य से मेरी ओर देखा, "लेकिन क्यों?"

"मैं..." इससे पहले मैं कुछ कहता, मेरे पिता कमरे में चले आए। उनका चेहरा लज्जारक्त हो आया था। उन्होंने मुझे बाहर भेज दिया और स्वयं मास्टर जी के पास आकर बैठ गए। वह देर तक कमरे में

मास्टर जी के साथ बातचीत करते रहे। फिर कमरे के बाहर मास्टर जी दिखाई दिए और उनके पीछे-पीछे पिता जी। मास्टर जी का गंजा सिर नीचे झुका था और चेहरे पर लम्बी, कोमल, यहूदी नाक बाहर की तरफ निकल आई थी।

मुझे देखकर उन्होंने मुझसे हाथ मिलाया और हमेशा की तरह जर्मन में कहा, "ऑल्सो, आउफ़ वाइडर सेहन, डेनियल!"[1]

और मैंने उत्तर में कहा, "आउफ़, वाइडर सेहन, हर लेहरर !"[2]

जब हमारे घर का दरवाज़ा मास्टर जी और उनके काले ओवरकोट के पीछे बन्द हो गया, तो मै अपने कमरे में आकर रोने लगा। पिता जी का चेहरा भी आंसुओं से भीगा था, किन्तु कुछ ही देर में उनकी पुरानी झुंझलाहट वापस लौट आई और वह मेरी छोटी बहन हान्का को डांटने लगे कि वह पियानो पर प्रैक्टिस क्यों नहीं कर रही?

उसके बाद मैंने श्री काट्ज को लम्बे अर्से तक नहीं देखा। इस बीच यहूदियों को 'सितारा' लगाने का हुक्म मिल चुका था।[3] एक दिन शहर के चौराहे पर मेरी मुलाकात श्री ब्लादीक से हुई थी। वह हमारे बैंक के मैनेजर थे और जब पिता जी को कान्सनट्रेशन कैम्प में बन्द कर दिया गया, तो वह उनकी जगह पर बैंक के डायरेक्टर बन गए थे। चौराहे पर रुककर वह मुझसे कुछ पूछ रहे थे। दूसरी तरफ नुक्कड़ पर अखबारों की दुकान थी...... सहसा मुझे दुकान से मास्टर जी श्री कॉट्ज बाहर निकलते दिखाई दिए। उनके हाथ में एक पिक्चर-पोस्टकार्ड था और काले ओवरकोट पर पीला 'सितारा' टंगा था। मुझे देखकर उनके चेहरे पर सहृदय-मुस्कान खिल गई। खुशी की झोंक में शायद वह अपने सितारे वगैरह को भूल गए। मेरे पास

1. अच्छा, डेनियल, गुड बाई!
2. गुड बाई, मास्टर साहब!
3. फ़ासिस्ट क़ानून के अनुसार हर यहूदी को अपने कोट पर सितारानुमा बिल्ला लगाने की आज्ञा मिली थी, ताकि उसे दूसरों से अलग करके पहचाना जा सके।

आकर प्रसन्नता से बोले, "गुड मार्निंग, डेनियल! बहुत दिनों से दिखाई नहीं दिए। कहां रहे?"

मैंने किंचित् असमंजस में उनके अभिवादन का उत्तर दिया। मुझे भी उन्हें देखकर बहुत खुशी हुई थी... वह वैसे ही थे, जैसा मैं उन्हें देखता आया था।

"गुड मार्निंग, मास्टर साहब! आप कैसे हैं?" मैंने कहा।

सहसा मैंने अपने पीछे हल्की-सी सरसराहट सुनी। पीछे मुड़कर देखा... श्री ब्लादीद हमसे हटकर लम्बे-लम्बे डग मारते हुए चौराहे को पार कर रहे थे और उनकी बरसाती हवा में उड़ती हुई सरसरा उठती थी। अचानक मेरा दिल गुस्से से भड़क उठा। मैं मास्टर जी की तरफ मुड़ा और मैंने उनसे कहा कि मैं उन्हें घर तक पहुंचा आता हूं।

सब लोगों के सामने खुले चौराहे पर मैं मास्टर जी के साथ चलने लगा। मास्टर जी भी अपने आस-पास की स्थिति को भूल गए और हम मजे से हिटलर, लड़ाई, डायबिटीज़ और उनकी पोती हाना के बारे में बातें करते हुए चलने लगे। उन्होंने मुझे बताया कि हाना अब तीन बरस की हो गई है और अच्छी तरह बोल लेती है।

बहुत से लोगों ने हमें एक-दूसरे के साथ देखा था। सम्भव है, पिता जी को इसके लिए कहीं अतिरिक्त कष्ट भोगना पड़ा, किन्तु इसकी मुझे उस दिन परवाह नहीं थी, क्योंकि मास्टर मुझे अच्छे लगते थे।

बाद में बहुत-सी दवाइयों पर रोक लगा दी गई और नए कानून के मुताबिक उन दवाइयों को यहूदियों को नहीं बेचा जा सकता था। इन्सुलिन भी उनमें शामिल थी। उस दिन मैं किसी काम से केमिस्ट की दुकान में था और वहां अपने मित्र ब्लादा नोसाल से बातचीत कर रहा था। उसी समय श्री काट्ज इन्सुलिन खरीदने दुकान में आ पहुंचे। वह अभी तक इस तथ्य से अनभिज्ञ थे कि इन्सुलिन उन दवाइयों में से है,

जिसे यहूदियों को नहीं बेचा जा सकता। मैं लबोरेटरी में अपने मित्र के साथ खड़ा था और बोतलों-शीशियों के बीच उनके काले ओवरकोट को देख रहा था।

मेरी नजर काउन्टर के पीछे खड़े केमिस्ट श्री हैंस पर भी आ पड़ी। उन्होंने झिझकते हुए मास्टर जी पर आंखें उठायीं, धीरे-से खाँसे और फिर पूछा, "इन्सुलिन?"

"हां... उतनी ही, जितनी पहले दी थी।" मास्टर जी ने कहा।

केमिस्ट मास्टर जी से कुछ कहना चाहता था, किन्तु असल में उसने जो कुछ कहा, वह कुछ अलग था। उसने मास्टर जी से कहा कि इस हफ्ते दवाइयों का पार्सल नहीं आया।

"अच्छा...कब आएगा?" मास्टर जी ने तनिक आतंकपूर्ण स्वर में पूछा।

केमिस्ट का चेहरा लज्जारक्त हो उठा, कुछ उसी तरह जैसे मास्टर जी से अन्तिम मुलाकात के वक्त मेरे पिता का चेहरा लाल हो उठा था।

"जरा ठहरिए" केमिस्ट ने काउन्टर के नीचे से एक पैकेट बाहर निकाला, "यह अस्पताल के लिए था, लेकिन इसे आप ले जा सकते हैं। जब पार्सल आएगा तो आपका हिस्सा मैं इसके बदले रख छोडूंगा।"

श्री काट्ज ने धन्यवाद दिया और पैकेट उठाकर बाहर चले गए।

केमिस्ट हैस हमारे पास लैब में आए। उनका चेहरा अब भी लाल था। उन्होंने ब्लादा से कहा कि वह अमुक स्त्री के नाम पर इन्सुलिन का कार्ड तैयार कर दे, ताकि श्री काट्ज को नियमित रूप से इन्सुलिन दी जा सके, "लेकिन जरा होशियारी से... दुकान में लोगों के सामने नहीं।"

फिर एक दिन यह आर्डर आया कि शहर के सब यहूदियों को रेलगाड़ी में भरकर कहीं बाहर भेजा जाएगा।[1] उन्हें सुबह जाना था। मैं

---

1. कान्सनट्रेशन कैम्प...जहां लगभग सब बूढ़े, जवान यहूदिगों को 'गैस-चैम्बर' में खत्म कर दिया जाता था–अनुवादक

उस दिन तड़के ही उठ बैठा और स्टेशन की ओर चल पड़ा। रात भर मैं मास्टर जी के बारे में ही सोचता रहा।

वह पतझड़ का गमगीन, मैला-सा दिन था। हवा में कड़कती सर्दी थी। स्टेशन के सामने यहूदियों की लम्बी कतार लगी थी। हाथों में सन्दूक और बण्डल लटकाए वह चुपचाप खड़े थे।

मैं 'स्टार' होटल के पीछे छिपकर खड़ा हो गया, ताकि वे मुझे न देख सकें। एक जर्मन सिपाही वहाँ खड़ा था। उस लम्बी कतार में मेरी आंखें श्री काट्ज को ढूंढ रही थीं। बहुत से जाने-पहचाने चेहरे मुझे वहां दिखाई दे रहे थे... डॉ॰ स्ट्रांस, सारा एबल्स, जो गोद में अपने बच्चों को लिए खड़ी थी, लिओ फेल्ड, श्री लेविथ इत्यादि।

अचानक मुझे काले ओवरकोट में मास्टर श्री काट्ज दिखायी दिए। उनके पास भारी-भरकम मास्टरनी जी के बदसूरत दामाद श्री इसीडोर काफ़्ता खड़े थे। उनका हाथ एक पीले चेहरे वाली छोटी-सी बच्ची ने पकड़ रखा था, जिसकी टांगों पर मैली जुराबें चढ़ी थीं। वह हाना थी। मैंने उसे उस दिन पहली बार देखा था।

कुछ देर बाद उस जर्मन सिपाही ने अपनी ऊंची, चीखती आवाज में कुछ कहा। कतार हिलने लगी। मास्टर जी ने जमीन से रस्सी में बंधी पोटली उठाई और दूसरों के साथ धीरे-धीरे स्टेशन की तरफ़ चलने लगे।

●●●

Population Challenge and World Crisis: Docutments and Caste Study

Population Challenge and World Crisis: Docutments and Caste Study

By

D.S. Adhikari

2008

CYBER TECH PUBLICATIONS
4264/3, Ansari Road, Daryaganj, New Delhi-110002 (India)
Ph.: 011-23244078. Fax: 011-23280028
E-Mail: cyberpublicationsdelhi@yahoo.com

Population Challenge and World Crisis: Docutments and Caste Study

D.S. Adhikari

First Edition 2008

Published by :

G.S. Rawat for **Cyber Tech Publications**
4264/3, Ansari Road, Daryaganj, New Delhi-110002 (India)
Ph.: 011-23244078. Fax: 011-23280028
E-Mail: cyberpublicationsdelhi@yahoo.com

Printed at : **Amit Enterprises**, Maujpur, Delhi, (9810878184)

Preface

Overpopulation is the condition of any organism's numbers exceeding the carrying capacity of its ecological niche. Overpopulation is not simply a function of the size or density of the population. Overpopulation can be determined using the ratio of population to available resources. Overpopulation can result from an increase in births, a decline in mortality rates due to medical advances, from an increase in immigration, a decrease in emigration, or from an unsustainable use and depletion of resources. In the context of human societies, overpopulation occurs when the population density is so great as to actually cause an impaired quality of life, serious environmental degradation, or long-term shortages of essential goods and services. This is the definition used by popular dictionaries such Merriam-Webster. Overpopulation is not merely an imbalance between the number of individuals compared to the resources needed for survival, or a ratio of population over resources, or a function of the number or density of individuals, compared to the resources (i.e. food production) they need to survive.

There are an estimated 350 million women in the poorest countries of the world who either did not want their last child, do not want another child or want to space their pregnancies, but they lack access to information, affordable means and services to determine the size and spacing of their families.

It all means that overpopulation brings a number of problems with it what the most of the countries of the world are facing today. Here in this book an endeavour has been made to bring the real picture of the problem in hope that this would alarm the masses about the hardships they are likely to suffer in near future if not cautious yet.

Undersigned is hopeful enough that this book will bring a sort of awareness among the masses against the crisis of population explosion.

—*Author*

Contents

1

WORLD POPULATION

The world population is the total number of human beings alive on the planet Earth at a given time. In 2007, the world population had reached 6.6 billion. In line with population projections, this figure continues to grow at rates that were unprecedented before the 20th century, although the rate of increase has almost halved since its peak, which was reached in 1963.

RATE OF INCREASE

Population evolution in different continents. The vertical axis is logarithmic and is billions of people.

Different regions have different rates of population growth, but in the 20th century, the world saw the biggest increase in its population in human history.

In 2000, the United Nations estimated that the world's population was then growing at the rate of 1.14% (or about 75 million people) per year. According to data from the CIA's 2005-2006 World Factbooks, the world human population currently increases by 203,800 every day. The 2007 CIA factbook increased this to 211,090 people every day.

Globally, the population growth rate has been steadily declining from its peak of 2.19% in 1963, but growth remains high in the Middle East and Sub-Saharan Africa.

In some countries there is negative population growth (ie. net decrease in population over time), especially in Central and Eastern Europe (mainly due to low fertility rates) and Southern Africa (due to the high number of HIV-related deaths). Within the next decade, Japan and Western Europe are also expected to encounter negative population growth due to sub-replacement fertility rates.

Population growth which exceeds the carrying capacity of an area or environment results in overpopulation. Conversely, such areas may be considered "underpopulated" if the population is not large enough to maintain an economic system.

HISTORICAL FIGURES

Below is a table of historical population figures shown in thousands The availability of historical population figures varies by region. Please see World population estimates for more figures.

Estimated world population at various dates, in **thousands**								
Year	**World**	**Africa**	**Asia**	**Europe**	**Central & South America**	**North America***	**Oceania**	**Notes**
8000 BCE	8 000							[4]
1000 BCE	50 000							[4]
500 BCE	100 000							[4]
1 CE	200,000 plus							[5]
1000	310 000							
1750	791 000	106 000	502 000	163 000	16 000	2 000	2 000	
1800	978 000	107 000	635 000	203 000	24 000	7 000	2 000	
1850	1 262 000	111 000	809 000	276 000	38 000	26 000	2 000	
1900	1 650 000	133 000	947 000	408 000	74 000	82 000	6 000	
1950	2 518 629	221 214	1 398 488	547 403	167 097	171 616	12 812	
1955	2 755 823	246 746	1 541 947	575 184	190 797	186 884	14 265	
1960	2 981 659	277 398	1 674 336	601 401	209 303	204 152	15 888	
1965	3 334 874	313 744	1 899 424	634 026	250 452	219 570	17 657	
1970	3 692 492	357 283	2 143 118	655 855	284 856	231 937	19 443	
1975	4 068 109	408 160	2 397 512	675 542	321 906	243 425	21 564	
1980	4 434 682	469 618	2 632 335	692 431	361 401	256 068	22 828	
1985	4 830 979	541 814	2 887 552	706 009	401 469	269 456	24 678	
1990	5 263 593	622 443	3 167 807	721 582	441 525	283 549	26 687	
1995	5 674 380	707 462	3 430 052	727 405	481 099	299 438	28 924	
2000	6 070 581	795 671	3 679 737	727 986	520 229	315 915	31 043	
2005	6 453 628	887 964	3 917 508	724 722	558 281	332 156	32 998**	

Population by Continent as a percentage of World Population (1750 - 2005)

* Northern America indicates the United States and Canada.

** This figure is disputed.

MILESTONES

The following shows estimates of when each billion milestone was met:

Population	1 billion	2 billion	3 billion	4 billion	5 billion	6 billion
Year	1802	1928	1961	1974	1987	1999
Years until next billion	126	33	13	13	12	

These numbers show that the world's population has tripled in 72 years, and doubled in 38 years up to the year 1999. Including some more estimates, the world population has been doubled or will double in the following years (with two different starting points). Note how, during the 2nd millennium, each doubling has taken roughly half as long as the previous doubling.

Population	250 million	500 million	1 billion	2 billion	4 billion	8 billion
Year	AD 950	1600	1802	1928	1974	2028
Years until next doubling	650	202	126	46	54	

Population	375 million	750 million	1.5 billion	3 billion	6 billion
Year	1420	1720	1875	1961	1999
Years until next doubling	300	155	86	38	

POPULATION DISTRIBUTION

Population density map of the world in 1994, when the world's population was at 5.6 billion; Observe the high densities along the Ganges, Yangtze and Yellow river basins, the Nile river delta, Southern Japan, Western Europe, the Indonesian island of Java, Central America (especially El Salvador, one of the world's most densely populated nations), the United States' BosWash megalopolis, and Southern California.

Asia accounts for over 60% of the world population with almost 3.8 billion people. China and India alone comprise 20% and 16% respectively. Africa follows with 840 million people,

12% of the world population. Europe's 710 million people make up 11% of the world's population. North America is home to 514 million (8%), South America to 371 million (5.3%) and Oceania to roughly 60 million (.9%).

The Fifteen States with Most Population

From DSW-Datareport 2006 ("Deutschen Stiftung Weltbevölkerung"):

1. People's Republic of China: 1.319 billion (about 20.1 % of world population)
2. India: 1.122 billion (about 17.1 %)
3. United States: 300 million (about 4.6 %)
4. Indonesia: 225 million (about 3.5 %)
5. Brazil: 186 million (about 2.8 %)
6. Pakistan: 165 million (about 2.5 %)
7. Bangladesh: 147 million (about 2.3 %)
8. Russia: 143 million (about 2.2 %)
9. Nigeria: 135 million (about 2.1 %)
10. Japan: 128 million (about 2.0 %)
11. Mexico: 108 million (about 1.7 %)
12. Philippines: 86 million (about 1.3 %)
13. Vietnam: 84 million (about 1.3 %)
14. Germany: 82 million (about 1.3 %)
15. Egypt: 75 million (about 1.2 %)

In this 15 States live 4,305 billion people and consecquently roundabout 66 % of the world population. The European Union with its 494 million population (about 7,5 % of world population 2006) has the 3. place in the list.

Demographics of the Youth

According to the 2006 CIA World Factbook, 27.4% of the world's population is below 15 years of age.

The 1990s saw the greatest number of births worldwide, especially the years after 1995, despite the fact that the birth rate was not as high as in the 1960s. In fact, because of the 100 million-per-year births after 1995, the time it took to reach the next billion reached its fastest pace (only 12 years), as world population reached 6 billion people in 1999, when at the beginning of the decade, the reaching was designated for the year 2000, by most demographers. People aged 7 through 17 make up these births, today.

Forecast of World Population

The future of world population could be significantly affected by the worldwide HIV/AIDS pandemic. In Africa, birth rates are already the highest in the world, especially in Sub-Sahara Africa. But if HIV/AIDS is controlled or even eradicated, world population could increase much faster than predicted.

In the long run, the future population growth of the world is difficult to predict. Birth rates are declining slightly on average, but vary greatly between developed countries (where birth rates are often at or below replacement levels), developing countries, and different ethnicities. Death rates can change unexpectedly due to disease, wars and catastrophes, or advances in medicine. The UN itself has issued multiple projections of future world population, based on different assumptions. Over the last 10 years, the UN had consistently revised these projections downward, until the 2006 revision issued March 14, 2007 revised the 2050 mid range estimate upwards by 273 million. Alternately, the United States Census Bureau issued a revised forecast for world population that increased its projection for the year 2050 to above 9.4 billion people, up from 9.1 billion people. The latest Census Bureau estimates for the same upcoming years are as follows:

Year	Population (in billions)
2010	6.8
2020	7.6
2030	8.3
2040	8.9
2050	9.4

Other projections of population growth predict that the world's population will eventually crest, though it is uncertain exactly when or how. In some scenarios, the population will crest as early as the mid-21st century at under 9 billion, due to gradually decreasing birth rates, (the "low variant" of), The "high variant" from the same source gives a population between 10 and 11 billion in 2050.

In other scenarios, disasters triggered by the growing population's demand for scarce resources will eventually lead to a sudden population crash, or even a Malthusian catastrophe (also see overpopulation).

PREDICTIONS BASED ON OUR GROWING POPULATION

In 1798, Thomas Malthus predicted that population growth would eventually outrun food supply in the middle of the 19th century, resulting in catastrophe. In 1968, Paul R. Ehrlich reignited this argument with his book The Population Bomb, which helped give the issue significant attention throughout the 1960s and 1970s. The dire predictions of Ehrlich and other neo-Malthusians were vigorously challenged by a number of economists, notably Julian Simon.

On the opposite end of the spectrum there are a number of doomsayers who argue that today's low fertility rates will have severe negative consequences.

Child poverty has been linked to people having children before they have the means to care for them. More recently, some scholars have put forward the Doomsday argument applying Bayesian probability to world population to argue that the end of humanity will come sooner than we usually think (owing to toxic waste rather than to food shortages).

Number of Humans that have Ever Lived

Estimates of the number of human beings who have ever lived on Earth constitute an extremely large range, with low estimates around 45 billion, and the highest estimates topping out around 125 billion. Many of the more robust estimates fall into the range of 90 to 110 billion humans.

Below is a table of predicted population figures. Please see World population estimates for more figures.

Year	World	Africa	Asia	Europe	Latin America	Northern America*	Oceania
2010	6 830 283 000 (100%)	984 225 000 (14.4%)	4 148 948 000 (60.7%)	719714000 (10.5%)	594 436 000 (8.7%)	348 139 000 (5.1%)	34 821 000 (0.5%)
2015	7 197 247 000 (100%)	1 084 540 000 (15.1%)	4 370 522 000 (60.7%)	713 402 000 (9.9%)	628 260 000 (8.7%)	363 953 000 (5.1%)	36 569 000 (0.5%)
2020	7 540 237 000 (100%)	1 187 584 000 (15.7%)	4 570 131 000 (60.6%)	705 410 000 (9.4%)	659 248 000 (8.7%)	379 589 000 (5.0%)	38 275 000 (0.5%)
2025	7 851 455 000 (100%)	1 292 085 000 (16.5%)	4 742 232 000 (60.4%)	696 036 000 (8.9%)	686 857 000 (8.7%)	394 312 000 (5.0%)	39 933 000 (0.5%)
2030	8 130 149 000 (100%)	1 398 004 000 (17.2%)	4 886 647 000 (60.1%)	685 440 000 (8.4%)	711 058 000 (8.7%)	407 532 000 (5.0%)	41 468 000 (0.5%)
2035	8 378 184 000 (100%)	1 504 179 000 (18.0%)	5 006 700 000 (59.8%)	673 638 000 (8.0%)	731 591 000 (8.7%)	419 273 000 (5.0%)	42 803 000 (0.5%)
2040	8 593 591 000 (100%)	1 608 329 000 (18.7%)	5 103 021 000 (59.4%)	660 645 000 (8.0%)	747 953 000 (8.7%)	429 706 000 (5.0%)	43 938 000 (0.5%)
2045	8 774 394 000 (100%)	1 708 407 000 (19.5%)	5 175 311 000 (59.0%)	646 630 000 (7.4%)	759 955 000 (8.7%)	439 163 000 (5.0%)	44 929 000 (0.5%)
2050	8 918 724 000 (100%)	1 803 298 000 (20.2%)	5 217 202 000 (58.5%)	653 323 000 (7.3%)	767 685 000 (8.6%)	447 931 000 (5.0%)	45 815 000 (0.5%)

* Northern America indicates the United States and Canada

It is impossible to make anything close to a precise count of the number of human beings who have ever lived, for the following reasons:

- The specific range of characteristics, physiological, psychological and cultural, which define a modern human being, continue to be a subject of intense scholarly research and debate. Until such debates are completely resolved, it is impossible to know just when in human evolutionary history one might begin the count. Resolving these debates would require drawing a thin line between early humans and pre-humans and in the lack of anthropological evidence, the placing of such a line is shaped by the personal interpretation of experts and remains arbitrary at best.
- Even if the scientific community reached wide consensus regarding what characteristics defined the very first human beings, it would be nearly impossible to pinpoint the exact decade, century, or millennium when they first appeared. The fossil record is simply too scarce. Only a few thousand fossils of early humans have ever been found, most no bigger than a tooth or a knucklebone. While that may sound like a large number, it is truly minuscule when you consider that these few thousand bone fragments must be used to extrapolate the population distribution of millions of early human beings spread thinly across the face of the Earth.
- Until the late 1700s, exceedingly few nations, kingdoms, or empires had ever performed a census that was considered to be anything more than a rough estimate. In many of these early attempts, the focus was not even on counting people, but merely a subset of the people for purposes of taxation or military service. Even with the advent of agencies like the United States Bureau of the Census, reliable census methods and technologies continue to evolve right into the twenty-first century. Even today, these reliable methods and technologies are not applied uniformly in all parts of the world. In short it has been less than two centuries that we have

had anything that remotely resembles the robust statistical data that would be needed to perform a calculation regarding the total number of humans that have ever lived.

Any such precise population count offered by any source is simply the numeric result of populations statistics, which necessarily used estimates and rough averages as their basis. While they may, if done astutely, provide us with a remote idea about the number of humans who have ever lived on the Earth, the margin of error should always be regarded as being in the billions, or even the tens of billions of people.

"Guesstimating the number of people ever born... requires selecting population sizes for different points from antiquity to the present and applying assumed birth rates to each period..."

According to 2002 data:

- The number who have ever been born is 106,456,000,000
- The world population in mid-2002 was 6,215,000,000
- The percentage of those ever born who were living in 2002 was 5.8%

2

World Population Trends

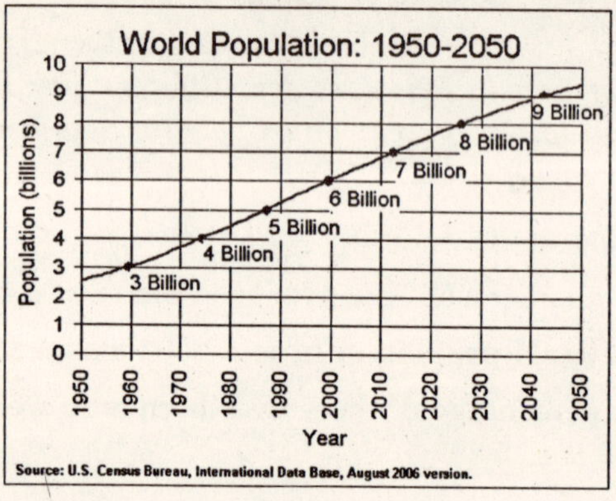

The page entitled "Total Midyear Population for the World: 1950-2050" presents the latest estimates and projections of world population from the U.S. Census Bureau. These figures are also presented in the figure at left.

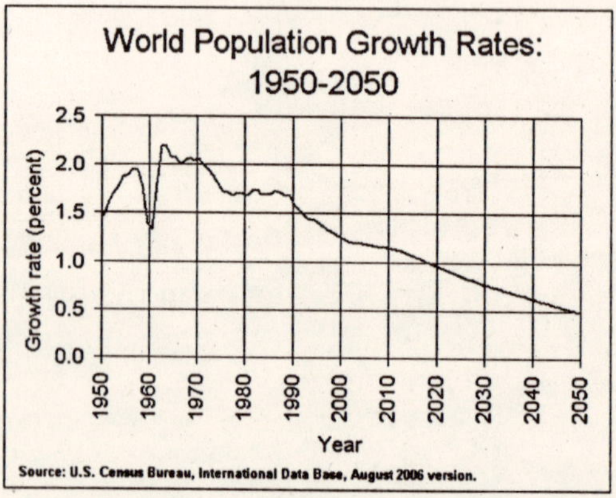

The world population increased from 3 billion in 1959 to 6 billion by 1999, a doubling that occurred over 40 years. The Census Bureau's latest projections imply that population growth will continue into the 21st century, although more slowly. The world population is projected to grow from 6 billion in 1999 to 9 billion by 2042, an increase of 50 percent that will require 43 years.

The world population growth rate rose from about 1.5 percent per year from 1950-51 to a peak of over 2 percent in the early 1960s due to reductions in mortality. Growth rates thereafter started to decline due to rising age at marriage as well as increasing availability and use of effective contraceptive methods. Note that changes in population growth have not always been steady. A dip in the growth rate from 1959-1960, for instance, was due to the Great Leap Forward in China. During that time, both natural disasters and decreased agricultural output in the wake of massive social reorganization caused China's death rate to rise sharply and its fertility rate to fall by almost half.

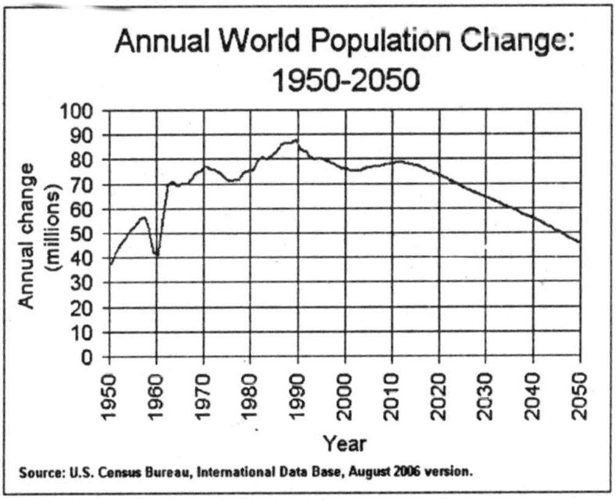

In addition to growth rates, another way to look at population growth is to consider annual changes in the total population. The annual increase in world population peaked at about 88 million in the late 1980s. The peak occurred then, even though annual growth rates were past their peak in the late 1960s, because the world population was higher in the 1980s than in the 1960s.

Historical Estimates of World Population presents estimates of world population from different sources for years up to 1950.

MAJOR RELIGIONS OF THE WORLD RANKED BY NUMBER OF ADHERENTS

(Sizes shown are approximate estimates, and are here mainly for the purpose of ordering the groups, not providing a definitive number. This list is sociological/statistical in perspective.)

1. Christianity: 2.1 billion
2. Islam: 1.3 billion
3. Secular/Nonreligious/Agnostic/Atheist: 1.1 billion
4. Hinduism: 900 million
5. Chinese traditional religion: 394 million
6. Buddhism: 376 million
7. primal-indigenous: 300 million
8. African Traditional & Diasporic: 100 million
9. Sikhism: 23 million
10. Juche: 19 million
11. Spiritism: 15 million
12. Judaism: 14 million
13. Baha'i: 7 million
14. Jainism: 4.2 million
15. Shinto: 4 million
16. Cao Dai: 4 million
17. Zoroastrianism: 2.6 million
18. Tenrikyo: 2 million
19. Neo-Paganism: 1 million
20. Unitarian-Universalism: 800 thousand
21. Rastafarianism: 600 thousand
22. Scientology: 500 thousand

INTRODUCTION

The adherent counts presented in the list above are current estimates of the number of people who have at least a minimal level of self-identification as adherents of the religion. Levels of participation vary within all groups. These numbers tend toward the high end of reasonable worldwide estimates. Valid arguments can be made for different figures, but if the same criteria are used for all groups, the relative order should be the same. Further details and sources are available below and in the Adherents.com main database.

A major source for these estimates is the detailed country-by-country analysis done by David B. Barrett's religious statistics organization, whose data are published in the Encyclopedia Britannica (including annual updates and yearbooks) and also in the World Christian Encyclopedia (the latest edition of which - published in 2001 - has been consulted). Hundreds of additional sources providing more thorough and detailed research about individual religious groups have also been consulted.

This listing is not a comprehensive list of all religions, only the "major" ones (as defined below). There are distinct religions other than the ones listed above. But this list accounts for the religions of over 98% of the world's population. Below are listed some religions which are not in this listing (Mandeans, PL Kyodan, Ch'ondogyo, Vodoun, New Age, Seicho-No-Ie, Falun Dafa/Falun Gong, Taoism, Roma), along with explanations for why they do not qualify as "major world religions" on this list.

This world religions listing is derived from the statistics data in the Adherents.com database. The list was created by the same people who collected and organized this database, in consultation with university professors of comparative religions and scholars from different religions. We invite additional input. The Adherents.com collection of religious adherent statistics now has over 43,000 adherent statistic citations, for over 4,300 different faith groups, covering all countries of the world. This is not an absolutely exhaustive compilation of all such data, but it is by far the largest compilation available on the Internet. Various academic researchers and religious representatives regularly share documented adherent statistics with Adherents.com so that their information can be available in a centralized database.

Statistics and geography citations for religions not on this list, as well as subgroups within these religions (such as Catholics, Protestants, Karaites, Wiccans, Shiites, etc.) can be found in the main Adherents.com database.

This document is divided into the following sections:

- Main list of major religions of the world
- Brief explanation/introduction
- Links to alternative lists of world religions
- The Classical World Religions List
- Parameters of this list
- Parameter 1: What is a religion? (for this list)
- -- Classical World Religions Ranked by Internal Religious Similarity
- Parameter 2: How is size determined? (for this list)
- Brief discussion of how the size and boundaries of specific religions was determined
- Religious groups not included on the main list

THE CLASSICAL WORLD RELIGIONS

There are twelve classical world religions. This is the list of religions described most often in surveys of the subject, and studied in World Religion classes (some of them more for historical rather than contemporary reasons):

- Baha'i
- Buddhism
- Christianity
- Confucianism
- Hinduism
- Islam

- Jainism
- Judaism
- Shinto
- Sikhism
- Taoism
- Zoroastrianism

The "World's Major Religions" list published in the New York Public Library Student's Desk Reference is typical of world religion lists which are functionally-oriented, yet still strongly classical (New York: Prentice Hall, 1993; pg. 271):

- Baha'i
- Buddhism
- Confucianism
- Hinduism
- Islam
- Judaism
- Orthodox Eastern Church
- Protestantism
- Catholicism
- Shinto
- Taoism

In modern Western thought, the first writers to divide the world into "world religions" were Christians. Originally, three religions were recognized: Christians, Jews and pagans (i.e., everybody else).

After many centuries, with the increased Western awareness of Eastern history and philosophy, and the development of Islam, other religions were added to the list. Many Far Eastern ways of thought, in fact, were given the status of "world religion" while equally advanced religious cultures in technologically less developed or pre-literate societies (such as in Australia, Africa, South America, and Polynesia) were grouped together as pagans or "animists," regardless of their actual theology. It's true that by the standards applied at the time, the Far Eastern religions Westerners encountered were often in a different category altogether than the religions they classified as pagan. One can not directly compare, for example, the local beliefs of the Polynesian islands of Kiribati during the 1500s to the organizational, political, literary and philosophical sophistication of Chinese Taoism during the same period. But one could certainly question whether Japanese Shintoism, as an official "world religion", was theologically or spiritually more "advanced" than African Yoruba religion, which was classified simply as animism or paganism.

During the 1800s comparative religion scholars increasingly recognized Judaism, Christianity, Islam, Hinduism, and Buddhism as the most significant "world religions." Even today, these are considered the "Big Five" and are the religions most likely to be covered in world religion books.

Five smaller or more localized religions/philosophies brought the list of world religions to ten: Confucianism, Taoism, Jainism, Shinto and Zoroastrianism.

Beginning around 1900 comparative religion writers in England began to take note of the Sikhs which had begun to immigrate there from India (part of the British Empire at the time). Sikhs, if mentioned at all, had been classified as a sect of Hinduism during the first three hundred years of their history. But after the influential British writers began to classify Sikhism as a distinct, major world religion, the rest of the world soon followed their example.

Baha'is are the most recent entrant to the "Classical" list. The religion is only about 150 years old. On their official website, Baha'is claim 5 million adherents worldwide, established in 235 countries and territories throughout the world. While most comparative religion textbooks produced during this century either ignore them or group them as a Muslim sect, the most recent books give them separate status and often their own chapter. Baha'is have achieved this status partially through their worldwide geographical spread and increasing numbers, and partially by constantly insisting that they are indeed the "newest world religion."

The classical set of twelve is not necessarily the most accurate reflection of the present, real-world religious situation. (This fact is briefly addressed below.) We agree with the prominent comparative religion scholar Irving Hexham (an Evangelical Christian, and a professor at the University of Calgary) who wrote:

> *...there is an overemphasis on certain narrowly defined academic traditions in Religious Studies to the neglect of studies dealing with religion as it actually occurs in the world. In other words academics are happy to study other academics regardless of what is actually happening in everyday life. Thus, for example... I believe that the founder of [the Church of Jesus Christ of Latter-day Saints], Joseph Smith, is a far more influential figure and deserves as much attention as the father of modern theology, Freidrich Schleiermacher, yet current textbooks and course offerings invariably mention Schleiermacher but rarely pay any attention to Joseph Smith. By recognizing the importance of living religions, popular piety and sociological studies I hope more balance will enter Religious Studies. [Source: Irving Hexham, Concise Dictionary of Religion, 1998.]*

The Adherents.com "Major Religions" list presented on this web page differs from classical lists because it draws more from an extremely large body of contemporary affiliation data, rather than relying heavily on the lists and texts of past commentators (Hudson Smith, Noss, Barrett, etc.).

There are many distinct religions or religious movements which have more adherents than some of the classical world religions, but which are not part of the classical list for various reasons. These reasons include:

- the religions which are not included on the classical list are too new (Scientology, Neo-Paganism)
- they are concentrated in only one country (Cao Dai, Ch'ondogyo, Tenrikyo)

- they lack identifiable central organizations or unifying scriptural literature (Neo-Paganism, New Age, Spiritism)
- their adherents primarily name a different, more established traditional religion as their religious preference (most practitioners of Vodoun are nominal Catholics, practitioners of New Age religions are often nominally Protestant, Catholic or Jewish)
- their religion is still strongly associated with a major religion from which it arose, but no longer wishes to be an official part of (Tenrikyo and many other Japanese New Religious Movements, as well as many religions emerging from Indian/Hindu environments)

Parameters of the List

In order to rank religions by size, two parameters must be defined:

1. What constitutes a "religion"?
2. How is "size" determined?

With a working definition of "a religion" and a method for measuring size, criteria for what constitutes a "major" religion must be determined, otherwise this list could be impractically inclusive and long. "Major religions", for the purposes of this list, are:

- Large - at least 500,000 adherents
- Widespread - appreciable numbers of members live and worship in more than just one country or limited region
- Independent - the religion is clearly independent and distinct from a broader religion

What is a "religion" for the purposes of this list?

There are countless definitions of religion. But only one can be used in making a ranked list.

We are using the groupings most described used in contemporary comparative religion literature (listed above). Each of these "world religions" is actually a classification of multiple distinct movements, sects, divisions, denominations, etc. None of these world religions is a single, unified, monolithic organization. The diversity within these groupings varies. Hinduism is often described as a collection very different traditions, bound by a geographical and national identity. So broad is this religious "umbrella" that it includes clearly polytheistic, tritheistic, monotheistic, pantheistic, nontheistic, and atheistic traditions.

The Babi & Baha'i tradition, on the other hand, is probably the most unified of the classical world religions. It is almost entirely contained within one very organized, hierarchical denomination, the Bahai Faith, based in Haifa, Israel. But there are small schismatic groups, such asthe Arizona-based "Orthodox" Baha'is, Azali Babis (probably defunct), and four or five others. All adherents of a single religion usually share at least some communalities, such as a common historical heritage and some shared doctrines or practices. But these rules can't be pushed too far before being overburdened by exceptions. A listing of doctrinally and organizationally meaningful divisions or denominational "branches" (such as Catholic, Eastern/ Orthodox Christian, Sunni Islam, Shiite Islam, Evangelical Christian, Mahayana Buddhism, Theravada Buddhism, etc.) would clearly be useful, but that is the subject of a different list: Major Branches of Major World Religions.

In the following list the classical world religions are listed with the most cohesive/unified groups first, and the religions with the most internal religious diversity last. This list is based primarily on the degree of doctrinal/theological similarity among all the various sub-groups which belong to these classifications, and to a lesser extent based on diversity in practice, ritual and organization. (Obviously these classifications include both majority manifestations of these religions, as well as subgroups which larger branches sometimes label "heterodox.")

Classical World Religions Ranked by Internal Religious Similarity: Most Unified to Most Diverse

1. Baha'i
2. Zoroastrianism

3. Sikhism
4. Islam
5. Jainism
6. Judaism
7. Taoism
8. Shinto
9. Christianity
10. Buddhism
11. Hinduism

No "value judgement" is implied by this list. There are adjectives with both positive and negative connotations which describe both ends of this spectrum. From an academic, comparative religions viewpoint, there is no basis for "prescribing" whether it is better for a religion to be highly unified, cohesive, monolithic, and lacking in internal religious diversity, or whether it is better to be fragmented, schismatic, diverse, multifaceted and abounding in variations on the same theme.

In a practical sense, most people actually practice only one form of whatever religion they belong to. Buddhism, for example, if viewed as a whole, can be understood to have a large amount of internal variation, including the Theravada and Mahayana branches, all of their sub-schools, various revivalist sects, as well as Tibetan and modern Western forms. But most actual Buddhists are not actually involved in all of these; rather they practice one, internally cohesive, fairly unified form, such as the Geluk order of Tibetan Buddhism, or Japanese Amida-Buddha worship.

How is classification done for official government figures? It is important to note that data for the size of various religions within a given country often come from government census figures or official estimates. Such governmental endeavors are interested primarily in physical population demographics, such as how many people live in a household and how many telephones there are per person. These studies are not theological treatises. They merely classify Hindus as all people who call themselves Hindu, Muslims as all people who call themselves Muslim, Christians as all people who call themselves Christian.

From a sociological and historical perspective, most religions have arisen from within existing religious frameworks: Christianity from Judaism, Buddhism from Hinduism, Babi & Baha'i faiths from Islam, etc. For the purposes of defining a religion we need to have some cutoff point. Should Sikhism be listed as a Hindu sect (as in many older textbooks), or a world religion in its own right?

To manage this question we have chosen once again to use the most commonly-recognized divisions in comparative religion texts. These definitions are primarily sociological and historical, NOT doctrinal or theological in nature.

We recognize that within many religious traditions there are deeply felt arguments for excluding certain groups from their description of their religion. For example, councils of Muslim leaders have voted to no longer accept Ahmadis as valid Muslims, although Ahmadis consider themselves orthodox Muslims. Many Evangelical Protestants churches exclude all non-Evangelical or non-Protestant groups from their definitions of Christianity. On the other hand, some Hindu writers are so inclusive that they claim as Hindus adherents of any religion that arose in a Hindu environment, including Buddhists, Jains and Sikhs. These definitions are theological in nature and of little use in this statistical context.

Groups such as Rastafarians, Mandeans, Tenrikyo, and the Church of Scientology are too small, too new or too unimportant in world history to be included in most surveys of "major world religions." Thus, in including such groups in this listing it is not always possible to appeal to a consensus within comparative religion literature. Where classification is unclear, we've used two criteria:

1. Does the faith group consider itself to be part of (or the definitive version of) a larger religion?
2. Does the larger religion consider the faith group to be part of its tradition?

If the answer to both of these questions is no, then the faith group is probably a distinct religion. If the answer to both questions is yes, the faith group is a division within the larger religion (and thus not a world religion, but a division of a world religion). If the answer to only one of the questions is yes, there is a judgment call to be made, but of course we give more weight to a group's self-concept.

For example, Tenrikyo arose in the 1830s in Japan in a Shinto context. The founder explained that her new revelations came from various Shinto kami (gods). Thus, Tenrikyo was classified by the Japanese ministry of religion as a Shinto sect for about one hundred years. Then the leaders of Tenrikyo asked that the faith no longer be classified as a Shinto faith. Outsiders would agree that Tenrikyo has emerged as something identifiably distinct from traditional Shinto religion, although many world religion writers include Tenrikyo in chapters on Shinto or Japanese religion for simplicity's sake. (These books can only have a limited number of chapters.) Based on these facts (and because we have no limit on the number of religions we can include on this list), we include Tenrikyo as a distinct religion.

Even fairly contemporary and progressive writers have a "youth cut-off" requirement for their listings of major world religions. Many writers will classify newer movements as NRMs ("New Religious Movements"), and reserve the label of "world religion" for "long established" religions. (Given the content of these lists, one must assume "long established" means "at least as old as the Babi & Baha'i faiths.") This is a valid criterion, although for the most part we are not using it here. Many of the movements that seem like distinct new religions may die out within a few generations. Many of the most recent movements, such as Seicho-No-Ie, Ananaikyo, Ch'ondogyo and other Asian new religious movements are overtly syncretistic or universalist, similar in some ways to but originating many years later than the Baha'i faith. Other new religious movements of this century have primarily remained within established world religions, such as new Buddhist (Western Buddhist Order), Hindu (Hare Krishna), Muslim (Nation of Islam), Jewish

(Reconstructionism), and Christian (Pentecostalism, neo-Evangelicalism, Calvary Chapel) movements and denominations. Other new religious movements of the 20th century, especially recently, have been new formulations of long-dormant faiths, such as Neo-Pagan and neo-Shamanist groups. Scientology, is one of the few movements of the 20th century that has grown large enough and escaped its predecessor religious matrix thoroughly enough to be considered a distinct world religion. Even its oft-criticized differences lend credence to the notion that it is truly a unique, new religion, and not a part of Hinduism, Buddhism or some other faith.

But Ahmadiyya (a recent offshoot of Islam), is not included on this list as a separate religion because its adherents claim to be Muslim, view themselves as completely Muslim, and wish to be classified as part of Islam. Also, in keeping with the sociological perspective of Adherents.com, we are applying Emil Durkheim's classical definition of religion as "a unified system of beliefs and practices relative to sacred things, that is to say, things set apart and forbidden--beliefs and practices which unite into one single moral community..."

To this definition, we add its more recent reformulation describing religion as an ultimate concern with transformational/ motivational effect. With these sociological (non-theological) definitions we could include in this list schools of thought which aren't always considered "religions," such as atheism, humanism, Communism/Marxism/Maoism, and Confucianism.

Those interested in reading further about the sociological definition of religion and its relationship to culture may read Denise Cush's article in DISKUS (vol. 5, 1999): "Potential Pioneers of Pluralism: The Contribution of Religious Education to Intercultural Education in Multicultural Societies." Useful information about cultures can also be found in John B. Gatewood's Intracultural Variability and Problem-Solving, which repeats the Kluckhohn-Murray aphorism (1953):

Every Human is in Certain Respects

a. like all other humans.

b. like some other humans.

c. like no other human.

How is the size of a religion determined for the purposes of this list?

When referring to the "size" of a religion, what is usually meant is its number of adherents. Other measurements, such as how many churches or meeting places a faith group owns or how many congregations/meeting groups there are, can also be instructive, but are usually not used as a measure of overall size. Measures of religiosity and the degree to which a religious tradition has a meaningful impact on its adherents may be more important than raw adherent counts, but such measures are not as readily available nor are they easily comparable between groups.

A detailed description of what an adherent is, and the different types/levels of adherents can be found on the FAQ page.

How are adherents counted?

There are five main methods for determining the number of adherents in a faith group:

1. *Organizational Reporting:* Religious bodies (such as churches or denominations) are asked how many adherents or members they have. This is the simplest and least expensive method, but it can be highly unreliable. Different faith groups measure membership differently. Some count as members only those who are actively attending services or who have passed through a lengthy initiation process. Others groups count all who have been baptized as infants and are thus on the church records, even though some of those people may have joined other faith groups as adults. Some groups over-report membership and others under-report membership. When asked what religion they consider themselves to be a part of, many may name a religion that does not have them on their rolls. In the United States, for instance, three times as many people claim

to be Unitarian Universalists than are actually on church records.

2. *Census Records:* Many countries periodically conduct a comprehensive household-by-household census. Religious preference is often a question included in these census counts. This is a highly reliable method for determining the religious self-identification of a given population. But censuses are usually conducted infrequently. The latest census may be too old to indicate recent trends in religious membership. Also, many countries either have no accurate census data, or do not include questions regarding religious affiliation. It has been over fifty years since the United States included such a question in its national census, but Canada, India, New Zealand, Australia and other countries have very thorough, recent census data on the topic.

3. *Polls and Surveys:* Statistical sampling using surveys and polls are used to determine affiliation based on religious self-identification. The accuracy of these surveys depends largely on the quality of the study and especially the size of the sample population. Rarely are statistical surveys of religious affiliation done with large enough sample sizes to accurately count the adherents of small minority religious groups.

4. *Estimates based on Indirect Data:* Many adherent counts are only obtained by estimates based on indirect data rather than direct questioning or directly from membership roles. Wiccan groups have traditionally been secretive and often their numbers can only be estimated based on magazine circulations, attendance at conferences, etc. The counts of many ethnic-based faith groups such as tribal religions are generally based on the size of associated ethnic groups. Adherents of some tribal religions (such as Yoruba) are sometimes counted simply by counting the members of the tribe and assuming everybody in it is an adherent of the religion. Counts of Eastern Orthodox religious bodies

are often done the same way. Such estimates may be highly unreliable.

5. *Field Work:* To count some small groups, or to count the number of adherents a larger group has within a specific geographical area, researchers sometimes do "field work" to count adherents. This is often the only way to count members of small tribal groups or semi-secretive, publicity-shy sects. Field work may involve contacting leaders of individual congregations, temples, etc., conducting interviews with adherents, counting living within enclaves of the group, or counting those participating in key activities. There is substantial overlap between "estimates" and "field work."

For the purposes of this list of major religions, we have used adherent counts or estimates based on self-identification. We have also favored inclusive rather than exclusive adherent counts (meaning all people who are part of a religious community, children as well as adults, rather than "full communicants").

It should be remembered, however, that self-identification is not the only legitimate measure of a religious group's size. In collecting census or survey data based on self-identification statisticians find that nearly everybody claims to belong to a religion. Some people claiming membership in a certain denomination may actually attend religious services regularly, contribute resources to the group, and be influenced by its teachings.

Other people may name the denomination, but choose it as their religion only because they recall its name as the church their grandfather attended as boy. Detailed analysis of the size of individual groups requires a knowledge of both self-identification data as well as data based on organizational reporting.

Finally, let me make it clear that these definitions are simply working definitions for the purposes of making this list. They should not be taken as definitive outside of this context. Many of our reasons for defining the parameters as we have done have to do with the availability of data. Other definitions and parameters may be more meaningful or useful in other situations.

Notes on the Size of Specific Religions

Note: The following material is not intended to provide descriptions or summaries of these religions. This material is only intended to describe the reasoning for listing groups as "major religions" and determining their general size.

Christianity: David B. Barrett's World Christian Encyclopedia (1994 update) gives an oft-cited figure of 1.9 billion Christians (or about 33% of the world population), and projected that by the year 2000 there will be 2.1 billion Christians in the world. The 2001 edition of the World Christian Encyclopedia stated there were 2.1 billion Christians in the world, or 33% of the total population. Regardless of the degree of accuracy of this figure, Christianity, if taken as a whole, is unarguably the largest world religion - the largest religion in the world. (Keep in mind that although Christianity is the world's largest religion, it is an umbrella term that comprises many different branches and denominations.)

See Also: The Christian Family Tree by Rev. Epke VanderBerg (Episcopal minister, Grand Rapids, MI); Classifying Protestant Denominations (General Social Survey project directed by James A. Davis and Tom W. Smith. Funded by the National Science Foundation.); Largest Christian Populations (lists the Top 10 Countries with the Most Christians and the Top 10 U.S. Most Christian U.S. States); Famous Christians.

For Statistical Purposes: Groups which self-identify as part of Christianity include (but are not limited to): African Independent Churches (AICs), the Aglipayan Church, Amish, Anglicans, Armenian Apostolic, Assemblies of God; Baptists, Calvary Chapel, Catholics, Christadelphians, Christian Science, the Community of Christ, the Church of Jesus Christ of Latter-day Saints ("Mormons"), Coptic Christians, Eastern Orthodox churches, Ethiopian Orthodox, Evangelicals, Iglesia ni Cristo, Jehovah's Witnesses, the Local Church, Lutherans, Methodists, Monophysites, Nestorians, the New Apostolic Church,

Pentecostals, Plymouth Brethren, Presbyterians, the Salvation Army, Seventh-Day Adventists, Shakers, Stone-Campbell churches (Disciples of Christ; Churches of Christ; the "Christian Church and Churches of Christ"; the International Church of Christ); Uniate churches, United Church of Christ/ Congregationalists, the Unity Church, Universal Church of the Kingdom of God, Vineyard churches and others. These groups exhibit varying degrees of similarity, cooporation, communion, etc. with other groups. None are known to consider all other Chrisian sub-groups to be equally valid. David Barrett, an Evangelical Christian who is the compiler of religion statistics for the Encyclopedia Britannica and the World Christian Encyclopedia, includes all of the groups listed above in the worldwide statistics for Christianity.

Contemporary sociolgists and religious leaders generally consider pan-denominational classifications based not on historical denominational divisions but on current theological positions, organizational alignments, etc. to be more relevant. Such groupings include: Evangelicals, Pentecostals, "Great Commission Christians", "C. S. Lewis Christians", Liberal Protestants, Conservative Protestants, Fundamentalists, etc.

Islam: Contemporary figures for Islam are usually between 900 million and 1.4 billion, with 1 billion being a figure frequently given in comparative religion texts, probably because it's such a nice, round number. The largest and best known branches of Islam are Sunni and Shi'ite. More.

Many Muslims (and some non-Muslim) observers claim that there are more practicing Muslims than practicing Christians in the world. Adherents.com has no reason to dispute this. It seems likely, but we would point out that there are different opinions on the matter, and a Muslim may define "practicing" differently than a Christian. In any case, the primary criterion for the rankings on this page is self-identification, which has nothing to do with practice.

Smaller groups within Islam include Sufis (although some Sufis regard their practice of Sufism as pan-denominational or non-denominational), Druze, the U.S.-based Nation of Islam (previously known as "Black Muslims"), and Ahmadiyya. As is true with all major religions, there are adherents within all branches of Islam who consider some of or all of the other branches heterodox or not actually part of their religion. But these classifications are based primarily on historical lineage and self-identification. Protestations and disagreements based on exclusivistic internal concepts of belief or practice are normal, but are largely immaterial with regards to historical, taxonomic and statistical classification.

Secular/Nonreligious/Agnostic/Atheist: This is a highly disparate group and not a single religion. Although atheists are a small subset of this grouping, this category is not synonymous with atheism. People who specify atheism as their religious preference actually make up less than one-half of one percent of the population in many countries where much large numbers claim no religious preference, such as the United States (13.2% nonreligious according to ARIS study of 2001) and Australia (15% nonreligious).

Pitzer College sociologist Phil Zuckerman compiled country-by-country survey, polling and census numbers relating to atheism, agnosticism, disbelief in God and people who state they are non-religious or have no religious preference. These data were published in the chapter titled "Atheism: Contemporary Rates and Patterns" in The Cambridge Companion to Atheism, ed. by Michael Martin, Cambridge University Press: Cambridge, UK (2005). Different type of data collection methodologies using different types of questions showed a consistent pattern: In most countries only a tiny number of people (zero to a fraction of 1 percent) will answer "atheism" or "atheist" when asked an open-ended question about what their religious preference. A slightly larger number of people will answer "yes" if asked pointedly if they are an atheist. A slightly larger number than that will answer "no" when asked if they believe in any type of God, deities, or Higher Power. A slightly larger number answer "no" when asked simply if they "believe in God" (omitting wording indicating more nebulous, less anthropomorphic conceptions of divinity). Finally, a larger number of people answer "none" or "non-religious" when asked asked an open-ended queston about what their religious preference is. Although figures vary for each country, average numbers indicate that roughly half of the people who self-identify as "nonreligious" also answer "yes" when asked if they believe in God or a Higher Power.

One portion of this broad grouping includes those who are best described as "nonreligious," i.e., those who are essentially passive with regards to organized religion, generally affirming neither belief nor disbelief. They may be neither contemplative about philosophy and spirituality nor involved in a religious/faith/philosophical community. Although a certain percentage of people in many countries classify themselves as nonreligious in surveys, there are few data indicating how many of these fit the passive "nonreligious" criteria described above, versus those who actually do contemplate such matters, but simply have their own personal philosophy and no stated affiliation with an organized religion.

For the purposes of this list, this grouping also includes more proactive or well-defined philosophies such as secular humanism, atheism, agnosticism, deism, pantheism, freethought, etc., most of which can be classified as religions in the sociological sense, albeit secular religions. A minority among atheists are quite fervent in their beliefs and actively endeavor to proselytize atheism.

The "Secular/Nonreligious/etc." category is probably the most speculative estimate in this list, as this segment of society is difficult to count. The vast majority in this grouping are not aligned with any kind of membership organization. Most figures come from census and survey data, which most countries conduct only infrequently.

The highest figure we have for "Nonreligious" is 20% of the world population, or about 1.2 billion: "Over 20 percent of the world's population does not claim any allegiance to a religion. Most are agnostics. Others are atheists, who deny the existence of God." (O'Brien, Joanne & Martin Palmer. The State of Religion Atlas. Simon & Schuster: New York (1993). Pg 41.) But such a high figure is difficult to support with current country-by-country statistics, and perhaps reflects Communist-era official government statistics. Most current estimates of the world number of secular/nonreligious/agnostic/atheist/etc. are between 800 and 1 billion.

Estimates for atheism alone (as a primary religious preference) range from 200 to 240 million. But these come primarily from China and former Soviet Union nations (especially Russia). Prior to Communist takeovers of these regions and government attempts to eradicate religion, both places had very high levels of affiliation with organized religions (especially Islam, Christianity, Buddhism and Taoism), as well as high levels of participation in and belief in traditional local traditions such as shamanism, ancestor ceremonies, spiritism, etc. Since the fall of Communism in former Soviet nations and the relaxation of anti-religious policies in China, observed religious affiliation and activity has increased dramatically, especially in Christianity, Buddhism, and Islam.

China probably does have the largest number of actual atheists of any country in the world and many Russians clearly remain atheists. But at this point, it is difficult to accurately determine how many of those classified as atheists or nonreligious during Communist-era USSR and by the current Chinese government are actually atheists according to their personal beliefs, and how many are unregistered religious adherents or participants in less-organized traditional systems that are oriented around ancestors, animism, shamanism, etc. Many people are unaware, for instance, that China has one of the largest, most active Christian communities in the world, and that in many former Soviet nations religions such as shamanism, Islam and Russian Orthodoxy remained even while official government reports announced the elimination of religion in these regions.

In the Western world, Europe is by far the place with the most self-avowed nonreligious, atheists and agnostics, with the nonreligious proportion of the population particularly high in Scandinavia. The Encyclopedia Britannica reports approximately 41 million atheists in Europe. The self-described nonreligious segment of society in Australia and New Zealand is also high, at around 15%. In Australia less than a tenth of one percent described themselves as atheists in the latest national census (1996). In the U.S. about 13.2% of the population describe themselves as nonreligious, 0.5% describe themselves as agnostic, and a smaller number describe themselves as atheist (Kosmin, ARIS/American Religious Identification Survey, City University of New York, 2001).

Zuckerman (2005) compiled numbers of people who don't believe in God, based primarily on polling and survey data, for every country in the world. He totaled the survey-based and poll-based estimates of non-believers from the top 50 countries with the highest proportion of people who do not believe in God, and added to this number the non-believers from highly populous countries (Mexico, Poland, Moldova Romania, Georgia, Uzbekistan, India, Ireland, and Chile). The remaining countries had proportionately miniscule populations of atheists/agnostics/non-believers. Zuckerman concluded, "the grand total worldwide number of atheists, agnostics, and non-believers in God is somewhere between 504,962,830 and 749,247,571. These minimum/maximum numbers are conservative estimates; were one to factor in a mere .25% of such highly populated countries as Egypt, Brazil, Indonesia, Nigeria, Burma, Tanzania, and Iran, as non-believers in God, estimates would be significantly larger. Also, these numbers are only for non-believers of God, specifically. Were one to include all 'non-religious' people in general, the numbers would nearly double... nonbelievers in God as a group come in fourth place after Christianity (2 billion), Islam (1.2 billion), and Hinduism (900 million) in terms of global ranking of commonly-held belief systems."

Zuckerman states that adding the "non-religious" segment of the world population would to his calculated maximum of 749,247,571 (about 750 million) atheists, agnostic and non-believers in God would yield a number nearly twice as large -- just under 1.5 billion. This number is not, however, the number of people who should be classified in the "Secular/Nonreligious/Agnostic/Atheist" category, because half of this larger number is based solely on belief in a single theological proposition (belief/non-belief in God), rather than on a person's religious affiliation/religious preference. A large proportion of people in the surveys Zuckerman combined to arrive at this total expressly are adherents of named religions (such as Buddhism, Hinduism, Judaism, Chinese traditional religion, Unitarianism and Christianity). Many of these people who do not believe in God, deities, or a Higher Power are nevertheless devout adherents of their various faiths, or even clergy. They are enumerated in the list above as adherents of those faiths, and not counted among nonreligious, atheists or agnostics because their primary religious identity is not atheism or agnosticism. It should be remembered that not all strains of all religions entail belief in God, a Higher Power or deities.

It can not be said based on Zuckerman's analysis that "1.5 billion people do not believe in God." A large proportion of the people classified as "non-religious" expressly do believe in God or a Higher Power. The 750 million figure is already an attempt to estimate the total population of people who do not believe in God.

For the year 2000, David B. Barrett (Encyclopedia Britannica and World Christian Encyclopedia, 2001) classified 150,089,508 (2.5% of world's population) as atheists, and 768,158,954 people as "Nonreligious" (12.7% of the world) for a total of 918,248,462 (15.2% of the world). These calculations by Barrett include all agnostics and others in our "Secular/ Nonreligious/Agnostic/Atheist" category. Our figure of 1.1 billion in this category is considerably higher, and takes into consideration Zuckerman's analysis as well. Of the people in this grouping, it is estimated that 40 to 50% have a stated traditionally "theistic" belief in God, deities or a Higher Power.

A country-by-country breakdown of statistics atheists, agnostics, people who do not believe in God, and self-described non-religious people, with figures based mostly on surveys and polling data, can be found online in the Adherents.com main database. A summary page shows data for the 50 countries with the most atheists.

All those who profess religious belief are not necessarily registered members of a church or denomination, but in the

U.S. the majority of professed Christians and adherents of other religions are also officially affiliated with an organization. The majority of agnostics, atheists and of course nonreligious are not members of an organization associated with their position.

It may also be noted that the estimated figures presented in this particular "Major Religions" summary list are based on self-identification. Among all groups there exists a proportion (sometimes significant and sometimes small) which are only nominal adherents. This segment may identify themselves as members of a certain religion and accept the religion as their primary philosophical system, yet not actively practice the religion in the normative sense. This segment may be thought of as being functionally nonreligious or "secularized," but this segment is not what is meant by the "nonreligious" category on this Major Religious list. Accurate estimates of the size of this group are difficult to obtain because national government censuses only ask about preferred affiliation, not about religious practice. There are data available from non-census sampling surveys that ask about practice and belief, but these are usually limited in scope to narrow questions such as church attendance, and do not entirely reveal the proportion of society which is non-attending, but nevertheless privately practicing and/or believing. In many countries (Germany is a good example) there is also segment of the population which is counted as adherents of a religion, but which do not personally profess belief in that religion. (Adherents.com has some such data in its main list under "attendance" and under "poll".)

The use of the term "nonreligious" or "secular" here refers to belief or participation in systems which are not traditionally labeled "religions." Of course, in the absence of traditional religions, society\exhibits the same behavioral, social and psychological phenomena associated with religious cultures, but in association with secular, political, ethnic, commercial or other systems. Marxism and Maoism, for instance, had their scriptures, authority, symbolism, liturgy, clergy, prophets, proselyting, etc. Sports, art, patriotism, music, drugs, mass media and social causes have all been observed to fulfill roles similar to religion in the lives of individuals -- capturing the imagination and serving as a source of values, beliefs and social interaction. In a broader sense, sociologists point out that there are no truly "secular societies," and that the word "nonreligious" is a misnomer. Sociologically speaking, "nonreligious" people are simply those who derive their worldview and value system primarily from alternative, secular, cultural or otherwise nonrevealed systems ("religions") rather than traditional religious systems. Like traditional religions, secular systems (such as Communism, Platonism, Freudian psychology, Nazism, pantheism, atheism, nationalism, etc.) typically have favored spokespeople and typically claim to present a universally valid and applicable Truth. Like traditional religions, secular systems are subject to both rapid and gradual changes in popularity, modification, and extinction.

These are some of the factors which make estimating the size of the secular (nonreligious, agnostic, atheist, etc.) segment of society difficult.

Detailed statistics on atheism can be found in papers by Phil Zuckerman (Atheism: Contemporary Rates and Patterns) and Andrew Greeley and Wolfgang Jagodzinski (The Demand for Religion: Hard Core Atheism and "Supply Side" Theory).

Hinduism: The highest figure we've seen for Hinduism (1.4 billion, Clarke, Peter B., editor), The Religions of the World: Understanding the Living Faiths, Marshall Editions Limited: USA (1993); pg. 125.) is actually higher than the highest figure we've seen for Islam. But this is an abberation. World Hinduism adherent figures are usually between 850 million and one billion.

Buddhism: World estimates for Buddhism vary between 230 and 500 million, with most around 350 million.

Chinese traditional religion: In older world religion books the estimates of the total number of adherents of Confucianism range up to 350 million. Other books, including older versions of the Encyclopedia Britannica, have listed Chinese religionists under "Taoism," with adherent estimates up to about 200 million. But these figures are all based on counts of the same segment of Chinese people throughout the world -- people practicing what is, sociologically, more accurately called Chinese traditional religion, and often called Chinese folk religion. The word "traditional" is preferable to "folk" because "folk" might imply only the local, tribal customs and beliefs such as ancestor worship and nature beliefs. But "Chinese traditional religion" is meant to categorize the common religion of the majority Chinese culture: a combination of Confucianism, Buddhism, and Taoism, as well as the traditional non-scriptural/local practices and beliefs. For most religious Chinese who do not explicitly follow a different religion such as Islam or Christianity, these different ancient Chinese philosophies and traditions form a single, seamless composite religious culture and worldview.

Communist laws banning most religion and recent rapid changes introducing increasing openness make accurate estimates difficult to obtain. Recent figures for the number of "Chinese religionists" include 220 and 225 million. Barrett (World Christian Encyclopedia, 2001) classified 384,806,732 "Chinese folk-religionists," 6,298,597 "Confucianists" and 2,654,514 "Taoists," or about 394 million total.

In comparative religion texts Confucianism, Taoism and Chinese Buddhism are sometimes addressed in three separate chapters, and sometimes treated in one chapter as "Chinese religion." Even today there are very valid reasons for distinguishing Taoism from Confucianism, and distinguishing both from Chinese Buddhism and non-scriptural Chinese folk religion. For religious, philosophical, historical and scriptural purposes, distinguishing between these separate traditions is quite manageable. There are a number of people who identify themselves specifically as "Taoist" (In 1990-1991 there were 23,000 in the U.S., 1,720 in Canada, and 324 in New Zealand, for example.) There are a smaller number of people, including non-Chinese, who consciously practice a "pure" form of Taoist religion (often Tao-Te-Ching-based), unconcerned with Confucianism, Chinese folk practices, ancestor devotion, etc.

Fifty years ago religious Taoism was one of the largest, strongest institutions in China. Since the Cultural Revolution and the government's campaign to destroy non-Communist religion, Taoism lost, for the most part, the main mechanism through which it remained distinct from the larger Chinese religious environment: its large numbers of temples and Taoist clergy. Although Islam, Buddhism and Christianity have bounced back and even surpassed pre-Communist levels in China, Taoism has not. Today, despite the existence of some self-identified Taoists and pure Taoists in the West, Taoism is difficult to isolate as a large, independent religion from a statistical and sociological perspective. Hence, in this list, which is explicitly statistical and sociological in perspective, Taoism should be thought of as a major branch of Chinese traditional religion.

The situation is similar with Confucianism. In the latest edition of the Encyclopedia Britannica lists over 5 million Confucianists in its summary table of world religions. Their note explains that these are Confucianists outside of China, mostly in Korea. (The Encyclopedia lists "Chinese folk religion" separately.) It is true that recent census data show about five million Koreans name Confucianism as their religion, and there are even some Confucian schools and institutes in Korea. But the Adherents.com list leaves these Confucianists under the "Chinese traditional religion" grouping, rather than separating them based only on what country they live in.

Primal-indigenous: Alternatively termed "tribal religionists, "ethnic religionists," or "animists," estimates range from 100 million to 457 million. (457 million is the combined total for "Ethnoreligionists," "Animists," and "Shamanists" from Barrett's 2001 world religion calculations. But this total includes all African Traditional religionists, which we have listed as a separate category.) This group also includes, but is not limited to, people whose native religion is a form of shamanism or paganism (such as millions of people in traditional Siberian shamanist cultures). Obviously this is broad classification, not a single religion. This grouping includes thousands of distinct religious traditions, mostly the religious-cultural worldviews of peoples who have been grouped together in one category because they are pre-literate or less advanced technologically than Western/European cultures. There are similarities among many primal-indigenous religions/cultures, such as use of an oral rather than written canon, and a lack of rigid boundaries between the sacred and secular (profane) aspects of life. But few, if any, generalizations hold for all groups.

Previously, adherents of African traditional religion were grouped here, and many religious statisticians would continue to do so. But adherents of African traditional religions and diasporic derivatives are currently listed ennumerated separately on this page. Most remaining primal-indigenous religionists are in Asia (including India).

African Traditional & African Diasporic Religions: It may seem incongruous to distinguish African primal (traditional) religions from the general primal-indigenous category. But the "primal-indigenous" religions are primarily tribal and composed of pre-technological peoples. While there is certainly overlap between this category and non-African primal-indigenous religious adherents, there are reasons for separating the two, best illustrated by focusing specifically on Yoruba, which is probably the largest African traditional religious/tribal complex. Yoruba was the religion of the vast Yoruba nation states which existed before European colonialism and its practitioners today -- certainly those in the Caribbean, South America and the U.S.-- are integrated into a technological, industrial society, yet still proclaim affiliation to this African-based religious system. Cohesive rituals, beliefs and organization were spread throughout the world of Yoruba (and other major African religious/tribal groups such as Fon), to an extent characteristic of nations and many organized religions, not simply tribes. Historians might point to Shinto and even Judaism as the modern manifestations of what originally began as the religions of tribal groups who then became nations.

Just as Yoruba may legitimately be distinguished from the general "primal-indigenous" classification, valid arguments could be made that other religious traditions such as Native American religion (less than 100,000 self-identified U.S. adherents) and Siberian shamanism should also be separate. But African traditional religion has been singled out because of its much larger size, its considerable spread far beyond its region of origin and the remarkable degree to which it remains an influential, identifiable religion even today.

African Diasporic Religions are those which have arisen, typically in the Western hemisphere, among Africans who retained much of their traditional culture and beliefs but adapted to new environments. These include Santeria, Candomble, Vodoun, Shango, etc. In many areas or subgroups the African elements exist alongside an overlay of European-based elements borrowed from the economically dominant culture, from influences such as Catholicism and Kardecian spiritism. The fact that these religions exist within technologically advanced cultures alongside "classical" organized religions (such as Christianity) is one of the reasons for grouping these adherents separately from the general "primal-indigenous" category. Adherents of African diasporic religions typically have no real tribal affiliation, may be converts to African-based religion, and are not necessarily African or black in their race and ethnicity.

Regarding Santeria Alone: It is difficult to determine worldwide numbers of Santerians, as the religion is syncretistic, goes by different names (including Lukumi, and Camdomble in Brazil) and has been actively suppressed by the Communist government in the country where it is perhaps the largest: Cuba. Estimates of Santerians include 800,000 in the U.S. and one million in Brazil, plus 3 million in Cuba (although many Cuban practitioners identify themselves officially as Catholics or Communists/atheists). A worldwide number of people who at least sometimes self-identify as adherents of this loosely-organized religious category might be 3 million, but this is just an estimate.

Regarding Vodoun: For the most part, Voodoo (or "Vodoun") is not an organized religion, but a form of African traditional religion practiced primarily in Haiti, Cuba and Benin. Often blended with Catholicism. Other methods of counting adherents could count practitioners as general primal-indigenous religionists (tribal) and/or Christians. Vodoun is typically classified as an Afro-Caribbean and/or Afro-Brazilian syncretistic religion, along with Santeria (Lukumi) and Candomble. Some sources refer to Vodoun as the Haitian form of Santeria; other sources refer to Santeria as a form of Vodoun. From a worldwide and historical perspective, Vodoun is properly classified as a branch of African diasporic religion, in the same way that Lutheranism is a subset of Christianity. Regarding the number of practitioners, the ReligiousTolerance.org web page about Vodoun states: "50 million. Estimates of the number of adherents are hopelessly unreliable. Some sources give numbers in the range of 2.8 to 3.2 million." A figure of 50 million is doubtful because this is primarily a Caribbean religious movement and there are only 30 million people in the Caribbean, the majority of whom are clearly self-identified Christians.

In the Americas (especially the Caribbean, Brazil and the United States), there is a large number of people who practice some form of Yoruba diasporan religion, especially forms of Santeria and Vodoun. But it should be noted that many practitioners of Voodoo would name something else, i.e. Catholicism, as their religion. Even those who practice Santeria or Voodoo more often then they practice Catholicism mostly identify themselves as Catholic.

We asked an expert for feedback about our comments on Yoruba religion. Osunmilaya, a practitioner and scholar on the subject wrote:

> *I would make only a few changes. Instead of the term "Santerian" perhaps the term "ab'orisha," which refers to both initiated and uninitiated devotees, would be more acceptable. Some practitioners don't like the term Santeria at all because it implies that the tradition is a minor, heretical sect of Catholicism.*

Vodoun is more properly classified as Dahomean and Fon in origin, not Yoruba. It does not appear in Brazil in the Haitian form, to my admittedly limited knowledge of this tradition. However, some Candomble houses may identify as Dahomean nation.

A critical component of the spiritist influence upon the Yoruba traditions as practiced in the Western hemisphere is the pervasive influence of the BaKongo tradition, known as Palo Monte and Umbanda. What I have seen in practice has a lot of Kardecian influence, but I expect to see what I observed with the Santeria tradition: that as one becomes more immersed into the actual tradition, that the outer layer of Catholicism peels away to reveal a tradition that, in reality, is very much unsyncretized. (See Wande Abimbola's discussion in Ifa Will Mend Our Broken World.)

Osunmilaya's comments are very helpful. The only comment we might add is that there are knowledgeable historians of Yoruba religion in the West who believe Yoruba, in addition to the Dahomean and Fon traditions, played a major role in the development of modern Africa-Haitian religion.

The point about use of the term "Santerian" is an important one to keep in mind. Although "Santeria" is commonly used in comparative religion/academic literature, and it is becoming increasingly accepted among practitioners of the Western Yoruba/Orisha religious tradition, it is a term imposed by outsiders and its etymological roots have meaning that many in the tradition find offensive or at least inaccurate.

Spiritism: According to the 1997 Encyclopedia Britannica Book of the Year, there were 10,292,500 adherents of "Spiritism" in the world. But a recent census from Brazil indicates 15 million professed spiritists (practitioners of Umbanda, for instance), as well as a fringe following (not officially professed, but possibly quite avid) of up to 50 million. But many of those can be classified in the Yoruba religion category. As a newer and somewhat less organized grouping than some other "major religions," accurate numbers for Spiritism are difficult to come by. An estimate of 20 million worldwide seems justifiable--a grouping which would include but not be limited to strictly Kardecian groups.

But a worldwide number which eliminated adherents who are primarily Yoruba religionists more so than Spiritists would be smaller, and more in line with the Encyclopedia Britannica estimate. Key aspects of Spiritism, or Spiritualism, are widely accepted in popular society in many countries beyond the bounds of those who are officially adherents of these movements. The boundaries between Spiritism and other categories, especially

Christianity (especially Catholic and Baptist), Yoruba religion and primal-indigenous religions, can be quite uncertain.

Sikhism: In the late 1990s the highest estimate we had for the number of Sikhs in the world was 20 million, from www.sikhs.org. Most estimates were between 16 and 18 million. About 80% of the world's Sikhs live in the province of Punjab, in India. Barrett's latest publications estimate 23 million Sikhs worldwide.

Juche: This section moved to separate Juche page due to length.

Judaism: Estimates of the world's Jewish population range from about 12 million to over 17 million. On the high end of realistic estimates of how many people would consider themselves Jews seems to be about 15 million, but a figure this high would include a large number of non-practicing, purely ethnic Jews. Judaism is far more important in areas such as history, literature, science, politics, and religion, than its relatively small numbers might suggest. The American Jewish Year Book published in 2000 by the American Jewish Committee, reports there are currently 5.7 million Jews in the United States, 362,000 in Canada, and 13,191,500 worldwide.

Babi & Baha'i Faiths: At least 98% of the adherents of the Babi & Baha'i faiths belong to the same church/ denomination/religious body, the Baha'i World Faith (or simply "Baha'i Faith") with headquarters in Haifa, Israel. One might think that this should make Baha'i records fairly straightforward and easily obtainable. But statistical practices differ in each country and figures are not always released to the public. Most recent published estimates of the world Baha'i population are about 6.5 million. This is the figure provided in current Baha'i publications.

A recent, updated estimate in the 1998 Encyclopedia Britannica is reportedly 7.67 million, higher than any Baha'i-provided figure we have seen. The accuracy of all of these figures is difficult to determine, and the organization does not provide a breakdown of membership data for each country.

As with most religious groups, organizationally reported adherent counts include significant numbers of nominal members, or people who no longer actively participate, yet still identify themselves as adherents. There are valid arguments that some of the "mass conversions" have resulted in adherents with little or no acculturation into the new religious system. As is typical with a religious group made up primarily of converts, Baha'is who drift from active participation in the movement are less likely to retain nominal identification with the religion -- because it was not the religion of their parents or the majority religion of the surrounding culture. On the other hand, there are no countries in which people are automatically assigned to the Baha'i Faith at birth (as is the case with Islam, Christianity, Shinto, Buddhism, and other faiths), so their numbers aren't inflated with people who have never willingly participated in or been influenced by the religion while adults.

On balance, while official Baha'i figures are not a measure of active participants, the proportion of participating adherents among claimed adherents is thought to be higher than average among the "major religions" on this list. The Baha'i community is remarkably active and influential in religious matters on both global and local levels, especially given their relatively small numbers compared to some other religions..

Jainism: The highest published figure we've seen for Jainism is 10 million, but this is clearly incorrect. Almost all estimates for the world population are under 5 million. This religion is almost entirely confined to India and to ethnic Jains. It's importance historically and philosophically far outstrips its relatively small number of adherents.

Shinto: Shinto is one of the "classic" eleven or twelve "major world religions." But adherent counts for this religion are problematic and often misunderstood. In a nutshell, Shinto is simply the indigenous ethnic practice of Japan and its importance is almost entirely historical and cultural, not contemporary. The number of adherents of Shinto are often reported as being around 100 million, or around 75 to 90% of the Japanese population. These figures come from the Shukyo

Nenkan (Religions Yearbook), put out by the Ministry of Education & Bureau of Statistics, and they obtain their figures by asking religious bodies for statistics. The Shinto religious bodies have on record most Japanese citizens because of laws established in the 17th Century which required registration with the Shinto shrines. Essentially everybody within local "shrine districts" were counted as adherents. This is comparable to certain Catholic and Protestant nations in Europe where the majority of people have been Christianed or otherwise counted as a member of the state church, but where large proportions of the population are non-practicing.

The difference is that in those European countries, those people are at least nominally adherents of the religion that claims them. "Nominally" here means if asked their religion, they can recall the name of the church they were baptized into as an infant, and don't mind citing that as their religious preference. In Japan, the majority of adherents of Shinto, as claimed by the Shinto organizations, don't even consider themselves adherents, even nominally. In polls, only about 3.3% of the Japanese people give Shinto as their religion. A high world-wide figure for people who consider themselves primarily practitioners of Shinto would be about 4 million. Certainly most Japanese people participate in holidays which have Shinto roots, but in this list we are trying to track self-identification, not general vestigial influence. Also, the strongest active religions which have Shinto roots (such as Tenrikyo) no longer claim to be "branches" of Shinto, and can be listed separately.

Zoroastrianism: This religion is in every major comparative religion text book, yet during the 1990s and for a few years thereafter it was actually listed in the Guiness Book of World Records as the "major religion nearest extinction." The Zoroastrians (or "Parsis") are sometimes credited with being the first monotheists and having had significant influence in the formation of current, larger world religions. To whatever degree that is true, some observers believed Zoroastrianism was in a precarious state and its position as a "major" contemporary world religion was tenuous. Prior to some increased reforms, most Zoroastrians did not believe in allowing conversion. They had even stricter rules than Jews about whether or not children of mixed marriages would be considered Zoroastrians. Until about 2002, most published estimates for the world total of Zoroastrians were 100 to 125 thousand. More recent publications of many major encyclopedias an world alamanacs include population estimates of 2 to 3.5 million. The government of India has actively encouraged the growth of its Zoroastrian population. Since the terrorist attacks of September 11, 2001 and subsequent U.S.-led intervention in the Middle East, the Parsees of Iran, Iraq, Pakistan and Afghanistan have been receiving less persecution than before, and have been less reticent about identifying themselves, and there seems to be an increased respect for and interest in this classical Persian religion which was once one of the largest in the world. The current estimate posted on this page of millions of Zoroastrians in the world (rather than 100,000 to 150,000) is still under evaluation. The number does not represent an exponential explosion the number of actual Zoroastrians (although there has been some growth in numbers), but is a result of re-evaluation of the existing population. The majority of the world's Zoroastrians are Parsees who now thought to live in the Middle East. Years of suppression under Muslim-dominated cultures and governments has doubtless led to erosion in some aspects of their community, relative to their co-religionists in India and even among expatriate populations in places such as the United States and the United Kingdom - places with far greater levels of continuous religious freedom.

Cao Dai: Most of the figures for this group are around 2 million, but we've seen some that say around 8 million. It's almost entirely a Vietnamese movement, and not even as important there as it used to be. The official Cao Dai website states that there are about 6 million adherents worldwide, and elsewhere states that there are 5 million in Vietnam, but points out that the religion is largely paralyzed there due to repression by the government.

Tenrikyo: The description of Tenrikyo on the Tenrikyo University website states: "Tenrikyo has spread throughout

Japan and also to various countries around the world. At present, there are about two million followers and more than 17,000 churches. Moreover, churches and mission centers have been established in about 30 countries around the world." It has missions all over the world and a strong evangelical ethic. Outside of Japan the countries with the most adherents seem to be the U.S. (especially Hawaii), South Korea, Brazil, and Taiwan, although only in Japan do Tenris make up an appreciable proportion of a country's total population. In January 1999 Tenrikyo published country-by-country statistics showing nearly 1,000 churches or mission stations outside of Japan (in over 30 different countries), and over 37,000 in Japan. These figures dwarf the international statistics of some "classical world religions," such as Zoroastrianism and Jainism.

Tenrikyo is probably one of the largest, most fully-developed independent modern religious systems which most Westerners know nothing about. Tenrikyo offers impressive opportunities for sociological, historical and comparative religion research which are relatively unexplored by the academic community. One of the most famous modern adherents of Tenrikyo was the author Avram Davidson.

Scientology: One often sees Scientology listed in books and newspapers as having over 8 million adherents. Where does this figure come from? It comes from the Church of Scientology, just as most church membership figures come from churches themselves. Our data indicate that they cite this figure because it is the total number of people who have participated in Church of Scientology activities since the inception of the church. But their figure does not include people who have only received services from their drug rehab groups and other non-Church facilities. Narconon's clientele are not counted as Church members unless and until they become Scientologists. As Narconon's mission is drug rehabilitation and not Church recruitment, the percentage of Narconon clients who become Church members is small.

The latest edition of the organization's publication What Is Scientology? lists 373 churches and missions (plus hundreds of "related organizations" which are not directly comparable to congregations) in 129 countries. (Four new countries, for a total of 133, have been opened since the publication of the book, according to a church spokesperson.) According to church officials, this publication states that in 1997 the number of people who participated in Scientology services for the first time was 642,596 internationally and that the circulation of internal Church magazines which are sent to their members was 6,630,000. Hartley Patterson, a critic of Scientology, has speculated that the circulation figure may be based on the total press run for three publications.

Adherents.com has no argument with Scientology statistics, but for the purposes of this list of "Major Religions of the World Ranked by Size," we use a different standard of counting adherents than they have used to arrive at their 8 million figure. (Figures presented here are generally estimates of primary, self-identified religious affiliation.) There are not 8 million people who, if taking a survey, would name Scientology as their religious preference. One might generously estimate up to one million worldwide, but the actual number who would fit this criterion is probably under a half million. Adding up organizationally-reported membership on a state-by-state, country-by-country basis would yield a current membership figure of about 750,000, according to a church critic. As with all religions, the complete body of adherents represent a spectrum of participation, including fully active members as well as non-attending or disengaged sympathizers.

Realistically, a figure lower than 750,000 seems be more reasonable for this page's listing. Some documents suggest that even the tabulation of 750,000 based on country-by-country/ state-by-state organizationally-provided data is quite out of date. Internal documents suggest 100,000 active members -- which would easily yield an estimate of a total of 600,000 or more, including one-time members, lapsed members, and strong supporters.

This might cause some people to think the church's figures are inaccurate, or it might seem like we are being harsh to ignore their figure and estimate such a low one. To put these figures into perspective, compare them to those of other major religions. There is no reason to believe that less than 8 million people have willingly participated in Scientology activities and actively studied at least some of its teachings. Large numbers of people have derived benefit from participation in church activities and church-sponsored programs. But people rarely call themselves Scientologists mainly because their parents don't call themselves Scientologists. Membership in the Church of Scientology does not necessarily preclude membership in another religious organization. A percentage of the claimed members will indeed affirm membership in the organization, while at the same time citing another religion as their primary religious preference.

If one eliminated from the total number of Christians in the world all those who are counted as Christians only because they identify themselves as such in a survey or census, even though they never actually attend Christian services, study Christian literature, or make behavioral changes based on Christian teachings beyond general societal norms, one might obtain a similar downgrade in actual number of effective adherents. Despite such a "downgrade" from official Church of Scientology estimates, it may be noted that in a recent large-scale independent survey of religious identification (NSRI, Barry Kosmin et al, City University of New York 1990), enough people in the United States named Scientology as religion that it was among the top 10 largest religions in the country, with more members than the Baha'i Faith, Sikhism or Neo-Pagan/Wiccan groups. Independent sources indicate that the strongest communities of Scientologists are in California and the United Kingdom, as well as in Clearwater, Florida (where the main training center is located).

Some people have commented on the fact that this page lists an estimate of 500,000 (previously 750,000) Scientologists worldwide, while the Religion in the U.S. web page refers to 45,000 Scientologists in the U.S. Some people have mistakenly concluded that this means the overwhelming majority of Scientologists live outside the U.S., or that one of the figures is simply "wrong." The two figures are not directly comparable. Simply put, these two figures are from different sources and are based on different methodologies and critera. The U.S. figure of 45,000 comes directly from the Kosmin NSRI survey of 1990. The worldwide figure is as a conglomerate figure, using different criteria (as explained elsewhere on this page), based on official organizational as well as critical sources. The larger figure would include lapsed members, as well as people who are are adherents of Scientology, but also identify with another religious group, and name that group in a survey or census.

Unitarian-Universalism: Being completely opposed to fixed doctrine (which they refer to as "dogma"), but affirming certain principles, the Unitarian Universalists (or simply "Unitarians" as they prefer to be called in some countries) are quite different from other major religions. Since 1995 the primary UU organization has affirmed officially that it is not a subset of Christianity (although its roots are Christian), but encompasses spirituality from all the major world religions as well as primal-indigenous/tribal faiths. But it should be kept in mind that there are self-avowed Christian Unitarians, Buddhist Unitarians, Pagan Unitarians, etc. In 1990, 500,000 Americans claimed to be Unitarian-Universalists, three times the official organizational count of enrolled members, loosely indicating that Unitarian-Universalism is the general preferred philosophy of far more people than actually participate in or contribute to the congregations and organizations.

Rastafarian: Because of the loosely-organized structure of Rastafarianism, and because many Rastafarians are nominal but non-participating members of larger religious groups, precise size estimates are difficult. We've seen total world estimates of about 200,000. We've seen an estimate of 700,000 in a couple of places. Leonard E. Barrett, author of The Rastafarians, estimates there are 800,000 Rastas worldwide, more than 2 million if one counts followers of the lifestyle but not the faith. Based on other data we believe a figure as high as this would have to include many Jamaicans who are strong Rastafarian supporters or enthusiasts, but who are also at least partially or nominally adherents of mainstream Protestant and Catholic denominations as well. There are multiple reasons why Rastafarians are typically not counted as one of the major world religions: They are relatively new, having originated only in this century. They aren't particularly widespread worldwide. (They are mostly in Caribbean nations, esp. Jamaica, as well as the United Kingdom and the U.S.) They are sometimes classified as a Christian sect because they use the Bible as their primary religious text (but they generally use the Hebrew Bible). They are smaller than religious groups usually listed as "major world religions."

Neo-Paganism: Neo-Paganism is an umbrella term for modern revivals of ancient ethnic and magickal traditions. These are usually polytheistic, but many Neo-Pagans consider their faith pantheistic, and many other concepts of deity can be found among Neo-Pagans as well. Subdivisions within Neo-Paganism include Wicca, Magick, Druidism, Asatru, neo-Native American religion and others. Only recently has Neo-Paganism become a movement of any significant size and visibility. Solid statistics on Neo-Paganism on a worldwide scale are essentially non-existent, but it is a rapidly growing religion/religious category. Estimates regarding its worldwide size range widely--from under one hundred thousand to over four million. Independent surveys and government-based figures are not indicative of the higher estimates provided by Neo-Pagan and Wiccan organizations, but there may be a variety of reasons for this.

There are two reasons why some might argue that Neo-Paganism should not be listed as a major religion on this page: 1) It might be said that Neo-Paganism is not a single religion, but an umbrella term for many disparate religions. But upon closer examination of the movement, one finds that despite drawing upon such disparate sources as European witchcraft, Norse mythology, Druidism, and Egyptian, Greek, and Native American ancient religions, Neo-Pagans as a whole have a remarkably cohesive, identifiable culture and generally shared value set, even more so than religions such as Christianity, Islam or Judaism when taken as a whole. 2) It could also be said that Neo-Paganism could be classified as a subset of primal-indigenous religion. Though it has roots in primal ethnic religions, Neo-Paganism is something distinct, clearly drawing much of its identity from Gardnerian principles introduced in the 1930s.

Neo-Paganism is distinct from the primal ethnic religions of ancient pre-industrial societies just as Buddhism has roots in, but is distinct from, Hinduism. So we are including Neo-Paganism on this list because the most recent sociological work in the field indicates it is a distinct religion, and because it is increasingly significant.

There were 768,400 Neo-pagans (largest subset were Wiccans) in the U.S. in the year 2000, according to the Wiccan/ Pagan Poll, conducted by the Covenant of the Goddess (CoG) beginning in late July, 1999

ANALYTICAL STUDY OF WORLD RELIGIONS

From the earliest known evidence of human religion by Homo Sapiens Neanderthalensis around 100,000 years ago to the present day, religion continues to be a very influential aspect of human lives.

Today, there are numerous challenges and problems faced by humans from every possible background, location and social class. Every day people must face issues of health, safety and mortality. It is because of these daily challenges that religion continues to exist. Religion is the universal tool for explaining things which we do not understand through the context the known physical world.

Although there are countless religions, each different from the other, they all serve the same purpose. Each answers questions which all humans seem to be programmed to ask: Why are we here? What happens when I die? How shall I live my life? Religion helps us to transmit our values from one generation to another, and influences the way we interact with the natural environment. It teaches us how to see ourselves in light of the universe and gives purpose and meaning to life.

Whether you are a member of a particular religious group, unsure of what you should believe, or do not have any religious beliefs, these web pages will introduce you to the world's six major religions. They are not meant to convert, or to be the synopsis of every aspect of the religion they explain. They are intended to serve as an introduction, to whet your appetite for further study and to help you understand those around you better.

With our global society, it is likely that in your lifetime you will meet people from every corner of the planet. Understanding the religious beliefs of these people is one of the many steps which mankind must take in order to someday prosper together in peace.

Groups not Included in this List of World Religions

The following groups are religions, but have not been included in this list of major religions primarily for one or more of the following reasons:

- They are not a distinct, independent religion, but a branch of a broader religion/category.
- They lack appreciable communities of adherents outside their home country.
- They are too small (even smaller than Rastafarianism).

Mandeans: The Encyclopedia Britannica lists Mandeans separately, but they only have about 45,000 adherents in two countries, meaning they're far smaller than many new religious movements the Encyclopedia lumps together under "New Religionists." As small as the Mandeans are, we are not listing them as one of the largest "Major Religions." Britannica's decision to list Mandeans separately, while not listing larger but newer religions is due the their list's criteria, which emphasizes long-established yet post-literate religions. This Adherents.com listing, on the other hand, is based on contemporary size, without regard to age.

PL Kyodan: They currently claim about 1 million adherents and 500 churches in 10 countries. But they're almost entirely in Japan. The group has a few branches in North America and Europe, and perhaps twenty in South America. So there is some spread beyond its home country, but with only about 500 branches worldwide, and with some question as to whether it has really emerged from it's original Shinto matrix, it may be inappropriate to call it a distinct major religion.

Ch'ondogyo: About 3 million adherents total. Their numbers are almost entirely confined to Korea, however. Apparently a fusion of Christianity and traditional Korean religion. In North Korea, once Ch'ondogyo's center, where it was, for a time, the country's second or third largest religion, it has essentially been co-opted by the government and turned into a hollow appendage of Juche.

Wonbulgyo: Another new Korean religion. The claim about 400 branches in Korea, and 30 in North America and Europe. They make some claims to be an emerging world religion, but as they call themselves "Won Buddhism," we include them within the greater body of Buddhism. Lively, but probably less than 150,000 adherents, making it even smaller than Zoroastrianism.

Vodoun: Vodoun is classified here as a subset of African diasporic religion.

New Age: New Age is an incredibly eclectic category, not a single religion. Although a large number of people hold beliefs which have been categorized as New Age, or participate in New Age practices, only a tiny percentage of people actually identify "New Age" as their religion. At this point "New Age" is more the umbrella term for a broad movement, rather than a religion. Some previous enthusiasts of New Age movements now prefer to be called pagans or Neo-Pagans.

Seicho-No-Ie: This organization is large (perhaps 2 to 3 million members) and appears somewhat like a typical New Asian syncretistic religion, but its literature states that it is an interdenominational organization and not a religion. Furthermore, it does not seem to have spawned a distinctive religious culture anywhere outside of Japan, and perhaps not even in Japan -- certainly not to the degree that groups such as PL Kyodan and Tenrikyo have.

Falun Dafa/Falun Gong: This is a relatively new movement (started in the mid-1980s) from China which purports to have 100 million adherents worldwide, 70 million in China. These numbers are obviously inflated; it is not true that 1 in every 58 people on the planet are adherents of Falun Dafa. A reasonable worldwide number that some newspapers have used is 10 million, but this is only a guess. The current crackdown on the movement by the Communist government is likely to increase the movement's growth both within and outside of China. Its status as a full-fledged "religion" is questionable, and it does not claim to be one in the traditional sense. For most practitioners it is more of a technique than a religion. However, the movement's literature states that deriving full benefit from the techniques precludes membership in other religions, and there are people who consider Falun Dafa their primary or only religion. But exclusive followers of this sort are in the minority.

Furthermore, Falun Dafa is properly classified as a subset of Chinese traditional religion and not as a distinct religion, so it would not be classified as a "major world religion" even if it did have 100 million followers. Although the movement is verifiably large and widespread, its adherents appear to be almost uniformly ethnic Chinese. Their involvement with the movement is not really conversion to a different or foreign religion, but rather involvement in an evangelical/reform movement within their existing religious system. Sociologically, the Falun Dafa movement has many parallels to the Pentecostal movement and Billy Graham revivals within Christianity.

Taoism: Included as a subset of Chinese traditional religion because of the impossibility of separating a large number of Taoists from traditional Chinese religionists in general. See note under Chinese traditional religion.

Roma: There are an estimated 9 to 12 million Roma (Gypsies; also "Rroma") in the world, concentrated in Europe, but also in North America, Australia and elsewhere. There is clearly a distinct set of Roma religious beliefs and practices, which scholars frequently describe as Aryan/Indian/Hindu in origin with an overlay of local (esp. European) religious culture (often Catholic). But the Roma are primarily classified as an ethnic or cultural group. Many clearly have a strong ethnic identity as Roma and a self-identified religious identity as Catholic or Protestant. The Roma illustrate how arbitrary the dividing lines between ethnicity, culture, and religion can be.

Animal Rights: Although the Animal Rights movement (along with ethical vegetarianism, Veganism, PETA, etc.) is a large and rapidly growing socio-cultural-religious group, its proponents do not generally call it their "religion." Reliable statistics for the number of adherents for whom Animal Rights constitutes primary cultural/religious/philosophical identity, versus those who simply support certain positions of the movement, are unavailable. AR is a religion, but for the majority of Animal Rights supporters, AR functions as a movement and/or lifestyle choice, not their primary religion. (This is similar to the current broad support for the "Free Tibet" movement, most of which comes from non-Buddhists.)

OTHER PRIMARY-IDENTITY SUB-CULTURES AND MOVEMENTS

This document lists major primary-identity sub-cultures and movements which function in the same sociological niche as religions, but which are not usually classified as religions. The purpose here is to provide a statistically more complete picture of religious demographics from a sociological perspective.

- animal rights; evangelistic vegetarianism; Vegans; PETA, etc.
- Communism; Marxism; Marxist-Leninism; Maoism; Juche; etc.
- gun rights; survivalists
- feminism
- Straight Edge
- environmentalism
- racial supremacists; racial separatists (Nazis, Ku Klux Klan, skinheads, Black Panthers, etc.)
- GLBT (gay, lesbian, bisexual and transgendered) community

- science fiction (including comics, Star Trek, Star Wars)
- occult, tarot; astrology; etc.
- sports and fitness
- political parties
- Conservative / Liberal*
- separatist movements
- Alcoholics Anonymous
- drug culture
- biker
- Goth; Rave; Vampire; etc.
- cyber-culture; technophiles

Notes: Religions and other primary-identity sub-cultures fill an identical sociological niche because they:

1. Provide a source of group identity, individual identity, and social interaction
2. Provide a philosophical and ethical framework, and the language through which philosophy, ethics and community issues can be discussed
3. Inspire imagination, art, literature and other creative outlets*
4. Serve as a source of goals, effort, volunteerism and accomplishment for individuals and the group
5. Provides a source of unity necessary for defense of the community and the community ideals
6. Address universal experiences such as death, sexuality, family life, etc.

* Art and imagination: An example is the Animal Rights Counterculture web page, which states that its purpose is to "create and allow access to a repository of freely-distributable, original artistic works which promote the abolition of animal exploitation." It has a "Songs and Stories page" and encourages the "submission of original creative works."

There is no value judgment involved in recognizing that a group or movement is culturally distinct, and that it functions as the sociological equivalent of a religion (for at least a proportion of its core constituents). "Religion," used in this broader sociological sense, pertains to human interaction and motivation. It is unrelated to issues such as "non-rational versus rational" or "revealed or faith-based versus empirical" -- characteristics sometimes used in definitions of religion in a theological sense.

Furthermore, not everybody who supports a particular movement or engages in a particular activity is considered an "adherent" in a socio-religious sense.

Many people read science fiction or play sports, but for only a few do these activities constitute their primary source of socialization, goals, and/or philosophy. Many people support feminism in general, or many of the social ideas articulated by the feminist movement. For only a minority of people who consider themselves feminists does feminism constitute their primary philosophical system and outlet for volunteerism and social action, i.e., their religion.

Additional Comments Regarding Inclusion on this List

Sociologists have defined religion as being the "ultimate reality" that people believe in, or the primary motivating factor in their lives. One homey saying has it that "Your religion is whatever you do on the sabbath."

Such definitions are potentially very broad and can pertain to anything at all. Thus defined, "making lots of money" could be a person's religion, or a person's family, or even their car, could be their religion. A definition this broad is not as useful in classifying distinctive religious groups and cultures, however. Movements and sub-cultures have been listed on this page because they meet certain additional criteria:

1. The movement or sub-culture forms the primary cultural identity for a large number of people. It fulfills a sociological niche similar to that filled by religion, tribe or ethnicity by contributing to the beliefs, philosophy, behavior, artistic expression, social interaction and goals of its adherents.

2. The sub-culture is not already included among lists of movements traditionally recognized as religions ("Catholic", "Muslim", "Hindu", "New Age", "Neo-Pagan", etc.)
3. Participation in the sub-culture is voluntary, and not merely a function of non-voluntary conditions such as geography (Welch, Mexican); ethnicity (Mayan, black, Han Chinese); economic status ("the poor", "middle-class"); or biology (old, children, cancer patient, schizophrenic, blind, short, overweight, male, female, sexual orientation).
4. Participation in the sub-culture is not simply a function of occupation. Participants/adherents represent diverse occupational background. All professions form occupational cultures ("writer culture", "politician culture", "teacher culture", etc.), but that is not the subject of this list, and that phenomenon is sociologically distinct from religion.

Factors which are not criteria for including movements and sub-cultures on this list. Movements and sub-cultures have not been listed here because they are controversial, "liberal" or "conservative", desirable or undesirable, etc. Some movements and sub-cultures have been associated more frequently with "liberal" or "left-wing" individuals and groups (e.g., environmentalism and the animal rights movement). Other movements and sub-cultures have more frequently been associated with "conservative" or "right-wing" individuals and groups (e.g., radical gun rights advocates and survivalists). But these movements are not primarily political in nature and a strong association with them is usually not motivated solely by where they fall on a left-right political spectrum as seen by outsiders.

For example, a person who considers herself generally liberal and is a frequent participant in animal rights activism may also be strongly pro-life (opposed to abortion) -- a position labelled as conservative. It would be rare for one person to lend substantial time and support to both movements simultaneously, but their involvement is not based simply on what is considered "liberal" or "conservative." Somebody else, active in the gay and lesbian community (considered a "liberal" movement) may be strongly opposed to the animal rights movement because they perceive it as slowing down AIDS research by preventing the use of laboratory animals by pharmaceutical companies.

They may also be fiscally conservative and participate in Republican politics. Once again, their membership in a subculture is not necessarily based on its position on a political spectrum.

To reiterate, inclusion of a particular movement or subculture on this list implies neither approval nor disapproval. Nor does it imply any parallel to any particular religion. A direct parallel to religion in general is not implied, except in a sociological sense.

Why these are not Typically Classified as Religions

Clearly there must be reasons why some movements, subcultures and groups are generally regarded as religions while other movements which fulfill similar sociological functions are not regarded as religions.

One popular and often useful notion is that a "religion" addresses the issues of deity and the afterlife. But these are only two possible topics among the endless possible topics for humans to be concerned about yet unable to quantify mathematically. Also, for many people and groups, religion and spirituality has little to do with deity and the afterlife. There are forms of Buddhism, Hinduism, and Judaism (Zen, tantrism, Reconstructionists) that focus little or not at all on deities or the afterlife, but are nevertheless classified as religions.

In a theological discussion, addressing specific concepts may be a useful criteria for what constitutes a religion. But a sociological definition is based on the impact a movement has in people and groups, not on the content of its message.

Some of the general differences are summarized below, although for each point there are many exceptions.

TABLE: Some differences between "religions" (in the sociological sense) which are traditionally labelled as "religions," and those which are not.

Traditionally Recognized Religions	Other Primary-Identity Sub-cultures
Usually calls itself a church or religion. Outsiders usually call it a church or religion	Those within and without the movement do not call it a religion (although sociologists recognize it can function as one)
Provides rituals and other markers to observe universal "life-cycle" events, such as birth, coming-of-age, marriage, and death	Do not mark life-cycle events
Usually have a single, identifiable founder or prophet	Recognize persons of historical or contemporary importance to the movement, but usually do not recognize a single worldwide founder.
Address the nature of deity and the afterlife as central components of their overall philosophy	Primarily "religious" topics such as deity, and the afterlife are not central to the philosophy. If addressed, these topics are ancillary and subservient to the core issue(s)
Written scriptures, revelation or oral tradition are important source of authority and overall philosophy, and important in framing discussion	Sources of authority and direction in the community are primarily contemporary and philosophical
Involvement with laws and the broader culture may be present, but is secondary. Primary focus is their own membership.	Some groups or movements in this category strongly desire to influence the laws, behaviors, policies, etc. of the entire geographical population, not just within their sub-culture.
Expansion of influence occurs primarily through expansion of the group's voluntary membership and/or natural increase and retention of adherents.	Expansion of influence occurs primarily through the spread of specific ideas and policies into the broader culture (government, mass media, academia, corporate practices)
Distinctive artistic traditions, which may include their own forms of music, writing, oratory, drama, etc.	Successfully convey their message through art forms and mediums found in the broader cultures, but rarely develop distinctive styles and forms.
Affiliation with the religion is marked with a formal ceremony or recognition of affiliation; distinction between adherents and non-adherents fairly clear, although levels of participation vary	Affiliation less formal, no ceremony to mark affiliation with the movement; levels of participation are extremely varied; many supporters and peripheral participants whose primary-identity culture or religion is elsewhere

One indicator that a group or movement is functioning as the sociological equivalent of a religion is that its constituents strongly object to being classified as a religion. To say that something clearly non-religious such as "being blonde" or "being a Michael Jordan fan" is a religion would incite little or no protest. Blonde people and Michael Jordan fans have little group identity associated with blondeness or with Michael Jordan. Such a statement may appear to have so little meaningful truth in it, or be so innocuous, that they feel no need to counter it.

On the other hand, to say that the environmentalism is a religion is likely to draw protests by proponents who do not wish their movement to be associated with religions they or others don't like ("unwanted baggage"), who do not wish to think of themselves as a "member" of a religion other than another one they identify with, or who do not wish to lose the advantages a non-religious movement has in dealing with the public sphere (schools, government, media, etc.). Transcendental meditation is one recent example of a religious movement which had considerable latitude in introducing itself into public schools and government programs, until it was recognized as a religion. Essentially all religions have adherents who claim that their religion is not a religion.

Conservative / Liberal: The inclusion of Conservatism and Liberalism on this list should be explained. Nobody who considers themselves generally conservative or liberal would say that their "Conservatism" or "Liberalism" is their religion. Most people would like to think that they make a reasonable decision regarding various political, ethical, moral and social topics, regardless of where their decision falls on a "left-right" or "liberal-conservative" spectrum. Most people, if they list enough issues, would be able to list at least some views which are considered conservative and some which are considered liberal. Furthermore, on any given issue there will usually be somebody more liberal or conservative. A person may think their stance on gun control is conservative, for instance, because they oppose additional restrictions on gun purchases. But an even "more conservative" ("far-right") position might call for eliminating on all legal restrictions on gun sales, and support for marksmanship classes in high schools. Most people fall "somewhere in between" on most issues. Certainly, many people are generally conservative or generally liberal, as the terms are commonly understood, but these are relative terms. The terms "conservative" and "liberal," as described here, are not religions or primary-identity sub-cultures.

"Conservatism" or "Liberalism" operate as de facto religion for people who are commonly called "knee-jerk liberals" or "knee-jerk conservatives." These are people who lend essentially unquestioning allegiance to whichever viewpoints are associated with their favored point on the ideological spectrum. They are the type of people who take a liberal stance on gun control, affirmative action, and welfare reform. Then, because identify so strongly with liberalism, they support the "liberal" position on the magnet schools, tort reform and Surinamese water rights. Yet there may not actually be an inherently "liberal" or "conservative" position on many issues.

A person who is authentically influenced by a particular religious or ethical philosophy, such as Catholicism, Buddhism, Islam or Humanism, will have viewpoints which are on both ends of the "liberal-conservative" spectrum. This is because traditional religions are not based on contemporary local social debates. Any person who supports all liberal causes or all conservative causes carte blanche may be said to be an adherent of Liberalism or Conservatism in an essentially religious or tribal sense.

TOP 10 ORGANIZED RELIGIONS IN THE WORLD

This list appeared in The Christian Science Monitor as the "Top 10 Organized Religions in the World" (August 4, 1998, edition, on page B2)

I had not seen this list from the Christian Science Monitor until after I had developed my own listing. It may be noted that the relative order here is identical to my listing. But in choosing to list only the "top 10 organized religions," there are groups (Chinese folk religion, secular groups, primal-indigenous, and groups smaller than the top ten), not listed in this list which I have in my list. Like most such lists, the original source of this data is probably the Encyclopedia Brittanica and/or Barret's World Christian Encyclopedia.

Religion	Members
Christianity	1.9 billion
Islam	1.1 billion
Hinduism	781 million
Buddhism	324 million
Sikhism	19 million
Judaism	14 million
Baha'ism	6.1 million
Confucianism	5.3 million
Jainism	4.9 million
Shintoism	2.8 million

3

ISLAM THE FASTEST GROWING RELIGION: TRUTH OR MYTH

INTRODUCTION

The Islamic religion has a long history of myth making. The claim they are the fastest growing religion in the world is pure myth. We have collected the latest statistics from David A. Barrett's huge two volume, "World Christian Encyclopedia", the 2001 AD edition. In case you haven't heard of this work, it is the world standard for religious statistics.

Muslim's claim that their growth rate is 235 percent and 47 percent for Christianity. This statistic came from the Readers Digest Almanac and Yearbook 1983, and represents 235 percent increase over 50 years. Muslims always leave off the 50 year fact to make it appear they are going 235% every year. A simple review of the readers Digest study shows that the growth rate of Islam vs. Christianity is directly linked to the birth rate in Third World countries where Islam dominates and not actual conversions to each religion. Christianity has always been larger than Islam. These statistics from Readers Digest are over 20 years old. Further, we do not consider readers digest to be an authority on such matters. Why will Muslims not quote real authoritative statistics from certified research groups who show Islam is not the fastest growing religion in 3/4's of the worlds countries.

1. There are over a billion Muslims in the world today, including 3 to 5 million in the U.S., making it the second most populous religion on earth after Christianity.

According to some estimates, Islam is the fastest-growing religion in the world. (The Joy of Sects, Peter Occhigrosso, 1996, p394-397)

2. Islam is the religion which has developed from the preaching and life of Muhammad, a citizen of the city of Mecca in Arabia, who early in the seventh century of the Christian Era appeared as a preacher of monotheism to his own people and founded a religious movement which today counts perhaps as many as 300,000,000 followers, mostly in the heat belt from Indonesia to Morocco. (Islam: Muhammad and His Religion, Arthur Jeffery, 1958, p xi-xiv)

Before we examine the true facts from informed statisticians, we want to make it clear that we are not claiming Christianity is the fastest growing religion on earth. Such a claim is a needless as it is irresponsible. Having said this, in terms of sheer numbers, there are more Christians being added to planet earth, than any other religion on earth, including Islam. (see Table 2-2 for proof.)

Relative Size and Growth of Islam to Christianity

1. From Table 2-1, there are 1.9 Billion Christians making up 31% of the world population, whereas there are only 1.2 Billion Muslims making up only 20% of the population. It seems that Allah's little trick by making Judas appear like Jesus, so Jesus could escape crucifixion and Judas was crucified in his place, kind of backfired, since 31% of the world's population never learned Allah played a trick and really believes that Jesus not only died, but was raised from the dead! This should be most troubling for Muslims to think that "Allah's deception" (Qur'an 4:156) actually became the world's largest religion!

2. From Table 2-1, the relative growth rates of Islam to Christianity are compiled from data that ended the very year before the great terrorist attacks of 911 against the world trade towers in 2001 and the train bomb in Spain in 2004. Statisticians are predicting that Islamic

Table 2-1: World Religions:

	Annual change, 1990-2000				2000		2025		2050		
Religion	Natural	Conversion	Total	Rate	Adherents	%	Adherents	%	Adherents	%	countries
All Christians	22,708,799	2,501,396	25,210,195	1.36	1,999,563,838	33.0	2,616,670,052	33.4	3,051,564,342	34.3	238
PROFESSION											
crypto-Christians	1,408,763	703,798	2,112,561	1.89	123,726,489	2.0	190,490,250	2.4	246,319,348	2.8	63
professing Christians	21,299,796	1,797,505	23,097,301	1.32	1,875,627,394	31.0	2,426,157,502	31.0	2,805,218,484	31.5	238
AFFILIATION											
unaffiliated Christians	1,305,142	-381,603	923,539	0.87	111,124,545	1.8	125,711,785	1.6	124,655,275	1.4	237
All affiliated Christians	21,403,655	2,883,011	24,286,666	1.39	1,888,439,293	31.2	2,490,958,267	31.8	2,926,909,067	32.9	238
Roman Catholics	13,117,804	-355,181	12,762,623	1.29	1,057,328,093	17.5	1,361,965,255	17.4	1,564,603,495	17.6	235
Independents	4,495,891	3,925,017	8,420,908	2.49	385,745,407	6.4	581,642,120	7.4	752,842,240	8.5	221
Protestants	4,224,076	341,161	4,565,237	1.44	342,001,605	5.6	468,632,927	6.0	574,418,922	6.4	233
Orthodox	750,901	385,410	1,136,311	0.54	215,128,717	3.6	252,715,940	3.2	266,806,050	3.0	135
Anglicans	1,071,503	73,897	1,145,400	1.56	79,649,642	1.3	113,746,355	1.5	145,983,770	1.6	166
Marginal Christians	269,292	153,482	422,774	1.79	26,060,230	0.4	45,554,730	0.6	62,200,556	0.7	215
doubly-affiliated	-2,458,025	-1,558,424	-4,016,449	2.34	-194,779,901	-3.2	-308,401,610	-3.9	-413,843,966	-4.6	93
disaffiliated	-67,786	-82,351	-150,137	0.69	-22,694,500	-0.4	-24,897,450	-0.3	-26,102,000	-0.3	11
Trans-megabloc groupings											
Evangelicals	2,839,602	893,484	3,733,086	1.97	210,602,983	3.5	327,834,735	4.2	448,862,899	5.0	5.0
Pentecostals/Charismatics	7,016,903	2,812,254	9,829,157	2.10	523,777,994	8.7	811,551,594	10.4	1,066,318,949	12.0	238
Great Commission Christians	6,180,025	2,535,490	8,715,515	1.46	647,820,987	10.7	887,578,895	11.3	1,097,449,417	12.3	238
All NON-CHRISTIANS	56,151,992	-2,451,050	53,650,481	1.43	4,055,485,162	67.0	5,207,032,948	66.6	5,857,530,658	65.7	238

All Muslims	21,723,118	865,558	22,588,676	2.13	1,188,242,789	**19.6**	**1,784,875,653**	22.8	2,229,281,610	25.0	204
All Sunnis	18,214.974	465,783	18,680,757	2.08	1,002,542,801	**16.6**	1,467,825,653	18.8	1,767,356,610	19.8	195
Hanafites	9,480,204	385,753	9,865,957	2.07	531,417,801	**8.8**	724,355,653	9.3	868,156,610	9.7	9.7 135
Shafiites	4,590,019	99,981	4,690,000	2.20	239,900,000	4.0	393,500,000	5.0	472,900,000	5.3	105
Malikites	3,925,302	64,698	3,990,000	2.00	221,900,000	3.7	346,600,000	4.4	408,700,000	4.6	65
Wahhabites	91,447	-2,147	89,300	1.37	7,000,000	0.1	9,668,000	0.1	13,350,000	0.1	10
Hanbalites	28,002	17,498	45,500	2.20	2,325,000	0.0	3,370,000	0.0	4,250,000	0.0	0.25
All Sufis	3,027,781	492,219	3,520,000	1.62	237,400,000	3.9	356,200,000	4.6	445,000,000	5.0	204
All Shias	3,029,003	313,863	3,460,000	2.30	170,100,000	2.8	286,000,000	3.7	410,000,000	4.6	75
Ithna-Asharis	2,540,722	167,778	2,708,500	2.23	136,655,000	2.3	229,178,000	2.9	333,175,000	3.7	70
Ismailis	472,710	83,290	556,000	2.70	23,772,000	0.4	40,950,000	0.5	55,200,000	0.6	45
Zaydis	95,925	67,675	163,600	2.30	8,042,000	0.1	13,192,000	0.2	17,775,000	0.2	10
All Alawites	19,646	12,254	31,900	2.20	1,631,000	0.0	2,680,000	0.0	3,850,000	0.0	15
All Islamic schismatics	296,588	85,912	382,500	3.00	14,950,000	0.2	27,700,000	0.4	47,725,000	0.5	110
Ahmadis	156,461	61,139	217,600	3.25	7,950,000	0.1	14,700,000	0.2	24,100,000	0.3	75
Other sectarian Muslims	58,271	18,329	76,600	3.46	2,654,000	0.0	5,697,000	0.1	13,267,000	0.1	30
Black Muslims	25,317	10,683	36,000	2.49	1,650,000	0.0	2,910,000	0.0	5,020,000	0.1	5
Karijites	26,901	3,799	30,700	2.10	1,636,000	0.0	2,620,000	0.0	3,145,000	0.0	10
Druzes	15,943	1,057	17,000	2.31	834,000	0.0	1,402,000	0.0	1,710,000	0.0	15
Yazidis	3,695	905	4,600	2.30	226,000	0.0	371,000	0.0	483,000	0.0	10
All Hindus	13,194,111	-660,377	12,533,734	1.69	811,336,265	13.4	1,049,230,740	13.4	1,175,297,850	13.2	114
Vaishnavites	8,026,116	-478,522	8,704,638	1.74	549,583,323	9.1	708,160,740	9.1	791,806,850	8.9	90
Shaivites	3,435,964	-118,836	3,354,800	1.70	216,260,000	3.6	278,900,000	3.6	312,410,000	3.5	60
Saktists	325,539	72,461	398,000	1.70	25,720,000	0.4	33,150,000	0.4	37,132,000	0.4	35
Neo-Hindus	389,426	17,274	406,700	2.70	17,385,000	0.3	23,200,000	0.3	27,300,000	0.3	65
Reform Hindus	65,884	6,916	72,800	1.80	4,460,000	0.1	5,820,000	0.1	6,650,000	0.1	30
Nonreligious	6,639,206	-535,100	6,104,106	0.83	768,158,954	12.7	875,120,895	11.2	887,994,945	10.0	236
Chinese folk-religionists	3,801,126	-85,578	3,715,548	1.02	384,806,732	**6.4**	**448,842,560**	5.7	454,332,660	5.1	89

All Buddhists	3,530,918	156,609	3,687,527	1.09	359,981,757	5.9	418,344,730	5.3	424,607,060	4.8	126
Mahayana	1,951,178	100,357	2,050,821	1.08	202,232,757	3.3	235,264,730	3.0	238,772,060	2.7	115
Theravada	1,372,933	40,933	1,412,000	1.10	136,259,000	2.3	158,200,000	2.0	160,575,000	1.8	30
Lamaists	207,381	15,319	222,700	1.10	21,490,000	0.4	24,980,000	0.3	25,380,000	0.3	30
Ethnoreligionists	4,098,003	-1,264,887	2,833,116	1.33	228,366,515	3.8	277,247,150	3.5	303,598,980	3.4	142
Animists	3,985,506	-1,238,592	2,746,914	1.37	216,160,890	3.6	263,990,700	3.4	290,789,380	3.3	142
Shamanists	122,433	-30,971	91,462	0.78	12,298,267	0.2	13,256,450	0.2	12,809,600	0.1	12
Atheists	1,315,322	-878,227	437,095	0.30	150,089,508	2.5	159,544,080	2.0	169,150,200	1.9	161
New-Religionists (Neoreligionists)	1,032,400	-36,405	995,995	1.03	102,356,297	1.7	114,720,210	1.5	118,845,140	1.3	60
Sikhs	363,677	28,961	392,638	1.87	23,258,412	0.4	31,377,860	0.4	37,058,960	0.4	34
All Jews	194,962	-70,447	124,515	0.91	14,434,039	0.2	16,053,350	0.2	16,694,500	0.2	134
Ashkenazis	151,611	-56,103	95,508	0.91	11,079,939	0.2	12,321,550	0.2	12,811,700	0.1	120
Oriental Jews	32,524	-11,924	20,600	0.91	2,378,000	0.0	2,645,000	0.0	2,750,000	0.0	25
Sefardis	13,028	-4,828	8,200	0.90	952,000	0.0	1,060,000	0.0	1,105,000	0.0	80
Karaites	331	-131	200	0.87	24,100	0.0	26,800	0.0	27,800	0.0	5
Samaritans	7	-7	0	0.00	500	0.0	500	0.0	500	0.0	5
All Spiritists	137,163	80,748	217,911	1.96	12,333,735	0.2	16,211,780	0.2	20,709,300	0.2	55
Afro-American spiritists	15,524	4,149	19,673	2.05	1,071,735	0.0	1,609,190	0.0	2,116,020	0.0	18
Afro-Brazilian cultists	65,460	22,224	87,684	2.15	4,576,844	0.1	6,100,000	0.1	8,000,000	0.1	1
High Spiritists	53,725	29,275	83,000	2.53	3,750,000	0.1	5,100,000	0.1	7,000,000	0.1	20

Afro-Caribbean religionists	1,162	1,818	2,980	3.30	107,397	0.0	183,800	0.0	256,100	0.0	5
Baha'is	117,158	26,333	143,491	2.28	7,106,420	0.1	12,062,150	0.2	18,000,900	0.2	218
Confucianists	55,739	-11,434	44,305	0.73	6,298,597	0.1	6,817,950	0.1	6,952,900	0.1	15
Jains	74,539	-39,588	34,951	0.87	4,217,979	0.1	6,115,650	0.1	6,732,770	0.1	10
Shintoists	8,534	-40,527	-31,993	-1.09	2,761,845	0.0	2,122,950	0.0	1,655,400	0.0	8
I Taoists	25,397	-155	25,242	1.00	2,654,514	0.0	3,066,300	0.0	3,272,200	0.0	5
Zoroastrians	45,391	13,080	58,471	2.55	2,543,950	0.0	4,439,930	0.1	6,964,700	0.1	24
Mandeans	823	-85	738	2.12	38,977	0.0	58,000	0.0	76,000	0.0	2
Other religionists	9,189	471	9,660	0.99	1,028,519	0.0	1,442,430	0.0	1,861,820	0.0	76
doubly-counted religionists	-214,784	-50,346	-265,130	2.04	-14,530,637	-0.2	-20,665,000	-0.3	-25,516,000	-0.3	24
World A (unevangelized persons)	28,353,920	-31,963,512	-3,609,592	-0.22	1,629,374,957	26.9	1,845,405,668	23.6	1,806,052,390	20.3	238
World B (evangelized non-Christians)	27,798,072	29,462,116	57,260,188	0.27	2,426,110,205	40.1	3,361,627,280	43.0	4,051,478,268	45.5	238
World C (Christians)	22,708,799	2,501,396	25,210,195	1.36	1,999,563,838	33.0	2,616,670,052	33.4	3,051,564,342	34.3	238
Global population	78,860,791	0	78,860,791	1.41	6,055,049,000	100.0	7,823,703,000	100.0	8,909,095,000	100.0	238

(David A. Barrett, World Christian Encyclopedia, 2001, p 4)

motivated terrorism will last the decade and bring Islam into great disrepute with the world population. This will have a very strong dampening effect on the long term predicted Islamic growth rates for the years 2025 and 2050.

3. From Table 2-1 you can see that the world growth rate of Muslims is 2.13, and for Christians it is 1.36. A closer look reveals, however that the birth rate of Muslims world wide, is literally double that of Christians. This is due to the fact that Muslims are largest in the developing world where dirt floors, thatched roofs and large families are common. When you the actual conversion rate, where men chose their religion, rather then are born into it, you can see that Christians are converting, on a percentage basis, almost twice as many as Muslims (1.7:1). This means that individual Christians are out converting Muslims almost two to one! What this means, is that as third world Muslim controlled countries gain the advantages of education and technology found in the Western world, their birth rate will drop off to match that of the West, but Christians will still continue to out convert them at a rate of 1.7:1.

	Total adherents	**New from conversion**	**Number of adherents to make one new convert:**
Muslims	1,188,242,789	865,558	1,372
Christians	1,999,563,838	2,501,396	799

Table 2-2: Over the next 24 hours period, these average increases will occur:

Category	**Amount**
World population increase in 24 hrs.	
Births (new persons born)	340,500
Deaths (new persons dying)	144,000
Increase in population	196,000
International migrants	275,000

Contd...

Category	Amount
Households (families)	104,100
Literates	281,000
Urbanization increase in 24 hrs.	
Cities (over 50,000 pop)	2
Metropolises (over 100,000)	1
Non-Christian urbanites	129,000
Urban dwellers (urbanites)	190,400
Rural dwellers	3,500
Deforestation (sq km destroyed)	2,600
Urban poor	77,000
Urban slum dwellers	38,000
World religions increase in 24 hrs.	
New non-Christian religions	2
Non-Christians	147,000
Christians	69,000
Muslims	68,000
Atheists	1,200
Baha'is	400
Buddhists	10,600
Chinese folk-religionists	10,700
Confucianists	120
Ethnoreligionists	8,200
Hindus	37,000
Jains	100
Jews	350
New-Religionists	2,800
Nonreligious	16,700
Shintoists	-90
Sikhs	1,100
Spiritists	600
Taoists	70
Zoroastrians	160

Contd...

Category	Amount
Global Christianity increase in 24 hrs.	
New baptized church members	122,000
Christian deaths	50,000
Evangelicals	11,000
Urban Christians	61,000
Pentecostals/Charismatics/Neocharismatics	30,000
Great Commission Christians	25,500
Christian martyrs	470
Ecclesiastical membership increase in 24 hrs.	
Anglicans	3,400
Independents	26,000
Marginal Christians	1,200
Orthodox	3,200
Protestants	13,300
Roman Catholics	37,000
Membership by continent increase in 24 hrs.	
Africa	24,500
Asia	19,400
Europe	2,200
Latin America	21,000
Northern America	5,000
Oceania	800

(David A. Barrett, World Christian Encyclopedia, 2001, p 5)

4. From Table 2-1 you can see that while Muslims claim they are the fastest growing religion in the world (2.13), the statistics say that Baha'is are growing at a faster rate (2.28) and faster still are Zoroastrians (2.65).

5. From Table 2-1 regarding world distribution, you can see that Islam is only in 204 of the worlds 238 countries. Christianity, on the other hand is in all 238 countries of the world. Christianity has a 100% penetration rate world wide!

Table 2-3 Organized Christianity: Global totals in 1995 AD

Mega-bloc	Denominations in 1995	Countries
Roman Catholic	239	234
Orthodox	764	133
Protestant	8848	231
Anglicans	168	162
Marginal	1,488	215
Independent	21,582	220
Total	33,089	237

(David A. Barrett, World Christian Encyclopedia, 2001, p 12)

6. From Table 2-2, you can see that presently every 24 hours, the world population of Christians increases by 69,000, whereas there are only 68,000 Muslims. The only reason Muslims are anywhere near Christians is because of higher birth rates in the parts of the world where Muslims are largest. The vast majority of the 69,000 Christians will be educated, whereas the majority of the 68,000 Muslims will be illiterate peasants without clean drinking water.
7. From Table 2-4, you can see the relative growth rates of Christianity vs. Islam broken down into 6 continents. In each of the 6 continents, Christianity enjoys a wider distribution of countries.
8. From Table 2-4 the continent "Africa" we observe that Christianity slightly larger but is growing at a much faster rate than Islam. Although the birth rates are about identical, individual Christians are making twice as many converts as Muslims. In the African continent, Christians are both the largest and fastest growing in relation to Islam.
9. From Table 2-4 the continent "Asia" we observe that although Islam is 25% and Christianity is only 10% of the population, again Christianity is growing at a must fast rate. Even the Jews are growing at a faster rate (2.99) than the Muslims in Asia! While birth rates for Muslims are higher than Christians, individual

Christians are 13 times more effective at making new converts than Muslims. In the Asian continent, Christians are growing faster than Muslims.

Table 2-4: Adherents of Christians vs. Muslims on 6 continents:

Africa:	**Annual change, 1990-2000**				**2000**		**2025**		
Religion	Natural	Conversion	Total	Rate	Adherents	%	Adherents	%	countries
Christians	7,934,453	438,975	8,373,428	2.68	360,232,182	45%	633,803,970	48.8%	60
Muslims	6,500,295	130,471	6,630,767	2.37	282,641,990	40.6%	519,347,830	40.0%	58
Asia:	**Annual change, 1990-2000**				**2000**		**2025**		
Religion	Natural	Conversion	Total	Rate	Adherents	%	Adherents	%	countries
Christians	4,046,396	2,365,720	6,412,116	2.32	312,849,430	8.5%	464,800,100	9.8%	50
Muslims	15,156,918	463,200	15,620,118	2.10	832,878,936	22.5	1,219,867,230	25.7%	50
Europe:	**Annual change, 1990-2000**				**2000**		**2025**		
Religion	Natural	Conversion	Total	Rate	Adherents	%	Adherents	%	countries
Christians	606,981	315,389	922,370	.17	559,642,545	76.8	554,586,470	79%	48
Muslims	6,035	229,994	236,029	.78	31,566,311	4.3%	36,004,880	5.1%	44
Latin America:	**Annual change, 1990-2000**				**2000**		**2025**		
Religion	Natural	Conversion	Total	Rate	Adherents	%	Adherents	%	countries
Christians	7,426,256	-250,598	7,175,658	1.63	481,102,373	92.7%	641,115,950	92.0%	46
Muslims	20,296	9,572	29,868	1.99	1,672,011	.3%	2,638,130	.4%	40
North America:	**Annual change, 1990-2000**				**2000**		**2025**		
Religion	Natural	Conversion	Total	Rate	Adherents	%	Adherents	%	countries
Christians	2,354,524	-337,930	2,016,594	.81	260,624,388	84.2%	290,345,170	79.9%	5
Muslims	37,040	26,929	63,969	1.56	4,449,696	1.4%	6,520,040	1.8%	3
Oceania:	**Annual change, 1990-2000**				**2000**		**2025**		
Religion	Natural	Conversion	Total	Rate	Adherents	%	Adherents	%	countries
Christians	340,036	-30,117	309,919	1.33	25,109,520	82.6%	32,010,392	80.7%	28
Muslims	2,790	5,012	7,802	3.04	301,292	1%	497,233	1.3%	8

(David A. Barrett, World Christian Encyclopedia, 2001, p 13-15)

10. From Table 2-4 the continent "Europe" we observe that while Muslims are growing faster than Christians, Buddhists claim the prize for the fastest growing religion at a rate of 1.39. Muslims make up only 5% of the population in Europe and most of the Muslim growth in Europe is from immigration. Although 77% of Europeans are Christians, Buddhists, not Muslims, are the fastest growing religion in the continent of Europe..

11. From Table 2-4 the continent "Latin America" that we observe that while Muslims (1.99) are growing faster than Christians (1.63), they make up only 1/3 of 1% (.3%) of the population, whereas Christians are 92 % of the population. The down trend in Christianity conversion is mainly defects from Catholics to non-

religious. It must be troubling for Muslims to know that although they are growing faster than Christians, Baha'is are growing much faster than Muslims at a rate of 2.87! In the Latin American continent, Christians make up 93% of the population. Although tiny Islam is fastest growing faster than Christianity, it is the Baha'is, who take the prize for fastest growing the Latin America.

12. From Table 1-4 the continent "North America" we observe that while Muslims are growing faster than Christians, they make up only 4% of the population, whereas 84% are Christians. Most of the Muslim growth in North America is from immigration. Canada alone immigrates more Muslims apart from the USA, to account for almost all the growth in all of North America every year! It sure must be a hollow boast for Muslims to claim they are the fastest growing religion in North America, when it is because of the kindness and generosity of Christians who let them immigrate, often fleeing the persecution between hostile Muslim sects. There are still 50% more Jews in North America than Muslims in 2004. Muslims lie when they tell you they are the fastest growing (1.56) religion in North America. From Table 1-4, we can see that they are no better than 5th place in growth behind: Atheists (3.51), Hindus (3.13), Sikhs (2.81), Buddhists (2.75), Baha'is (2.25). We tire of the lies and myth making of Islamic spin doctors.

13. Muslims claim they are the fastest growing religion in Canada, based upon the National Census: 1971: 33,000; 1981: 98,000; 1991: 253,000. But from Table 1-4 shows that there were less than 11,000 Muslims in Canada in 1900! Sure on a purely statistical basis, dividing the small initial numbers by those added by immigration, they come out on top, but that's because of the kindness of the Christians who let them into their country! It is a myth that Muslims are converting any measurable numbers of non-Muslims. The most common reason somone converts to Islam is through marriage. These same individuals would have converted to be Jews or Christians, if that was their new spouses religion.

14. From Table 2-4 the continent "Oceania" we observe that Christians represent 83% of the population and Muslims are a miniscule 1%.Yet the facts are that in Oceania, Muslims are indeed growing at a fast rate than Christians at 3.04. But the fastest growing religion is "new-religionists" at a staggering rate of 9.02, followed by Buddhists at 5.19, then Sikhs at 3.55, then Zoroastrians at 3.18. Muslims are no better than the 5th fastest growing religion in Oceania!

CONCLUSION:

1. There are more new Christians added to the world population than any other religion on earth every day. This data makes the entire discussion about "rates of growth" irrelevant. The fact is today, that Christianity is the fastest growing religion on this most critical basis. This may change, but today, in 2004 AD, Christians take the prize for being the fastest growing religion.
2. On none of the 6 continents are Muslims the fastest growing religion.
3. That Islam is the fastest growing religion in the world is pure myth at best and at worst a deliberate deception of solid statistical facts.

Note: Denomination is defined as an organization within a single country. This means that if the Roman Catholic church is in 234 countries, it would have a at least 234 denominations. Conversely, To say the Roman Catholic church has 239 denominations in 234 countries, is a conclusion that seriously misreads the data. On the other hand, the fact that there are 8848 denominations in the Protestant column, does not mean there are 8848 Protestant denominations as Catholics suggest. If you divide 8848 by the 237 countries, you come up with a figure of only actual 37 denominations in 237 countries.

Table 2-5 Organized Christianity: global membership ranked by 6 major ecciesiastico-cultural megablocs and 300 major traditions, AD 1970-2025

a. This table is derived from the 238 Country Tables 2 in Part 4 "Countries" for all countries.
b. All figures are given to the last digit In order that totals here, and in all other tables, shall add up exactly. When

quoting any aggregate or global figures in these tables, therefore, they should be rounded, either to the nearest thousand, or ten thousand, or 0.1%, or 1% as may be appropriate to the reader's requirements.

c. Meaning of columns.

1. Ecclesiastical bloc. On these 6 lines are given the global statistical totals applicable to each bloc, and also, at the end of the table, for global church membership.

1-2. Ecclesiastical tradition. Under each of the 6 blocs are specified each's major constituent ecclesiastical traditions, listed In their codes' alphabetical order. First comes the 3-letter code as used in Tables 2, then the full name of each tradition. At the end of each listing for a bloc, the line 'Other' (whose code In Tables 2 Is a blank space) then sums any smaller residual, aggregate or unspecified traditions in that bloc.

3-4. Congregations (worship centers) and adult church members (all referring to the year 1995). These two columns are totals derived directly by addition from columns in Country Tables 2 far all countries..

5-6. Affiliated church members (total Christian community) In 1970 and 1995.

7-12. denominations: A denomination Is dented in this Encyclopedia as organized aggregate of worship centers or congregations of similar ecclesiastical tradition within a specific country. i.e as an organized Christian church or tradition or group or community of believers within a specific country, whose component core and members are called by the same denominational name in different areas, as one autonomous Christian church distinct from other denominations, churches and traditions. As defined here, world Christianity consists of 6 major ecclesiastical traditions divided into 300 major ecclesiastical traditions, composed of over 33. 000 distinct denominations in 230 countries, these denominations themselves being composed of over 3,400.000 worship centers, churches or congregations.

25 ORTHODOX subgroups (sects/denominations) (Table 2-5)

2 Name	3 Congregations 1995	6 Affiliated 1995	11 Denominations 2000	13 countries
ORTHODOX Total	90,900	209,624,000	781	133
Albanian / Greek-speaking (Orthodox)	600	537,000	6	4
Arabic or Arabic / Greek-speaking Orthodox	1,100	1,380,000	31	29
Armenian Orthodox (Gregorian)	1,100	5,593,000	50	47
Bulgarian Orthodox	4,200	6,384,000	20	20
Byelorussian / Belorussian (While Russian / White Ruthenian)	900	4,854,000	7	6
Coptic Orthodox	2500	9,234000	25	24
Czech / Slavonic-speaking Orthodox	100	50,000	1	1
Estonian Orthodox	100	209,000	5	5
Ethiopic, Ethiopian Orthodox, GoOez-speaking	13,100	21,902,000	15	15
Finnish / Slavonic-Speaking Orthodox	40	65,000	2	2
Georgian Orthodox	600	2,589,000	9	9
Greek Orthodox	36,000	14,912,000	78	72
Hungarian / Slavonic-speaking Orthodox	40	50,000	1	1
Latvian Orthodox	100	250,000	1	1
Macedonian Orthodox	1,000	1,259,000	5	5
Moldavian Orthodox	200	1,303,000	3	3
Assyrian or Nestoran (East Syrian, Messihaye (Christians)	200	243,000	19	18
Polish/Slavonic-speaking Orthodox	400	1,021,000	2	2
Romanian Orthodox	8,300	19,271,000	23	23
Russian Orthodox	11,200	80,451,000	59	51
Serbian Orthodox	3100	7286,000	23	21
Slovak Orthodox	10	22,000	1	1
Syro-Malabarese (Eastern-Syrian), Syriac/Malayalam-speaking	1,600	2,251,000	12	12
Syrian, Syriac-speaking Orthodox or Syro-Antiochian	700	1,018,000	25	24
Ukrainian Orthodox	3,100	27,121,000	10	9

22 ROMAN CATHOLIC subgroups (sects/ denominations) (Table 2-5)

2 Name	3 Congrega-tions 1995	6 Affiliated 1995	11 Denomi-nations 2000	13 countries
ROMAN CATHOLIC	328,000	994,154000	242	235
Armenian (Eastern-rite Catholic)	100	151000	–	15
Bulgarian (Byzantine rite)	30	20000	–	1
Byzantine-rite (jurisdiction for more than one ethnic group)	100	154,000	–	3
Chaldean (Eastern Syrian rile)	100	312,000	–	9
Coptic (Alexandrian rite)	200	190000	–	1
Ethmpic, Alexandrian rite)	200	141,000	–	2
Greek (Byzantine rite)	10	2000	–	2
Hungarian (Byzantine rite)	200	281000	–	1
Italo-Albanian (Byzantine rile)	100	62,000		1
Jurisdiction for both Latin-rite and Eastern-rite Catholics	600	1,599,000	38	9
Latin-roe Catholic	315,300	975,673000	204	229
Malankara (Syro-Antiochian Eastern Syrian), Syro-Malankarese	900	311,000	–	1
Maronite (Syro-Antiochian, Western Syrian)	1,000	2,978,000	–	11
Melkite (Byzantine, Greek Catholic; Arabic-speaking)	500	1,116,000	–	12
Oriental (Jurisdiction for several Eastern rites)	40	255,000	–	3
Ian Byzantine rite	1,600	2,012,000	–	2
Russian (Byzantine rite)	2	10,000	–	1
Ruthenian (Byzantine rite)	400	391000	–	2
Slovak (Byzantine rite)	300	239000	–	2
Syro-Malabarese (Eastern Syrian)	2,600	3,055,000	–	1
Syrian, Syriac-speaking (Syro-Antiochian West Syrian)	100	111,000	–	7
Ukrainian Byzantine rite	3,700	5,093,000	–	10

7 ANGLICAN subgroups (sects/denominations) (Table 2-5)

2 Name	3 Congregations 1995	6 Affiliated 1995	11 Denominations 2000	13 countries
ANGLICAN	91.800	74.521.000	168	162
Anglo-Catholic	5.000	1,965,000	38	39
Central or Broad Church Anglican	5,50	9,292,000	31	32

Contd...

2 Name	3 Congregations 1995	6 Affiliated 1995	11 Denominations 2000	13 countries
Ecumenical (Anglican / Protestant / Orthodox joint parishes)	70	120,00	1	1
Anglican Evangelical. Evangelical Anglican	18,500	15,345,00	11	12
High Church Anglican (Prayer Book Catholic)	12,80	7,604,00	31	30
Low Church Anglican (Conservative Evangelical)	15,80	20,065,00	15	15
Anglican, of plural or mixed traditions	33.50	20,129.000	41	41

27 PROTESTANT subgroups (sects/denominations) (Table 2-5)

2 Name	3 Congregations 1995	6 Affiliated 1995	11 Denominations 2000	13 countries
PROTESTANT Totals	947000	318,027000	8,973	231
Adventist	34,000	11,011,000	218	199
Baptist	125,400	48,133,000	322	163
Christian Brethren (Plymouth Brethren; Open only)	16,700	2,798,000	125	113
Congregational Congregationalist	11500	2438000	86	55
Disciple, Restorationist, Restorationist, Baptist, Christian	8,700	1,919,000	18	18
Dunker (Tunker) Dipper, German Baptist, Brethren	2,100	603,000	10	7

Contd...

2 Name	3 Congregations 1995	6 Affiliated 1995	11 Denominations 2000	13 countries
Exclusive Brethren (Plymouth Brethren, Closed, Strict)	2,500	211,000	20	18
Anglican Evangelical, independent Evangelical	20,100	5,482,000	143	89
Fundamentalist	2,600	211,000	17	14
Holiness (Conservative, Methodist, Wesleyan, Free Methodist)	43,600	7,387,000	350	117
Lutheran/Reformed united church or joint mission	10800	15,041,000	24	22
Lutheran	81,900	60,696,000	253	122
Mennonite Anabaptist (Left Wing or Radical Reformation)	9,500	2,009,000	128	59
Methodist (mainline Methodist United Methodist)	89,500	22,902,000	123	108
Moravian (Continental Pietist)	1200	582,000	29	27
Nondenominational (no church or antichurch groups)	11,800	3,434,000	196	76
Oneness-Pentecostal or Unitarian Pentecostal; Jesus Only	11,600	2,463,000	85	74
Baptistic-Pentecostal or Keswick-Pentecostal ,	232,000	49,420,000	396	174
Holiness-Pentecostal: 3-crisis-experience	28,800	5,650,000	246	118

Contd...

2 Name	3 Congregations 1995	6 Affiliated 1995	11 Denominations 2000	13 coun'ries
Apostolic or Pentecostal Apostolic (living apostles)	11600	1587000	31	30
Pentecostal (Protestant Classical Pentecostal)	20	3,000	1	1
Friends (Quaker)	4900	403,000	54	43
Reformed Presbyterian	97700	43902000	300	141
Salvationist (Salvation Army)	14,100	2,378,000	86	84
United church (union of bodies of different traditions)	50,300	22,268,000	54	45
Waldensian	200	41,000	2	2
community church or union congregation	50	20,000	24	18

209 INDEPENDENT Subgroups (sects/denominations) (Table 2-5)

2 Name	3 Congregations 1995	6 Affiliated 1995	11 Denominations 2000	13 countries
INDEPENDENT	1,593,100	348196000	22148	220
African Independent Apostolic	30800	13504000	92	241
Black American Apostolic	200	31,000	4	2
Filipino Apostolic	20	1,000	1	1
Indian Apostolic	200	50000	3	2
Korean Apostolic	20	7000	1	1
Latin American Apostolic	800	271,000	14	6

Contd...

2 Name	3 Congregations 1995	6 Affiliated 1995	11 Denominations 2000	13 countries
Black American Oneness Apostolic	3,400	1,873,000	27	3
Pacific Apostolic	20	5,000	1	1
Arab Apostolic	30	4000	5	2
Afro-Caribbean	100	16,000	2	2
White-led	1,000	199,000	21	4
New Apostolic, Catholic Apostolic (Invingite), Old Apostolic	23,700	8,293,000	208	149
African independent charismatic	12,400	1,935,000	609	30
Black American charismatic	100	-500,000	1	1
Chinese charismatic	212,400	35,778,000	71	3
Black American Independent charismatic	200	137,000	5	2
Monoethnic charismatic	100	4,000	2	1
Filipino charismatic	1,700	1,289,000	65	2
Indian charismatic	6,800	971,000	475	5
Korean charismatic	200	72,000	2	1
Latin American	3,900	269,000	92	8
Pacific charismatic	500	64,000	50	6
Japanese charismatic	300	28,000	34	1
Arab charismatic	900	61000	102	9
Afro-Caribbean charismatic	40	4,000	10	3
White-led charismatic	111,900	17,478,000	2,856	43
Brazilian / Portuguese charismatic	1,400	851,000	6	2

Contd...

2 Name	3 Congregations 1995	6 Affiliated 1995	11 Denominations 2000	13 countries
other Asian charismatic mainliners	200	94,000	18	6
While-led neo-charismatic	20	15,000	1	1
other Asian, doubly-affiliated mainliners	30	10,000	4	2
African Independent Full Gospel	1,900	517,000	19	12
Black American Full Gospel	30	15,000	4	1
Chinese Full Gospel	100	15,000	1	1
Black American charismatic Full Gospel	5,000	1,100,000	1	1
Filipino Full	3,300	2,050,000	8	4
Indonesian Full Gospel	1,200	603,000	2	2
Indian Full Gospel	6,300	631,000	11	1
Korean Full Gospel	700	308,000	6	5
Latin American Full Gospel	500	92000	2	2
Pacific Full Gospel	200	13,000	3	3
White-led Fun Gospel	9,200	2,537,000	226	6
Brazilian / Portuguese Full Gospel	300	30,000	1	1
other Asian Full Gospel	40	27,000	6	4
Latin American grassroots	5,900	2,245,000	281	15
Afro-Caribbean grassroots	40	5000	11	1
Brazilian grassroots	3,000	3,000,000	300	1

Contd...

2 Name	3 Congregations 1995	6 Affiliated 1995	11 Denominations 2000	13 countries
African house-church network	200	12,000	2	2
Mono-ethnic house-church network	20	2,000	1	1
Indonesian house-church network	300	20,000	1	1
Indian house-church network	11,500	304,000	5	3
Korean house-church network	22,000	672,000	3	2
Lath American house-church network	300	50,000	5	3
Pacific horse-church network	600	52000	4	3
Arab house-church network	1,100	18,000	1	1
Vietnamese house-church network	300	95,000	1	1
White-bit house-church network	300	12,000	6	5
other Asian house-church network	30	2,000	2	2
African network	100	43,000	10	3
White-led healing network	300	207,000	3	2
African cell-based network	100	45,000	1	1
Black American cell-based network	10	24,000	1	1
Chinese cell-based network	20	23,000	1	1

Contd...

2 Name	3 Congregations 1995	6 Affiliated 1995	11 Denominations 2000	13 countries
Korean cell-based network	100	1,100,000	2	1
Latin American cell-based network	100	235000	2	2
Whole-lad cell-based network	50	78000	2	2
other Asian cell-based network	800	38,000	1	1
Messianic: African Independent	10	2,000	1	1
Messianic Chinese	2	150	1	1
Messianic Hindu temples	500	154,000	4	1
Messianic Jewish	1,800	136,000	17	9
Messianic Muslim mosques	1,200	105,000	2	2
African Independent neo-charismatic	17,800	8,730000	37	13
Black American neo-charismatic	4	1,000	8	1
Chinese neo-charismatic	8,600	1,973,000	70	57
Mono-ethnic neo-charismatic	400	60,000	1	1
Filipino neo-charismatic	9,500	2,013,000	281	2
Indonesian neo-charismatic	800	326,000	1	1
Indian neo-charismatic	10,600	631,000	24	2
Latin American neo-charismatic	32	4,000	2	2
Creole neo-charismatic	300	63,000	50	2
Pacific neo-charismatic	100	10,000	2	2

Contd...

2 Name	3 Congregations 1995	6 Affiliated 1995	11 Denominations 2000	13 countries
Arab neo-charismatic	10	10,000	1	1
Afro-Caribbean neo-charismatic	30	2,000	13	2
White-led neo-charismatic	100	7000	3	3
other Asian neo-charismatic	15,400	165,000	65	5
African Oneness Pentecostal	4,300	707,000	96	15
Chinese Oneness Pentecostal	4,000	1,084,000	12	11
Filipino Oneness Pentecostal	700	99,000	41	1
Indonesian Oneness, Pentecostal	1,500	1,280,000	1	1
Indian Oneness Pentecostal	200	232000	50	1
Latin American Oneness Pentecostal	5100	1,136,000	32	14
Black American Oneness Pentecostal	1,400	687,00	133	2
Japanese Oneness Pentecostal	600	435,000	14	2
Afro-Caribbean Oneness Pentecostal	700	112,000	86	7
White-led Oneness Pentecostal	6,30	79600	99	8
Bazillion/Portuguese Oneness Pentecostal	100	13,000	3	1
other Asian Oneness Pentecostal	10	300	1	1
African Independent Pentecostal	55,900	18,943,000	5,385	41

Contd...

2 Name	3 Congregations 1995	6 Affiliated 1995	11 Denominations 2000	13 countries
Black American Pentecostal	19,100	6,162,000	78	18
Chinese Pentecostal	300	118,000	45	4
Mono-ethnic Pentecostal	4800	1,242000	20	15
Filipino Pentecostal	1,800	474,000	24	5
Indonesian Pentecostal	10700	3,347,000	177	2
Indian Pentecostal	17,00	2,24300	95	12
Korean Pentecostal	600	420,000	8	5
Latin American Pentecostal	27,30	6,027,00	644	22
Creole Pentecostal	400	145,000	31	3
Pacific Pentecostal	20	35,000	19	11
Japanese Pentecostal	300	56,000	11	1
Armindian Pentecostal	1000	506,000	3	3
Arab Pentecostal	100	22,000	18	7
Afro-Caribbean Pentecostal	2,700	464,000	343	19
While-led Pentecostal	28,900	8,553,000	813	55
Brazilian/Portuguese Pentecostal	44,300	15,898,000	221	6
other Asian Pentecostal	600	50,00	31	10
African radio/ TV believers	4,300	150,000	11	11
Chinese radio believers	40,400	2,519,000	3	2
Indonesian radio/ TV believers	15,000	500,000	1	1
Indian radio/ TV believers	10,500	9,020,000	4	4
Korean radio/ TV believers	60	80,00	1	1

Contd...

2 Name	3 Congregations 1995	6 Affiliated 1995	11 Denominations 2000	13 countries
Latin American radio/ TV network	2,40	79,00	7	7
Japanese radio/ TV believers	8,000	500,000	1	1
Arab radio/ TV network	20,700	963,000	19	19
Vietnamese radio/ TV believers	2,000	10,000	1	1
European White radio/ TV believers	8390	5,128,00	11	11
Brazilian/Portuguese radio/TV believers	300	16,00	1	1
other Asian radio/ TV believers	12,500	802,00	14	13
African Independent Spiritual	8,30	1,186,00	439	6
Afro-Caribbean Spiritual	100	11,00	5	4
White-led signs and Wonders	40	8,000	4	3
White-led restorationist	1,800	280,000	12	1
African Independent deliverance	40	21,000	2	2
Black American deliverance Pentecostal	30	100,000	1	1
White-led deliverance Pentecostal	800	209,000	8	3
African Word of Faith/Prosperity	300	332,000	7	3
Filipino Word of Faith/Prosperity	40	25,000	1	1

Contd...

2 Name	3 Congregations 1995	6 Affiliated 1995	11 Denominations 2000	13 countries
Pacific Word of Faith/Prosperity	100	5.000	2	2
White-led Word of Faith/Prosperity	6,700	1,619,000	17	7
African neo-charismatic of mixed tradition	4,200	1,500,000	3,333	1
Korean Pentecostal of mixed tradition	3,000	140,000	187	1
Latin American neo-charismatic of mixed tradition	30	19,000	1	1
European charismatic of mixed tradition	600	59,000	2	1
Zionist African Independent	12,200	10,140,000	158	6
Afro-Caribbean Zionist	400	37,000	1	1
Independent Anglo-Catholic	100	14,000	3	2
Anglo-Roman (schism ex Anglicanism in Roman direction)	500	80,000	18	13
Independent Adventist	1,100	141,000	26	19
schism ex Anglicanism in Protestant direction)	4,500	1,460,000	62	14
apocalyptic. eschatological	100	4,000	3	2
Independent Baptist	97,900	27,547,000	271	95
British-Israelite	400	99,000	8	5
Hidden Buddhist believers in Christ	17,100	1,830,000	9	8
Independent Bulgarian Orthodox	200	500,000	1	1

Contd...

2 Name	3 Congregations 1995	6 Affiliated 1995	11 Denominations 2000	13 countries
Independent Byzantine-rite	30	6,000	1	1
Christian Brethren (Plymouth Brethren; Open only)	2,100	339.000	25	24
Conservative Catholic (schism ex Rome)	3,000	4,518.000	435	30
Independent, Congregational, Congregationalist	4,300	921,000	33	22
Independent, Disciple, Restorationist, Christian	31,100	4,289,000	133	96
Independent Dunker (Tunker, Dipper)	600	115,000	3	1
Independent Exclusive Brethren (Closed, Strict)	400	42,000	7	5
episcopi vegantes (bishops-at-large) (under 100 members)	10	3,000	12	4
Independent Estonian Orthodox	10	9,000	2	2
Anglican Evangelical, Independent Evangelical	6.800	1,357,000	92	48
Independent Fundamentalist	7,200	1,915.000	53	31
Gay homosexual tradition	300	154,000	2	2
Independent Greek Orthodox	20	16,000	2	1
Hidden Hindu believers in Christ	20,400	10,637,000	10	7

Contd...

2 Name	3 Congregations 1995	6 Affiliated 1995	11 Denominations 2000	13 countries
Holiness (Conservative Methodist non-Pentecostal)	7,700	1,393,000	82	39
Independent Hungarian Orthodox	1	1,000	1	1
Independent Jehovah's Witnesses (Jehovah-Christian Witnesses)	1,200	323,000	8	7
Messianic, Jewish-Christian	200	30,000	1	1
Latin-rite Catholic	18.300	5,828,000	5	1
Liberal Catholic (Theosophical, Masonic, Gnostic)	300	106,000	27	18
Independent Lutheran/ Reformed united church	10	2,000	1	1
Independent Lutheran	4,900	1,690,000	50	20
Independent Macedonian Orthodox	3	1,000	1	1
Independent Mennonite, Anabaptist	800	130,000	11	7
Independent Methodist	22,900	6.862,000	92	46
Independent Moldavian Orthodox	40	630,000	1	1
Independent Moravian (Continental Pietist)	1	200	1	1
Hidden Muslim believers in Christ	3,700	448,000	18	15
Independent Assyrian or Nestorian (East Syrian)	100	74,000	5	3
No-Church movement	100	3,000	2	2

Contd...

2 **Name**	3 **Congregations 1995**	6 **Affiliated 1995**	11 **Denominations 2000**	13 **countries**
Nondenominational (no church or anti-church group)	15,200	2,109,000	236	71
Old Believer, Old Ritualist	3,300	1,957,000	25	19
Old Catholic	1,100	886,000	26	19
Old Calendarist Authentic Orthodox	300	261,000	8	4
schism from Orthodoxy, in Protestant direction	300	95.000	28	6
Orthodox sect/ sectarian	900	139.000	30	3
Independent Friends (Quaker)	200	37.000	2	2
Reformed Anglican	800	168,000	42	10
Reformed Catholic, retaining Roman Catholic claims	9,500	5,110,000	16	11
Reformed Orthodox (uncanonical reform movement)	1800	1,023,000	23	15
Independent Reformed, Presbyterian	29,200	7,884,000	138	51
Independent Romanian Orthodox	100	110,000	3	3
Independent Russian Orthodox	700	921.000	32	30
Independent Salvationist	400	140,000	8	5
Independent Serbian Orthodox	50	34,000	5	5
Spiritualist, Spiritist, (thaumaturgical), Occult	200	114.000	3	1

Contd...

2 Name	3 Congregations 1995	6 Affiliated 1995	11 Denominations 2000	13 countries
Traditional Anglican, Traditionalist	100	10,000	1	1
True Orthodox (devoutly conservative Russian Orthodox)	8,100	358,000	6	4
Independent Ukrainian Orthodox	3,400	6,324,000	24	18
United church (union of bodies of different traditions)	27,200	10,701,000	3	3
community church or union congregation	1	200	t	1
ethnic or mono-ethnic denomination	6,700	1,092,000	225	2
Independent evangelical (dispensationalist)	1,700	380,000	3	2
Marginal Independent Christian (Black third-World indigenous)	4,500	1,211,000	96	48
isolated radio churches (unorganized)	7,000	301,000	7	7
single congregation(s): one autonomous congregation	10,600	1,996,000	805	7
15 Marginal Christian Subgroups (sects/denominations) (Table 2-5)				
Christadelphian	1,200	71,000	21	20
Apocalyptic, eschatological	1	1,000	1	1
Divine Science	20	1000	1	1
Gnostic, esoteric, anthroposophical	200	70,000	5	3

Contd...

2 Name	3 Congregations 1995	6 Affiliated 1995	11 Denominations 2000	13 countries
Holy Spirit Assoc. for Unification of World Christianity	900	926,000	9	8
Jehovah's Witnesses (Russellites)	70,500	11,305,000	226	**212**
Later-day saints (Mormons), including Mormon schismatics	20,000	7,955,000	122	102
Liberal Catholic (theosophical, Masonic, Gnostic)	200	31,000	1	1
schism from Orthodoxy, in marginal direction	500	85,000	2	2
Paulician, Bogomil	30	6,000	2	2
Metaphysical science, Divine Science, Religious Science	3,600	1,097,000	59	55
Spiritualist, Spiritist, (thaumaturgical) psychic, occult	1.100	145,000	20	10
Swedenborgian (Church of the New Jerusalem; Spiritualistic)	300	31,000	18	15
Theosophist, Theosophical, synthesist	100	5,000	3	3
Unitarian, Universalist, Free Christian, Liberal Christian	1,700	378,000	29	26
World Totals	3,167,000	1,769,920,000	33,909	238

(David A. Barrett, World Christian Encyclopedia, 2001, p 16-18)

4

Population Dynamics

INTRODUCTION

With the introduction of modern medicine and improved water and agriculture, the infant mortality rate and the overall death rate has fallen. Populations have doubled in many countries over the last 20-30 years. Now, with new affluence and education of women, birth rates have dropped, but have they dropped enough? With large numbers of women entering their child-bearing years, we encounter 'population momentum': the population of the world, and particularly in areas like India, Sub-Saharan Africa, and Latin America, will continue to grow at alarming rates.

To impose our values and our technology on peoples of various cultures, without examining those peoples' beliefs would be a serious mistake. It is important to understand how people feel about limiting families and how they feel about the various methods of birth control, in order to decide how to best help them help themselves in family planning. We can't just simply send over a bunch of condoms. That may work in some cases, but in most, it could be a waste of money and effort, and may insult the people you are intending to help.

Let us here attempt to summarize what we know about the government policies, beliefs, culture, geographical limitations, and sustainability of various regions and list what are the various ways to motivate people to limit their family size.

The population of industrialized countries is about 1 billion while the population of developing countries is about 5 billion.

From a Population Reference Bureau teaching pamphlet on Child 6 Billion.

The world's average growth rate is 1.31%. If it were not falling, it would double in 40-50 years. Fortunately the growth rate is falling. It was at it's peak in the late 1960s, at 2.04%. The question is, are growth rates falling fast enough? UNFPA Oct. 1999

Five developing countries today are responsible for more than 50 percent of the world's increase in population: India, China, Indonesia, Pakistan, and Nigeria.

Trends in Births, Life Expectancy, Fertility, and Age Structure, 1975-2000 Table by country from the World Resources Institute

Comprehensive table by country of important statistics Contraceptive prevalance, unmet need, cropland per person, human development index, population growth rate, per capita income, and much more! John Hopkins University Center for Communication Programs

Searchable Population database by country, year, rural-urban, male-female, economic.

The Global Compact Searchable Country database.

Perry-Castaneda Library Map Collection ... maps of countries

The average fertility rate for European countries is 1.4. In Japan, it's also 1.4. Even in some developing nations South Korea and Taiwan, for example - the rate is at or below 1.6. Pittsburgh Post-Gazette-7/12/99

UNFPA calculates that the world population will grow to 8.9 billion by the year 2050. By then, 59 per cent of the total will be living in Asia, followed by 20 per cent in Africa and 9 per cent in Latin America. The remaining 12 per cent will be in all other regions including North America and Europe. UNFPA Oct 1999.

Countries where grainland per person has shrunk to 0.03 hectares, such as Japan, South Korea, and Taiwan, each import some 70% of their grain. World Watch Report "A Demographically Divided World" April 1999

New Global Population Projections Shift Upwards. World population projections for the year 2050 have been revised upwards, from 8.9 to 9.3 billion, with the most rapid growth expected in 48 "least developed countries." New data just released by the United Nations indicate that population will almost triple in these countries, rising from the current 658 million to 1.8 billion, despite declining fertility rates and the severe impact of HIV/AIDS. By 2015, the populations of 35 African countries are projected to total 10% less than they would have without AIDS. But even in Botswana, Swaziland, and Zimbabwe, populations are projected to increase significantly between 2000 and 2050: by 37% in Botswana, 148% in Swaziland, and 86% in Zimbabwe. Only in South Africa, where fertility rates are lower than in the other highly affected countries, do growth rate projections drop. From 2010-2025, negative population growth is expected. Following this, positive rates are expected to resume from 2025-2050. March 1, 2001 Global Intersections

All of the people in the European Union's (EU) 15 countries share 6.3% of the world's population, with the figure of 375,329,400 in 1998. The other European countries accounted for 7.3%. The United States, Japan and other more developed countries account for an additional 7.6%. As for undeveloped countries, China takes the lion's share of 20.8% of the world's population, followed by India with 16.7%. The rest of the world's less developed countries hold 41.3%. Eurostat - Xinhua news Aug 18, 1999

In the Third World, where 98 percent of future population growth is expected to take place, there have been dramatic declines. The average fertility rate for developing countries, excluding China, is now 3.8. Pittsburgh Post-Gazette-7/12/99

UN BEGINS SESSION ON POPULATION ISSUES

UN Secretary-General, Kofi Annan, addressing the session, said that since the first population conference 25 years ago, fertility in developing countries has dropped from 5 to less than 3 children, family planning has increased from 30% to 60%, child mortality has gone from from 140 per 1,000 live births to only 80 now, average life expectancy has risen to 66 from 59 years, and the number of women who die in child birth has equally declined. Globally, the growth rate as slowed from 2 to 1.3% per year,". However, girls get less education than boys, many women cannot choose when to be pregnant, there is still a prevalence of sexual violence, unsafe abortion and sexually transmitted diseases. June 30, 1999 Africa News Service, Inc.

Dec 98: Annual population growth rates vary widely among countries, from negative growth among some Eastern European countries to very high growth rates among some African and Asian countires. Altogether, there are 24 countries, constituting 1.7% of the world population, that exhibit average annual growth rates of 3% or higher. On the other side of the spectrum, 24 countires, with 6.1% of the global population, have declining populations. Two thirds of the world live in the 88 countries that exhibit growth rates between .5 and 2% annually.

Total fertility is still above 6.5 births per woman in 10 countries or areas, namely Afghanistan, Angola, Burkina Faso, the Gaza Strip, Malawi, Mali, the Niger, Somalia, Uganda, and Yemen. Commission on Population and Development Concise report on world population monitoring, 1999: population gorwth, structure and distribution

Yemen has the world's highest fertility rate 7.6%, with Oman (7.2%), Uganda (7.1%) and Niger (7.1%) close behind.

The lowest infant mortality rate is in Japan, at 4 deaths per 1,000 births. The highest is in Sierra Leone at 169.5 infant deaths per births. Global fertility has fallen from 5 births per woman in the 1950s to 2.7 births per woman. UNFPA

In about 71 nations and territories in Africa, Asia, the Mideast and Latin America, more than 40% of the population is under 15.UN

More than 95% of those teens live in less-developed nations where many governments are already struggling to meet current needs for social and infrastructure services, even with a continued decline in fertility rates. UNFPA The State of the World Population 1998

Breakdown by Continent/Region (in millions)

Continent	1999	2025
Asia	3,588	4,785
Africa	778	1,454
Europe	729	701
United States and Canada	304	369
Australasia, S. Pacific	29	41
Latin America, Caribbean	499	690

Total fertility Rates by Region
Number of children per woman

Region	1980	1995
All developing countries	4.1	3.1
Sub-Saharan Africa	6.7	5.7
East Asia/Pacific	3.1	2.2
South Asia	5.3	3.5
Mideast/North Africa	6.1	4.2
Latin America/Caribbean	4.1	2.8

World's 10 largest cities, including surrounding areas (in millions) 1999

Tokyo	28.8
Mexico City	17.8
Sao Paulo	17.5
Bombay	17.4
New York	16.5
Shanghai	14.0
Los Angeles	13.0
Lagos	12.8
Calcutta	12.7
Buenos Aires	12.3

Countries with highest child mortality (deaths per 1,000 births) 1999

Sierre Leone	170
Afghanistan	151
Malawi	138
East Timor	135
Guinea-Bissau	130
Angola	125
Guinea	124
Rwanda	124
Somalia	122
Gambia	122

US in the World: Connecting People and Communities by Population Reference Bureau. This is the sister city concept, linking states in the US with (mostly developing) 'sister' countries having similarities or contrasts.

Arkansas/Myanmar

Arizona/Egypt

California/South Africa

Colorado/Nepal

Connecticut/Jamaica

DC/Comoros

Delaware/Dominican Republic

Florida/Mexico

Georgia/Senegal

Hawaii/Madagascar

Idaho/Bolivia

Illinois/Zimbabwe

Indiana/Azerbaijan

Iowa/Cote d'Ivoire

Kansas/Paraguay

Kentucky/Colombia
Maine/Peru
Maryland/Malaysia
Massachusetts/Venezuela
Michigan/Malawi
Minnesota/Philippines
Montana/Mongolia
Nebraska/Mali
New Hampshire/Congo
New Jersey/Indonesia
New Mexico/ Pakistan
New York/Brazil
North Carolina/Tanzania
North Dakota/Morocco
Nebraska/Mali
New Jersey/Indonesia
New Mexico/ Pakistan
New York/Brazil
North Carolina/Tanzania
Ohio/Ecuador
Oregon/Costa Rica
Pennsylvania/Turkey
Tennessee/Honduras
Texas/India
Utah/Jordan
Vermont/Haiti
Virginia/Guatemala
Washington/El Salvador
West Virginia/Guinea
Wisconsin/Uganda
Wyoming/Algeria

Country	Population, 1996	Annual Growth Rate, 1990-95	Total Fertility Rate, 1990-95	Contraceptive Prevalence Rate, 1988-92
	(million)	(percent)	(children per woman)	(percent)
China	1,218	1.1	2.0	83
India	950	1.9	3.8	43
United States	265	1.0*	2.1	74
Indonesia	201	1.6	2.9	50
Brazil	161	1.7	2.9	66
Russia	148	-0.1	1.5	22
Japan	126	-0.3	1.5	64
Germany	82	-0.6	1.3	75
Total	3,151	1.3	--	--
*includes immigration				

State of the World 1997 - World Watch Institute

Watch your population language - 'population control' as a term is inaccurate and insensitive.

Is it Really a Problem of Culture/Beliefs or Just Lack of Assistance?

- Lower fertility strongly linked to women's self esteem
- Lower fertility also strongly linked to economic success
- People believe that we are forcing birth control
- People WANT to limit their family size - but don't have the means
- People believe that we are pushing abortion
- More on Family Planning for Low Income Peoples

Many industrialised countries have low population annual growth rates (US, 0.6%, Japan 0.2% European Union 0.1%), while some countries have negative growth rates (-0.5%, Germany -0.1%, Ukraine -0.6%).UNFPA '99

Population Pyramids Pyramids show what portion of a country is in its child-bearing years, giving an idea of how long that country may continue to grow even after family planning begins to take hold. Pyramids show population by age group:

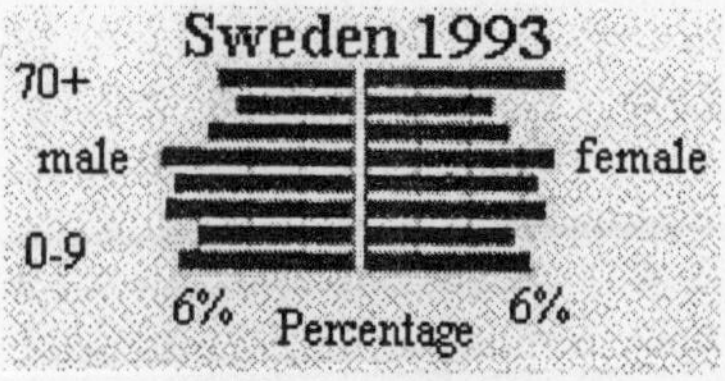

US Census Bureau demographics by country

more US Census Bureau demographics by country

Population pyramids by country

Mid-1998 World Population by Country Population Reference Bureau

Your Nation - provides access to statistics from around the world in novel ways. For example, the Compare option lets you choose two countries from drop-down boxes and then choose a category--everything from paved airports to life expectancy. When you click the Generate button, Your Nation presents the data with a graphic and note summarizing the difference between the two nations in that particular category. The Rank feature allows you to view the top five or bottom five in a selected category. Summary provides a quick snapshot of a nation's data, including population, gross domestic product, literacy, and life expectancy.

Top 15 Countries Ranked by Population: 1999

Rank	Country	Population
1	China	1,246,871,951
2	India	1,000,848,550
3	United States	272,639,608
4	Indonesia	216,108,345
5	Brazil	171,853,126
6	Russia	146,393,569
7	Pakistan	138,123,359
8	Bangladesh	127,117,967

9	Japan	126,182,077
10	Nigeria	113,828,587
11	Mexico	100,294,036
12	Germany	82,087,361
13	Philippines	79,345,812
14	Vietnam	77,311,210
15	Egypt	67,273,906

The Population Implosion: Negative Population Growth Countries- from the Population Reference Bureau

Country	TFR*
Spain	1.15
Latvia	1.16
Czech Republic	1.18
Bulgaria	1.24
Italy	1.24

*TFR=The total fertility rate: the average number of children a woman would have in her lifetime if the birth rate of a particular year remained constant.

Asia

Asia is one of the fastest growing places in the world

East Europe and Former Soviet Union

Azerbaijan

Family planning prevents abortions.

Population 7.5 million people.

Average income: $402.

Population growth is only 1.1% year.

Located along the western shore of the oil-rich Caspian Sea, contaminated soil has left the environment desolate and unusable. Health facilities are deteriorated and the area suffers political and economic unstability. Abortions were the main form of birth control and paid doctor's incomes. Modern contraceptives were unavailable through the public sector and sex education was non-existent. In 1996, the UNFPA awarded Pathfinder $1.4 million to establish a family planning and reproductive health program in Azerbaijan.

Community-based service, information, education, and communication are the main components. Post-abortion contraception was taught to stop the cycle of repeat abortion procedures. Women are given the option to use condoms, oral contraceptives, and IUDs to plan their families. Booklets, television information spots, radio programs, nespaper articles, and seminars for journalists on family planning topics were provided. There has been a dramatic 40-50% decline in the number of abortions performed over the past two years.

Belarus

The Belarusian population has decreased by 1% since 1989, due to mortality growth and birth rate fall. The birth rate is half of what it was in 1986. In the nine months, more than 107,000 Belarusian people died, which is 7,000 people more than over the same period last year. Death frequently results from diseases caused by the Chernobyl disaster and worsened ecology. December 23, 1999 Itar-Tass

Kazakhstan

Kazakhstan, a vast Central Asian state of 15 million people, produced just 6.4 million tons of grain in 1998, its lowest grain crop for 30 years and 1/4 of Soviet-era levels. In the city of Almaty in Kazakhstan, USAID has provided education to doctors and nurses and increased contraceptive supplies to 28 clinics. In 1993, the number of people receiving these contraceptives increase by 59% while abortions fell 41%.

Russia

The population was 146 million in July 1999. The number of new births in January-May dropped to 507,300 compared to 531,100 during the same period the previous year. The number of deaths increased from 844,400 to 903,000. The net increase due to migration, is 53,300. In Russia, there are fears that the population may shrink by nearly half in the next 50 years. They canceled the census for 1999 because of lack of money and because they are afraid of what it might reveal. The death rate has climbed from 11 deaths per 1,000 people in 1991, the year of the Soviet collapse, to 15 per 1,000 last year. Life expectancy has fallen, especially for men, plunging from 65 years in 1987 to a low of 58 in 1995. For every 15 people who die, only nine are born.

Population has fallen from about 148 million in 1991 to about 146 million now. 200,000 to 300,000 immigrants are coming into Russia annually, most of them ethnic Russians moving back from other former Soviet republics. The higher death rate is blamed on social stress and bad public health. Alcoholism causes accidents and heart disease, leading to 70% of men's deaths in Russia. New York Times August 1999

Russia's population is not large in comparison to its natural resources. Russians have ready access to contraceptives, but they also rely heavily on abortion. Since the collapse of government structures, a diminished health care system, and increased use of alcohol and tobacco have lowered the life span. MBSN September 1999

More on Russia: Besides gynological problems and sterility, by 2002 it is predicted there would be two million cases of HIV and AIDS in the country. In addition, there were 108,000 - 150,000 new cases of tuberculosis this year, compared to the U.S.'s 18,000 new cases. There has been an alarming increase in multi-drug resistant TB which could spill over into Western Europe if the epidemic is not checked. Other problems include the release of chemicals and heavy metals into the water supply and air which cause genetic and other diseases, the high consumption of alcohol and tobacco, a low-vitamin diet, bad harvests, poverty, and chaos in the food distribution system, and suicide.

Ban Abortions and Marry Early: Zhirinovsky's Answer to Population Slide. Russian ultra-nationalist politician and LDPR party chief Vladimir Zhirinovsky wants to deny women in good health under the age of 42 the right to an abortion for a 10-year period, lower the legal marriage age for girls from 18 to 15, and he wants the military to ensure Russia's 1.2 million soldiers receive "comfort" visits from their wives or girlfriends. The Russian population has fallen by 2.8 million, or 2%, over the past eight years. It is predicted to fall by 700,000 in 2001 to 144.5 million inhabitants.

Is Government Ready to Tackle Demographic Crisis?

In special parliamentary hearings, Russia's decline in population was discussed. According to the RF State Statistics Committee, in 1992 Russia's permanent population was 148.7 million people, while at the beginning of 2000 it was only 145.5 million, decreasing by 2%. Last year it decreased by 768,400 people, or by 0.5%. During January and February 2000, Russia's population fell by 157,800, which is 13.6% higher than the decrease for the same period of 1999. Life expectancy is down to 59.8 years for men and 72.2 years for women. Recently, there were 2-3 times more deaths than births in 27 regions, 3 deaths per birth in 10 provinces, and in one Province, four deaths per birth. The number of babies born in 1998 declined by nearly 50% compared to 1987, and dropped another 5.3% from 1998 to 1999. Second and third child births are almost halved. Only 1.3 million of 4 million pregnancies end in births. Normal births account for 31.8%, and in some regions only 25%. Infertility occurs among 15% of married couples. One third of newborns has defects. The number of people who died in 1999 was 7.6% greater than in 1998. this Russion supermortality is caused by mass impoverishment, domestic civilian conflicts and a sharp rise in disease. The main causes of death among the working-age population are accidents, poisoning, and injuries.

The underlying causes are: protracted social and economic crisis, unemployment, chronic delays in the payment of wages, salaries, pensions and social-welfare benefits, the decreased affordability of medical care and medicines, prolonged psychological stress, uncertainty about one's future and the future of one's children, and the criminalization of society. The death rate of 15 to 19 year olds has increased by 40%. At this rate, only 54% of today's 16-year-old boys will live to retirement age. 100 years ago, 56% of men lived until age 60. Only 10% to 12% of the younger school children are healthy, 8% in the middle grades, and 5% in the upper grades. 50% of teenagers aged 15 to 17 suffer from chronic ailments.

Turkey

Suicides of Women Rising in Traditional Southeast Turkey. The suicide rate in southeast Turkey has rise over 50% since 1993. 80% of the suicides are by women and 75% of those are between the ages of 13 and 25, according to government figures. Guerrilla warfare waged by Kurds and the military's destruction or evacuation of about 2,000 villages has displaced hundreds of thousands of people, forcing them into city slums and shattering the traditional agrarian economy of the area. Tribal traditions are still strong and illiteracy is widespread.

Girls as young as 13 are sometimes married to sexagenarians against their will and many girls are not allowed out of the house by their fathers or husbands. Availability of television in the area has shown these women that there are different lifestyles in the West, making them less likely to suffer in silence. "The suicide rate among women is high in conservative and repressive societies," said Radhika Coomaraswamy, the United Nations envoy on violence against women. China, for example, has one of the highest suicide rates among rural women--almost 500 per day.

OCEANA

Australia

Australia's population reached 19 million in 1999, and is not expected to add another million until 2005, and 26 million in 2050. Australia's annual growth rate remains among the lowest in the world. Natural increase accounted for 47% of the growth while migration had contributed 53%.

Africa

Africa's rate of growth is the highest in the world--at 2.36 percent UN Report Nov 98.

Africa, with 13% of the world's population, is projected to see 34% of the globe's population increase over the next 50 years.

Africa has 13% of the world's population, and 69% of the world's HIV or AIDS cases. Still, the population of the African continent is expected to rise from 800 million now to 1.8 billion in 2050, because the fertility rate of 38 births per 1,000 people is still much higher than the mortality rate of 14 deaths per 1,000. Also, 43% of the continent's population is under age 15.

Africa now produces nearly 30% less food per person than in 1967. Africa is a big place with big problems, too big for this page.

Middle East and North Africa

Arabian Gulf States Taking New Steps to Curb Population Growth. The six members of the Gulf Co-operation Council (GCC),Bahrain, Oman, UAE, Qatar, Kuwait and Saudi Arabia, have a combined total population of 28 million, more than a third of them foreign workers. This figure is projected to be more than 56 million by 2025. The latest oil slump has given the GCC a foretaste of the fiscal troubles in store if they insist on maintaining the current generous level of social benefits to their citizens. Population projections portend large-scale unemployment, falling standards of living, economic decline and political disaffection.

The liberal states have embraced birth-control programmes, but the more conservative states fail to see that the problems with population increase. Population increased at an annual rate of 6.17% between 1975 and 1985, and at 4.45% between 1985 and 1995. The world annual growth rate was 1.5% in 1995. None of the states has promoted family planning at the official level but they have ensured easy availability of birth-control devices. The United Arab Emirates has included family planning as a health service; Bahrain has taken up reproductive health programmes that include family planning projects; and Oman is aiming for a reduction in the size of families.

In Qatar, one of the most sparsely populated Gulf States, the Qatar Red Crescent and other health centres are promoting awareness among young, educated people about the importance of adequate spacing between pregnancies. All six countries have large family sizes: 8.5 members in Oman and 6.5 in Bahrain, for example. Early marriages have decreased. The decisions of educated women about when and whom to marry are becoming less influenced by traditional forces. Bahrain has 3.2 births per woman, Oman has 7.1, Kuwait and the UAE has 4.5, and Saudi Arabia has 5.7 births. Contraceptive use was over 66% for women with secondary or higher education and with 53% among illiterate women; in Bahrain and Kuwait it was at 62% and 50%, respectively. In the UAE and Saudi Arabia, it ranged between 27% and 32%, and Oman had 24%

Algeria

Algeria's population is 29.2 million. The population annual growth rate from 1987 to 1997 was 2.28%. From 1977 to 1987 it was 3.06% and 3.12% from 1966 to 1977. 80.8% of the population are centered in major residential areas, up from 56.1% in 1966.

Egypt

Egypt grows by 1 million people every eight months or 2.4 persons every minute - contributing somewhere between 1/7 and 1/10 of the world's growth. 11.4 percent of the population lives in Cairo. Egypt hopes to develop communities in the Sinai Peninsula and Toshka, channelling Nile water to reclaim land from the desert.

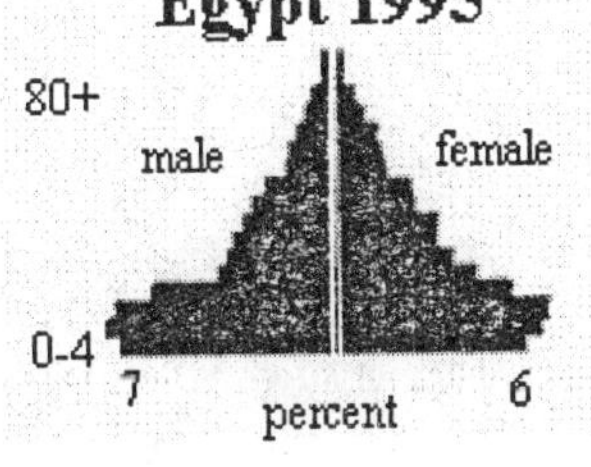

Egypt Working Harder To Improve Women's Lives. According to Prime Minister Atef Obeid, Egypt is taking steps to reduce poverty and illiteracy among women. Illiteracy for women is three times that of men and women control only 12% of the country's top jobs. However, Egypt hopes to reduce the illiteracy rate by half a million every year. It is now compulsory for illiterate women between the ages of 14 and 35 to attend literacy classes. Loans were given equally to 70,000 men and women to set up or have partnerships in productive projects. Government jobs were equally given to men and women last year. A law passed last year allows women to initiate divorce proceedings. Women can now obtain a passport without the request of their husbands. But of the country's 33-member Cabinet, only two are women, and just seven of 109 female candidates won seats in last year's parliamentary elections.

Gaza

Hanan Suelem wanted an abortion after the 7th pregnancy, but Islamic clerics told her that she would be "killing a soul." She told them that her soul was dying. "After this, no more, never," she said, speaking almost in a whisper. "I have learned now about the IUD." The area's schools operate on two and three shifts to accommodate the growing Palestinian population. Gaza's population of 1.1 million is expected to double by 2014. Half are under age 15. It is already a highly congested area with few jobs, severely inadequate housing and almost no natural resources.

The West Bank and Gaza combined have a population of over 3 million, which is expected to rise to 5.5 million in 14 years. The fertility rate is seven children per woman. Almost all the babies survive and adults live to an average of 73. Many young Palestinians do not want their children to suffer as they did in oversized poor families, but large families are not only traditional, but a point of nationalist pride, and as a way to outnumber the Israelis on the land the two groups share. Fortunately, health and education officials quietly support family planning through clinics and community outreach services. Women are taught about the different methods of contraception that are acceptable under Islam -- anything except permanent means, like sterilization or tubal ligation.

The IUD and birth control pills are growing in favor. Health officials refer delicately to the "spacing" of children, since the suggestion to place limits on family size would violate Islamic teaching. Women are told that it is written in the Koran that God orders women to breast-feed for two years. Women in the West Bank average 5.6 children per woman, compared to Israel, with about 2.7 children, the worldwide average. Gaza grows at over 4% a year while Israel is grows only 2% a year, which includes high levels of immigration. Palestinian advocates are pushing for a law that would raise the legal age of marriage, since half of Palestinian women marry before they reach age 18, and it is legal for them to marry at 15 in Gaza and 17 in the West Bank.

Iran

Iran has 65 million people. Fertility rate is 2.6 births per woman. Life expectancy is 69.3. Annual growth rate is 1.3%. The growth rate, 1.4% in 1996, is expected to rise to 1.7% in 2001 when post-revolution babyboomers reach reproductive age. 52% of Iranians are under the age of 20 and 62% are under 25. Current population is believed to be 63 million. After the 1979 Islamic revolution, birthrates soared, until the growth rate reached 3.2% in 1986. In 1988 the UN helped establish a population control program.

The late spiritual leader Ayatollah Ruhollah Khomeini ruled that contraception was not un-Islamic in 1989. Pre-marriage family planning counseling has helped raise the average marriage age from 19.9 in 1986, to the current age 22.4, an important step in reducing 'population momentum'. Iran is conducting a program that has reached the smallest villages. Despite losing a million young people to the war with Iraq, Iran may still double its population, by 2050. A majority of the current population is under 25, causing population to climb steeply in a country with limited water and other natural resources, exacerbating economic woes. Iran's family planning program is "one of the most successful in the world, and reaches almost the entire population. Family planning messages are on television and movies.

There are mobile clinics, and 35,000 health volunteers, in a system modeled on that of the former Soviet Union. Contraceptives are free and available." However, condoms are available only to married couples since premarital sex is not condoned. People in Iran usually want no more than two children, and they're willing to wait until they're 22 or 23 to start a family." Since 1979, contraceptive use by Iranian women has gone from 26% to 75%. While still high, Iranian fertility rates are dropping rapidly.

Iran's first National Human Development Report says that mortality rates for children under age 5 have dropped in recent years from 85 to 37 per 1,000 and life expectancy has risen eight years, to 69.5. Adult literacy has also risen from 57% to nearly 75%.

Iraq

Dec 98 The total fertility rate is 5.2 children per woman. However, due to economic sanctions imposed for the last eight years, fewer people are financially able to marry. One Iraqi newspaper estimated that as many as 70% of Iraqi men and women between the ages of 18 and 40 have been unable to get married. It sounds like this would bring the birth rate down considerably. A baby born in Iraq has a 12.7% chance of dying before its first birthday.

Israel

Fertility rates have been declining, but Israeli Jewish women still bear an average 2.6 children each. In Jewish settlements in the disputed territories, women have an average of 4.7 children, reflecting "both a political and religious imperative to populate the land"

Jordon

Population 4,701,000. Compared to many Third World countries, Jordan, a desert country of 4.6 million, has made real progress. Over 20 years, the fertility rate, has dropped from 7.4 births a woman to 4.4. In addition to government support of family planning, both Queen Noor and Princess Basma, the wife and sister of the late King Hussein, are long-time patrons of high-profile foundations promoting family planning and women's empowerment. St. Louis Post-Dispatch August 1999 Rate of natural increase in 1998: 3.1, expected to decline to 2.3 in 2010. Annual rate of growth in 1998: 2.5, expected to decline to 2.3 in 2010.

Kuwait

2.1 million people. The growth rate is 2.2% a year. Fertility rate is 3.2 children per woman. 65 percent of primary-school-age children attend classes. Birth rates have declined by 60% or more in recent years. There is virtually no risk of polio or vitamin A deficiency and little risk of children being orphaned by AIDS.

Morocco

At least 228 women die per 100,000 births in Morocco during childbirth, partly due to to hemorrhaging, hypertension and infections, according to figures released Sunday at a meeting of the International Planned Parenthood Federation in Rabat. Morocco's rate is 2-3 times higher than some Arab countries and 25 times higher than in Europe. Meanwhile, the average fertility rate dropped from 7.2 in 1962 to 2.8 in 2000, while contraceptive use rose from 19.4% in 1980 to 58.8% in 1997. Worldwide, more than 580,000 women die during pregnancy and delivery each year, 99% of them in developing countries. Of the more than 580,000 deaths during pregnancy or delivery each year world-wide, 99% occur in developing countries. May 14, 2000 Panafrican News Agency

Yemen

Yemen has the world's highest fertility rate at 7.6%. The population is estimated at 16 million, growing by 3.7% a year. Yemen is one of the Arab world's poorest nations with per capita GDP of $280 a year.

SOUTH AND CENTRAL AMERICA, CARRIBEAN

In the mid-1960's, Latin American women averaged more than 6 children. Today the average is 2.9. The benefits of smaller families are seen not only in a better life for children and their parents, but also in an increased savings rate and less cost to the state. However, with the high numbers of women in their childbearing years, population growth will continue to be a problem.

Latin America

Professor David Kyle, UC Davis: Due to a high birth rate and a falling death rate, Latin America overtook the US in population around the middle of the twentieth century.

Between 15 and 26 percent of new-borns in Latin America and the Caribbean are children of adolescents. Of the 13 million births reported each year in the region, two million are to mothers between the ages of 15 and 19, according to the United Nations Children's Fund (UNICEF).

Brazil

Because of the Catholic Church, the state makes little investment in family planning. Individual states and the private sector, however, have made birth control widely available. Individuals have embraced family planning despite their religious backgrounds. Per capita income is about $4,700. The infant mortality rate is surprisingly high, at 41 out of every 1,000 die before one year of age.

Brazil has seen a decline of over 50% in the nation's fertility rate over the past three decades. Brazilian women gave birth to an average of six children until the 1970s. Today women bear an average of 2.2 children. Of homes in Brazil, 32% do not have telephone lines and 21% do not have sewage service. The employment rate is at 7.3 percent. Smaller families mean more services, more government funds for health care and education, and families can afford more goods. Telenovela, a kind of soap opera, have helped educate people on family planning. 87% of households have a television set while only 32% have a washing machine. January 18, 2000 Houston Chronicle. Brazil has cut infant-mortality rates nearly 30% in the past decade.

Columbia

Families Choose To Have Fewer Children. Profamilia conducted a national survey of demography and health and found that over one-third of the 1.1 million children born every year in Colombia are from unwanted pregnancies. Columbia's average children per family has dropped from seven 35 years ago to a current average of two. Female sterilization has increased. Columbians have suffered destruction of their homes, inequality between men and women and a long endurance of civil war. Young women "decide that their children are not going to suffer like their mothers." Columbia has advanced in maternal health, child nutrition and family planning, but is lacking in adequate sexual education, leading to unwanted pregnancies and abortions. The number of women between the ages of 15 and 19 who have given birth or become pregnant increased over the past 10 years from 11% to 19%. October 22, 2000 El Tiempo

Cuba

Population: 11.2 million. Fertility rate: 1.6 births per woman. Growth rate: 0.7%. Cropland per person: .41 hectares. Between 1975 and 1995, UNFPA gave Cuba more than $17 million for programs on reproductive health, the island's changing demographics, and education and information on population issues. Statistics on the island indicate low infant and maternal mortality rates, a life expectancy of more than 75 years, and negative replacement rate since 1978. In addition, the government guarantees universal access to health and family planning services.

Abortions have been available at the mother's request in every gynecology and obstetrics office since 1965, but there is evidence that it is sometimes used as a method of birth control. On the other hand, there are high rates of teenage pregnancy and a growing incidence of sexually transmitted diseases, including the acquired immune deficiency syndrome (AIDS).

Specialists predict that Cuba's positive health achievements could deteriorate, due to the combination of the economic crisis that has plagued the island since 1990, the impact of the United States blockade, and the cutbacks in UNFPA aid. Access to high-quality contraception devices is threatened.

Cuba's infant mortality rate, "already one of the lowest in the world," fell to some 6.5 deaths per 1,000 births in 1999, down from 7.1 in 1998 and 11 ten years ago. Cuba offers free health service for all. Cuba still has shortages in medicine because of the US economic blockade against the country but that the situation is improving slowly.

Guatemala

Guatemala has more species of birds than all of the US. Guatemala has seen a civil war of 53 years between the Ladinos and the indigenous peoples, who will have nothing to do with the modern age. It's population has doubled in 23 years. It's infant mortality rate is the highest in South America. With the help of USAID and other NGOs, Guatemala has in three years increased the number of people using family planning from 18% to 36%, and in indigenous people, the rate has gone from 9% to 18%.

Migrants Endanger Parks And Historic Ruins. A population boom in Guatemala's Peten region has led to a rise in widespread fires and deforestation, but the government lacks the money and manpower to extinguish the blazes and arrest perpetrators. The area may loose 125,000 acres of forest if rains do not come. The Peten region covers one-third of the country and features the environmentally fragile jungles of the Maya Biosphere Reserve and the El Ceibal national park, which contains Mayan ruins.

But the area's population is estimated to have grown from 20,000 in 1960 to almost half a million people, in part due to peasants returning from exile in Mexico after the end of Guatemala's 36-year civil war in 1996. Squatters setting fires, slash-and-burn farming, poachers smoking out prey, and poor peasants who hope to be hired onto fire brigades are blamed.

Haiti

Despite Aid Programs, Haiti's Rural Areas Remain Mired in Poverty Haiti is a country of 7.6 million people, with a projected population in 2025 of 11.4 million. Life expectancy is about 53. Income is $410 a year. Five years ago Haiti's military dictatorship was removed and Haiti's first democratically elected president was reinstated. 5 million inhabitants reside in isolated squalor, the poorest of the poor in the Western Hemisphere.

The U.S. Agency for International Development (USAID) spent over $300 million in five years on rural programs such as vaccinations for children, distribution of contraceptives, school food projects, small loans for small businesses, development of local courts and a hillside agricultural program that boosted low incomes by 17% for about 166,000 farmers.

Introduction of sound agricultural practices such as fruit tree grafting and cultivating high value export crops such as cocoa, coffee, mangoes and manioc have helped considerably. Haiti's agricultural sector grew 2.1% in 1998; it would have been 4% except for the ravages of Hurricane George. 200 miles of roads have been built in the rural areas. But aid has been inadequate. Land reform is still needed, with clashes over who owns the land: peasants or landowners whose claims to the land are dubious. Many plots are inadequate in size, the majority being about 3 acres.

Haiti produces only half of its food requirements. 30-40% of harvests are lost or damaged while being transported due to poor roads. 75% of rural Haitian families spend more than 3/4 of their income for each member to eat at least 2,250 calories a day. Trees are being cut down for construction supplies and charcoal for cooking.

Only 1.5% of Haiti's natural forests remain intact. Consequently a significant amount of top soil is washed away each year. 19% of Haiti's land can be irrigated from surface or ground water, but less than half of that actually is irrigated. Chronic malnutrition in children under 5 is 20% in the urban area, compared with 35% in rural areas.

Jamaica

In this country with a population of 2.5 million, there are about 650,000 women of reproductive age; that is, between 15 and 44 years old. There is a high rate of teenage pregnancy. In a survey, only 13% said they wanted the baby. The average age for first sexual contact is 16 years for girls and 14 years for boys. The age of first intercourse rises with education and socio-economic status.

Mexico

From the Sierra Club Planet Dec 98 Population growth in many parts of Mexico has kept poor people from adequately feeding, clothing, educating, and caring for their children, and also has contributed to deforestation, loss of species, and air and water pollution. Men often oppose birth control because they fear it will make their wives unfaithful or reflect poorly on their masculinity. ... Contraceptive prevalence is 56%. There are between 300,000 and 600,000 illegal abortions each year in Mexico. Abortion is illegal there. Mexican Family Planning Foundation (Mexfam) director Alfonso Lopez.

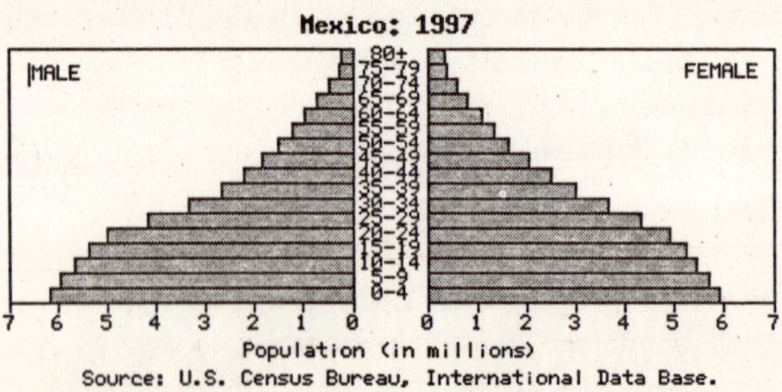

Mexican Family Planning Association

The country's fertility rate has dropped from 7 children in 1965, to 2.5 today. In 1974 President Luis Echeverria Alvarez established a National Population Council. For 25 years the jingle "Small families live better" has been heard on television. Smaller families mean Mexicans are able to build up savings and the economy is improving. Due to population momentum the population will continue to grow by about 1 million a year until 2045 when it should stop. Unemployment will remain high, because the economy cannot provide jobs for 1.3 million new workers each year. Due to joblessness, 3.5 million Mexicans are expected, in the next 10 years, to travel to the United States for work.

In 1950, the population of Mexico stood was 16.5 million. 146.6 million are projected for 2050. In 1950, life expectancy at birth was 50.6 years, women had about seven children on average, and about one in eight infants died at birth. Today, life expectancy is about 72, women have an average of about 2.7 children, and one in every 32 babies dies during birth. Alejandro Cervantes-Carson, a sociologist at Guilford College in Greensboro, N.C., says that the Mexico does not suffer not a lack of resources, but that social and economic inequities concentrate them in the hands of the wealthy. "The problem is not that Mexico does not produce enough food to feed its citizens. It does. The problem is that so few are well fed."

The local Mexican institutions and U.S.-based nongovernmental agencies have partnered to create success stories in Mexico's family planning. The birth rate has gone from 7.2 children, in 1965, to 2.5 in 1999. Credit can be given Mexican agencies like the National Population Council and the nonprofit Mexican Foundation for Family Planning, or Mexfam, an affiliate of the International Planned Parenthood Federation. Media campaigns urge delay of marriage and pregnancy and emphasize the advantages of spacing the births of one's children.

Vasectomy or tubal ligation are freely available. 70% of women of childbearing age have access to contraception. To avoid conflict with the Catholic Church, media ads list the advantages of a small family without direct mention of contraceptives. Sex education has even come to Mexico's public elementary schools. Much of the funding comes from U.S. government agencies, but the expiration of a bilateral agreement this year cut off the flow because a few members of Congress vehemently oppose not just abortion but even certain contraception methods. Denying help to agencies that provide proven family planning information and assistance is a sure way to curb progress.

Mexico City - Situated in a valley surrounded by mountains that prevent winds from clearing the air, with 105,721 tons of contaminants per day from 4,623 factories, 48% of its residents suffer some chronic air pollution symptoms. The city wastes more than 40% of the 70,000 liters/second of water that its 20 million inhabitants require. 190 million tons of waste categorized as dangerous are produced each year, most coming from the chemical industry. September 13 1999 IPS Mexico City is the largest in the world by virtue of the size of its population -- currently put at 19 million -- and contributes about 48 percent of Mexico's gross domestic product (GDP).

Mexico's population increased six-fold in the 20th century, from 17 million to 100 million. Mexico's rate of population growth peaked in the 1970s at 3.4 percent; the population rose at a 2.2 percent rate in the 1980s, and increased by 1.8 percent in 1999.

About 36 percent of Mexicans live in nine cities with over one million residents, led by Mexico City with 17.3 million; Guadalajara with 3.4 million; and Monterrey with 3.2 million. Mexico City is not growing as fast as it did in the 1970s and 1980s, but more Mexicans are commuting to Mexico City from the six surrounding states. Some predict that, by 2050, the Mexico City metropolitan area, redefined to include the area from Cuautla in the south to Queretaro, 142 miles north of Mexico City, will have 50 million residents. The urban population first surpassed the rural population in Mexico in 1960. There were 24 million rural residents in 1995; they were 26 percent of Mexicans. The states with the highest percentages of rural residents included Oaxaca and Chiapas, 56 percent; Hidalgo, 52 percent; Zacatecas, 50 percent; and Tabasco, 48 percent.

The Mexican labor force in 1996 was 39 million; 24.6 million men and 12 million women 12 and older worked during a survey week. Among all men in the labor force, 28 percent were in farming; 22 percent in services; 17 percent in manufacturing; and 14 percent in trade. Among women, 42 percent were in services; 23 percent in trade; 17 percent in manufacturing; and 10 percent in farming. In 1995, Mexican adults averaged 7.2 years of schooling. The share of the population in extreme poverty increased between 1992 and 1999, from 16 to 28%.Information from Banamex - BancaNet - International Banking

Nicaragua

The population is almost 5 million, and the life expectancy rose from 44 to 66 years in four decades. Half of the population live in poverty and 1/5 in extreme poverty. The UNFPA recently granted Nicaragua $250,000 for population policy coordination, monitoring, evaluation, and plan of action.

Panama

50,000 people in lived in Panama in 1974. Population has quadrupled to more than 200,000. Quality of life has deteriorated due to exploitation of natural resources, including: 6 times the world average usage of agrochemicals in agriculture, overexploitation of hillside lands (leading to destruction of the organic layer of the soil needed for food production), spillage of cyanide compounds used in mining near rivers, felling of forests (1/3 gone in forty years), and fecal waste in drinking water.

Puerto Rico

Puerto Rican women are twice as likely as their U.S. mainland counterparts to opt for sterilization as a method of birth control. 45.6% of women in Puerto Rico have had their tubes tied, according to professor Judith Rodriguez of the Graduate School of Public Health. The high rate is partly due to lack of affordable alternative methods of birth control.

Peru

Peru's Ministry of Health has instigated a widespread sterilization campaign. In 1997 alone, the government sterilized 110,000 women -- sometimes without informed consent.

Venezuela

With a population of 23 million, 80 percent live in poverty, with 14% surviving by begging. 1/5 of the pregnancies occur with teenagers. The birth rate is 3.3 children per woman, and up to 7 in rural areas. Infant mortality rate is high at 27 deaths per 1,000 live births. 60% of the poorest families have no father, and 1/4 of all families are headed by a single woman. Women are valued by "how much they produce" in terms of children.

Venezuela: Bank Offers Poverty-Fighting Loans. The People's Bank is offering financial support for the poor, using micro-credits in which "the human factor is more important than capital." Its goal is to formalize the informal economy, stimulate small businesses, and encourage individual savings. Following the example of the Grameen Bank in Bangladesh, which recovers 95% of its loans and charges market-rate interest, the program will loan from $160 to $8,000, with an average of $800, in short-term loans that come due within three to twelve months. Venzuela's unemployment rate is 15%, with an expected 4% drop in the year's gross domestic product (GDP), and a fiscal deficit of $8 billion.

Poor Protection Allows Destruction of Venezuela's Exotic Wildlife. Venezuela's Amazon rain forests, sprawling plains, snowcapped Andean mountains and Caribbean coral reefs feature some of the world's most exotic wildlife. But the Environmental Ministry is understaffed, underpaid, rife with corruption and mired in confusion, according to the Venezuelan Audubon Society. Agents dispatched by environmentalists to protect the Orinoco turtle instead sold the turtles to restaurant owners who used them for turtle soup. Poachers openly sell endangered tropical parrots. Lake Maracaibo, the largest lake in South America, has become a "garbage pail" of oil and waste from tankers. Illegal gold miners uproot trees in Venezuela's rain forests with hydraulic water pumps and poison rivers with mercury. Coral reefs in Morrocoy National Park turned gray and died four years ago, probably due to toxic wastes dumped by ships. The government is building high-voltage electricity lines in rain forests in southeast Venezuela that are supposed to be protected by environmental laws.

The lines pass through Canaima National Park one of 100 United Nations-designated World Heritage Sites - it features the world's longest waterfall, Angel Falls, and mysterious flat-topped mountains. The Pemon Indians knocked down several towers saying the power line will mar the landscape and spur widespread development by providing electricity to mining companies that want to exploit huge gold deposits in the region. President Chavez wants to move millions of people out of the cities in northern Venezuela to population and industrial centers to be built in the sparsely populated east and south, where much of the country's most spectacular wildlife lives.

Flooding and mudslides that have devastated the country. Survivors are still being rescued. 200,000 people have been left homeless. Water and sewage facilities are destroyed. The Red Cross has warned the entire relief system is on the verge of collapse. Economists say the disaster would aggravate a deep economic recession in the oil-rich country of 23 million. The population was allowed to grow in areas where the government knew about the dangers of flooding. 75% of the country's population lives in Caracas and the northern states, where the heaviest rainfall in 100 years has been falling for the last two weeks.

Trinidad and Tobago: Child Marriage Customs under Scrutiny.

In this multi-ethnic and religious country, girls are allowed to become brides when they reach puberty. But the government is planning on raising the age of consent for marriage, perhaps to age 16, which the majority of the country favors. Currently Muslim girls can marry at age 12, while Hindu girls are allowed to marry at 14, although the Sexual Offenses Act makes it illegal to have sex with a girl under the age of 14.

The Roman Catholic Church has a "universal law" which allows girls to marry at 14 and boys at 16. Some feel that it is better to have an early marriage than to have abortion or to have a child out of wedlock. (Trinidad is 7 mi/km due east of the northern tip of Venezuela. Tobago is 21 mi/km northeast of Trinidad.)

EUROPE

The Netherlands

The Netherlands gains 300 people per day, 60% due to births minus deaths and 40% due to immigration. It has a high population density: 450 people per square kilometer, compared to 343 in Japan and 28 in Canada. The Club of Ten Million, which wishes slowly but with certainty to return to ten million inhabitants in the Netherlands.

Spain

Spain has a population of nearly 40 million people, with 77 inhabitants per square Km. It has the lowest birth rate in the world, at only 1.1 children per woman. 20 years ago the birth rate was over 3 children per woman. Reasons given for the decline are: availability of birth control, break from the Church, more women want to work, delayed marriages, women feel they can't afford them. Divorce is legal with a rate of 19%. 13% of homes are single-person. While 95% of Spaniards are baptized Catholic, Spain has no state religion and only 40% are practicing Catholics. There are also 250,000 non-Catholic Christians, 300,000 Muslims, and 12,000 Jews. It is thought that the current decline in number of practicing Catholics is due to a backlash from the political censorship from a lengthly dictatorship and the historical background of multi-culturalism which includes Arab and Jewish.

While Spanish is the principle language, Catalan is spoken by 6 million. Spain is a monarchy and a democracy. Unemployment is high, around 12.5% Major industries are: wine production and tourism. Spain is 25th in the ranking of countries in terms of wealth, but the 9th country on the Human Development index. Spain has a pension system and a free health care system. 70% of the schools are public. Spain has a problem with immigration from Morocco which is bonly 2 hours away by boat across the Straights of Gibralter. 500,000 Moroccans live in Spain. In Morocco there is 50% unemployment and 80% of the population is under 30. Spain invests in social programs in Morocco.

NORTH AMERICA

The United States

The 1999 U.S. population is 272 million, making it the world's third largest country in terms of population, but only 1/4 of a billion compared with China's and India's combined 2 billion. The US land size is about the size of China.

POPULATION DYNAMICS IN THE UNITED STATES

In 1969, President Nixon issued to Congress a "Message on Population." Referring to the expectation of the time that the U.S. population might exceed 300 million by the year 2000, he said:

This growth will produce serious challenges for our society. I believe that many of our present social problems may be related to the fact that we have had only fifty years in which to accommodate the second hundred million Americans. In fact, since 1945 alone some 90 million babies have been born in this country. We have thus had to accommodate in a very few decades an adjustment to population growth which was once spread over centuries. And now it appears that we will have to provide for a third hundred million Americans in a period of just 30 years.

President's Council on Sustainable Development - Population Issues. Between 1972 and the 1994-95 work of the Population and Consumption Task Force of the PCSD no sustained official conversation about U.S. population growth has taken place. Most citizens- and most government officials- assumed incorrectly that below-replacement fertility automatically means immediate zero population growth and that U.S. population is no longer growing. In contrast, immigration has received considerable attention. Several national commissions have reviewed immigration issues, including illegal immigrants and refugees, and published reports and recommendations.

The most recent effort, which was chaired by the late Barbara Jordan, is the U.S. Commission on Immigration Reform.

Its work is still under way. The U.S. population grows at 0.7% annually when immigration is not taken into account, compared to an average annual growth rate (also without counting immigration) of not more than 0.2% in all of Europe. The U.S. population grows at approximately 1.0% when immigration is taken into account. In 1994, the United States added nearly 2.0 million people to the population from the excess of births over deaths and, it is estimated, at least 1.0 million people from net migration into the country. This scale of growth adds another Connecticut in population each year, and another California each decade. Only a handful of countries, all of them developing, contribute more to their populations annually.

President's Concil on Sustainable Development

Can America Sustain a Population of 500 Million -- Or Even a Billion -- by 2100? Set in 2038, the science fiction book Earth, was written by David Brin in 1990. The story, written before global warming was a well known phenomenon, depicts an overcrowded world of 10 billion people inundated by rising sea levels, with Bangladesh's capital underwater. Holes in the ozone layer make any trip outside life-threatening, and even livestock wear eye covers. Siberia is tropical. The last wildlife is housed in zoo-like "arks," and private cars have been outlawed in favor of bicycles. A glass of pure water costs as much as the monthly rent, and jail time is ordered for anyone throwing away a soda bottle.

The 10 billion by 2038 figure predicted by Brin might be just in time, going by U.S. Census Bureau figures. Population activism, tends to focus--laudably--on global growth. But how can a country like the U.S. lecture the world if it's own population is predicted to double to 571 million by 2100, according to the U.S. Census Bureau middle projections (it's high projections say 1 billion). In 1900, when America's doors were wide open to immigration and birth rates were accelerating, there were just 76 million Americans. Today foreign-born Americans consititute a tenth of the population, the highest level since 1930. 40% of New York City residents are foreign-born. The U.S. is the fast-growing industrialized country in the world, growing 1.2% annually. The President's Council on Sustainable Development in 1996 listed moving toward stabilizing U.S. population as one of it's 10 goals. Of the doubling U.S. population, Jay Keller, national field director for Zero Population Growth said, "Such a huge increase could be tremendously damaging. Even with the current population we have a lot of environmental challenges." A doubling would mean a population density of 161.4 people per square mile.

While this is only a quarter that of western European countries like England, these countries have surrendered most of their wilderness regions, native forests and unique animal populations. "Some of the European countries have very high population densities, with the consequence that they have to import most of their food and are very dependent on the rest of the world," says Keller. "The United States, by contrast, is still one of the great breadbaskets of the world." In the U.S. 400,000 acres of farmland are lost a year. Under doubling of the population, arable land would go from 400 million acres today to 290 million and the $40 billion the U.S. makes through food exports would be seriously threatened. Keller pointed out that Europe has not only stopped its population growth but actually reversed it. By 2050, Italy's population is expected to shrink from 57 million today to 41 million and Germany's from 82 million now, to 73 million.

In the meantime, world population overall grows by 78 million a year, or every three days by the size of the city of San Francisco. 27,000 species of animals and plants are lost annually. According to Peter Ward of Washington University, "Every forest, every valley, every bit of land surface capable of sustaining plant life, as well as much of the plankton in the sea, will have to be turned over to crops if our species is to avert unprecedented global famine." Deforestation at home could reach equally alarming rates. "Imagine every congested, sprawled part of the country right now, then double the number of people," says population activist Roy Beck of Numbers USA. If there were 1 billion Americans living as they do today, Bob Engelman, vice president for research at Population Action International, said " ..Each American generates five tons of the global warming gas carbon dioxide (CO2) each year, so that would mean five billion tons from the U.S. alone, with dire consequences for the climate. There would definitely not be enough water, particularly in places like southern California, Nevada and south Florida. Food security would be a major issue, because urban sprawl would take away much of our remaining prime farmland. Forests could not possibly be stable with that level of population. Major biodiversity would also be lost: 95% of the country's endangered plants are in just three states, California, Florida and Hawaii, which have the highest population growth rates."

The environmental impact of the average American is 30 to 50 times that of a citizen in a country like India. The richest fifth of the world's population produces 53% of all carbon dioxide emissions, consumes 80% of the world's natural resources and generates 80% of the pollution and waste. Despite these facts, American media portrays environmental problems--from climate change to urban sprawl, and from species loss to soil erosion--as if they were isolated phenomena, unaffected by factors like rapid population growth.

According to Population-Environment Balance: If 92 million households in the U.S. switched three lamps from 75-watt incandescent bulbs to 18-watt compact fluorescents, the savings would amount to 157 billion kilowatt hours over the seven-year lifespan of the bulbs. But in that same seven years, the U.S. would add 20 million new residents, and these additional energy users would soak up another 193 billion kilowatts of electricity in their compact fluorescent lamps. 93% of the United States' increase in energy use since 1970 can be attributed to population growth. By 2050, over 80% of the growth will be attributable to immigrants and their descendants who have settled here since the 1990s, as indicated by Census Bureau figures. 72% were opposed to high immigration in a 1998 Wall Street Journal/ NBC News poll.

A 1993 Hispanic USA Research Group survey showed that 89% of Hispanic Americans strongly support an immediate moratorium on immigration, and 74% feel fewer immigrants should be allowed and stronger restrictions should be enforced. But business groups still lobby for an open door immigration policy to suppress the high wages that would otherwise be demanded in a full-employment economy, and there is no comparable countervailing pressure. And politicians support high immigration levels for fear of alienating large ethnic voting blocks.

The 1999 U.S. population is 272 million, making it the world's third largest country in terms of population, but only 1/4 of a billion compared with China's and India's combined 2 billion. The US land size is about the size of China.

The US is unusual among developed nations in that it's natural increase (births vs deaths) is still high (.06%), plus 1/3 of it's growth is due to immigration. Part of the increase is due to lower mortality rates. Life expectancy in the United States has risen from 47 years in 1900 to 77 years today. Infant mortality: 6 per 1,000.

U.S. population is growing by two and a half million a year. Population has grown from 152 million in 1950 to 270 million today, a 78% increase. The projected population in the year 2025 is 333 million. Among industrialized nations, only New Zealand (0.8%) and Australia (0.7%) have higher natural increases.

In the United States, 71% of women use some form of family planning. The U.S. fertility rate, or average number of births per woman, has dropped to 1.96, below replacement rate. The U.S. has a high teenage pregnancy rate compared to other developed countries. 22% of the US population is under age 15.

The negative effects of population growth in the U.S. are felt throughout the entire world, because of our enormous per capita consumption of resources (footprint). This inequitable use of resources, coupled with the total global lack of enough resources, is causing the ethical dilemma of failure to meet the basic needs of more than a quarter of the Earth's present population. Shortage of natural goods will predictably affect weaker members of society, leading to social disorder.

Projected Population Growth in the United States

2000	275,306,000
2010	299,862,000
2020	324,927,000
2030	351,070,000
2040	377,350,000
2050	403,687,000
2060	432,011,000
2070	463,639,000
2080	497,830,000
2090	533,605,000
2100	570,954,000

US Census Bureau -January 13, 2000 The highest projection has 553 million people in 2050 and 1.2 BILLION in 2100.

U.S. Projections

-- Population: 270 million

-- Kids under 15: 22%

Health

-- Life expectancy: 73 years for boys, 80 years for girls

-- Infant mortality: 6 babies per 1,000

Wealth

-- GDP: $28,600

-- TVs: 776 per 1,000

Wisdom

-- Literacy rate is 97%.

GDP: $28,600, TVs: 776 per 1,000

One in four children in the U.S. is born into poverty. There is a 94% enrollment for primary-school-age children, virtually no risk of polio or vitamin A deficiency, and only 1% of children under 5 are underweight.

U.S. citizens consumes a large share of resources. The average per capita consumption of meat is 260 lbs of meat, the world's highest and 40 times the average in Bangladesh.

In the last 200 years, the United States has lost 50% of its wetlands, 90% of its northwestern old-growth forests, and 99 percent of its tall grass prairie.

The US is losing over 1 million acres of prime farmland per year, due to a phenomonen known as 'urban sprawl'.

Population

In 1996 the nation reached a record high life expectancy at birth of 76.1 years. The final infant mortality rate for 1996 was an all-time low of 7.3 infant deaths per 1,000 live births. Other records set with the release of the statistics for 1996 was the lowest-ever age-adjusted death rate of 491.6 per 100,000 population. The age-adjusted rate, which eliminates the effects of the aging of the population, is usually considered the best indicator of changes in the death rate over time.

The United States resident population increased by 2.6 million people, although it's rate of growth was less than 1 percent, between July 1, 1997 and July 1, 1998. The population rose from 267.7 million to 270.3 million. The growth rate is consistent with annual growth rates since 1972, which have stayed between 0.9 percent and 1.1 percent.

The nation's total population is projected to reach 275 million by 2000, a growth of 4.5 percent since 1995, making it the slowest growth period since the 1930s. Population growth is anticipated to be stable, at a slightly lower level, from 2000 to 2025. After 2025, the U.S. would grow more slowly than ever before in its history. In the next 10 years, America's 50-something population is projected to expand by 12 million persons, rising from 25.3 million in 1996 to 37.7 million in 2006. This growth would represent more than half the nation's total population increase during the decade.

"During the next 10 to 15 years, the rate of population growth of the 65 and over population is projected to be slower than at any previous time this century," Census Bureau analyst Gregory Spencer says. However, in the following 20 years, this population group is projected to grow by 76 percent (from 39.4 million in 2010 to 69.4 million in 2030) as baby boomers move into the 65 and over age group.

As Americans prepared to ring in the New Year, the Commerce Department's Census Bureau today projected the January 1, 1999, population of the United States to number 271,645,214, up 2,578,000 (1.0 percent) from New Year's Day, 1998.

The nation's population is projected to grow less during 1999 (2,316,000) than it did during 1998, primarily because of an expected rise in the number of deaths.

The New Year's Day 1999 population total represents a 9.2 percent increase over the Census Day (April 1) 1990 total of 248,765,170.

In the America of 2100, Less Elbow Room The U.S. census started yesterday in Alaska. When the world world population growth begins to peak by the end of this century, the latest census projections show the US might have doubled its current size and still be growing. Rising numbers might forestall worker shortages and ease the crises surrounding Medicare and Social Security, but growth would also pressure the environment, exaggerate urban sprawl, and gobble up world food and energy resources. Robert Engelman of Population Action International says "It's important to think about [living with] an entire second United States," what with two cars in traffic for every car now, and solving the puzzle of where twice-the-population is going to live and work.

The UN says 61 nations (with about 44% of the world's population) have reached replacement fertility rates (2.1 births per woman). By 2015, this number could grow to 87% and include about 2/3 of the world's population. By 2015, China's popluation will have grown by 18%, France's by only 2%, Italy's by minus 28%, Japan by minus 17%, but the US will have grown 27%, or 49% according the new census projections, Australia by 39% and Canada by 38%. Immigration plays an important role. Nearly 1 million new immigrants a year will be added according to the new census projections. A continued rise in U.S. population could mean paved-over farmland, strained water supplies, and accelerated global warming. Americans put "about 20 to 30 times more carbon in the air than the average resident of a developing country," says Engelman.

1974 National Security Study Memo (NSSM) 200

On November 26, 1975, President Gerald R. Ford endorsed the 227 page NSSM 200 report and its recommendations, including that

- the U.S. would seek to attain its own population stability by the year 2000. This would have required a one-child family policy for the U.S.
- It would have as goals for the U.S.: making family planning information, education and means available to all people of the developing world by 1980
- Achieving a 2-child family in the developing countries by 2000.
- The U.S. would provide substantial funds to help achieve these goals.

History

Looking Back: a 20th Century Portrait of US

One hundred years ago, the United States had 1/4 of it's current population. The biggest city was Toledo Ohio, not Los Angeles. "To date, the 20th century has to be the most dynamic in our history, and these statistics paint a picture of rapid and massive change," says Census Bureau director Kenneth Prewitt. Today, there are 77 million Americans between the ages of 35 and 54. In 1900, there were only 769,000 married women in the civilian labor force. By 1950, there were 8.6 million. Today, there are 34 million. Today over 60% of married women work outside the home. California has grown - 100 years ago San Diego and San Jose were little more than mission outposts. Today, they - along with L.A. and San Francisco - are among the 15 largest cities. In 1900, New Bedford, Mass; Utica, N.Y.; and Wilkes-Barre, Pa., were among the 75 largest cities in the nation.

Today their places have been taken by Sun Belt cities - Mesa,Ariz.; Tampa, Fla.; and Baton Rouge, La. Transportation (and air conditioning) made the rise of the Sun Belt possible. From 1900 to 1999, the number of cars has grown from 8,000 to 130 million. There were 5.7 million farms in the country in 1900, and only 2.2 million farms today. In 1900 Uncle Sam took in only $567 million in tax receipts; the US government took in $1.7 trillion in taxes in 1999.

Cities, States, and Regions

Most Populous U.S. Metro Areas. From the U.S. Census Bureau: the 10 most populous U.S. metropolitan areas with population figures and percentage increase during the 1990s:

1. New York (20,124,377), 2.9% ..
2. Los Angeles (15,781,273), 8.6% ..
3. Chicago-Gary, Ind.-Kenosha, Wis. (8,809,846) 6.9% ..
4. Washington-Baltimore (7,285,206), 8.3% ..
5. San Francisco-Oakland-San Jose (6,816,047), 8.6% ..
6. Philadelphia-Wilmington-Atlantic City (5,988,348), 1.6% ..
7. Boston-Worcester-Lawrence, Mass. (5,633,060), 3.3% ..
8. Detroit-Ann Arbor-Flint, Mich. (5,457,583), 5.2% ..
9. Dallas-Fort Worth (4,802,463), 19% ..
10. Houston-Galveston-Brazoria, Texas (4,407,579), 18.1% ..

A Growing Problem: Hillsboro Wants Farmland for Housing and Will Take its Case to the State. Big business and farmers are coming head to head over land use in the fertile Tualatin

Valley west of Portland, Oregon. Intel has announced plans to put 7,600 new jobs in this region's already overcrowded town of Hillsboro. More jobs means more people, but the city is running out of room. "We're basically going to come to a screeching halt in terms of home-building activity," predicts Hillsboro's city manager, Tim Erwert. Recent state laws have severely limited the development of farmland, but that won't stop Intel and other high tech firms from pushing forward. Threatening legal action against local farmers who claim that the farmland is too valuable to be covered over with buildings, Intel argues that workers who live far from their jobs snarl the traffic by commuting, which in turn leads to short tempers. The legal suit filed by Intel will go before a state committee by the end of the year.

Third wave leads Utah to a record in childbirths: 'Natural increase' in 1999 also is new high for the state, according to the Governor's Office of Planning and Budget. The figure includes births minus the number of deaths, not population due to net migration. Utah is experiencing a 1.9% growth rate, bring the current population to 2,121,000 people. The baby boomers children are now having children. Out of an increase of 38,500 last year, 4,800 were due to migration.

Las Vegas Leads U.S. Metropolitan Area Growth Already saddled with pollution, long lines and jammed roads, Las Vegas' population jumped 55% between 1990 and 1998, its growth spurred by unprecedented hotel-casino construction. Nationwide, the central cities in metropolitan areas averaged 3.5% growth, while the area outside the central cities jumped 12.5% in the 1990s. In the West, central cities averaged 10.6% growth, while the surrounding area averaged 16.2%. In the South growth was 5.3% in the cities and 18.4% outside, while in the Midwest growth declined by 0.3% in central cities while their surrounding areas gained 10.0%, and in the Northeast growth in central cities fell 2.0% while the surrounding areas grew 3.7%.

Texas is the most polluted state in the union. It is an environmental disaster zone. Last year Houston surpassed Los-

Angeles as the smoggiest city in the U.S. Texas as a whole had more smog alerts in 1999 than any other state. Texas ranked ahead of all states in the discharge of recognized carcinogens into the air. It leads the nation in the number of factories violating clean-water standards. It leads the nation in the injection of toxic waste into underground wells. And on and on. The Sierra Club, which knows a little something about the environment, summed the matter up as follows: "Texas ranks first in toxic releases to the environment, first in total toxic air emissions from industrial facilities, first in toxic chemical accidents, and first in cancer-causing pollution."

Bay Gets Failing Grade, But Progress Is Cited Despite efforts to restore forest buffers along Chesapeake Bay waterways and to boost shad and pollution-filtering oyster fisheries, progress over the last year has been almost non-existent because of the loss of land to sprawl.

The Chesapeake Bay Foundation ratesd the bay 28 on a scale of 100 this year, with 100 representing the Chesapeake's pristine state of health when English explorer John Smith sailed into it in the 1600s. William C. Baker, the foundation president said: "Millions of dollars are being spent to restore wetlands and underwater grasses, yet population growth and its ugly stepchild, sprawl, continue to threaten the bay." 90,000 acres of farmlands and forests a year are paved over, resulting in more pollution that works against efforts to stop the loss of wetlands and decrease pollution.

The foundation checks indicators such as oysters, shad, underwater grasses, wetlands, forested buffers, toxics, water clarity, dissolved oxygen, striped bass, open lands, blue crab, phosphorus and nitrogen. Only the shad showed improvement, due to the reopening of the Susquehanna River, feeding into the Chesapeake, to fish migration for the first time since the 1800s. Despite all-out efforts for oyster restoration, the oyster population has not been boosted beyond 2% of its abundance in John Smith's time. Other problems cited are the washing of sediment and other algae-producing nutrients into the bay, and the extremely low levels of underwater grass, which blue crabs need to survive.

OVERCONSUMPTION

If every person in China ate an extra chicken, the grain needed to rear the birds would be equivalent to the entire grain exports of Canada. America's annual consumption is 800kgs per person, much of it in the form of feed for cattle in a meat-based diet.

The U.S. per capita carbon dioxide emissions are 20.5 metric tons versus Japan's of only 9 metric tons and Nigeria's 0.8 metric tons.

From the National Wildlife Federation - "A child born today in the United States for instance, will by the age of 75 years produce 52 tons of garbage, consume 10 million gallons of water and use 5 times the energy of a child born in the developing world."

"The United States uses approximately quarter of the world's fossil fuels and is the largest contributor of carbon dioxide, undesirable combustion products, and chlorofluorocarbons, chemicals that contribute to greenhouse warming and attack the Earth's ozone shield."

"The world looks to the United States as a role model. It is hard to ask developing nations to implement environment saving techniques and stabilize their population growth when the U.S. is unwilling to do so."

The average Ecological Footprint of those living in the United States is 27 acres per person. Looking at the ecological footprint of each country on a per capita basis, it appears that if the population of the US could simply reduce its consumption so as to attain an Ecological Footprint of one acre per person (equal to that of the lowest impact country, Bangladesh), we would almost exactly match the earth's carrying capacity today. So in answer to the question: "Can we solve the global ecological crisis by reducing consumption?", the answer is yes! But only if all Americans agree to make catastrophic sacrifices, and only for about a week before population eats up the savings.

Pet food Americans and Europeans together spend $17 billion a year on pet food, $4 billion more than the estimated yearly additional amount needed to provide everyone in the world with basic health and nutrition. The richest 20% of humanity consume 45% of all meat and fish, use 58% of all energy produced and own 87% of the vehicles. Consumption of fossil fuels has almost doubled since 1950 (and so has population).

(It's not that our use of food is preventing them from having food, but that we can afford sustainable agriculture and they cannot, they being short on arable land)

An American born in the 1990s will produce in a lifetime approximately one million kilograms (2.2 million lbs.) of atmospheric wastes, 10 million kgs (22 million lbs.) of liquid wastes, and one million kgs (2.2 million lbs.) of solid wastes. An American will consume 700,000 kgs (1.54 million lbs.) of minerals, and 24 billion BTUs of energy -- equivalent to 4000 barrels of oil. In a lifetime, an average American will eat 25,000 kgs (55,000 lbs.) of animal products, provided in part by slaughtering 2000 animals. The US per-capita consumption rate is ten to 100 times that of most of the world's countries. Compared to Indians, Americans (on a per capita basis) produce 27 times as much carbon dioxide, ... and consume 35 times as much energy.

Running a large refrigerator and freezer for one year can produce as much pollution as driving a car from Chicago to Las Vegas. Each mile a person travels in an airplane accounts for 1.08 pounds of greenhouse gases. These facts and more are at Airhead.org, a service provided by the Center for Neighborhood Technology. To calculate your energy consumption, all the AirHead system requires is information about electricity bills, driving habits and other energy uses. Plug the information into the calculator and in less than a minute it will spit out how much pollution you create in one month. According to the Alliance to Save Energy, energy use is responsible for 80% of all air pollution and 88% of all greenhouse gas emissions. Many environmentalists say energy consumption is second only to population growth on the list of environmental concerns. [Note: the more people there are, the more impact overconsumption has!!]

BIODIVERSITY

Fisher Headed for Extinction in Sierra Nevada. The fisher, an old-growth forest dwelling carnivore, is headed for extinction. The Forest Service's plan does not provide enough protection to save the fisher from extinction or avoid having the fisher listed as an endangered species. It has been eliminated from the northern and central Sierra, isolating fisher in the southern Sierra from fisher in northern California. This isolation, in combination with a small population size and continued habitat loss, places the southern Sierra population of the fisher in immediate danger of extinction. The fisher is a major predator in the area and may keep rodent populations in check. A relative of the mink and otter, it has a long, slender body with short legs, a long bushy tail, and it runs in a bounding gait, with their front feet leaping forward together, followed by the back feet, and walks on the whole foot, unlike other carnivores.

Dramatic Island Fox Decline Urges ESA Listing. For 16,000 years the island fox successfully inhabited the Channel Islands offshore Southern California. In the past five years, four of the six island fox populations have declined by 90%. The San Miguel Island fox has dropped from 400 individuals in 1994 to 50 in 1998 to 15 in 1999. Only five of the remaining foxes are males, which means the genetic diversity of the subspecies even under the most optimistic conditions will be severely depleted. Only one San Miguel Island fox remains in the wild.

In the same time period, the Santa Rosa Island and Santa Cruz Island fox populations have been reduced to less than 100. In only one year, 1998, the Santa Catalina fox may have declined by up to 90%, the researchers say. The conservation group and the Institute for Wildlife Studies have filed a formal petition with the U.S. Fish & Wildlife Service to list the four imperiled subspecies as "endangered" under the U.S. Endangered Species Act. Canine distemper virus (introduced by domestic dogs), the introduction of habitat-degrading pigs, and the newly begun predation by golden eagles are factors. Recovery efforts require heavy funding. An ESA listing would guarantee that more federal dollars are committed to the fox's survival, which is desperately needed to stave off extinction.

Groups Demand Safe Haven for Sonoran Pronghorn The fastest land mammal in America may be running out of time, with only 140 of the animals in the United States, says the Defenders of Wildlife and the Sierra Club.

A petition has been filed with the Department of the Interior and the U.S. Fish and Wildlife Service, demanding a critical habitat. The animal is found only in the Sonoran Desert in Arizona and the Sonora area of Mexico. The Department of Defense uses the Sonoran Desert for bombing, strafing, ground maneuvers and low-level flights, as part of military training. Grazing and low-flying border patrol heliocopters also threaten the area.

Logging, Recreation Called Biggest Threats to National Forests. A coalition of over one hundred forest and grassland conservation activists and organizations collaborated to produce the "National Forest Yearbook 1999."

"Logging in old growth and roadless areas, ORVs out of control, lack of attention to wildlife needs, and countless other environmental abuses are degrading our national forests," said Randi Spivak of the American Lands Alliance. Responsible are some current projects in national forests, at the initiative of local Forest Service land managers or with their permission."

The most pervasive threat was found to be timber sales approved with too little attention to environmental issues. "Many perverse incentives influence local Forest Service decision makers to identify logging as the solution to every problem." The growing threat that off road vehicles, ski resort expansions and privatization are listed right behind logging as threats to national forests.

Inappropriate grazing is another threat. An inadequate USFS budget often deprives conservation programs while promoting a timber sale program. The good news is that new road construction has been banned in thousands of acres of roadless National Forest lands.

Seaweed Smothers Marine Life Along Florida Coast. Caulerpa verticillata, a noxious seaweed, has become spread into new habitat off the coast of southern Florida and is choking the coral reef ecosystem that has flourished there for millions of years.

Caulerpa generates toxins, which makes it inedible to the herbivorous fish of the reef. Plants and animals of the reef ecosystem that can't move eventually die.

Bioversity is threatened by an ever-expanding monoculture of waving seagrass. Intense use of fertilizers, burning of fossil fuels, and sewage treatment plants have doubled the amount of high-nutrient nitrogen being released into the ecosystem in the last several decades, says Brian LaPointe, a marine ecologist.

Algae thrives on high levels of nutrients and use up available oxygen and destroy or drive away other marine life. Reefs need low-nutrient situations.

"The Everglades restoration, which is expected to cost about $8 billion, is focused solely on reducing the phosphorus runoff from sugar cane farms." ... "The more phosphorus you remove, the more nitrogen is left and that affects the biogeochemistry of the coastal waters." Also, gases from deep-injection sewage wells (there are many in Florida) are suspected to be migrating upward and being released near the surface of the reefs, which is fertilizing the Caulerpa.

SUSTAINABILITY

Hunger, Homelessness Rising in U.S. The U.S. Conference of Mayors found that, despite a booming economy, the number of Americans seeking emergency food or shelter rose significantly this year and the trend will likely continue for years to come. In 1999, the demand for emergency food aid grew 18%, and for shelter by 12%.

A little over 20% of homeless people have jobs and more than 2/3 of the people seeking emergency food aid are employed. Half of the homeless population in the United States was estimated to be black, 31% white, and 13% Hispanic. December 16, 1999 Reuters

Land and Agriculture

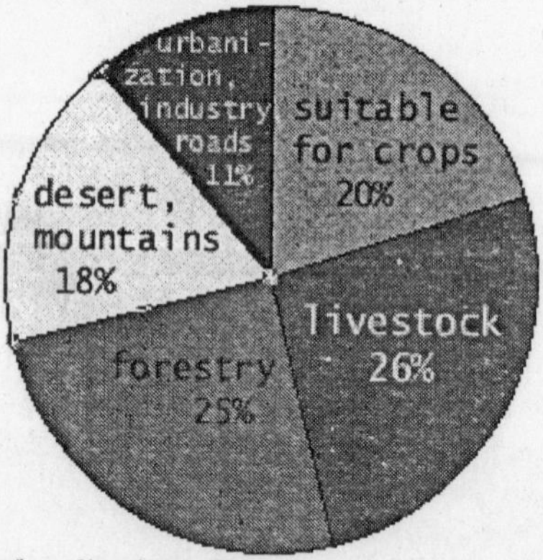

Distribution of Total U.S. Land, 1997
David & Marcia Pimenta, Cornell University

The US Needs to Raise Fewer Domestic Animals.

Source - Fimental

Putting Sprawl and Population in Perspective: The U.S. has 930 million hectares of land. Of this, only 11% is used for urbanization, industry, and roads, amounting to about 0.4 ha (1 acre) per person. Only 20% of U.S. land is suitable for crops, amounting to 0.7 ha per person. Another 26% is used to pasture livestock. The rest is either forest, dessert or mountaintops.

Of the 188 million hectares that is suitable for crops, 28 million hectares (0.7%) of that is in reserve, leaving 160 million hectares that is actually in cultivation. Of this, 32 million hectares are growing grains to be exported, 28 million hectares are growing livestock feed grains, 28 million hectares grow domestic food grains, and 72 million hectares grow non-grain foods such as legumes, fruits, and vegetables.

20% of all food produced domestically is exported, which offsets the large trade imbalance due mainly to oil imports.

Much of our crop yield increase in the past has been due to application of fossil-energy based fertilizers and pesticides, but this increase has peaked. If oil becomes scarcer, crop yield will go down and we will need more farmland.

Soil erosion, varying from 5% to 65% will eat into our farmland reserves. 100 million ha of farmland have been abandoned due to soil erosion in the last 200 years.

Water tables are dropping and less water will re-define maximum crop yields and what sort of food we can grow.

If the current population growth rate continues, the number of people in the U.S. will double by 2060, which will add another 105 million ha in urban area unless sprawling is severely curtailed. Most of this will encroach on already shrinking farmland.

In addition, each new American will require from .08 ha (China's standard) to .7 ha (U.S. standard) of farmland., which would add up to another 128 million ha of land needed for farmland (which we don't have) if current population growth rates and dietary habits continue.

Most types of cultivation are destructive of native plant and animal habitat.

The U.S. already has the most hungry people of any industrialized nation.

What must be done:

- Reduce population growth
- Reduce consumption of fossil fuels - cut vehicle use and cut electricity consumption
- Eat less meat
- Stop building houses, roads, and factories on farmland or on any wild land

What we may be forced to do:

- Feed less of the world's hungry
- Eat less meat
- Live in high-rise apartment buildings
- Start walking
- Pay lots more money for food
- Live in cold houses

Food, Land, Population, and the U.S. Economy by David Pimentel Cornell University and Mario Giampietro. "The United States is in a privileged situation compared to other nations in the world: the per capita endowment of natural resources is relatively high because of the relatively low population density. At the same time, the United States is seriously risking loosing this privilege if more attention is not given to the control of population growth (including immigration), the sustainable management of natural resources, and the development of alternative energy sources."

Hamburger Producing a quarter pound of hamburger requires 100 gallons of water, 1.2 lbs. of feed grain and energy equal to a cup of gasoline, causes the loss of 1.25 lbs. of topsoil and causes greenhouse gas emissions equivalent to a 6-mile drive in a typical U.S. car. The average person in the United States consumes 260 lbs. of meat per year, most of it hamburgers. In Bangladesh, the average is 6.5 lbs.

America's Conservation Efforts Falling Short

Releasing a new Department of Agriculture study that shows America's conservation efforts falling short, Secretary Dan Glickman today called for a renewed national commitment to preserving private land. From 1992 to 1997, nearly 16 million acres of agricultural and forest land were developed. We are now losing 3 million acres per year of forest and agricultural land, double what was lost each year from 1982 to 1992. Nearly 2 billion tons of soil is eroding into waterways each year. Despite significant gains in erosion control during the past 15 years, there has been no additional improvement since 1995. Gross wetland losses have increased to 54,000 acres annually on agricultural land (Wetland gains are nearly 30,000 acres.) Tree and forest cover in urban areas is declining at an alarming rate. In the Chesapeake Bay region, for example, tree canopy has declined from 51% cover to 37% in the last 25 years.

FOSSIL FUELS

The Coming Global Oil CrisisWorld petroleum output will peak during the first decade of the next century and will decline rapidly thereafter. Only a quarter of Americans know that oil, coal, and wood generate 70% of our energy. Sierra May/ June 99.

Spending our Great Inheritance - Then What? Geotimes, July 1998, pages 24-26. By Walter Youngquist. During more than 500 million years, geological processes accumulated a rich bank account for us -- oil. The world is now consuming about 26 billion barrels of oil a year, but in new field discoveries, we are finding less than 6 billion barrels a year. Will suitable alternatives be found?

The Post-Petroleum Paradigm -- and Population "If the fertilizers, partial irrigation [in part provided by oil energy], and pesticides were withdrawn, corn yields, for example, would drop from 130 bushels per acre to about 30 bushels." - Pimental, 1998.

BP Amoco World Energy "In 1998, the United States imported 53 percent of its oil needs. This deficit is growing."

US Overpopulation Based on Petroleum Dependence

From the Fossil Fuels Policy Action Institute web page: "Overpopulation is possible in the U.S. through our seven decades of our petroleum dependence, yet policies assure or assume non-stop growth of consumers, cars, etc.." The group's first major project was Alliance for a Paving Moratorium, which has been expanded to include other sustainable practices, such as organic farming and sail transport.

The Alliance's goal is to "halt the tremendous environmental, social and economic damage caused by endless road building." "A paving moratorium would limit the spread of population, redirect investment from suburbs to inner cities, and revitalize our economy. Funds would be freed for mass transportation and to maintain existing roads."

The founder of the Institute, Jan Lundberg, said that the US and the world may noticeably start running out of easily produced oil by 2010. His term 'petro-food' refers to petrochemical agriculture, which involves fertilizers and pesticides;

petroleum fuels run tractors and other machinery. Trucks transport food to all distribution points (supermarkets, etc.)

Three U.S. states - North Dakota, South Dakota, and Texas-have enough harnessable wind energy to supply national electricity needs.

Driving and gasoline consumption are subsidized in many ways:

1. It costs the Defense Department the equivalent of 50 cents a gallon to protect our oil supply sources in the Persian Gulf. That cost is not included in gasoline prices or taxes at the pump. Property taxes, general sales and income taxes are used to pay for road construction, maintenance and cleaning.
2. Paved roads and driveways accelerate the runoff of storm water, causing flooding and pollution. The cost of mopping up those problems is paid for out of property taxes and federal grants.
3. Motor fuel taxes do not cover the cost of traffic regulation, washing down fuel spills or cleaning up after accidents. Nor do they cover the cost of caring for accident victims; that falls to Medicare, Medicaid, or other health insurance programs, all of which have strained budgets.

Are we willing to apply to traffic congestion what we learned in Economics 101 -- that subsidizing consumption leads to waste and shortages, which is exactly what we have and will continue to have, if pouring pavement is our only answer to congestion?

WATER

The average American uses 70 gallons a day. Water conservation is always appropriate, drought or no drought. There's a cost to every drop of water that you use. Water that runs in our bathtubs and kitchen sinks must be treated before being put back into waterways. Every gallon of treated wastewater has a price tag. River water that flows past water intakes and on down to the sea is not wasted: It sustains aquatic life. Heating water for domestic use requires energy. Water not used is energy not consumed and wastewater not produced.

American Rivers: Damning the Dams Dams on many North American rivers are causing native freshwater species, including several varieties of fish, mussels, crayfish, frogs, and snails, to go extinct as fast as those living in tropical rainforests. In a study entitled "America's Most Endangered Rivers of 2000" by conservation group American Rivers, 13 American rivers face serious immediate environmental threats, 8 of which are on the list due to dams. Washington's lower Snake River tops the list for the second year, being cited again due to four dams on the river operated by the Army Corps of Engineers.

These dams have transformed the once free flowing river into a series of slackwater ponds, thereby bringing salmon and steelhead to the brink of extinction. Rebecca Wodder, president of American Rivers, says, "We have blocked the flows, straightened the curves and hardened the banks of thousands of miles of waterways. By changing the most fundamental qualities of rivers--their natural shapes and flows--we've made it difficult for them to support life." The National Hydropower Association claims that hydropower dams produce pollution-free power while enhancing biodiversity and improving habitat.

However, Anthony Ricciardi, a freshwater biologist at Canada's Dalhousie University, is unimpressed with this assertion, citing that dams pose a major problem for the ecological health of rivers, and contribute to other problems. "We also have to look at water quality, organic and chemical pollution and runoff from streets and yards," he says. "The invasion of exotic species--the zebra mussel for example--is also something that has to be addressed." Ricciardi also points out that if current trend in river and wildlife destruction continue, more species will be lost in the next 100 years then during the past century.

Pillar of Sand: Can the Irrigation Miracle Last? Overpumping is sucking out too much of the world's underground fresh water, with a stable world food supply now dependent on an increasing global water deficit. 40 percent of the world's food comes from irrigated cropland. But the productivity of irrigation is in jeopardy from the overpumping of groundwater, the growing diversion of irrigation water to cities, and the buildup of salts in the soil. The amount of irrigated land per person is shrinking.

Many major rivers now run dry for large portions of the year-including the Yellow in China, the Indus in Pakistan, the Ganges in South Asia, and the Colorado in the American Southwest. The biggest known losses are in India, China, the United States, North Africa and Saudi Arabia. The lost water would be enough to grow 10% of world grain. To meet their food needs, these countries that are low on water are importing grain. Irrigation's heavy water demands are also damaging the health of the aquatic environment-shrinking wetlands, reducing fish populations, and pushing species toward extinction.

Farmers in California's Imperial Valley are lining canals, recycling farm runoff and selling the saved water to southern California cities.

As Atlanta Grows, Water Evaporates in Wilting Drought. The Gulf Coast of Florida is experiencing the driest spring in a century. The National Drought Monitor lists the crescent from Tampa to New Orleans as experiencing extreme drought. West Texas and northwest Missouri, as well as parts of the West and Midwest have experienced a similar lack of rain. Yet the Atlanta region is adding nearly 100,000 people a year, more than a million people in those 14 years, most of the growth in suburban areas, where the lawns need watering, swimming pools need filling, air-conditioning demands high reservoir levels for hydroelectric, and people like to take numerous showers.

Cotton and peanut farmers in the south are impacted, having to irrigate earlier this year than ever. Water tables are falling, and ponds aren't filling. Some parts of Georgia have received less rain in the last 25 months than at any time in recorded weather history. The regional climate is changing in a profound way, moving from many years of stability with predictable rainfall to a far more variable climate that will veer between years of plenty and years of scarcity, says Dr. David

E. Stooksbury, the state climatologist. Watering restrictions are in effect and are likely to be tightened as the drought goes on. Similar water restrictions involving 26 cities and counties were applied during the 1986 drought. Lawns went brown and trees toppled. The state is seriously considering a total watering ban in the northern region if the drought continues. The Atlanta Regional Commission says the demand for water is expected to increase by 50% by 2020, which will never be met without a 10% cutback in water use.

Agriculture and Water Quality Economic Research Service The most recent Environmental Protection Agency (EPA) Water Quality Inventory (1995), based on assessments by the States, reports that 1/3 of rivers, lakes (excluding the Great Lakes), and estuaries do not fully support a healthy aquatic community or human activities all year round. Agriculture is the leading source of impairment for rivers (affecting 60% of impaired river miles), lakes (50% of impaired lake acres), and the third source of impairment for estuaries (34% of impaired estuary acres), and the leading source of impairment of wetland water quality. Of 49 States reporting sources of groundwater contamination, agriculture was cited as a source in 44. The Great Lakes continue to suffer serious pollution, but agriculture is not one of the leading sources. Soil erosion due to tilling of the soil, addition of nutrients (fertilizers) to the soil, and salination due to irrigation are causes of water impairment due to agriculture.

POLLUTION AND GLOBAL WARMING

The United States is responsible for 22% of the world's industrial carbon dioxide emissions, a leading cause of global warming Stabilizing the Atmosphere, Population Action International.

Bush Makes Mistake on CO_2. Contrary to campaign promises, on March 13, 2001 President Bush said his administration would not seek to regulate carbon dioxide emissions from power plants. Scientists say that carbon dioxide is a key contributor to global warming. Worldwatch President Christopher Flavin said that "the U.S. is missing an opportunity to exert forceful leadership on one of the most serious environmental threats facing humanity in the 21st century. .. Constraining U.S. emissions is essential if the world is to avoid climate change.

The U.S. accounts for one-quarter of global CO_2 emissions, but more remarkably, accounts for nearly half of the increase in emissions between 1990 and 2000--exceeding the combined emissions growth of all of China, India, Africa, and Latin America. ... It is remarkable that in the past few years, as China's coal-burning has declined sharply, U.S. coal combustion is rising. In the last two years, we have passed China to be the world's number one coal burner. ... Outside the United States, many countries are moving rapidly to pursue a new generation of 21st century energy technologies such as fuel cells, wind turbines, and solar electric generators. The attempt by the Bush administration to return to reliance on coal, a dirty fuel that is a relic of the 19th century would be a costly economic mistake."

Washington will Miss Greenhouse Target. The United States has admitted that it can not, and perhaps will not, reach the greenhouse gas reduction target accepted at the 1998 Kyoto climate conference. In a recent statement by American under-secretary of global affairs Frank Loy the US confirmed that unless Europe gives way and allows the US to purchase "carbon credits" the country, which produces 25% of the world's carbon dioxide emissions, will not meet its obligations.

According to the Kyoto conference, signing countries agreed that they would cut their greenhouse gas emissions by 7% before 2010. Loy cites that the growing economy in the US prevents reduction in carbon dioxide emissions, and instead wants to excuse American discrepancies by purchasing credits from nations who produce less than this projected amount of carbon dioxide. Tony Juniper of Friends of the Earth responded to this attitude saying, "The US is doing tricks with arithmetic rather than deal[ing] with some of the fundamental problems of profligate use of fossil fuels."

Loy did admit, however, that there was growing concern in the US over pollution and global warming. Citing a recent announcement from NASA that a warmer earth is eroding more than 50 billion tons of water a year from the Greenland ice sheet, he confirmed that the American government was dedicated to attempting greenhouse gas reductions. Such statistics, however, feed into the increasing concern that melting ice sheets will have devastating effects on the earth's climate. Research suggests that over the past one hundred years, the sea level has risen about 23 cm, covering once dry low elevation levels.

Indiana among Top States in Generating Pollution Caused by Rise in Coal-fired Power Generation.

Increased electricity generation by coal-burning power plants caused 755,000 more tons of nitrogen oxide pollution in 1998 than in 1992, equivalent to that emitted yearly by 37 million cars. Indiana had a 17% increase in coal fired plants. The increased smog pollution from Indiana, Illinois, West Virginia, North Carolina, Missouri and Georgia each equaled that from two million cars. The increased global warming pollution in the nation is equal to that from 44 million cars. Older power plants are exempted from the emissions controls enforced by the Clean Air Act passed in 1970.

Federal Report on Global Warming Predicts Widespread Impact on U.S. A government report entitled "Climate Change and Our Nation," projects an increase in average U.S. temperatures of between 5 and 10 degrees Fahrenheit over the next century and that global warming will produce widespread changes in the U.S. climate in future decades. Drought-like conditions will hit every region of the country, sea levels will rise and urban populations may wilt under searing temperatures. The report predicts disproportionately hotter cities from both global warming and the urban heat-island, more extreme precipitation and faster evaporation, leading to greater frequency of drought and/or floods, extensive damage to some ecosystems, rising sea levels in coastal areas and shrinkage of coastal wetlands, more heat waves, and increased crop yields (but pests, droughts and floods could reduce these yields). Coastal areas, maple-sugar producers, alpine meadows, and ski resorts resorts will suffer.

Water will become a key concern: droughts, floods, declining snow packs and water quality, and possibly greater water use conflicts could become even more common problems than they are today. A joint press release from the Environmental Defense, National Environmental Trust, Natural Resources Defense Council, Union of Concerned Scientists & World Wildlife Fund was also published on this important report.

Development, Runoff & Population in LA. As population and pavement grows, the Los Angeles region suffers what is believed to be the nation's worst urban runoff problem. Oily waste, pesticides, metal residue, pet feces and other pollutants wash off streets, roofs and parking lots into channels and drains that flow into beach waters. New building projects across the county will be required to limit urban runoff that flows from roofs, parking lots and other pavement so that it doesn't foul ocean waters, according to a decision by the Los Angeles Regional Water Quality Control Board. Only a handful of places in the country, including Phoenix and Florida, have restricted the pollution that flows off urban land. Most of Los Angeles County's 85 cities wanted to reject the runoff standards. On dry summer days, enough runoff to fill the Rose Bowl contaminates beaches within 100 yards or so of river mouths and storm drains. On a rainy day, there is so much contaminated storm water that all beaches are rendered unsafe with bacteria and viruses.

Agressive US Global Warming Policy Would Mean Large Cost Savings and Job Gains. The World Wide Fund for Nature (WWF) said that the United States currently accounts for half of all carbon dioxide emissions by western industrialized nation, but the the U.S government has favored using the potential loopholes in the 1997 Kyoto climate treaty, rather than reducing emissions domestically. Other countries are waiting for a leadership signal from the U.S. and "it is a matter of economic self interest."

The US could save as much as $43 billion per year on energy costs, and create more than 870,000 new jobs by 2010, while reducing emissions by 14% below 1990 levels, twice the Kyoto specified amount. Recommendations include: incentives for fuel-efficient vehicles and energy-saving equipment;

elimination of regulatory impediments; new efficiency standards for buildings, cars, household appliances and office equipment; enhanced research and development; and improvements in land-use and infrastructure reductions in subsidies to polluters. Job increases would occur in services, construction, education, manufacturing, transportation and communications, agriculture, and finance. August 10, 1999 Xinhua

Garbage

Americans produce 430 billion pounds of household trash each year.

Sprawl

Every day, an estimated nine square miles of U.S. rural land is lost to development.

Imports, Exports, Exploitation

- Mar 16 1998 AP Average US Home Owner Guilty of Endangering Forests wooden doors, paneling, or wooden tool handles may be from endangered forests. Home Depot sells doors from endangered Amazon rainforest Mahogany, or plywood from Lauan wood from Southeast Asia forests where old growth forests (not including parks) are predicted to be gone by 2010.
- Mar 16 1998 InterPressService Environmentalists Blast World Trade Organization Timber Trade Plans. Liberalizing trade in timber products would increase global devastation of forests. U.S. government wants agreement to reduce global tariffs on wood products. The agreement says nothing about forest protection or sustainable logging practices. Proposed bans of the use of endangered tropical wood or on wood products that are likely to carry destructive pests could be found to be barriers to trade and in violation of WTO rules.

California

California: Human Dynamic Swamps State's Building Blocks. . Infrastructure has not kept pace with population growth in California. New road capacity, water supplies, housing stock and, now, even electricity has been exceeded by the demand. A quarter of the population of California was not born in the US. In previous years, the impacts of rapid overall population growth were moderated by the poverty of many new immigrants. Newly arrived, and poor, their average demands on the state's infrastructure were relatively low. If those coming into California had been native-born migrants from Texas and Michigan instead of immigrants from Mexico and Korea, California's infrastructure demands would have surged much sooner, placing the state in worse jeopardy than it is today. Those immigrants who had lived in the U.S. for less than a decade increased from 3.4% to 11.1% of the state's total population from 1970 to 1990. As of 1990, the average per capita electricity consumption by newcomers was 53% below consumption of the native-born population; water consumption was 27% lower; number of cars owned was 39% lower; and the proportion of homeowners was 72% lower. Now the inflow of new immigrants has leveled off, ending three decades of acceleration. Now those same immigrants comprise a bigger portion of the population, and they are more established, their poverty rate has dropped, which translates into large and previously unexpected increases in demand for roadways, housing, water, electricity and other infrastructure. When the lights go out, they go out for everyone, regardless of where they were born or how long they have lived in the state. March 1, 2001 Los Angeles Times

California Power Crisis May Become National Mess . Thursday marked the 31st day of an electricity shortage in California. Members of a U.S. House Energy panel warned that the chronic situation could become a national economic mess unless action is taken to revamp aging transmission lines and build more power generators. The growing demand for electricity is due to an increasing population and a greater use of computers. A deregulation scheme approved by the state in 1996, high natural gas prices, the lack of new power plants due to strict state siting rules, and high demand are found to be responsible for the crisis. Two of the largest utilities - Southern California

Edison and Pacific Gas & Electric - are near bankruptcy. The economy of California equals 12% of the country's GDP. Rep. Billy Tauzin (R-Louisiana), who chairs the House Energy and Commerce Committee said the power trouble "could be just the first sign of what could be problems all over America." February 16, 2001 Reuters California's population will increase to 49.3 million by the year 2025 -an increase of 18 million, which would be as if all of the state of New York moved in, a result of an anticipated 22 million births, 9 million immigrants, and offset by deaths. U.S. Census Bureau and FAYE FIORE, Times Staff Writer 9/97

California is filling up because of births, immigration and a robust economy that motivates folks to put down roots here. In many respects, it's an old pattern. The state grew by about 10 million in the last 20 years, and by slightly less than that number in the two decades before. The Dallas Morning News

In 1999, California's population jumped by 537,000 to reach 33.5 million in mid-1998. Los Angeles County posted the highest numerical population gain for the 12-month period, adding 125,200 people for a total of 9,649,800. (41% of that increase due to immigration from other countries). Dept. of Finance Jan 27, 1999

10% of California's population lives in rural areas. California's Central Valley, the world's single largest producer of fruits and vegetables.

California is one of the world's most botanically diverse regions, having a wide range of climates and soils.

California: Growth Fights Fill a Vacuum

By Dan Walters. Driven by high rates of births and foreign immigration, California is experiencing one of its longer periods of high-level population growth. The state has grown from 24 million Californians in 1980 to approximately 35 million (expected when the 2000 U.S. Census is tabulated). 6 million people a year are expected to be added to California's population, reaching 50 million around 2025. Those additional millions will need places to live and work, plus water, open space, sewage treatment, clean air, transportation, education and electric power. These needs will constitute California's single greatest public policy challenge, yet this challenge will be largely ignored by public officials. We address problems such as traffic congestion, water shortages or school crowding as if they were accidents of fate, rather than logical and largely predictable consequences. The California Planning and Development Report says 50 measures dealing with growth will appear on local ballots next month. Measures vary from strict development controls and urban development limits in some areas, to pro-growth measures, such as Sacramento County's ballot measure that would authorize a huge senior housing complex outside the county's urban development line. All these growth conflicts at the local level results in a policy patchwork which squeezes development -- which must occur because of population growth -- into communities most receptive to growth, whether or not it makes sense overall. Tougher controls in coastal areas forces development into inland agricultural valleys, for example, and contributes to sprawl and transportation congestion. October 11, 2000 Sacramento Bee

California's Aging Population. In 1995, the number of people 65 or older was 10.4% of the total population. In 2000, it will be 10.7%, in 2010, 11.4%, and 2020, 14%. The increase is due to the large number of 'Baby Boomers', born from 1946 to 1964. Who will pay the taxes?

Births, Deaths, and Immigration, 1997 to 1998

Area	7/1/98 Population (Estimate)	7/1/97 Population (Estimate)	Numerical Change	Percent Change	Births	Deaths	NIM	NDM
United States	270,298,524	267.743,595	2,554,929	1.0	3,890,842	2,311,727	952,938	0
California	32,666,550	32,182,118	484,432	1.5	52,6785	223,066	268,685	- 89,711
NIM = Net International Migration NDM = Net Domestic Migration US Census Bureau								

California: Capital Reaches 406,899 or So. California has 33,145,121 residents, according to the U.S. Census Bureau, based on 1990 projectons. The the California Department of Finance, which uses drivers license information, estimates the state's population at one million more. Sacramento is the 38th largest city (about the same as Fresno and Las Vegas) in the nation according to new population estimates from the US Census Bureau. The top three cities remain unchanged: New York, Los Angeles and Chicago. In California, the biggest cities are Los Angeles (with 3,633,591 residents), San Diego (1,238,974), San Jose (867,675) and San Francisco (746,777). Sacramento's population grew 3% from 1990 to 1999, and its suburbs mushroomed. Neighboring Rocklin grew 83%, to 34,205 last year, making it sixth fastest-growing city in California. Roseville grew 72% in the same time period. Galt, another Sacramento County community, grew by 95%, from only 8,954 in 1990. October 20, 2000 Sacramento Bee

The southern California counties of Imperial, Los Angeles, Orange, Riverside, San Bernardino, and San Diego combined are expected to account for more than half of California's births during the next ten years. Los Angeles county alone, although projected to decline through 2002, will account for 29% of the State's births during the ten-year period. CAPS November 17, 2000

Where Bacteria Meet the Beach. In 1998, California beaches statewide were closed for a total of 3,273 days - compared with 745 days in 1991, according to the Natural Resources Defense Council. Most of the closures were due to sewage spills and urban runoff (muck that runs off from streets, rooftops and lawns). The growing populations and aging sewer systems add to the problem. Improved bacteria-level monitoring and heavy El Nino rainy seasons have also contribute to the increase in closures. California's 740-mile coast has more than 50,000 visitors and annually, which generates $14 billion, a fifth of California's total $67.9 billion travel and tourism industry. A new law says that coastal counties must test ocean water weekly from April to October, to see if bacteria and pathogen levels are low enough to allow swimming and fishing. June 11, 2000 ENN

Bay Area chooses to Limit Growth. Bay Area voters approved more than a dozen measures to manage rampant growth. Alameda County was stripped of its power to convert most farmland into housing tracts and shopping malls without a vote of the people. Of the 18 growth-related measures in the region, only five lost. Most of the winning measures set or strengthen urban growth boundaries around cities, including San Jose. The Home Builder Association of Northern California said such measures worsen the area's already severe housing shortage by pushing development farther east and south, and neighbors complain because it puts too much traffic on their streets. Throughout California, 35 of 54 measures, 65%, passed, as compared to only half in 1998, according to the California Planning & Development Report. In Arizona and Colorado, two statewide initiatives to limit growth failed by a 2-to-1 ratio. [A Washington Post article said that growth control suffers when the debate can be converted into environmental protection vs. affordable housing. For example, the housing group Habitat for Humanity fought the initiative in Colorado saying that the anti-sprawl measure "threatens our mission and the future of affordable housing in Colorado." Opponents pointed to the growth of housing costs in Portland and in Boulder, Colo., which has a growth boundary. (Advocates pointed out that housing costs in Denver have gone up even faster than in Portland, even though Denver has no growth restrictions.) Opponents attacked Loudoun County's slow-growth efforts as "snob zoning" that would preserve open space for the affluent while driving up housing costs for the less well-off. .... In yet another article from The Tracy Press, Tracy residents voted in favor of slow growth with 56.1% of voters favoring Measure A which amends the city's Growth Management Ordinance by cutting the number of residential building permits that can be issued in half, from a maximum of 1,500 to 750 and an average of 1,200 to 600.] November 9, 2000 San Jose Mercury News

IMMIGRATION

In 1994, net legal immigration added about 816,000 people [about 50% of the growth] to the U.S. The Mexican-born population of the U.S. is eight million - 1/3 of which are undocumented aliens. More than 315,000 undocumented Mexicans are estimated to have entered the U.S. in 1998.

Emigration from Mexico to the U.S. is expected to increase by at least 50% in the next 15 years.

Should the U.S. look at immigration globally, that is, immigration has little or no impact on the world environment, or should the U.S. look at immigration locally, where all increases in population have an impact on the U.S. environment. Some will argue that immigrants to the U.S. consume much more than their counterparts left behind in foreign countries. Click here for more on this topic.

USA POPULATION NEWS

WOA!! Do we need your help! This is news we had no time to file properly. We are looking for a 'USA Population' section chief (volunteer) to organize this mess in a more logical fashion. To apply for the job, go ahead and reorganize this page (a wee bit of HTML knowledge required), and email it to me, HTML and all. Please maintain the current web site style.

Constant Migration Begins to Tax Once-Rural Areas. In places such as Nashotah, the 2000 census numbers released Thursday showed what many already knew: Older cities and many of their first-ring suburbs are losing population while outlying rural communities are swelling. At the same time, according to the U.S. Department of Agriculture, the rate at which Wisconsin land is being developed more than doubled between 1992 and 1997 -- the latest five-year period studied -- compared with the 1980s. Thousands of acres of once verdant farm fields have given way to sparkling new homes, factories and shopping centers.

Since 1990, towns like Oak Creek have grown 46%, Franklin by 35%, Jackson by 99%, Caledonia by 12%, New Berlin by 14%, Waterford by 67%. Enormous pressure is put on communities to pay for services and infrastructure, while there is concern that the character that once defined these places is being lost. Residents have protested some developments, arguing new buildings are exacerbating storm water drainage systems and causing flooding. Some communities have begun requiring larger lot sizes, in part to lower density.

March 22, 2001 Associated Press Census' Immigrant Figures Increase . In the past 10 years 11 million to 12 million immigrants came to the United States, surpassing an earlier projection by at least 2.5 million, according to the U.S. Census Bureau and the Immigration and Naturalization Service preliminary projections. The Bureau estimates the country's foreign-born population in 2000 at 11% of the nation's 281 million residents. Critics of the unusually high immigration rates say tighter measures are necessary to help ease the burden on school systems, and reduce the number of illegal workers competing with U.S. citizens in the unskilled labor market. Pro-immigration groups urged lawmakers to provide local communities and school districts with additional money for bilingual education and social services. The Center for Immigration Studies (CIS), based on 2000 census and INS data said that there were about 5 million illegal immigrants arriving in the past decade, for a total of 7 million illegal aliens living in the U.S., about 1 million higher than previous estimates. CIS says that the federal government must strengthen immigration enforcement at border crossings and in the interior of the country, and crack down on businesses that hire undocumented immigrants. The percentage of Americans who are foreign-born has steadily increased since 1970, when 4.7% of the population was born outside the country. [Note: both legal and undocumented immigrants tend to have higher birth rates. Thus it is the immigrants who contribute most to the 1% growth rate of this country, a rate which would double the U.S. population in 70 years if it does not decrease.]

March 16, 2001 Las Vegas Sun Proposal to Curb Growth Divides Group. A proposal has been put on the membership ballot to force the Sierra Club to confront immigration issues by looking at population as one of the major causes of sprawl. According to "Weighing Sprawl Factors in Large U.S. Cities", about 4,500 people, on average, live on a square mile in the Las Vegas area.

That compares favorably with other growing cities in the Southwest. Portland, Ore., a city that gets high marks from environmentalists for sprawl control, has about 3,900 people per square mile. The report was authored by Roy Beck, a Washington journalist for 20 years, and natural-resource planner Leon Kolankiewicz, formerly with the Orange County, Calif., Environmental Management Agency. "You can focus forever on 'smart growth' measures -- good population density -- but if you have high population growth, you're still going to get eaten up by sprawl." The study relies heavily on U.S. Census Bureau numbers. Beck's conclusion is that the only local way to affect urban sprawl is to slow economic development, making the area less attractive to job-seekers and the national solution is that the federal government has to make immigration a lot more difficult, a proposal rejected by business, Hispanic activists and many environmentalists, including the Sierra Club's leadership. Club Executive Director Carl Pope characterized the anti-immigration effort as short-sighted. He agreed population growth has a profound effect on the environment, but said efforts to control that growth have to be global to have any effect. "The ballot initiative is the wrong way to go about this." The Southern Nevada Home Builders Association said limiting economic expansion in the Las Vegas Valley would threaten the jobs of 75,000 construction workers, the region's No. 2 industry. The complete text of this article is available by password to WOA!!'s editors and contributors here. [Note: WOA's editor/publisher thinks that the US environment will be wrecked and severe energy and water shortages will be experienced long before there is enough of an economic equity between the US and those countries from which most immigrants come. Such an economic equity may be impossible except if the US economy makes an extreme downturn.]

- March 13, 2001 Christian Science Monitor A Tale of How Two Cities Have Dealt with Growth . In 10 years,

Nevada has grown 66% - well ahead of second-place Arizona (40%), Utah (30%), and Montana (20%). Nevada's Las Vegas has been the nation's fastest-growing city for more than 60 years and is suffering from a dizzying array of plights from its excessively high population growth. It is a city that is struggling to keep up with the most basic services - schools, roads, plumbing, and drinking water supply The city was recently cited for its polluted air and now experiences serious traffic and crime problems. The overwhelming majority of jobs taken by the large numbers of Vegas migrants were in retail, food, and hotel services. The mayor hopes to raise its educational standards to attract businesses that need highly educated workers. This would help revitalize the city's economy. Reno, another gambling mecca, is a much smaller city (350,000 metro area), which, in spite of it's size, supports a full philharmonic orchestra, an opera, three dance companies, and the only certified museum in the state. It is also the gateway to Lake Tahoe and the surrounding Sierra countryside. City officials are also trying to use Reno's slow growth compared with Las Vegas (about 3 percent annually), and its relative isolation as a selling point for hunters, skiers, and hikers. "What we have here that Vegas doesn't are mountains, clean air, snowy slopes, and more temperate weather," says Dave Howard, a staff analyst for the Reno Chamber of Commerce. "People here like it just fine that we are not growing any faster." However, its slower growth is about to cost it some real political clout when the 2000 census figures are used to reapportion state legislative districts. Reno is likely to lose some seats. --JP

March 11, 2001 Milwaukee Journal Sentinel Constant Migration Begins to Tax Once-Rural Areas. In places such as Nashotah, the 2000 census numbers released Thursday showed what many already knew: Older cities and many of their first-ring suburbs are losing population while outlying rural communities are swelling. At the same time, according to the U.S. Department of Agriculture, the rate at which Wisconsin land is being developed more than doubled between 1992 and 1997 -- the latest five-year period studied -- compared with the 1980s. Thousands of acres of once verdant farm fields have given way to sparkling new homes, factories and shopping centers. Since 1990, towns like Oak Creek have grown 46%, Franklin by 35%, Jackson by 99%, Caledonia by 12%, New Berlin by 14%, Waterford by 67%. Enormous pressure is put on communities to pay for services and infrastructure, while there is concern that the character that once defined these places is being lost. Residents have protested some developments, arguing new buildings are exacerbating storm water drainage systems and causing flooding. Some communities have begun requiring larger lot sizes, in part to lower density.

- March 8, 2001 Christian Science Monitor California: Amid Pines, a Model for Growth. Over the past 10 years, the pace of growth in this region's 21 counties has actually outpaced the rate in California's more urban areas, as nature lovers and Silicon Valley refugees use the region to ski, hike, and hunt. Rural communities across the country are struggling in the effort to balance growth and development with a unique sense of place. As more and more people migrate from cities to pristine rural areas, communities from the Colorado Rockies to the wide expanses of Arizona and New Mexico are openly debating land use and values: open space versus development, habitat versus jobs, ranch land versus recreation.

- February 28, 2001 MSNBC Bill to Ban Refuge Drilling Introduced - Coastal Arctic Plain Would Become 'Federal Wilderness Area'. Democrats and even a few Republicans introduced legislation to permanently ban any oil or natural gas drilling in the Arctic National Wildlife Refuge. The move came as the president in his budget blueprint estimated U.S. royalties of $1.2 billion by

2004 from companies that successfully bid to develop oil and gas resources in the refuge. Environmentalists say increasing the fuel mileage of cars by just 3 mpg would save the same amount of oil that could be tapped from the refuge over 10 years. Government estimates put the amount of economically recoverable oil in the Arctic National Wildlife Refuge at between 3.2 billion and 16 billion barrels. The United States uses about 20 million barrels of crude oil and refined petroleum products every day. [Let's face it folks! Oil production is peaking and will slide downward while demand continues to rise as population and overconsumption increases.]

5

Population Reduction, and Negative Growth

INTRODUCTION

The world's population 'boom' is not a result of an increase in birth rates, but rather a decrease in death rates. Today more infants and children are surviving into adulthood, while adults are living longer. Since the earth's resources are finite, population must stop growing somehow. Fortunately, birth rates are declining, because no one wants to increase death rates. However, population momentum (the 'boom' of young people who are beginning their child-bearing years), and the agonizing slowness with which birth rates are coming down, means the population is still increasing.

In the meantime, modern medicine is allowing people to live even longer - causing quite a dilemna: will humankind reach a point where having children is to be discouraged, even to the point of one child or no children families? What will the world be like with fewer and fewer children and more and more elderly people?

Some people do not realize that the earth's resources are finite. Or they believe that God or technology will take care of it. They propose a giant pyramid scheme to continue to produce young people who would take care of the old people - leaving the question of who is going to take care of the young people when they get old? Many think that families should be large so that the children can take care of the parents in their old age. They who think so overlook the fact that people with fewer children are better off economically and are usually more able to save and invest for their retirement than if they had spent their money on raising more children.

Country	TFR*
Spain	1.15
Latvia	1.16
Czech Republic	1.18
Bulgaria	1.24
Italy	1.24

*TFR=The total fertility rate: the average number of children a woman would have in her lifetime if the birth rate of a particular year remained constant.

Population Implosion, Graying of the Population

Europe's population is expected to decrease from 728 million now to 658 million by 2050, due to declining birth rates. June 8, 2000 ENN/AP.

February 15, 2000 CNA Mainland China Facing Aging Population Problem. Due to its one-child policy, China's number of elderly people may triple from 130 million to 400 million over the next five years, according to the Australian Broadcasting Corporation (ABC). Currently one young person in mainland China supports an average of four elderly people.February 15, 2000 CNA. About 1780, about the time of Malthus' dire predicitons, families in Europe began cutting back the number of children they had, raising fewer children not because of disease or famine but because they chose to - perhaps because more children were more expensive to raise, and when city life and education became a factor, fewer children meant a better life for the family. But, like braking a speeding train, slowing population growth doesn't happen all at once.

The following is, (shown in reverse order),

> European Pension Systems Set to Collapse/Low Fertility Blamed, a bulletin from the Catholic Family & Human Rights Institute,

- an alert entitled Friday Fax (UN Says Not Enough People in Europe) urging subscribers to "Send this Friday Fax to the head of your child's school",
- Sheila Newman's reply to European immigration.

European Pension Systems Set to Collapse/Low Fertility Blamed

* The president of the European Commission recently warned governments that by 2025 nearly one-third of the European population will be collecting pensions. Italian Romano Prodi also warned that nearly all pensions will be covered at government expense, paid by European tax payers. Prodi's warning is another in an increasing line of dire predictions relating to the results of population control.
* After decades of over-population scares and government supported programs for "zero population growth," most European countries are no longer replacing themselves. The average woman in an advanced industrial society must have 2.1 children in her lifetime in order for the country's population to remain stable. The United Nations reports that 61 countries, and all of Europe, are experiencing "below replacement fertility." Experts expect this number to grow to as many as 80 countries in the coming year.
* Experts predict that Italy's population will shrink 28 percent to 41 million by 2050. It is also predicted that the European Union as a whole will shrink to 18 million people fewer than the United States which continues to grow. At this time the European population is larger than the US.
* Population problems are not just vexing western Europe. The former Communist countries in the east are having even greater problems. In a report just released by the UN Economic Commission for Europe, it is predicted that population levels are expected to drop by a third in former communist countries by 2050. The report

states that the countries of eastern Europe have the lowest fertility rates in the world. The latest figures, from 1998, reveal that women are having on average 1.3 children in eastern Europe, compared to 1.6 in western Europe.

* The immediate result of "below replacement fertility" is population aging. As the older population grows to retirement age, they must rely on rapidly expanding social security and medical systems. The bind doubles as this growing need cannot be met by a shrinking number of younger and more productive workers.

* The problem in Europe is exacerbated even further by very young retirement ages. Italy allows workers to retire as young as 50 years old. Although the legal retirement age in most of Europe is 65, the financial penalty for early retirement is so small many opt for it anyway. According to a report in the International Herald Tribune the average age of retirement for men is 61 and 58 for women.

* A recent UN report made the case for dramatically increased immigration to cover the shortfall of workers. This seems politically unfeasible since the relatively small numbers of immigrant workers in Europe are causing severe political difficulties and have given rise to political parties aggressively opposed to immigration.

* Pro-lifers are concerned that the European scenario of rapidly aging populations increasing the strain on social services will lead inevitably to increased reliance on euthanasia. Euthanasia is already practiced in the Netherlands.

JAPAN

Incentives Offered To Reverse Falling Birthrate. The average birthrate for a Japanese woman was just 1.38 in 1998, Japan's record low and among the lowest in the world. The Bandai Corporation, a toy company, has begun offering its employees $10,000 for every baby born after their second child.

The government and employers are attempting to reverse record-low birthrates, but most Japanese feel that it's just too difficult and expensive to have more than two children. Previous initiatives for encouraging births have included making it more economical to raise children -- extending flexible work hours, family leave and child care and offering cash and monthly subsidies.

Japanese government officials deny, however, that such offers are directly intended to promote childbirth. In a related article, Japan Headed For World's Highest Percentage Of Elderly, Japan is concerned that declining birthrates and an aging population will curb economic growth, as there will be fewer workers to support the elderly. Government officials said that by 2005, the percentage is expected to reach 19.6%, the highest in the world, surpassing Sweden, currently at 17%. $99 billion has been set aside for solutions to the aging problem. The median age is expected to raise from 41 to 49. Life expectancy for women, at just over 84 years, is the world's highest.

In Japan, Golden Years Have Lost Their Glow. Formerly, most Japanese men expected to retire and then go into a low-stress, largely ceremonial second job to supplement their pension. But, the nation's 10-year economic malaise, coupled with long-standing demographic trends, has changed the anticipated trajectory of their lives. Public and private pension systems are teetering toward insolvency, a result of poor management and a very low birth rate, which has meant fewer young workers paying into a pension system that must support their elders.

The birth rate in 1998, the latest year that figures are available, stood at a record low. The older population is growing with the life span -- the average Japanese man can expect to live 77 years, the average woman, 84 -- so it has a greater need for medical care, assisted housing and other support services, as well as larger nest eggs to help pay for them. Japan is graying faster than any other industrialized country. This year, people 65 and older are expected to account for 17.2 percent of Japan's population of 126.9 million. By 2020, they will account for 26.9 percent of a population that will have shrunk to 124 million. By contrast, this year Americans 65 and older should account for a little under 12.7 percent of a population of 275 million.

By 2020, they will account for 16 to 17 percent of a population that will have risen to 325 million. And while tradition hands the oldest child the responsibility of caring for parents, it is breaking down as more young people live in cities, with severe space constraints. More women are working, too, and cannot care for ailing parents. At the same time, companies that once would have found work for retirement-age employees at affiliates or within their own rank and file, are rushing to jettison these older, more expensive workers and reduce labor costs. Many more people are thus being thrown into retirement at age 60-the youngest retirement age permitted by the government--than the number of second jobs available. February 16, 2000 NY Times

Can a graying Europe still support itself?: New warnings are on the way over how the Continent will manage with strikingly low birth rates. Joseph Chamie, director of the UN Population Division, reported estimates that already 10% of global population is aged 60 or more and that this share will mount to 22%, or about 2 billion people, by 2050, with declines in both fertility and mortality accounting for the increase. The pattern of fewer and fewer children, one that recurs all over Europe, carries within it the seeds of an alarming crisis, and possibly of a dreadful failure for the Continent, demographers warn. Europe's population is about to start shrinking, and aging, dramatically.

Joseph Grinblat, a demographer with the United Nations Population Division says "There are only three things you can do: increase the retirement age, increase social security contributions, or reduce pensions. Those are all painful, so it is very hard for politicians to act unless there is an urgent need." As fewer workers support ever more retirees, government budgets will be threatened, industrial output will fall, and the very nature of European society will be at stake. By the middle of the 21st century, the study predicts, Italy's population will have dropped from today's 57 million to 41 million. Its labor force will have been halved, while the number of pensioners will have nearly doubled.

Other European nations will be in roughly similar situations: Today there are about five people of working age for every retiree - by 2050 there will be only two. The only way to maintain the current ratio, says a UN report, would be to let 159 million immigrants into Europe - 40% of the current population over the next 25 years. Nowhere in Europe does a government encourage immigration. Most, on the contrary, strictly limit foreigners, fearing the social tensions - and political extremism - that poorly integrated immigrant communities can generate. Some demographers propose a fourth option - boosting the birth rate with government policies designed to encourage larger families.

50 Years From Now, It'll Be a Grey India. By 2051, only 19% of the country's population would be up to the age of 14 years. Currently this group constitutes almost 38% of the population. The median age will rise by 17 years from 21 years now to 38 years in 2051. Couples are opting for one child, or at the most two - and with advancement in health services, will experience an increased life expectancy. According to the Population Foundation of India, a voluntary organisation working in association with the Union government, about 15% of the population will be over the age of 65 by 2051. By then, India will have an evened out sex ratio, which was 108 males per 100 females in 1991. The total fertility rate - number of children per woman) in India would is expected to come down to 2.52 between 2011 and 2016, and is expected to reach 2.1 in 2026.

Europe registers the world's lowest growth rate at 0.03 percent. In the region of Eastern Europe, population growth is -0.2 percent.

From GLOBAL POPULATION MEDIA ANALYSIS By Communications Consortium Media Center Nov 98 On November 11, the Chicago Tribune ran a story on its front page about the "Graying of Italy"-declining birth rates resulting from delayed marriage and desire for smaller families in that country. The article highlighted a small town in the Italian Alps where funerals outnumber baptisms in the local church. "As a result of four consecutive years of declining birth rates, Italy is the only country in Europe in which people over age 65 outnumber those under age 15." The article did note that factories in Northern Italy did attract a modest influx of immigrants. Furthermore, the regional and national government have begun devising economic incentives for families to have more children, such as insurance that pays off when a baby is born, or child subsidies for low- and middle-income families.

On November 15, The Toronto Sun reported that "natural-born Canadians are becoming an endangered species," with the Canadian fertility rate at an all-time low. The article predicted that "annual deaths could equal or surpass births as early as 2020." Reasons for this decline were listed as baby boomers moving past their childbearing years, as well as decisions by working women to postpone childbearing.

A November 15 Op-Ed in the San Diego Union-Tribune, by George J. Bryjak, professor of sociology at the University of San Diego, warned that fears of a population "implosion" were a misinterpretation of demographic data. "At worst, it is flat out wrong." Citing Alene Gelbard and Carl Haub of the Population Reference Bureau, Bryjak pointed out that there were two different worlds of population growth: the "two-children-or-fewer-world," including industrialized countries, and the "rapid-growth-world," consisting of Latin America, the Caribbean, Asia and Africa.

He explained the importance of youth in determining future population growth rates. "While women in England and South Korea both have the same fertility rate, the population in the former is expected to decrease over the next 27 years while it increases in the latter. The solution to this demographic riddle is that the population of South Korea is much younger than that of England, resulting in more women in that Asian nation giving birth." With population continuing to grow steadily in

Africa and India-which, in combination with China, now makes up 50 percent of the world's people-Bryjak predicted that the global count of humanity would also continue to grow, in spite of the number of nations with zero or negative population growth.

POPULATION REDUCTION OR NEGATIVE POPULATION GROWTH

We need to go, for some time period, below the replacement level of two offspring per female. (I'm suspicious that the +/- 1.3 in Italy, etc. may be a bit too low for a smooth transition). We need to drop world human population down to (ideally) some Ecocentrically defined "Optimum" size. This is not the same as "stabilization" at current levels, nor is it the same as the "sustainable" population which some population activists seem to think should be our goal. "Officially", I've been for many years putting out the argument that the Optimal human population should be about 10 million. In all seriousness, I think that would be a great target. (As one of Dr Fred Hoyle's characters says in October the First is Too Late, "How many of them are you ever going to get to know anyway?")

But even much larger numbers (100 million, 200 million) might potentially still be defended as Ecocentrically defined "Optimal" world human populations. Achieving "stabilization" without first reducing our numbers drastically probably won't even work. We're probably already somewhat over even an Anthropocentrically defined Carrying Capacity... and well over an Anthropocentrically defined Optimum. Maybe 1.7 fertility rate for 150 years or more.. before we level off at below 200 million?

In November 1991, Jacques-Yves Cousteau reportedly said, in response to an interviewer's question, "Some snakes, mosquitoes, and other animal species pose threats or dangers for humankind. Can they be eliminated like viruses that cause certain diseases?," Cousteau said:] "Getting rid of viruses is an admirable idea, but it raises enormous problems. In the first 1,400 years of the Christian era, population numbers were virtually stationary. Through epidemics, nature compensated for excess births by excess deaths. I talked about this problem with the director of the Egyptian Academy of Sciences. He told me that scientists were appalled to think that by the year 2080 the population of Egypt might reach 250 million. What should we do to eliminate suffering and disease? It's a wonderful idea but perhaps not altogether a beneficial one in the long run. If we try to implement it we may jeopardize the future of our species. It's terrible to have to say this. World population must be stabilized and to do that we must eliminate 350,000 people per day. This is so horrible to contemplate that we shouldn't even say it. But the general situation in which we are involved is lamentable." Bahgat Elnadi and Adel Rifaat, "Interview With Jacques-Yves Cousteau," The UNESCO Courier, November 1991, p. 13

Supposedly from the UNESCO Courier of November 1991, another version of the same thing is reported by here.

Jacques Cousteau said, "to stabilize the world population we must eliminate 350,000 people per day. It is a horrible thing to say," he admitted, "but it?s just as bad not to say it." This Hitlerian sentiment, published in UNESCO Courier in November 1991, is not rare among envirochondriacs.

The above is reportedly from the "The Population Controllers," of the New American Magazine, 6/27/94, p. 7. However, when you go to that issue on the on-line version of New American Magazine, this rather alleged statement of Cousteau's was not to be found - a rather glaring omission for such an important statement.

Also from the possibly the same source: "A reasonable estimate for an industrialized world society at the present North American material standard of living would be 1 billion. At the more frugal European standard of living, 2 to 3 billion would be possible."

6

POPULATION OF INDIA

POPULATION OF INDIA - ANALYSIS

India will overcome China in population by 2030: UN

Quick Facts: Indian Census 2001

16.7% of world population in 2.4% of world surface area - India	933 females per 1000 males as against 927 in 1991 census
Only 75 males and 54 females literate out of every 100	29 life adds to population every minute from 24.79 births and 8.88 deaths per 1000
Uttar Pradesh most populated, estimated more than Pakistan's population.	West Bengal most dense and Arunachal Pradesh least.

16.7% of world population in 2.4% of world surface area - India933 females per 1000 males as against 927 in 1991 census

Only 75 males and 54 females literate out of every 100 29 life adds to population every minute from 24.79 births and 8.88 deaths per 1000

Uttar Pradesh most populated, estimated more than Pakistan's population.West Bengal most dense and Arunachal Pradesh least.

India is the coming China. In economy, we can put our expectations high but in population it is of sure success story by 2030. The new India will seam like the world in one country.

The United Nations "World Population Prospects", released on 24th February, 2005 in New York, estimates that there will be 1,395m people in India by 2025, and 1,593m in 2050. China will be populated by 1,441m by 2025, and 1,392 in 2050.

The report also mentions that the population of developed countries will remain the same but the 50 least developed countries is projected to more than double.

THEORY OF POPULATION

"The poor is the maker of their own poverty by marrying improvidently" - Malthus

In eighteenth century, Plato (De republica, V) and Aristotle (De republica, II, VI) maintained that marriage and the birth of children should be regulated and restricted by law to keep the means of support balance for all the citizens. In some city-states of ancient Greece, abortion, infanticide, and unnatural love were recommended for this region. Fredrick the Great (most famous German rulers for all time for his military success) once said that the number of the population constitutes the wealth of the State. Of course he was right but during his time over-population had not occurred in any civilized country, or it was prevented by disease, plagues, wars, and various forms of economic hardship. Gianmaria Ortes was the first author to deal systematically with the problem in his work "Reflessioni sulla popolazione per rapporto all' economia nazionale" in the year 1790.

Eight years later Thomas Malthus (1766-1834), a political economist came up with a theory, now it is widely known as Malthus Theory. In his theory he explained that population would eventually reach a resource limit. Any further increase would result in a population crash, caused by famine, disease, or war. He suggested that only birth control could prevent crisis. He also mentioned that the poor is the maker of their own poverty by marrying improvidently.

Few optimists economists like Bastiat in France, List (1789-1846) in Germany, and Henry C. Carey in America have rejected the Malthusian theory. Spencer theory of population says that population becomes automatically adjusted to subsistence at that level which is consonant with the highest progress. Whatever be the theory. Whether to go with it or not is never a question especially when give a closer look upon population in india. Here the practical always work out. The more number of people, the lesser employment. The lesser employment, the more dependance. The more dependance, the lower standart of living. The lower standard of living, the lesser happiness. Hence, by any means, rapid growth of population has to be checked, in India.

RURAL POPULATION WHICH MIGRATED TO URBAN AREAS

25% of the country's poor live in urban areas

31% of the urban population is poor

Traditional rural-urban migration exists in India as villagers seek to improve opportunities and lifestyles. In 1991, 39 million people migrated in rural-urban patterns of which 54% were female. Caste and tribe systems complicate these population movements.

POPULATION GROWTH RATE IN INDIA

Growth rate expected to exceed China's by 2010

Crude Birth Rate 27.00 per 1,000 annually	**Crude Death Rate** 9.00 per 1,000 annually	**Infant Mortality Rate*** 72 per 1,000
Life expectancy 62 years	**Rate of natural increase** 1.80	**Total Fertility Rate**** 3.30

* Seventy-two out of every 1,000 babies born die before their first birthday. Seven per cent of newborn infants perish within a year of birth, because of low birth weight, pre-maturity, malnutrition, diarrhoeal diseases, acute respiratory infections and malnutrition.

** average number of children born to a woman during her lifetime.

Note:

- Only nine states or union territories in the country have a TFR less than or equal to the desired 2.1: Eleven have a total fertility rate of more than 2.1 but less than 3.0. At least 12 have a total fertility rate of 3.0 or over.
- Eighteen per cent of births are to teenage women aged between 15 and 19.

- Forty-nine per cent of women give birth for the first time by age 20.
- The average age at first marriage (or informal union) is 20.
- Forty-three per cent of married women are using modern methods of contraception.

Decadal growth rate (adjusted) by religious communities

Religious Communities	1961-71	1971-81	1981-91	1991-2001
All	24.8	24.8	23.8	21.5
Hindus	23.4	24.2	22.8	20
Muslims	31.2	30.8	32.9	29.3
Christians	36	19.2	17	22.1
Buddhists	17	25.4	36	23.2
Jains	28.5	23.7	4	26
Others	97.7	26.6	13.2	111.3

Source: Census of India 2001

Population of India and Neighbouring Countries

South-Asia, the largest market also holds few most populated country in the world. Pakistan is the 6th most populated country in the world and Bangladesh 8th. India of course the second after China. We bring to you the area of neighbouring countries with population growth in a year.

Country	Capital	Area km²	Population 2003-07-01 est.	Population 2004-07-01 est.
Bangladesh	Dhaka	144,000	138,448,210	141,340,476
Bhutan	Thimphu	47,000	2,139,549	2,185,569
India	New Delhi	3,287,590	1,049,700,118	1,065,070,607
Maldives	Male	300	329,684	339,330
Nepal	Kathmandu	140,800	26,469,569	27,070,666
Pakistan	Islamabad	803,940	150,694,740	159,196,336
Sri Lanka	Colombo	65,610	19,742,439	19,905,165

Source: "The World Factbook 2003-2004", CIA.

Annual Average Growth Rate of Population

Country	Per cent
Bangladesh	2.58
Bhutan	2.32
India	2.11
Maldives	3.85
Nepal	3
Pakistan	3.1
Sri Lanka	1.37

IMMIGRATION OF POPULATION IN INDIA

7,500 Bangladeshis detected in NE in the past three years.

Bangladeshis and Nepalis have been immigrating illegally to India mainly from northeastern states. Poverty-stricken Bangladeshis immigrate to India in search of better opportunities. The condition is going to be worse in the coming days as the possibilities of population of Bangladesh is to be double by 2050.

Nagaland recorded an abnormal growth rate in 1981-91 and 1991-01, which was 56.08 and 64.41 per cent respectively. The growth was highest in the country. Immigration from neighbouring countries to Nagaland was the main cause of such an unprecedented growth. The arithmetic density of population of the North-East is 151 persons per sq km. In 1991, the density was 123 persons per sq km.

Assam alone has the density of 340 persons and Tripura, the smallest state in the region holds the second position with 304 persons per sq. km. More than 7,500 Bangladeshis had been detected in the state in the past three years and most of them had been pushed back and a few prosecuted.

The decadal growth rate of Assam from 1951-81 was much more than the national average. But from 1981-01, it is gradually decreasing. During 1981-91 and 1991-01 it was 24.24 and 18.85 per cent respectively.

INDIAN STATES POPULATION

Bihar with population of 82 million has slowest (-0.2%) growth per capita income p.a.

A little over a billion people reside in 29 states and 6 Union Territories (UT) of India. The variation of economic performances is very large in these states and UT along with the population. Uttar Pradesh is the highest populated state. West Bengal is most dense and Arunachal Pradesh is the least.

Bihar with a population of 82 million has per capita income of Rs 1,010 per month where as Maharashtra has the richest with Rs 4,853 per month with a population of 96 million. Growth performance has been equally varied, with the slowest growth in state per capita income in Bihar, at -0.2 per cent per year compared with the fastest growth in Gujarat, at 7.8 per cent per year.

Division	Capital	Area (sq.km.)	Population 2001 census
Andaman & Nicobar Islands (UT)	Port Blair	8,249	356,152
Andhra Pradesh	Hyderabad	275,069	76,210,007
Arunachal Pradesh	Itanagar	83,743	1,097,968
Assam	Dispur	78,438	26,655,528
Bihar	Patna	94,163	82,998,509
Chandigarh (UT)	Chandigarh	114	900,635
Chhattisgarh	Raipur	135,191	20,833,803
Dadra & Nagar Haveli (UT)	Silvassa	491	220,490
Daman & Diu (UT)	Daman	112	158,204
Delhi (UT)	Delhi	1,483	13,850,507
Goa	Panaji	3,702	1,347,668
Gujarat	Gandhinagar	196,022	50,671,017
Haryana	Chandigarh	44,212	21,144,564
Himachal Pradesh	Simla	55,673	6,077,900
Jammu & Kashmir	Srinagar	101,387	10,143,700
Jharkhand	Ranchi	79,714	26,945,829

Contd...

Division	Capital	Area (sq.km.)	Population 2001 census
Karnataka	Bangalore	191,791	52,850,562
Kerala	Thiruvananthapuram	38,863	31,841,374
Lakshadweep (UT)	Kavaratti	32	60,650
Madhya Pradesh	Bhopal	308,245	60,348,023
Maharashtra	Mumbai	307,713	96,878,627
Manipur	Imphal	22,327	2,166,788
Meghalaya	Shillong	22,429	2,318,822
Mizoram	Aizawl	21,081	888,573
Nagaland	Kohima	16,579	1,990,036
Orissa	Bhubaneswar	155,707	36,804,660
Pondicherry (UT)	Pondicherry	480	974,345
Punjab	Chandigarh	50,362	24,358,999
Rajasthan	Jaipur	342,239	56,507,188
Sikkim	Gangtok	7,096	540,851
Tamil Nadu	Chennai	130,058	62,405,679
Tripura	Agartala	10,486	3,199,203
Uttaranchal	Dehra Dun	53,483	8,489,349
Uttar Pradesh	Lucknow	240,928	166,197,921
West Bengal	Calcutta	88,752	80,176,197
Total		3,166,414	1,028,610,328

Source: Census of India 2001

Note: Chandigarh is both the capital of Haryana and Punjab, and a separate Union Territory of itself. Uttaranchal, Jharkand and Chhatisgarh are recent split offs from respectively Uttar Pradesh, Bihar and Madhya Pradesh. Manipur population numbers exclude Mao-Maram, Paomata and Purul sub-divisions of Senapati district.

Mumbai 3rd most Populated in World!

The migration of rural population to urban areas has made cities densely populated. About 27 per cent the population live in urban areas. There are 4,000 cities and towns in India. About 300 cities have population over 1,00,000. Seven cities have population more than 3 million. Greater Mumbai still is the most populated city in its 440 sq. Km. area followed by Delhi, Kolkata, Bangalore and Chennai. Mumbai ranks third in world after Tokyo and Mexico. Kolkata 9th and Delhi 14th according to U.S. Census Bureau.

Some Majorly Populated Indian Cities

Name	Population 1991-03-01 census	Population 2001-03-01 census
Greater Mumbai (Bombay)	9,925,891	11,914,398
Delhi	7,206,704	9,817,439
Kolkata (Calcutta)	4,399,819	4,580,544
Bangalore	2,660,088	4,292,223
Chennai (Madras)	3,841,396	4,216,268
Ahmedabad	2,876,710	3,515,361
Hyderabad	2,964,638	3,449,878
Pune	1,566,651	2,540,069
Kanpur	1,874,409	2,532,138
Surat	1,498,817	2,433,787
Jaipur	..	2,324,319
Lucknow	1,619,115	2,207,340
Nagpur	1,624,752	2,051,320
Indore	..	1,597,441
Bhopal	1,062,771	1,433,875
Ludhiana	1,042,740	1,395,053
Patna	917,243	1,376,950
Vadodara	1,031,346	1,306,035
Thane	803,389	1,261,517
Agra	891,790	1,259,979
Kalyan-Dombivali	..	1,193,266
Varanasi	929,270	1,100,748
Nashik	656,925	1,076,967
Meerut	753,778	1,074,229
Faridabad	617,717	1,054,981
Haora	950,435	1,008,704
Pimpri Chinchwad	..	1,006,417

Source: Census of India 2001

India's Population by Age & Sex

Punjab and Haryana, 704 Females per 1000 Males

Sex ratio (the number of females per 1000 males) for India is 933 females per 1000 males. It is an improvement of 6 points over 927 earlier recorded in 1991 Census. Like the 1991 Census, the highest sex ratio (1058) has been reported in Kerala. Haryana has reported the lowest sex ratio of 861 among the major states. One of the interesting fact that has emerged, is that the sex ratio of child population in age group 0-6 is 927. The child sex ratio in 1991 was 945. The sharpest decline in sex ratio of the child population has been observed in Himachal Pradesh, Punjab, Haryana, Gujarat, uttranchal, Maharashtra and Union territory of Chandigarh.

Country	0-14 years		15-64 years		65 years and older		Total
	male	female	male	female	male	female	
China	168,040,006	152,826,953	439,736,737	413,454,673	41,200,297	46,573,816	1,261,832,482
India	175,228,164	165,190,951	324,699,562	301,821,383	23,925,371	23,138,386	1,014,003,817

Source: Census of India 2001

Sex Ratio In India in 100 years

Years	Sex Ratio
1901	972
1911	964
1921	955
1931	950
1941	945
1951	946
1961	941
1971	930
1981	934
1991	927
2001	933

Source: Census of India 2001

Normal Sex Ratio at Birth: 940-950 Girls per 1000 Boys

India's sex ratio at brith: 976/1000 in 1961 to 927/1000 in 2001.

The availability of technology to determine the sex of the foetus and the practice of aborting a female foetus are given as the reasons for such adverse sex ratios.

POPULATION BY RELIGION IN INDIA

India known as the land of spirituality and philosophy, was the birthplace of some religions, which even exist today in the world. The most dominant religion in India today is Hinduism. About 80% of Indians are Hindus.

Around 500 BC two other religions developed in India, namely, Buddhism and Jainism. Today only about 0.5% of Indians are Jains and about 0.7% are Buddhist.

One comparatively new religion in India is Sikhism and it was established in the 15th century. About 2% of Indians are Sikhs.

States: Literacy & Population by Religion, 1991

State	Population	Hindus	Muslim	Christians	Buddhist	Jains	Sikhs	Others
Andhra Pradesh	66,508,008	59,281,950	5,923,954	1,216 384	22,153	26,564	21,910	2,564
Arunachal	864,558	320,212	11,922	89,013	111,372	64	1,205	313.118
Assam	22,414,322	15,047,293	6,373,204	744.367	64,008	20,645	16.492	138,230
Bihar	86,374,465	71,193,417	12,787,985	843,717	3,518	23,049	78,212	1,443,258
Goa	1,169,793	756,621	61,455	349,225	240	487	1,087	403
Gujarat	41,309,582	6,964,228	3,606,920	181.753	11,615	491,331	33,044	4.213
Haryana	16,463.648	14,686,512	763,775	15,699	2,058	35,296	956,836	156
Himachal Pradesh	5,170,877	4,958,560	89,134	4,435	64,081	1,206	52,050	211
Jammu & Kashmir	7,718,700*							
Karnataka	44,977,201	38,432,027	5,234,023	859,478	73.012	326,114	10,101	6,325
Kerala	9,098,518	16,668,587	6,788,364	5,621.510	223	3,641	2,224	3,275
Madhya Pradesh	66,181,170	61,412,898	3,282,800	426,598	216,667	490,324	161,111	62,457
Maharashtra	78.937,187	64,033,213	7,628,755	885,030	5,040,785	965,840	161,184	99,768
Manipur	1,837,149	1,059,470	133,535	626.669	711	1,337	1,301	4.066
Meghalaya	1,774.778	260,306	61,462	1.146,092	2,934	445	2,612	298,466
Mizoram	689.756	34.788	4,538	591,342	54,024	4	299	1,859
Nagaland	1,209.546	122,473	20,642	1,057,940	581	1,202	732	5,870
Orissa	31,659,736	29,917,257	577,775	666,220	9,153	6,302	17,296	397,798
Punjab	20,281,969	6.989.226	239,401	225,163	24,930	20,763	12,767,697	883
Rajasthan	44,005,990	39,201,099	3,525,339	47,989	4,467	562,806	649,174	1,191
Sikkim	406,457	277,881	3,849	13,413	110,371	40	375	374
TamilNadu	55,858,946	49,532,052	3,052,717	3,179,410	2,128	66,900	5,449	2,620
Tripura	2,757,205	2,384,934	196,495	46,472	128,260	301	740	2
Uttar Pradesh	139,112,287	113,712,829	24,109,684	199,575	221,433	176,259	675,775	8,392
West Bengal	68,077,965	50,866,624	16,075,836	383,477	203,578	34,355	55,392	452,403
Andaman-Nicobar	241,453							
Chandigarh	642,015							
Dadra-Nagar Haveli	138,477							
Daman & Diu	101,586							
Delhi	9,420,614							
L. Dweep	51,707							
Pondicherry	807,785							

Source: Census of India 2001

The 2nd largest largest religion followed in India is Islam. They are about 12% of India's population. Christians are more than 2% of India's population.

There are also Zoroastrians who even though make less then 0.01% of India's population, are known around India. There are also a few thousand Jews in India.

India's largest cities / urban areas

Rank	City / Urban Area	Population
1	Mumbai (Bombay)	16,368,000
2	Kolkata (Calcutta)	13,217,000
3	Delhi	12,791,000
4	Chennai	6,425,000
5	Bangalore	5,687,000
6	Hyderabad	5,534,000
7	Ahmadabad	4,519,000
8	Pune	3,756,000
9	Surat	2,811,000
10	Kanpur	2,690,000
11	Jaipur	2,324,000
12	Lucknow	2,267,000
13	Nagpur	2,123,000
14	Patna	1,707,000
15	Indore	1,639,044
16	Vadodara	1,492,000
17	Bhopal	1,455,000
18	Coimbatore	1,446,000
19	Ludhiana	1,395,000
20	Kochi	1,355,000
21	Visakhapatnam	1,329,000
22	Agra	1,321,000
23	Varanasi	1,212,000
24	Madurai	1,195,000
25	Meerut	1,167,000
26	Nashik	1,152,000

Contd...

Rank	City / Urban Area	Population
27	Jabalpur	1,117,000
28	Jamshedpur	1,102,000
29	Asansol	1,090,000
30	Dhanbad	1,064,000
31	Faridabad	1,055,000
32	Allahabad	1,050,000
33	Amritsar	1,011,000
34	Vijayawada	1,011,000
35	Rajkot	1,002,000

Source: India's national census of 2001

CHECK UPON INDIAN POPULATION

Women are the major targets of family planning programmes in India

India was the first country to launch a national programme in 1951, emphasizing family planning to the extent necessary for reducing birth rates but it did not show any change due to decline in death rates simultaneously. Women were the major targets of family planning programmes.

Survey says that 67 per cent female against 3 per cent male accepted the most widely used method of family planning i.e. sterilization.

The First Five Year Plan called for an explicit population policy and considered family planning as a step towards improvement in health of mothers and children.

Government's policy since 1938

1938 Sub Committee on population was set up by the National Planning Committe appointed by the Interim Government.

1940 The National Planning Committee, in its resolution said, inter alia, that in the interest of social economy, family happiness and national planning, family planning and a limitation of children are essential and the State should adopt a policy to encourage these.

1966 A separate Department of Family Planning was carved out in the Ministry of Health in order to strengthen the population control programme.

1977 A modified National Population Policy was announced which viewed the policy "as an integral part of education, health, maternal and child health etc. and stressed the voluntary nature of the family planning programme".

1983 The Government announced a National Health Policy which adopted the recommendations of the Working Group on Population Policy as the long term demographic goal of the country.

1986 The 1986 version of India's Population Policy views family planning in a broader perspective of child survival, women's status and employment, literacy and antipoverty efforts.

1991 The Ministry of Health and Family Welfare decided to impart a "new dynamism' to the programme by devising innovative strategies. This led to the development of an Action Plan for revamping family welfare programmes in india.

1993 The Ministry of Health and Family Welfare appointed an expert Group under the Chairmanship of Dr. M.S. Swaminathan to draw up a Draft Population Policy for consideration by Parliament.

7

Global Warning: A World Population Crisis Looms

INTRODUCTION

For the last fifty years we have been bombarded with warnings about a population crisis which allegedly threatened to overwhelm the world. Politicians and demographers have constantly predicted disaster. The media have been full of talk of 'unsustainable growth' and population explosions. World conferences preached doom and gloom. Millions and millions of dollars from western taxpayers, business and enormously rich Ford and Rockefeller Foundations have been poured into agencies like the United Nations Fund for Population Action (UNFPA) and the International Planned Parenthood Federation (IPPF). Western aid to Third World countries has regularly been given on condition that they agreed to mass contraception, sterilisation (male and female) and abortion programmes supervised by the UNFPA and IPPF.

All this has been based on the claim or belief that the threat was of a population explosion - that is, world over-population.

What we now know is that, yes, there is a world population crisis, but it is quite the opposite to the one which the contraception-sterilisation-abortion lobby, the media and so many politicians have been talking about, often hysterically, since World War II; and in large measure it is precisely agencies such as UNFPA and IPPF who are responsible for this new and terrifying crisis, the real crisis, which threatens our world. That crisis is the threat of demographic implosion.

THE DEMOGRAPHIC FACTS

To achieve 'zero growth', that is, a static population that is neither growing nor declining, every woman should produce 2.1 children. In the Third World (e.g., Mali, where 1 child in 5 dies under 5 years) the replacement rate has to be higher.

Today, in developed countries the situation can be described as catastrophic. In Italy in 1998 the female fertility rate was a mere 1.19. The Wall Street Journal called the Italian crisis 'apocalyptic'. In Spain, the situation is even worse: the average is 1.18 children per woman. In the United Kingdom and France the rate is around 1.75. Not too bad? Better than Spain and Italy (not to mention Greece and Germany). Nonetheless the next generation will be 20 per cent down on the present one. Spain and Italy will be 40 per cent down. But does 'less worse' mean 'all right'?

The European Union as a whole has a 1.4 child/woman rate. Do we really think that the EU has a bright future?

Now look beyond Europe. Canada's rate is 1.6 (Quebec's much worse). Even the US has only 2.0 and this largely because of Hispanic immigration. And on the other side of the Pacific is Japan, 'desperate for a baby-boom', and China, where the law restricts each family to one child per woman - with enforced abortion and sterilisation and female infanticide resulting in a society which has some 120 boys for every 100 girls. So much for women's liberation. And what will this lead to - polyandry (women having several husbands), sex wars?

Between the Pacific and Western Europe lies enormous Russia - which is shrinking fast thanks to a female fertility rate of a mere 1.3 (in 1997). The situation is even more serious in some parts of the former Soviet Empire - like Latvia and Lithuania.

Developing countries are heading towards a similar crisis. For example, Thailand's female fertility rate has dropped from 2.2 in 1993 to 1.9 in 1997. In Peru the birth-rate has fallen by 50 per cent in fifteen years, thanks not least to a sterilisation programme that is being pushed hard (the target for 1998 being 150,000). As long ago as 1979 the bishops protested in a pastoral letter about UNFPA's involvement in population control and I myself have been told by a distinguished cleric that food aid included powdered milk, laced with some unknown but powerful chemicals, which seemed to 'castrate' the young. Is there a future for Peru? And what about Brazil, where there has been an enormous female sterilisation programme?

There is no need to continue with this catalogue. The crucial fact is this: in 1996, 51 countries were already falling below the replacement rate, often dramatically. These included almost all industrialised countries and a growing number of key developing countries. There is now some concern about this in high places. For example, in November 1997 there was a UN-sponsored meeting in New York of experts on 'Below-Replacement Fertility'. Professor Antonio Golini (La Sapienza University, Rome) spoke about the grave demographic situation in Italy: a fertility rate of 1.2 for the whole country; a staggering 0.8 for Bologna. The Pope has appealed to the prime minister for a pro-family policy, but little is being done and attempts to remedy the situation in Sweden have failed.

The question is: even if generous help were given to young couples would they produce the many more children needed to secure the future of their communities? The problem is much deeper than mere demographics!

If there were no moral constraints maybe the only way out would be to start baby factories modelled on the one which Aldous Huxley described in that prophetic book Brave New World (1932) - the 'Central London Hatchery and Conditioning Centre.' Perhaps, until technology improves, we should have women who specialise in reproduction (as is already done, on a small scale, with surrogate motherhood). Or maybe there are still many infants in their mothers' arms! But to which countries do we go?

Would large-scale immigration be feasible? The same Italian Professor Antonio Golini pointed out that Italy alone would need an input of 300,000 each year, which is politically impossible, even if there were people available.

AIDS–THE UNKNOWN FACTOR

In fact the world's demographic situation is much more serious than I have described it, because, in the wake of fast-declining female fertility comes the terrifying scourge of AIDS - something which, as we shall see, is closely associated with population control policies.

Speaking in Paris in late 1992, Professor W Haseltine, an AIDS specialist from Harvard, stated: 'My personal estimate is [that] more than 1 billion people will be infected and will die from AIDS within the first decades of the next century.' One billion.

At the time he was speaking, the US had already paid a big price: 230,000 notified AIDS cases, 150,000 deaths, 1 million HIV positive people. By December 1997 the number of reported cases was nearly three times as high and the total of deaths had reached 385,000. Estimates suggest that 650 to 900,000 Americans are now living with HIV.

Much of Asia and Africa is now being ravaged. In Thailand, for example, where drugs and child prostitution have helped to affect the population drastically, nearly half a million full-blown AIDS cases are forecast by the year 2000. Many drug users and tens of thousands of prostitutes, many of them young girls (and boys), have become an easy target. The situation is worsening in India. As for Africa, we are told that in places like Botswana and Zimbabwe more than 25 per cent of the adult population is HIV-infected - and this could be true for many other parts of the continent.

This means that, unless an improbable cure or vaccine reaches those millions of people quickly, all those infected will be dead in 10 years. This means, in turn, many millions of orphans, with only the elderly left to care for them.

WHY THIS WORLD CRISIS?

Professor Haseltine spoke of one billion people being carried off by AIDS. Some European demographers, like the Frenchman Bourgeois-Pichet, have been busy with their computers and have come up with dire predictions, based simply on the widespread decline in fertility rates, that the whole population of the Globe, first in the so-called developed countries, then in the developing ones, will have disappeared by the year 2400!

The outlook may not be as bleak as that. But even without AIDS our world is spiralling into a very dangerous situation. Why? What is really behind all this?

The answer to that question would make a very long story. We could even go back as far as Biblical times when the Hebrews were slaves in Egypt and their masters wanted to keep control over them. The Pharaoh ordered midwives to kill all male infants at birth. This is the first known example in history of politically motivated and organised population control.

Several thousand years later, in 1948, the US State Department Planning Chief, George Kennan said the following:

'Our country has about 50% of the world's wealth, but only 6.3% of its population... In this situation, we cannot fail to be the object of envy and resentment. Our real task... is to devise a pattern of relationships which will permit us to maintain this position if disparity... To do so, we will have to dispense with all sentimentality and daydreaming... We [cannot] afford today the luxury of altruism and world benefaction... We... have to deal in straight power concepts. The less we are hampered by idealistic slogans, the better.'

Frank Notestein, an American demographer, had stated earlier:

> *'Other regions [with available resources] may emerge with sufficient political unity and industrial strength to give their growing numbers power... By launching a program of modernisation, the now dominant powers would create a future world in which their own people would possess a progressively smaller proportion of the world's wealth and power. The determination of national policy toward the underdeveloped regions must be made in the light of this fact... [Hence education should] involve propaganda in favour of controlled fertility...'*

And still earlier, Bertrand Russell had stated:

'It cannot be expected that the most powerful military nations will sit still while other nations reverse the balance of power by the mere process of breeding.'

These quotations make crystal clear what has been happening since the end of World war II. It is what Professor Jacqueline Kasun has called The War on Population. It is a global war which has been raging - quietly - for half a century.

The war reveals great fear on one side: that of losing a privileged position in life and having to share the Earth's resources and riches equitably among all peoples. It is a war against the poor everywhere, though pretending to be a war against poverty and malnutrition and deprivation, etc.

The war is directed by two major agencies: the Population Council of the United Nations and the International Planned Parenthood Federation (IPPF), which executes the Council's policies worldwide through national Family Planning Associations.

Backed by huge funding, especially by Western Governments, these two agencies really got to work in the sixties to impose population control worldwide as fast as possible. In their dealings with the Third World they have unleashed a deadly neo-colonialism (masquerading as relief).

To see how they have operated let us compare two documents setting out their programmes. One was produced by a Frederick S Jaffe, vice president of the American Family Planning Association, in early 1965, setting out 28 proposals for reducing US fertility.

The other is a set of 29 proposals made by the President of Population Control, Dr Bernard Berelson, to an IPPF conference in Dacca (today the capital of Bangladesh) in January/ February of the same year.

His paper was entitled 'Beyond Family Planning' - by which he meant going beyond provision of mere contraception for the Third World.

So we set Jaffe alongside Berelson thus:

Jaffe, proposal 5: fertility control-agents to be added to water supplies	Berelson, proposal B1: mass use of fertility control agents... in water supplies in urban areas or staple food
Jaffe, proposal 6: women to be encouraged to go out to work	Berelson, proposal F2: women to be encouraged or required to join the labour force ... as an alternative or supplementary to marriage
Jaffe, proposal 6: married people to be taxed more heavily than single	Berelson, proposal G5: tax policies to be reversed, favouring the unmarried and parents with small families
Jaffe, proposal 7d: tax relief for parents to be discontinued	Berelson, proposal E3: punitive taxes after the Nth child to be imposed
Jaffe, proposal 16: compulsory abortion for unmarried women	Berelson, proposal B4: compulsory abortion of all illegitimate pregnancies
Jaffe, proposal 18: childbearing to be allowed to only a limited number of adults	Berelson, proposal F4: 'two types of marriage, one of them childless and easily dissolved, the other licensed for children and designed to be stable,' to be promoted
Jaffe, proposal 19: permits (certificates) to be issued allowing children	Berelson, proposal B2: 'marketable licenses to have children' for women and perhaps men, each maybe worth a 'decichild', i.e. accumulating ten 'by purchase, inheritance or gift' would permit a woman in maturity to have one legal child
Jaffe, proposals 21-2: people to be paid to be sterilised and use contraceptives	Berelson, proposal D1: payment or equivalent (e.g., gift of transistor radio) for contraception or sterilisation
Jaffe, proposal 24: abortion and sterilisation on demand	Berelson, proposal A2: readily available abortion
Jaffe, proposal 26: contraceptive technology to be improved	Berelson, proposal H3: increased research to improve contraceptive technology

All these proposals set out so brazenly in 1969 have come to fruition. One form of contraceptive has followed another: many kinds of pills, IUDs, implants, RU486, anti-pregnancy vaccine (still at an experimental stage). Abortion has been legalised in most countries. Millions of men and many more women have been sterilised. In China the one-child policy is accompanied by forcible abortion and sterilisation. Disobedience can result in punitive taxation or having your house burnt down. The IPPF and its branches, national Family Planning Associations, have brought about enormous changes during the last 30 years. They have been integrated into Health Services and dominate sex 'education' in schools. They generate intense propaganda in favour of 'love without children' and ridicule all who do not align themselves with their ideology.

TWO SPECIFIC MEASURES

Two proposals from the Jaffe/Berelson catalogue deserve special mention. Berelson, proposal G1: the US should insist on 'population control as the price of food aid,' using all necessary diplomatic and economic pressures on governments and religious groups impeding the 'solution' of the population problem. We know that the policy has been implemented. We know that the Catholic Church is the only international body to have refused to yield. Far more important is Jaffe proposal 3: encourage homosexuality.

We know what happened. The 'homosexual liberation movement' was born a few months later, in June 1969, after a riot at the Stonewall Inn, a bar patronised by homosexuals in Greenwich Village, New York. Almost ten years later the American homosexual movement was such that the 1978 Gay Freedom Day Parade in San Francisco was attended by some 375,000 participants. Three years later, in June 1981, the first scientific article appeared describing several cases of a rare form of pneumonia. This was the first sign of the terrible disease which would soon be called AIDS.

As the French historian of AIDS, Professor Mirko Grmek, has argued powerfully, there is a close link between the appearance and fast spread of AIDS and the recent increase in the practice and social acceptance of homosexuality (and bisexuality). As he wrote: 'The American homosexuals produced the conditions which, by going beyond the critical threshold, rendered the epidemic possible. They created a kind of "culture medium" which allowed the virulent strains of the HIV virus to develop.' They have paid dearly for this. Out of a total of 386,000 adolescent/adult deaths in the US in 1997, probably more than 250,000 were gay deaths. The use of multitherapy has reduced the death-rate now, but new infections continue unabated at around 40,000 a year.

And unfortunately the epidemic is eating away many societies in the Third World where therapy is totally beyond the reach of people. Where will we end?

CONCLUSION

We must face the world as it is today. The future is bleak. The ostrich's policy of hiding heads in the sand cannot be right. There is much to do. And it can be done. The priority of priorities is the family - the fundamental community of every society in which all members - unborn child, baby in arms, teenager, the spouses, the elderly, all relate to each other, each according to his/her stage in life, with love and commitment.

Despite everything, our world still thirsts for idealism and vision. It yearns to become more human. We pro-lifers have so much to offer that empowers, raises up, promotes the dignity of every human being, in stark contrast to all that the IPPF and their allies stand for. We must have hope. Sooner or later the world at large and governments in particular will have to wake up to the demographic catastrophe, with all its social, political and economic implications, which is overtaking us.

Perhaps this is even now beginning to happen. I want to tell you an interesting story. Professor John Billings of NFP fame and his wife Evelyn went to China three times last year at the invitation of the Chinese government. For years they have been setting up NFP centres in medical schools and the like. They have been warmly received. I quote a letter from him:

> '... *there were appeals for the development of a method of Family Planning which will be free from the serious complications which occur with so many women using the present techniques, and also be more effective in providing for the avoidance of pregnancy. It seems to Lyn and myself that only a short further intellectual step is required for them to see that we are offering them exactly what they are asking for.*'

If the Chinese can take the plunge there is hope for all of us!

8

The World Population Crisis

INTRODUCTION

There is some indication that Third World leaders are finally waking up to the fact that population growth is placing intolerable pressures on the earth's land, water and energy supplies. Among the first to reexamine population policies were the Chinese. After weighing a projected population growth of 300 to 400 million people against the future availability of cropland, water, energy and jobs, China's leaders concluded that they had no choice but to Lester R. Brown is president of the Worldwatch Institute and project director for the study "State of the World - 1984," from which this article is adapted. press for one-child families, lest they jeopardize hard-earned gains in living standards. The main difference between China and other densely populated developing countries, such as Bangladesh, India, Egypt, Nigeria or Mexico, may be that the Chinese have had the foresight to make projections of their population and resources and the courage to translate their findings into policy.

But other countries may also find that one-child families are the only humane alternative. Administering a one-child family program is not easy. To hold the line at one child, China relies on an established political structure extending down to the individual, strong peer pressure, substantial financial rewards for having only one child and hefty financial penalties for having more than one. Where a preference for sons is strong, the program is particularly difficult to enforce, as Chinese leaders can attest. And the line between peer pressure, in a society where citizen awareness of the population threat is high, and official coercion is a thin one.

For this reason, many societies regard government-sponsored, one- child family programs as infringements on reproductive freedom. But for many countries, the only alternative is a rate of population growth that undermines living conditions, an alternative that is all too visible in Africa, where population growth has outpaced food production for more than a decade and where starvation is becoming common.

The deterioration of the world economy lends fresh urgency to the need for new policies. Between 1950 and 1973, when world economic growth averaged 5 percent a year, the rising economic tide raised living standards throughout the world. Economic growth outpaced population growth almost everywhere. Average life expectancy in the Third World climbed from 43 to 53 years as nutrition and health improved.

Starting in 1973, however, dramatic increases in oil prices narrowed the gap between economic growth and population growth. During the four years since the 1979 oil price hike, global economic growth has averaged 1.7 percent annually, exactly the same as population growth. A combination of higher energy prices, a broad deterioration of croplands and forests, a burdensome external debt in many Third World countries and the high interest rates now virtually assured by massive United States budget deficits suggests that the world economy will be hard pressed to expand by much more than 2 percent a year during the 1980's.

For countries that have reached zero population growth, such as West Germany, Belgium or Hungary, annual economic growth of 2 percent will still raise incomes a comfortable 2 percent each year. But for countries such as Kenya, Pakistan or Ecuador, whose populations expand at 3 percent or more per year, economic growth of 2 percent will yield a steady decline in income and living standards.

Many countries are suffering from this imbalance in economic and population growth. The World Bank reports that in 18 countries, most of them in Africa, incomes fell during the 1970's. Other African countries have joined the list during the early years of this decade. The prospects are also discouraging in Latin America. The Inter- American Development Bank reports that per-capita income in 1983 was 10 percent below that of 1980. If rapid population growth continues, many Latin American countries burdened with external debt may finish the decade with incomes lower than those with which they started.

One projection of Brazil's economic future anticipates that Brazil should be able to pay off its external debt but warns that austerity measures will keep its depressed industrial output below the 1980 level until 1990. By this time 37 million Brazilians will have been added to the 1980 population of 119 million, sharply reducing output per capita. The grim choices in Africa, where income decline is closely tied to the fall in per-capita food production, are belatedly coming into focus. Africa's overall food production growth of 2 percent a year remains quite respectable by international standards. But with a population growing at 3 percent annually, the fastest of any continent in history, Africa seems to face a steady decline in per capita output and a slow slide toward disaster.

As the outlines of the new economic era become more visible, population policy may come to command the time and attention of Third World political leaders as much as energy policy did in Western industrial capitals during the 1970's. In an age of slower economic growth, improvements in living standards may depend more on the skills of family planners than on those of economic planners.

Too many governments have delayed facing the issue. When they do so, they may discover that they are forced to choose between a one-child family program or deteriorating living standards. Given the unprecedented numbers of young people who will reach reproductive age within the next two decades, a generation of one-child families may be the key to restoring a sustained improvement in living standards. In effect, this may be the price many societies will be forced to pay for neglecting population policy for too long.

POPULATION AND EMERGING WATER SCARCITY

Like the air we breathe, "it" is something that we often take for granted. Once assumed unlimited in supply, now even developed nations are realizing its limits. It is the most precious of all resources, an essential component of almost every human activity, and vital to the health of all ecosystems. It is also what we human beings are made of - Water! And it is running out.

Surely such a dire prediction is unthinkable considering the seemingly vast water resources of Earth, the water planet! But the following statistics are indeed real, and startling: 1

- Nearly 450 million people in 29 countries currently face severe water shortages.
- 20 percent more water than is now available will be needed to feed the additional three billion people who will be alive by 2025.
- As much as two-thirds of the world population could be water-stressed by 2025.
- Aquifers, which supply one-third of the world's population, are being pumped out faster than nature can replenish them.
- Half the world's rivers and lakes are seriously polluted.
- Major rivers, such as the Yangtze, Ganges, and Colorado, do not flow to the sea for much of the year because of upstream withdrawals.

If the current inefficient and destructive practices of water utilization are allowed to continue in the face of growing population, global water resource limits will be reached in a few decades. The severity of this crisis has prompted the United Nations to conclude that water scarcity, not a lack of arable land, will be the chief constraint to increased food production in the next few decades. Thus, the threat to water resources stands as one of the major crises facing the planet, akin in urgency to climate change, rainforest destruction, and the depletion of the ozone layer. The water issue is indeed pervasive, tying together many other world problems, especially poverty, hunger, ecosystem destruction, desertification, climate change, and even world peace. A response that is commensurate with the immediacy and severity of the impending crisis is warranted from government and private institutions.

Water, Water, Everywhere...

Despite the fact that more than two-thirds of the Earth's surface is covered with water, 97.5 percent of this is salt water. This leaves only 2.5 percent as fresh water. Adding to the paradox, only a tiny fraction of the total fresh water resources is available for human use. About 70 percent of the fresh water on the planet is locked up in ice at the poles, and most of the remainder is retained as soil moisture or deposited in deep underground aquifers that are inaccessible to humans. In the final tally, less than one percent of all the fresh water on earth is technologically and economically accessible for human use. In fact, most of the convenient and relatively inexpensive sources of water have already been appropriated.

Additional statistics on water uses will help illuminate the world water situation. On a global average, drinking and sanitation require approximately 10 percent of the fresh water supplies, while industry, recreation, and other uses comprise about 20 percent. Irrigation, which accounts for 70 percent of all the water extracted from rivers, lakes, and aquifers, is by far the most intensive use of the world's fresh water resources. In certain countries, especially in sub-Saharan and Sahelian Africa, irrigation comprises 90 percent of the water uses.

Where are the Water-Scarce Regions?

Water is unevenly distributed across the populated regions of the world. It is an irony of geography that two-thirds of the world's population lives in areas that receive only one-quarter of the world's annual rainfall. By contrast the most water-rich areas of the world, such as the Amazon and Congo River Basins, are sparsely populated. Some of the most densely populated regions of the world, such as the Mediterranean, the Middle East, India, and China will face severe water shortages in the coming decades. Even areas of the United States (particularly the southwest and parts of the midwest) are vulnerable to water shortages, as the media attention to the ongoing drought in California attests.

Future droughts may be difficult to predict because of the vagaries of climate change. Many scientists believe that the global distribution of water may be altered by climate change, shifting precipitation away from areas that are presently under cultivation. According the United Nations Environment Program, evidence suggests that El Nino, a warming of the waters of the southern Pacific Ocean, is becoming increasingly common as a result of global warming. The El Nino phenomenon is a major threat to agriculture as it typically induces intense flooding and droughts in populated areas of the world. In addition, warmer temperatures will increase evaporation of water from soil, exacerbating desertification that is currently occurring in Africa and other parts of the world. (Approximately 100 countries are presently affected by desertification.) In fact, the United Nations estimates that more than 900 million people now live in regions that are at risk of desertification.

Agriculture in a Water-Scarce World

Limited water supplies will be the primary obstacle to increased food production in the next few decades. During the Green Revolution most of the increases in agricultural productivity occurred on irrigated lands. This is because irrigated farmland is about five times more productive than rain-fed farmland. Today, irrigation-fed agriculture supplies about 45 percent of the world's food supply. As population expands, irrigated land will be expected to produce most, or about 70 percent, of the additional food, in turn placing increased pressure on existing water supplies.

Whether agriculture is rain-fed or irrigated, increased food production requires more land and more water. However, for ecological reasons it would be unsound to rely primarily on rain-fed agriculture to produce the world's expanding food requirements. Expanding rain-fed agriculture would entail the clearing of massive areas of forests and savannas, threatening sensitive habitats and their biodiversity.

At present, there is enough food to feed everyone on the planet. The major reasons for world hunger are economic, social, and political; that is, poor people lack the jobs and money to buy sufficient food, or they lack access to land and other resources to grow their own food. However, the combination of expanding populations, degradation of environmental quality, and the unsustainable consumption patterns in industrialized and developing societies will induce water shortages that threaten the ability of the world to feed itself. While food security affects all nations, the threats to food security will be experienced most severely by countries that are the most vulnerable to rapid population growth, drought, social upheaval, and economic stagnation. These conditions could create millions of new environmental refugees, potentially destabilizing their host countries.

UNSUSTAINABLE CONSUMPTION

Existing social problems and economic trends will compound the severity of the coming water shortage. Currently about 1.4 billion people lack access to clean drinking water, while more than half the world's population lacks adequate sanitation. Thus, new facilities must be developed for the increased population as well as the existing unserved inhabitants. Ensuring that everyone attains proper drinking water and sanitation facilities by 2025 will be a monumental task requiring the provision of services to five billion people in less than a quarter of a century. Meanwhile, as a result of industrial development and increasing living standards, water use grew at more than twice the rate of population increase during the 20th century.

Water Equity

The rapid urbanization occurring in the developing world is promoting a higher demand for water-intensive agricultural products, such as meat and other animal products. As development progresses, the higher per capita water demands of the more affluent urban dwellers will divert water from agriculture uses. Furthermore, the poor in both rural and shantytown urban areas, who are being financially outpaced by members of the growing middle class, will be increasingly unable to afford their basic water needs. At present, more than 1.3 billion people live in abject poverty, earning only a dollar a day or less per person; another 2 billion people are only marginally better off.

Official Response to the World Water Crisis

In response to concerns about the looming water shortages, the World Bank and the United Nations have commissioned studies and working groups to evaluate existing conditions, project future needs, and devise strategies for coping with the water crisis. They found that even with major improvements in water collection and distribution (that would provide 70 percent efficiency instead of the current average of 45 percent worldwide), there would still be a need for 20 percent more water, a prediction that has been termed the "world water gap." Unfortunately, since most of the readily available sources have already been appropriated, there are practical limits to how much additional water can be extracted from the environment. According to experts, even if the rate at which new water supplies were developed in the 1990s was sustained for the next few decades, there would still be a significant water shortages by the year 2025.

Building a New Relationship to Water

New water storage projects, optimal water management methods, and design innovations will be important components of the solution to the water crisis. But just as important will be the fostering of a more respectful attitude toward water and the ecosystems that provide it. For too many decades, we have treated the planet's water system irresponsibly, drawing unsustainable amounts from the environment, returning it degraded in quality, and naively expecting it to return again and again in a usable, almost pure state. We can no longer afford our spendthrift attitude toward water. The emerging water crisis endangers every aspect of human society - economic, social, ecological, and political. To avert the loss of food security and its attendant consequences, an unparalleled commitment of human and financial resources must be deployed. The crisis will not go away without intervention, and the longer action is postponed, the greater will be the human costs.

POPULATION GROWTH AND THE FOOD CRISIS

A country's ability to feed itself very much depends on three factors: availability of arable land, accessible water and population pressures. The more people there are, especially in poor countries with limited amounts of land and water, the fewer resources there are to meet basic needs. If basic needs cannot be met, development stalls and economies begin to unravel. In some poor countries, attempts to increase food production and consumption are undermined by rapid population growth; migration from rural to urban areas; unequal land distribution; shrinking landholdings; deepening rural poverty; and widespread land degradation. Lower birth rates, along with better management of land and water resources, are necessary to avert chronic food shortages.

The Demographic Picture

Not long ago, in 1984, it seemed as if the rate of population growth was slowing everywhere except in Africa and parts of southern Asia. Today, the situation looks less promising since progress made toward reducing birth rates has been slower than expected. The world's population, now 5300 million, is increasing by approximately 250 000 people every day. It is estimated that 1 000 million people will be born during this decade. Over the next ten years, the population of the industrialized world will grow by 56 million, while the number of people living in developing countries will expand to over 900 million (United Nations Population Division, 1989; UNFPA, 1989). By and large, the biggest increases will occur in the poorest countries - those societies least equipped to meet the needs of the new arrivals and invest in their future.

Meeting Food Needs

Worldwide, enough food is produced to feed everyone, yet this food and the technology to produce it do not always reach those in need. As a result of food deficits, nearly 1 000 million people do not get enough to eat and over 400 million are chronically malnourished. Every year 11 million children under the age of five die from hunger or hunger-related diseases (Lean, Hinrichsen and Markham, 1990).

In recent decades there has been impressive growth in food production, which has been attributed to the development of improved, disease-resistant varieties of staple crops; the increased use of chemical fertilizers and pesticides; and the expansion of irrigated cropland.

Nevertheless, per caput food production actually declined in 51 developing countries while rising in only 43 between 1979-1981 and 1986-1987. Among the African countries, 25 experienced a drop in per caput cereal production. In Latin America, production was also disappointing: 17 countries suffered a decline (UNFPA, 1990). In Asia, food production has managed to keep slightly ahead of population growth largely because of new breeds of Asian rice and the use of tremendous amounts of agricultural chemicals. However, in some areas losses from poor land management have erased the benefits which had been gained (Repetto et al., 1989). Consequently, developing countries' food imports are rising dramatically to compensate for local deficits.

UNFPA'S INITIATIVE FOR THE 1990S

To confront the immense population and resource challenges facing humanity, the United Nations Fund for Population Activities has launched a major initiative for the 1990s.1 The purpose of this effort is outlined in the Amsterdam Declaration which calls for the following goals to be achieved by the year 2000:

The Amsterdam Forum on Population in the Twenty-first Century was held in November 1989. A result of this forum was the Amsterdam Declaration which calls for annual funding of US$9000 million for population and family planning programmes by the end of this decade and the linking of population concerns with overall development objectives.

- increase the number of couples practising contraception from the current 381 million to 567 million;
- reduce the 1980 rate of infant mortality by 50 percent;
- increase average life expectancy at birth to 62 years or more for men and women in countries with high mortality rates;
- improve the geographical distribution of the population within national boundaries;
- strive to improve the status of women throughout all spheres of life;
- ensure that couples and individuals are guaranteed their basic human right to decide freely and responsibly the number and spacing of their children;
- increase the quality, effectiveness and outreach of national population programmes;
- promote community participation and youth involvement;
- ensure that the results are taken into account in the formulation of the development strategy for the Fourth United Nations Development Decade.

The Food Crisis Equation

The food crisis equation has three main components. First, life-styles, incomes and social organization determine levels of consumption. Second, the technologies in use determine both the extent to which human activities damage or sustain the environment and the amount of waste associated with a given level of consumption. Poverty may prevent the adoption of more appropriate technologies that could halt or slow down environmental degradation. These two factors determine the impact on individuals. Inequality enters as a third factor when, for example, most land is in large holdings and the poor are forced to live on smallholdings or in marginal areas. A fourth factor, population, acts as the multiplier that determines the total impact. Population is always part of the equation. For any given type of technology, level of consumption or waste and poverty or inequality, the more people there are, the greater the impact on the environment is and, in turn, the greater the impact on food production capacity will be.

Land fragmentation affects food production and is a direct result of rapid population growth in many poor countries. Often landholdings which are too small to provide a tolerable livelihood have been turned into part-time farms, with some household members (usually the women and children) staying at home to tend crops while others (often the men) migrate in search of wage employment. Alternatively, land is sold to wealthier landowners, making land distribution more uneven and adding to the creation of a large pool of landless labourers. In addition, rapid population growth can lead to inappropriate farming practices that impoverish and erode the soil; reduce vegetation; over-use and improperly use agrochemicals; and frustrate water resource management. The result of such practices is severe land degradation.

A Way Ahead

Population pressures continue to tip the balance against proper land and water management in many developing countries. While agricultural production is critical for any form of sustainable future, focusing on the agricultural sector alone without regard for other important factors which influence food production is certainly not the way to tackle the problems. Population programmes must be integrated into overall development objectives and be linked to other resource issues.

In order for hard-pressed developing countries to come to grips with falling per caput food production and resource degradation, they need strategic plans that incorporate population concerns such as population growth, distribution and rural-urban migration patterns. Wherever possible, community development strategies which integrate essential social services as well as production resources should be encouraged.

Sustainable development strategies which combat soil erosion and impoverishment, deforestation, falling agricultural output, and poor water management should also be implemented, as should rural agricultural extension schemes which provide credit, seeds, fertilizers and advice to poorer farmers, regardless of whether they are men or women. Finally, support must be given to research on the integration of traditional and emerging technologies for food production.

Given the current levels of population and likely trends, it is imperative to anticipate future needs. At the same time, improved resource management would go a long way toward increasing crop yields, preventing land degradation in the first place and providing sustainable livelihoods for millions of rural poor. The management of natural resources will require an equal commitment to the development of human resources: this means, among other things, extending population programmes and family planning services to the millions who currently lack them. National population programmes should include comprehensive and accessible maternal and child health care programmes and family planning services in order to reduce the size of families and improve the health and well-being of the entire community. With such efforts, there is a chance of increasing food production while protecting the environment and easing the burdens of the rural poor.

Women's Pivotal Role in Food Production

Overall, women are responsible for half the food production in developing countries (N. Sadik, 1989). The time and energy required of women for cultivation and harvesting, food processing and preparation as well as the fetching of fuel and water rarely figure in national labour statistics. Their central place in resource use and crop production has yet to be recognized by most governments. Women rarely participate other than in rather peripheral ways in shaping their countries' economic and social policies. Successful policies will secure women's involvement from the outset and will also ensure that development does not merely mean additional burdens for women.

By formally recognizing women's pivotal role, governments will be taking a big step toward safeguarding food production.

First, recognition of the dual role of women is needed. It is imperative that family planning services, improvements in nutrition, access to education and health care be made available to those women who lack access to them. Insuring women's health by implementing family planning and maternal child health services will not only bring down fertility rates, it will also mean that women will have more time for other activities including growing food and tending the land. If women have improved access to family planning services - accompanied by changes in traditional beliefs and attitudes about the role and status of women - they will bear fewer children. The downward spiral of large families, poverty and landlessness can be broken.

In addition, special agricultural and environmental extension services available to women (who carry out most of the land and water management in poorer areas of the developing world) should be developed. There must be assurances that women can inherit, buy and have full legal title to land and that they have access to credit and marketing facilities. Better educated women are more effective as farmers and environmental managers and they have smaller families (UNFPA, 1989); therefore, education for women and girls in rural areas should be emphasized.

Poor sanitation. Pollution. Wasteful irrigation. The planet's freshwater supply is terribly managed

Over the course of the past 40 years, north Africa's Lake Chad has shriveled to one tenth its earlier size, beset by decades of drought and agricultural irrigation that have sucked water from the rivers that feed it-even as the number of people whose lives depend on its existence has grown. In 1990, the Lake Chad basin supported about 26 million people; by 2004 the total was 37.2 million. In the next 15 years, experts predict, the incredible shrinking lake and its tapped rivers will need to support 55 million. "You don't have much room for error at this point," says hydrologist Michael Coe.

The population growth has coincided with a 25 percent decrease in rainfall, with global warming very likely a factor. As oceans store more heat, the temperature difference between water and land dissipates, sapping power from rainmaking monsoons. At the same time, desperate people are overusing wells. Coe recently concluded that water supplies in the basin are "stretched to their limits, and future needs will far outstrip the accessible supply."

Lake Chad, with its confluence of troubles, is emblematic of a burgeoning water crisis around the world. While the western United States faces serious water problems, American money and know-how can at least soften the blow. Not so elsewhere. Worldwide, 1.1 billion people lack clean water, 2.6 billion people go without sanitation, and 1.8 million children die every year because of one or the other, or both. By 2025, the United Nations predicts 3 billion people will be scrambling for clean water. There are myriad problems: industrial contaminants flooding waterways, wasteful irrigation, an exploding world population, political corruption and incompetence, and a changing climate-to name a few.

In a report issued in November, the United Nations declared water "a global crisis," announcing that 55 member nations are failing to meet their water-related Millennium Development Goal target, agreed upon in 2000, of halving the proportion of people without clean water and sanitation by 2015. The real crisis, experts say, is not a lack of water but a lack of water management. Water doesn't always appear in the right places, or at the right times. And it has to be cared for. "It's a terrible situation around the world," says Peter Rogers, a Harvard environmental engineering professor, "but it doesn't have to be."

One percent. Just 3 percent of the world's water is fresh. Of that, most is locked in the ground, glaciers, or ice caps. That leaves about 1 percent for the world's 6.6 billion people. As population grows, so does demand for water-but at two to three times the rate. People consume water for drinking, for hygiene, through food production, and in a variety of industrial processes. A blossoming middle class in Southeast Asia, India, and China will join the West in consuming far more than the minimum 20 to 50 liters (about five to 13 gallons) of water per day necessary per person. (Americans lead the world by consuming

400 to 600 liters per day, or as much as 158 gallons.) Upward mobility has yielded more flush toilets and a dietary shift from grain to meat-heavy diets. Raising a cow requires a thousand times more water than the equivalent average for grain.

The rush from farms to cities in developing countries is increasing the stress on water sources and taxing inadequate infrastructure. With more than 50 percent of the world's population now in urban areas, cities are depleting groundwater sources and dumping industrial pollution and waste into rivers, destroying them as sources of clean water.

"It's a failure of governments," says Peter Gleick, president of the Pacific Institute for Studies in Development, Environment, and Security, "to either set priorities ... or to meet basic needs."

In teeming New Delhi, middle-class denizens tote the latest cellphones, but their home faucets, at best, work a few hours a day. A third of the city's water is lost in cracked, aging pipes. The poor in India's expanding slums don't have even that much; they must wait for water to arrive in trucks, which costs them more than piped water. In cities like Jakarta, Indonesia, slum dwellers pay five to 10 times more for water than the wealthy.

Untreated. Sanitation is the bigger mess, so to speak, because of uncontrolled urban growth. The Yamuna River, once a lifeline to New Delhi, is now an open sewer-used by those without toilets. And about half of the waste that goes through the city's sewage system is untreated before being dumped into the river.

Open defecation is standard practice in much of the developing world. A lack of sanitation and clean water has helped make diarrhea the world's No. 2 killer of children. "They have water to drink. That's not the problem," says Andrew Hudson, director of water governance for the United Nations Development Program. "They don't have safe water to drink."

Studies have shown that providing clean water and sanitation brings tremendous benefits. Health costs go down. People live longer, stay healthier, and become more productive.

But "financiers ... want to invest in energy, telecoms, highways, high-speed trains, you name it," says Harvard's Rogers.

"The problem is [water] yields social benefits, so no one individual can afford to do it." Industrialization of the developing world is a primary driver of water stress. Factories provide jobs, which attract people. They also use a lot of water. In China, industrialization will require a fivefold increase in water use by 2030.

The countryside poses its own problems. The developing world has followed America's lead in relying heavily on groundwater irrigation to expand its farm economy. Agriculture is the world's top user of water-as high as 80 percent in some countries-and it's also perhaps the most inefficient. In Chennai, India, drinking water must be trucked in, but outside city limits, farmers use gallon after gallon to irrigate rice, an extremely water-intensive grain.

Solving these problems requires money, but aid is down to a trickle. In the late 1990s, public spending on water and sanitation was 2 percent of the GDP in most countries. Today it's less than 1 percent as countries devote more resources to education, roads, and other priorities. Foreign assistance, meanwhile, has stagnated at about $15 billion a year, though the World Bank is calling for twice that amount.

In 2005, Congress passed the Senator Paul Simon Water for the Poor Act, which requires the government to implement a strategy to help developing countries provide clean water, but not a dime has yet been appropriated.

"We get an awful lot of interest and oversight from Congress on this issue," says Claudia McMurray, the assistant secretary for oceans, environment, and science at the U.S. Department of State, "but it really does need the financial backing in order to make it work." The United States still spent $1.7 billion on water-related aid from fiscal years 2003 to 2005, but occasionally that funding has been directed toward broader strategic interests; McMurray says a chunk of water-development money today goes to Iraq and Afghanistan.

Meanwhile, water problems worldwide are multiplying for a rainbow of reasons:

- Scientists working on the United Nations' global warming reports released this year concluded that the changing climate could mean water scarcity for as many as 250 million Africans by 2020. The U.N. declared that Africa is "one of the most vulnerable continents" to climate change because of its dry climate and poor infrastructure. Africa's legacy of political unrest and corruption will worsen the problem. Some call the violence in Darfur, sparked in part by drought-induced distress and famine, the first climate-change war.
- To fuel China's skyrocketing economy, the nation that built the Great Wall is doing much the inverse now through three grand canals, which will move 44 billion cubic meters of water per year from southern rivers to dry areas elsewhere. The $60 billion South-North Water Transfer Project will provide fresh water to the desert expanses out west, which China is determined to populate, as well as riverless Beijing. But the possible environmental and social impacts of the massive dig-and-divert operation caused the World Bank, a financier of major water development projects, to refuse funding. Scientists worry about the impact on rivers' ecosystems, as well as a decline in water levels, especially in the Yangtze River, fed by rapidly melting Himalayan glaciers. And groundwater has been pumped so low in places that salt water is intruding.
- In April, Australian Prime Minister John Howard asked his citizens to pray for rain. Gripped by a five-year drought, Australia's breadbasket, the Murray-Darling river basin, is collapsing. The basin provides 40 percent of Australia's agricultural production, but Howard is poised to halt all irrigation for farms this summer to save dwindling river water for human consumption.
- With its high Andes terrain, Peru is home to the world's largest tropical ice cap, the Quelccaya, and fields of

> glaciers that melt to provide fresh water and hydropower to a country with parching dry seasons and few energy reserves. As in the rest of the Andes and the Asian Himalayas, glaciers here are retreating at a record pace. Peru is perhaps most imperiled because "their cities and culture have developed around the abundance of [glacial] water," says Lonnie Thompson, a glaciologist at Ohio State University who's tracked Peru's ice for 30 years. The Qori Kalis, the main glacier flowing from the Quelccaya ice cap, is today shrinking at 10 times the pace it was when Thompson's research began. Locals are building small dams to store water for the dry seasons. Meanwhile, overcrowding and changing precipitation patterns have forced the capital of Lima, on the arid coast, to pipe water directly from the mountains.

The world, it seems, is drowning in water problems, but experts say there are also reasons for hope. New technology and practices like drip irrigation show promise. In India, entrepreneurs are making money with pay-and-use pit latrines that are cheap and sanitary. South Africa is making a massive financial commitment to deliver basic water services to its poor, even writing a guarantee of a human right to water into its constitution.

Water expert Rogers believes technology breakthroughs are rapidly making the expensive prospect of desalination-cleaning salty or brackish water enough to be drinkable-cheap enough for even the poorest cities of Africa. Others believe the planet's crust holds far more fresh water than previously imagined. Robert Bisson, a commercial geologist who founded a water exploration company called EarthWater Global, employs the same methods used to find oil, much to the delight of clients in Trinidad and Tobago, and elsewhere.

"We have a moral and fiscal responsibility here," Gleick says. "We have the brains, we have the money ... to solve water supply and sanitation problems, but we're not meeting those responsibilities." And for millions of people, the luxury of time is evaporating.

REPRODUCTIVE HEALTH FACT SHEET

Investments in reproductive health, including family planning and maternal care, are essential for meeting the Millennium Development Goals. Reproductive health conditions - including HIV/AIDS - are the leading cause of death and illness in women worldwide (15-44 years of age), and the second leading cause of death and illness when both men and women of reproductive age are taken into account.

Worldwide, an estimated 250 million years of productive life are lost every year as a result of reproductive health problems. The poor disproportionately bear the consequences of poor reproductive health, especially impoverished women and young people. There are glaring disparities in access to reproductive health care between rich and poor, within and among countries.

Maternal Mortality

Complications during pregnancy and childbirth are a leading cause of death and disability among women of reproductive age in developing countries. An estimated 529,000 women died from complications of pregnancy and childbirth in 2000.

For every woman who dies, roughly 20 more suffer serious injury or disability - between 8 million and 20 million a year.

A mother's death can devastating to the children left behind, who become vulnerable to poor health, poverty and exploitation without a mother's love and protection. A mother's disability can diminish her contributions to both the family and the economy in the struggle against poverty. Virtually all maternal deaths (99 per cent) occur in developing countries:

- Africa and Asia together account for 95 per cent of the world's maternal deaths.
- Less than 1 per cent (2,500) occurred in the developed regions.

National and regional averages conceal dramatic inequities in maternal mortality rates within countries. Vulnerable groups- such as indigenous, ethnic or other minorities - often have significantly higher rates of maternal mortality. For instance, although only a small percentage (4 per cent) of all maternal deaths occurred in Latin America and the Caribbean, these deaths occurred disproportionately among indigenous peoples, which have extremely high maternal mortality ratios.

Maternal Mortality Ratios per 100,000 live Births, 2000

All women - rich or poor - face a 15 per cent risk of delivery complications. The majority of maternal deaths are preventable through:

- family planning to reduce unintended pregnancies
- skilled attendance at all deliveries
- timely emergency obstetric care in all cases where complications arise

In industrialized countries, maternal deaths are rare because women have access to life saving care.

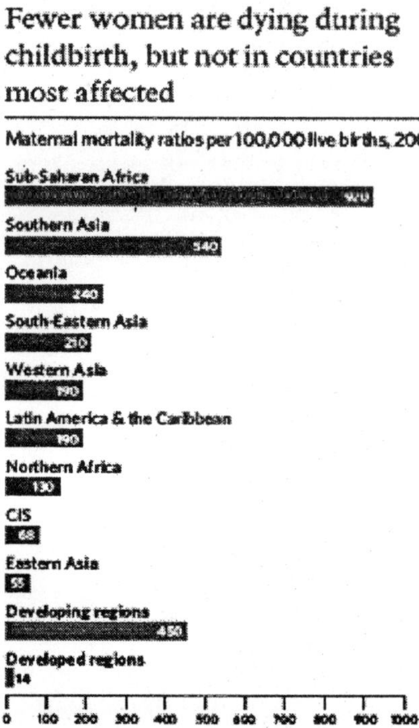

Source: United Nations. 2005. The Millennium Development Goals 2005 Report. New York: United Nations.

Limited progress on maternal mortality over the past two decades attests to the low value placed on saving women's lives and the limited voice women have in setting national priorities. The know-how for preventing maternal mortality is now available, but requires a major strengthening of health systems. It also requires promoting gender equality, especially the reproductive health and rights of women.

Major reductions in the number of deaths have taken place in countries with either low or moderate levels of maternal mortality. Similar progress, however, has not been made in countries where maternal mortality is high:

- Improvements were achieved in South-Eastern Asia, Northern Africa and Eastern Asia, while no change was seen in sub-Saharan Africa, where maternal mortality remains the highest.
- Though progress continues in Southern Asia, this region has the lowest level of professional care at birth in the world.

A growing number of countries, some with high poverty levels, have demonstrated what political leadership, combined with technical knowledge and resources, can accomplish. Countries successful in reducing maternal mortality include Bangladesh, Bolivia, China, Cuba, Egypt, Honduras, Indonesia, Jamaica, Malaysia, Sri Lanka, Thailand and Tunisia. Success in Malaysia, Sri Lanka and Thailand is credited to significant investments in the training of midwives, beginning in the 1950s, and expanded access to skilled attendance at birth. Maternal deaths were halved in these countries every 7 to 10 years.

Unsafe Abortion: a Leading Cause of Maternal Mortality

Lack of access to family planning is a major factor behind the 76 million unintended pregnancies every year in the developing world. These lead to 19 million annual unsafe abortions, causing some 68,000 deaths.

Research shows that one in ten pregnancies will end in an unsafe abortion, with Asia, Africa and Latin America accounting for the highest numbers.

Access to safe and effective contraception reduces the incidence of induced abortion.

In several countries of Central and Eastern Europe, abortion rates declined rapidly with the establishment of family planning services and an increase in the availability of contraception. In Romania, for example, abortion rates dropped dramatically from 52 to 11 per 1,000 women (aged 15 to 44) between 1995 and 1999.

Skilled Attendance for Safer Delivery

The presence of a skilled attendant at delivery increased significantly between 1990 and 2003, from 41 to 57 per cent, in the developing world as a whole.

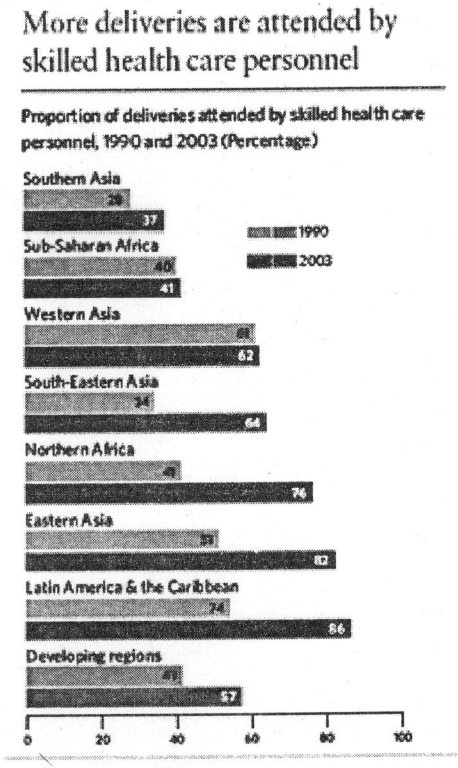

Source: United Nations. 2005. The Millennium Development Goals 2005 Report. New York: United Nations.

- The greatest improvements occurred in South-Eastern Asia (from 34 to 64 per cent) and Northern Africa (from 41 to 76 per cent).
- The least change was observed in sub-Saharan Africa and Western Asia, both of which rose only 1 percentage point between 1990 and 2003.

Significant differences also exist both within and across countries. In every region, the presence of skilled birth attendants is lower in rural than in urban areas. Wealth distribution is a major determinant of care during delivery:

- In Ethiopia, for example, the rich are 28 times as likely as the poor to have a skilled attendant present during delivery.
- In India, the rich to poor ratio is 7 to 1.
- In Chad and Niger the difference is 14-fold or more.

Births Attended by Skilled Personnel*
Among the Poorest and Richest Women

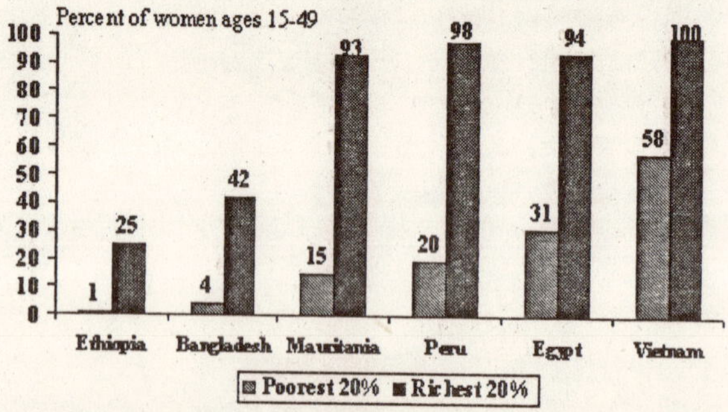

* Defined to include a doctor, nurse, or trained midwife.
Source: World Bank, 2004, *Round II Country Reports on Health, Nutrition and Population Conditions Among the Poor and the Better-Off in 56 Countries*

The Close Link between Maternal and Newborn's Health

Of the 130 million babies born every year, about 4 million die in the first 4 weeks of life-the neonatal period. Newborn deaths account for nearly 40 percent of all deaths in children under five. Within the neonatal period, mortality is very high in the first 24 hours after birth. Newborn deaths are closely related to the health of the mother and to whether she has skilled attendance at delivery and postpartum care. Malnutrition, resulting in premature and low-birth weight infants, is a major risk factor. Early pregnancy is also a risk factor: Babies born to adolescent mothers are 1.5 times more likely to die before their first birthday than if they were born to older women.

Adolescent girls face the highest risk of premature delivery, a major factor in newborn deaths. Because their bodies are not fully mature, they are also at risk of obstructed labour, which often results in the infant's death. Globally some three quarters of neonatal deaths happen in the first week after birth. Almost all (99 per cent) neonatal deaths are in low- and middle-income countries, and about half occur in the home. The highest numbers of neonatal deaths are in south-central Asia and the highest rates are generally in sub-Saharan Africa.

- In sub-Saharan Africa, less than 40 per cent of women deliver with skilled care and in South Asia the figure is less than 30 per cent.
- Across 40 countries with Demographic and Health Survey data, more than 50 per cent of neonatal deaths arose after a home birth with no skilled care between 1995 and 2003.

Family Planning: An Essential Element of Reproductive Health

Family planning is a human right and is essential to women's empowerment. It is central to efforts to reduce poverty, promote economic growth, raise female productivity, lower fertility, and improve child survival and maternal health. Family planning can prevent 20-35 per cent of all maternal deaths.

By enabling smaller family sizes, family planning can help stabilize rural areas, slow urbanization, and balance natural resource use with the needs of the population. Since reliable methods of family planning became available in the 1960s, the use of modern contraception has steadily risen to 54 per cent (and 61 per cent when traditional methods are taken into account) among all women currently married or in union. As a result, fertility rates continue to fall.

Access to Contraception

Contraceptive use is uneven both among and within countries. It varies according to wealth, education, ethnicity, rural or urban residence and the strength of national family planning programmes:

- In Africa, only 20 per cent of married women use modern contraception. In some parts of the continent, the proportion drops to under 5 per cent.
- Wealth distribution is a major determinant: On average, the poorest women are four times less likely to use contraception than the wealthiest: In some countries, the rate is 12 times lower.

Fertility Trends

In the developing world, the total fertility rate - average number of births per woman - has fallen from over 6 in the 1960s to under 3 per woman today. In the least developed countries, however, fertility rates remain high at five children per woman on average. Uganda, Afghanistan and the Niger each have a total fertility rate of over seven children per woman.

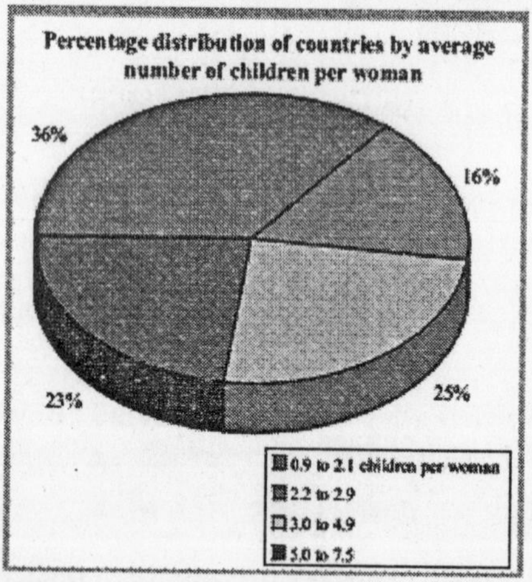

Source: United Nations Pop Division. 2005. World Fertility Patterns 2004 . New York: United Nations

THE GENDER DIMENSION OF HIV/AIDS

Nearly half of all people living with HIV are female, but as the epidemic worsens, the share of infected women and girls is growing.

Of the 17 million women between the ages of 15 and 49 are living with HIV, 98 per cent live in developing countries.

Sub-Saharan Africa

Of all regions, sub-Saharan Africa continues to be the most devastated. No other region in the world approaches its HIV prevalence rates or displays such a disproportionate impact on women and girls:

- More than three-quarters (77 per cent) of all women living with HIV live in Sub-Saharan Africa.
- Women and girls make up almost 57 per cent (over 13 million) of all people infected with HIV in the region.
- Among girls aged 15-24, the difference is even more pronounced: In the worst- affected countries of Africa, recent national surveys show as many as three young women living with HIV for every young man.

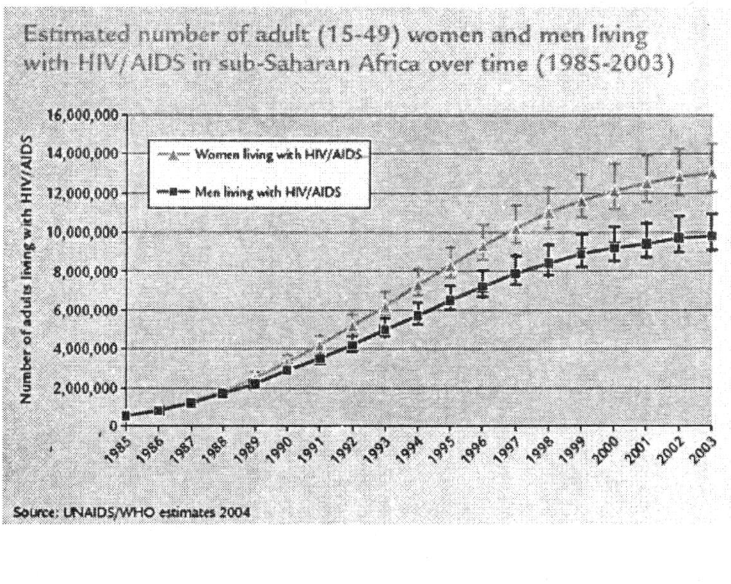

Asia Pacific

The Asia and Pacific region could become the centre of the global AIDS pandemic in the next decade, with China and India , the world's most populous nations, facing a potential AIDS crisis. Factors affecting the spread of HIV among women and girls in the region are poverty, early marriage, trafficking, sex work, migration, lack of education, and gender discrimination and violence.

Eastern Europe and Central Asia

HIV prevalence has grown rapidly in this region. In 2003 alone, more than a quarter of a million people became infected. On average, women account for one third of people living with HIV in the region. However, according to various studies, their rates are increasing compared to men's.

In 2002 in the Russian Federation , 33 per cent of newly diagnosed infections were among women, compared to 24 per cent a year earlier.

Latin America and the Caribbean

Some 2 million people between the ages of 15 and 49 are living with HIV in Latin America and the Caribbean . On average, women account for 36 per cent of all people with HIV in Latin America and 49 per cent in the Caribbean. In the Caribbean, young women are 2.5 times more likely to be infected than young men

The Arab States

HIV prevalence in the Arab States still low. In countries of this region, social and cultural norms limit the discussion of sexuality and reproductive and sexual health issues, and many countries have not developed prevention programmes.

High Income Countries

The percentage of women among adults living with HIV is rising in North America as well as in Western Europe . In North America, where the general availability of antiretroviral therapy would suggest that the epidemic is largely under control, women's prevalence rates jumped 5 per cent between 2001 and 2003, which is the largest increase among women in any region of the world.

ADOLESCENT MATERNAL MORTALITY: AN OVERLOOKED CRISIS

Maternal mortality statistics underscore how societies have failed women, especially young women in developing countries. As many as 529,000 women die each year from complications of pregnancy and childbirth. Pregnancy is the leading cause of death for young women ages 15 through 19. The reproductive health of adolescent women depends on biological, social, and economic factors. Programs must provide education, family planning services, and pre- and postnatal care to reduce morbidity and mortality among young women.

Contraceptive Use and Pregnancy among Adolescents

- Modern contraceptive use has increased but remains low among sexually active young women in many developing countries. For example in Haiti, 33 percent of single sexually active young women and nine percent of their married peers used a modern method of contraception. Among sexually active female Nigerian high school students, 47 percent used the rhythm method of contraception; 21 percent, oral contraceptive pills; and six percent, condoms.
- About 90 percent of adolescent births (12.8 million) occur each year in developing countries. In sub-Saharan Africa and southern Asia, 28 to 29 percent of women give birth by age 18.

Adolescent Women and their Infants: at Risk for Injury, Illness, and Death

- Adolescents age 15 through 19 are twice as likely to die during pregnancy or child birth as those over age 20; girls under age 15 are five times more likely to die.

- Each year, at least two million young women in developing countries undergo unsafe abortion. Unsafe abortion can have devastating consequences, including cervical tearing, perforated uterus, hemorrhage, chronic pelvic infection, infertility, and death.
- In Nigeria, complications of abortion account for 72 percent of all deaths in young women under age 19; moreover, half (50 percent) of all maternal deaths result from illegal abortion among Nigerian adolescents.
- Infants of adolescents are at increased risk for death. In fact, the infants of adolescent mothers are more likely to die before their first birthday than are the infants of older mothers.
- Complications during childbirth account for almost 25 percent of newborn deaths. Preterm delivery and low birth weight are other reasons for deaths among infants born to adolescent mothers.

Why Girls are more Vulnerable than Older Women

- Many biological, economic, and cultural factors-such as poverty, malnutrition, immature reproductive tract, child marriage, and gender inequities may compromise the health of a pregnant adolescent
- Child marriage is one of the cultural factors that work against adolescent women. Married women under age 18 report being less able than older married women to discuss contraceptive use with their husband. Thus child marriage is also associated with early childbearing. In Chad, Guinea, Mali, and Niger-where child marriage is prevalent-half of all teen women give birth before age 18.
- Child marriage also puts young women at greater risk of HIV. Results from a study in Kenya and Zambia showed that married 16- to 19-year-old females were 75 percent more likely to have HIV than their sexually active unmarried peers.

- Gender inequities put girls at greater risk than boys and affect many aspects of young women's lives including reduced opportunities for education, employment, and control over their own reproductive health. Lack of education can also affect health when it limits young women's knowledge about nutrition, birth spacing, and contraception.

Family Planning can Reduce Adolescent Maternal Mortality

Reproductive health care, including family planning services, can help women-including adolescents-to prevent unintended pregnancy, complications during pregnancy and delivery, and unsafe abortion.

- Worldwide, over 200 million women have no access to modern, effective contraception. In the developing world, lack of access to family planning results in some 76 million unintended pregnancies each year.
- Experts say that contraceptive use could prevent up to 35 percent of maternal deaths and when contraceptive use increases, countries' infant mortality rates go down. In countries where less than 10 percent of women use contraception, the infant mortality rate is 100 deaths per 1,000 live births compared to 52 per 1,000 in countries where over 30 percent of women use contraception.
- Worldwide, disapproving providers and community discourages young people from seeking reproductive health care. Family planning services need to be "youth-friendly" in order to encourage young women to seek reproductive health care.

PROGRAMS AND INITIATIVES

- The World Health Organization says there is an urgent need for programs that address the health and safety of pregnant adolescents and that teach these young women the skills to build a successful future. The U. S. Agency for International Development (USAID) identifies critical factors for improving adolescent maternal health: encouraging young women to use prenatal care to identify and treat malaria, anemia, and other health issues; providing obstetric care to ensure the safe delivery of young mothers and their infants; and postnatal care to identify post-partum health issues, provide newborn care, and offer contraception to accomplish birth spacing.

- One effective, comprehensive program increased knowledge of contraception and reproductive health among Chilean school girls age 12 to 17. The program decreased pregnancy rates among students by providing information about both abstinence and contraception, being youth-friendly, offering referral for reproductive health care, and encouraging open dialogue between parents, teachers, health care professionals, and youth.
- In India, Reproductive Health of Young Adults in India (RHEYA) focused on educating youth about delaying marriage and pregnancy and about using contraception. Fifteen percent of young couples who were exposed to RHEYA used contraception to delay their first child compared to just over one percent of young couples in the control group.
- In Nepal, the Adolescent Girls Initiate for Reproductive Health focused on improving reproductive health information and dialogue and access to services. Baseline data indicated that 63 percent of girls ages 10 through 14 were aware of family planning methods compared to 99 percent at the end of the project.
- Programs in Burkina Faso offered peer educators and reproductive health services at some Youth for Youth centers. Compared to other centers where most clients were male, these centers recorded that 77 percent of attendees were young women.
- Profamilia, a Columbian family planning association, incorporated a youth focus into its services and documented an increase of 37 percent in adolescent clinic visits.

There is no reproductive freedom in Communist China and women are denied choice or control over their own bodies, the state retains control; a major reason why forced sterilisations and forced abortions are the party's choice in preference to contraception-the people after all are not to be trusted! Neither, unsupported claims to the contrary, are Non Governmental Organisations tolerated in China, that would be a contradiction in terms. In addition due to the totalitarian nature of Communist China any commitments it makes to international agreements on population or human rights are empty gestures which it blatantly violates.

Yet, despite these facts the FCO and DFID asks the public to accept that Communist China is committed to reproductive and human rights and that official Chinese organisations, such as the China Family Planning Association, are acting as a human rights watchdog and challenging violations associated with the population programme. However, these claims lack any independent or detailed evidence and at best can be said to be utterly disingenuous. Meanwhile, a wealth of detailed reports and testimony continues to emerge from Tibet and China which documents the existence of widespread violations. Some of these have been marshalled in Orders of the State and surfaced in media reports in this country and overseas, yet such facts has not deterred the DFID from continuing to offer the Chinese programme, moral, political, and financial support, through its funding of bodies such as IPPF, UNFPA, and Marie Stopes International, all of whom work closely within China.

Having witnessed its previous arguments reduced to ashes by the facts the FCO and DFID can only claim, again without a shred of supportive evidence, that the involvement of these multi-lateral population agencies exerts a moderating influence upon the Chinese programme.

- According to the US State Department's 2000 Human Rights Report success in implementing this project has been "mixed", while other counties have made "relatively little" progress; some counties have not, it reports, eliminated the strict birth-quotas or even begun to!

- Both the UNFPA and Marie Stopes International have spent years pretending not to see any sign of coercion and still peddle Chinese claims that the programme is voluntary and conforms to the terms of the ICPD (witness their testimony given to the Select Committee on International Development in 1999)
- It is these organisations along with the Chinese Family Planning Association who will be responsible for monitoring coercion within the project which is rather like entrusting the care of a canary to a consortium of cats!
- The involvement of the Chinese Family Planning Association is not an encouraging sign and does to little to reassure that coercion will not feature. This body, though claiming NGO status, is a government funded group which is actively involved in monitoring the performance of local birth-control officials and reports back to the higher authorities who can increase pressure on local cadres and people as necessary.
- The project document also refers to a mid-term evaluation, which should have been carried out by now yet there is no mention of it and the UNFPA seem reluctant to disclose its findings. One wonders why?

A scare-story from the 1960s now increasingly viewed as an invalid concept and seriously flawed due to its reliance upon the 18th Century Malthusian theory of a growing population exceeding available resources and the notion of an optimum population balance between these two factors. Became a fashionable cause in the 1960s following Paul Erlich's book The Population Bomb in which he introduced the doomsday scenario that unless action was taken to redress a growing world population serious global consequences would follow; his claims are now widely regarded as being too alarmist and grossly misjudged.

However, during the 1970s academics, demographers, environmentalists and governments embraced the concept and adopted measures to reduce population levels. It became a received wisdom and gained wide acceptance as 'fact' generating an entire social industry based upon the belief that population growth has a simple and adverse impact upon development and human welfare. Yet there is no empirical evidence of this relationship and those who still subscribe to the crisis theory seem to have abandoned critical academic rigour and objectivity, believing only what they choose to. After all they have a vested interest, why let the facts get in the way of career prospects?

The Chinese Programme

Ironically during the 1960s Mao Zedong regarded calls for population control with some contempt and viewed it as another form of western interference in China's affairs. That was to change and in 1979 the Chinese leadership, conscious of growing international acceptance of the theory of 'overpopulation', adopted measures to reduce their own population, which accounted for a fifth of the world's total.

The fervent sense of urgency and catastrophe envisioned by demographers and the United Nations were viewed by China as requiring immediate and severe action. National targets on population growth and fertility rates were set, the result was the infamous One Child Policy, which was to have such a devastating and terrible impact upon women across the Communist Chinese Empire.

This programme relies upon a series of coercive measures designed to ensure that national and local population targets are met, for women it means a brutal denial of freedom of choice through a range of human rights violations. The nature and magnitude of medical atrocities inflicted is staggering and reminiscent of the systematic abuse endured by Jewish and Gypsy women under Nazi domination.

Using internal Chinese sources Dr. John Aird, former China consultant at the US Bureau of the Census, has calculated that between 1971 and 1985 alone there were some 100 million 'birth-control surgeries' involving forced sterilisation and/or forced abortion. Communist China aimed to goal reduce its population to 1.2 billion by the year 2000.

This draconian programme was justified by the following:

- China claimed that population growth would endanger food supplies, employment, availability of services, and restrict economic development.
- China insisted the policy was the only one suitable given the circumstances.
- More recently China has suggested population growth could result in environmental concerns.
- These fallacious claims are exposed by the following:
- The Total Fertility Rate for China in 1979 was already going down naturally!
- As a result of improvements in agricultural practice China was not experiencing a food shortage, in fact the opposite! The last great famine in China in which some 30 million died (1950-1961) had resulted not from population growth but the crazed economics of Mao's Great Leap Forwards!
- During the 1990s when China was screaming that population growth was threatening economic development Beijing was also expressing real fears about its economy which was overheating and growing at over 13 percent a year! The two worries are contradictory!

China's population is ageing at a worrying rate with all the implications that holds for provision of services such as community care, hospitals, and medical staff.

An alarming increase in the sex-ratio at birth has resulted (normally this is measured at 105/107 male per 100 female births). China's 1982 Census shows the rate to be 108.47, which means some 230, 000-baby girls appear missing! This could produce a dangerous shortage of women for a future generation. An official Chinese journal has predicted an "army of bachelors some 70 million strong.".

A communist Chinese report issued in 2001 stated that as a result of the population policies the population level was 330 million below the official prediction. How many of these births were desired by parents but annihilated on government oders?

According to a 1992 survey the Total Fertility Rate in China has already dropped to below the replacement level by 1991, a target they were expecting to reach by 2000. Data drawn from Chinese sources has shown the TFR has dropped to 1.65 children per woman (replacement level is usually agreed to be about 2.1).

China's coercive population programme requires all citizens to perform family planning as a duty under its totalitarian constitution:

Women with one child to have intrauterine devices inserted/removed by force.

Couples with two or more children to be sterilised

Sterilisation of people deemed by the state to have a mental disability

Couples to register for official permission for an authorised birth

Women who are pregnant without state permission to undergo abortions

Detention, mental/physical abuse, financial penalties for failure to comply

"Out-of-plan births and out-of-wedlock births are prohibited" (Article Two, Tianjin Municipality Birth Control Regulations 2001)

"So far the reduction in the PRC's rural fertility rate has been the result of external restraints: that is the mechanism involved has been a coercion-based reduction mechanism" (China Population, Beijing, 14th June 1993)

"It is necessary to forcibly sterilise those couples who have failed to be sterilised or use contraceptives." (Politics and Law Tribune, pp 89-93, Beijing April 1993)

"In order to reduce the population, use whatever means you must, but do it!" (Comments of Deng Xiaoping reported in China Spring Digest. New York, 1987)

"Only coercive measures can be effective in alleviating the problems caused by [the] population explosion..." (Chinese

Agricultural Official reported in Economic Daily, Beijing, 24th January 1989).

"It is a firm policy of the Chinese Government to prohibit any kind of coercive action in implementing family planning" (comments reported by Peng Peiyun, Minister of China's State Family Planning Commission on the eve of her departure for the ICDP Cairo, Xinhua news-report August 1994)

"The current family planning policy...is actually a combination of government guidance and the VOLUNTARY participation of the masses" (Family Planning in China, reported by Xinhua 23rd August 1995)

"We let families become conscious of their own interests and that of the nation, and let them make wise choices according to their own will" (comments by Minister Peng Peiyun, Beijing Review, May 1995)

Apart from wide ranging abuses resulting from the programme there is a more sinister element which is based upon the notion of "improving the quality of the population". Not since atrocities associated with Hitler's master-race theory has a state invested so much importance into the concept of racial purity and selective breeding. Those deemed by the state to be disabled, mentally retarded or having any other mental condition are subject to eugenic regulations including prohibition from marriage, forced sterilisation and medical examinations. At the centre of this Nazi-like programme lies a belief in the superiority of the Han Chinese over subject people such as Tibetans and those from East Turkestan. Indeed, it is highly significant that China's contribution towards the international G-nome programme is to reportedly research genes which could be shown to be purely Chinese.

"Couples who have suffered from serious hereditary diseases, including mental disease, hereditary mental incapability, hereditary deformity, and so on are strictly prohibited from having children" (Article 22 of the 1990 birth-control regulations for Henan Province)

"In those areas of quality the population of minority nationalities (sic) has fallen back into a state of stagnation, is quite backward and the quality is stagnant."

"People of minority populations are more likely to be 'mentally retarded, short of stature, dwarfs or insane'." (Deng Bihai, China Population News, Beijing 22nd December 1989)

"The general rule is that idiots can't marry unless they are sterilised" (Chinese government official reported in New York Times, 15th August 1991)

"Raise the level of eugenics to a new height" (Song Ping, President China Family Planning Association, Xinhua news-report, 20th November 1992)

Peng Peiyun called for "forceful measures...to provide for better births and...improve the quality of the nation" (Xinhua news-report 20th November 1994)

Law on Maternal and Infant Health Care adopted 27th October 1994 contains regulations preventing marriage of those with serious hereditary diseases unless sterilised.

260 000 residents of Gansu province were sterilised because they were deemed to be "mentally retarded" by the authorities. (Steven Mufson, Washington Post 22nd December 1993)

This has largely derived from demographers and governments who fund family planning organisations such as the UNFPA and IPPF; these bodies became involved in 1979 and 1983 respectively, at the height of coercive practices. Throughout they have been extremely reluctant to criticise the Chinese programme and despite being aware of the nature and extent of abuses have remained virtually silent. Prior to the early 1990s UNFPA rejected any suggestion that there was coercion at all.

"China, having adopted practical measures in accordance with her current situation, has scored remarkable achievements in population control" (Thoraya Obaid, New Executive Director of UNFPA, October 2001)

"There is no such thing as, you know, a license to have a birth and so on" (Dr Nafis Sadik Former Director of UNFPA, CBS Television, 21st November 1989)

US Charges of coercion within the Chinese programme were "groundless" (UNFPA Deputy in Beijing, Xinhua news-report, 14th April 1989)

"China's family planning programme is the most successful such effort in the world" (UNFPA Deputy in Beijing, Xinhua news-report, 12th September 1990)

"China has every reason to feel proud of and pleased with its remarkable achievements made in its family planning policy and control of its population growth" (Dr Nafis Sadik, Former Director of UNFPA, Xinhua news-report, 11th April 1991)

This policy of evasion and denial ended in 1993 with the rise of international media coverage of abuses resulting from the Chinese programme. At the same time the UNFPA was forced by the Chinese to abandon an experiment in un-coerced family planning within a limited area within China. Yet UNFPA still accepts and passes on the Chinese Governments propaganda that the programme is voluntary and coercion is not tolerated by the Chinese authorities. To justify such claims UNFPA, IPPF and others within the family planning movement insist that the vague terms of the ICPD at Cairo, which China signed, somehow guarantee that coercive practices are not taking place since China ratified the agreement. However, there is another convenient factor which protects UNFPA from openly tackling the issue of coercion; namely its insistence that national sovereignty is a guiding and pre-eminent principle: "Judgements about what constitutes free and informed choice must be made within the context of a particular culture and the context of the overall government programme for social and economic development." (Dr Nafis Sadik, Former Director of UNFPA, Populi, Vol.13 1986)

By this mechanism UNFPA and IPPF are able to absolve themselves of any ethical responsibility for supporting China's coercive population control programme. Both these organisations claim to support human rights and reproductive freedom yet what good are ethical principles when you are working within a programme that is characterised by gross human rights violations? Meanwhile its continuing presence fails to moderate the horrific excesses of the programme.

"Recent information provided by the Government of China indicates that the UNFPA programme is having a significant impact upon reducing maternal mortality and the number of abortions and sterilisations in their programme counties" (Rt Hon Clare Short MP, former Minister at the UK Department for International Development (Correspondence to Peter Bottomley MP, 20th November 2001)

"Our aim is to give Chinese people access to contraception so that they can choose for themselves how many children they want" (George Foulkes MP, former Under Secretary of State, DFID, Evening Standard 25th October 1999)

"We have never denied that coercion may occur in the implementation of China's family planning programmes" (John V Stuppel, DFID correspondence to Optimus, 13th July 1995).

"My view, as you know, is that women must be able to make birth control choices for themselves, IPPF and UNPFA can help in this process, as well as monitor the worst excesses of the Chinese regime and expose it to international condemnation" (Clare Short MP, as then Shadow Minister for Overseas Development, correspondence to ITN 16th December 1996)

"We would only contemplate withdrawal of support for UNFPA and IPPF activities in China if it became clear that neither organisation was making any progress in changing China's population policy and its implementation" (John V Stuppel, ODA correspondence to CFT 11th January 1995)

"Should it become clear that no progress is being made, the British Government would need to reconsider its support to UNFPA and IPPF work in China" (CP Greenwood, FCO, (correspondence to Martin Moss 30th September 1993))

"The UK strongly backs the principle...that coercion has no place in family planning programmes and that all couples should be able to plan their families on the basis of free and informed choice" (ODA correspondence to Andrew Noble, 26th March 1996)

"Critics of the position argue that several years of UNFPA and IPPF involvement in China has not yet led the Chinese to moderate their policies or stop abuses in the implementation of policy. This is true" (ODA paper 'China: Population Issues', correspondence to Andrew Noble, 26th March 1996)

"In 1995/96 UK financial year the United Kingdom-through the ODA-is providing some £39.5 million to China in the form of concessionary financing arrangements (CFAs) and technical co-operation (TC)"

"UNFPA received £8.5 million in 1994, and IPPF £7.5 million" [donations from UK Government-DFID in 1994, this figure has since risen] (ODA correspondence to Andrew Noble, 26th March 1996)

The Government (Communist China) continued to implement comprehensive and often intrusive family planning polices (U.S. State Department Human Rights Report, 2000).

The State Department Report notes "documented instances" where: "Family planning officials have used coercion, including forced abortion and sterilisation, to meet government goals."

Documentary investigations carried out in Communist China and presented to the US Senate on 17th October 2001 featured harrowing evidence of medical atrocities. This included interviews with women who had been forcibly sterilised within half a mile of a UNFPA office, which claimed coercion was not happening in that region! "A statement by Dr Harry Wu revealed that the Tianjin Central Women's Hospitial, which is reported to be funded by the United Nations Children Foundation, performs 300 forced abortions and 100-150 sterilisations 'surgeries' a month " (Testimony of Dr Harry Wu, US Senate Relations Committee on International Relations, 17th October 2001).

In 1998 a former Fuijian province family planning officer reported that local authorities "systematically used coercive measures such as forced abortion and sterilisation, detention and the destruction of property to enforce birth quotas" (US State Department Report 2000).

The Report further notes "instances in which pregnant prisoners in reeducation-through labor (sic) camps were forced to submit to abortions".

A 1999 report by Amnesty International (AI) records coercion within the programme in Eastern Turkestan (Xinjiang Province). According to information received by AI during 1993 "family planning trials and birth control experiments" were established in two areas which resulted in violent local resistance. Experiments are reported to include the introduction of birth-control "contracts" and "plans" which seemed to include campaigns of forced abortions and presumably forced sterilisations. Over 100 women in Toksu County were subject to forced abortions, including some who, it is said, were nine months pregnant and given caesarean operations. In Chkyayuzi County 'birth control 'surgery' was carried out with little attention to hygiene resulting in illness and death for some women (AI Index ASA 17/18/99).

In Tianjin Women's Hospital a 25 year-old woman (NAME WITHELD FOR CONFIDENTIALITY) was forcibly aborted. Her case history reads:""13/5/1997, 10.30 am, patient (sic) emptied bladder. Induced delivery. Needle inserted two fingers beneath navel. Needle extracted. Clear amniotic fluid. 100ml of Rufenol injected. 14/5/1997, 7.00 am, Irregular lump dropped out. 15/5/1997 At six AM this morning, dead infant delivered. Good contraction. Placenta dropped out..."(Testimony of Dr Harry Wu, US Senate 17th October 2001).

In 1982 under instructions from the Chinese Party surgical teams spread our across China enforcing sterilisations, abortions and insertion of IUDs. The following year nearly 21 million sterilisations were performed, 18 million IUDs inserted and 14 million abortions carried out.

"All localities must exercise effective control....In the Autumn family planning drive, urban and rural areas must closely co-operate with one another and must comb every household for unwanted pregnancies for which remedial measures must be taken..." (Chen Bangzhu, Deputy Governor, Hunan Province China, PRC Radio broadcast 14th September 1992)

During 1987 in Guanghong Province the party called for remedial measures to reduce the population increase according to Chinese statistics this would have required some 300,000 abortions to have been performed in that region (Dr John Aird, 1992).

In 1983 Guanghong Party Officials launched a plan to sterilise 1.7 million women in the area rising to nearly 3 million in two years (Southern Daily, Guanghong, China 10th May 1983).

Valda Harding, an English nurse who visited Tibet during 1987 witnessed "Tibetan women in Lhasa ..taken away forcibly from their homes, caged like animals and taken away in a truck". When she asked what their crime was she was told they were being arrested "because they were having too many children". She had the impression the women were pregnant "but they weren't going to be pregnant in a very short time". Harding added that "the full significance of what I saw didn't really hit me until later. It sounds strange but in Tibet you get used to seeing people kicked, beaten and abused" (Tibetan Bulletin September 1991).

87, 000 Tibetan women were sterilised in Amdo region in 1989 some 18 per cent had been sterilised in just two years. While in Gansu some 63,000 men and women had been sterilised in two months (News Update, TIN, 30th May 1990).

The ICPD (Cairo Programme)

Used as a smokescreen and justification by the FCO, DFID, UNFPA, and IPPF to continue its work within China on the basis of its apparent commitment to reproductive freedoms and individual rights. Significantly the Cairo programme:

Failed to specify practices NOT complying with the principles of reproductive freedom.

Does not condemn forced abortion/sterilisation.

Fails to endorse the right to reproductive freedom as absolute.

In exercising the right of reproductive freedom it proposes the "responsibility" of the individual "towards the community".

THE END OF WORLD POPULATION GROWTH

Will world population grow to double its present size by 2050? Will growth slow down and stop soon? With the personal computer we can narrow the likely trajectory of future world population growth far more than ever before possible. Before the PC, the necessary calculations were too tedious. So demographers prepared widely different projections.

United Nations long range projections . . .

United Nations long range projections include a "high variant" that has world population growing to 28 billion by the year 2150, a "medium variant" that has growth levelling off at 11.5 billion around 2075, and a "low variant" that has world population growth ending at 7 billion around 2050 followed by population decrease.

Figure 1. United Nations Long-range Projections 1990-2150

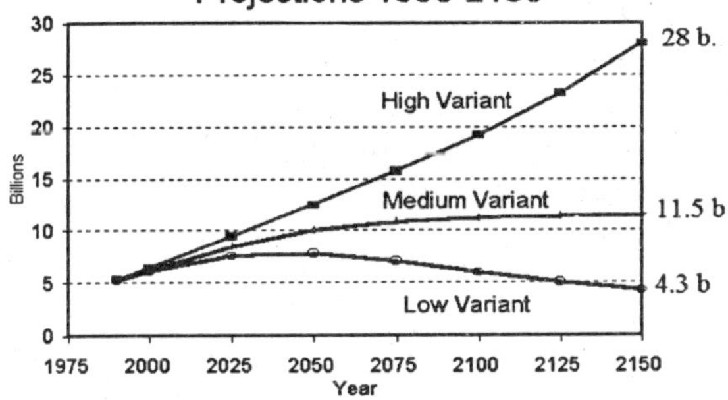

If it were a weather forecast . . .

A weather forecast like that would have us preparing for a blizzard, rain, and a hot dry spell all at the same time. Which is most likely? The medium variant is usually considered the most likely because it is in the middle. But there is another method for finding the most likely path of future world population growth.

Least squares regression . . .

Least squares or regression fits an equation to a set of data points so that the sum of the squared distances between estimates obtained from the equation and actual data points are minimized, hence the name "least squares."

First, get the most reliable estimates of world population . . .

I started by assembling all estimates of total world population for 1950 to 1990 published in the United Nations Demographic Yearbook. Then I dropped all estimates that were published only once as least reliable. The remainder I averaged. I figured that the average would be more reliable than any single estimate. For years 1991 to 1993, I used the single estimate published by the UN and for 1994 and 1995 I used estimates published by The Population Reference Bureau.

Convex growth fit best . . .

I tried equations for straight-line growth, exponential growth, logistic growth, and exponential growth at a decreasing rate of increase. The latter I call "convex" growth because it generates a dome shaped projection. The criterion of best fit is the correlation between actual world population totals and equation estimates closest to a perfect 1.00. The correlation I obtained with the convex formula was .99995997. The figures are in the following table. Notice that the differences between actual figures and equation estimates average only 7.9 million.

World Population Estimates with Convex Growth Equation

Midyear	World Population (billions)	Convex Growth Estimates	Actual Minus Estimate (millions)
1950	2.502	2.498	4
1955	2.722	2.729	-7
1958	2.889	2.887	2
1960	3.006	3.000	6
1963	3.168	3.182	-14
1965	3.313	3.311	2
1970	3.664	3.659	5

Contd...

Midyear	World Population (billions)	Convex Growth Estimates	Actual Minus Estimate (millions)
1975	4.053	4.041	12
1980	4.445	4.447	-2
1985	4.847	4.868	-21
1990	5.291	5.292	-1
1991	5.385	5.376	9
1992	5.479	5.459	20
1993	5.544	5.541	3
1994	5.607	5.623	-16
1995	5.702	5.703	-1
		Avg. Difference	7.9

The equation is: Est. Population = 1.639 + .859 (1.02 - (.000342 * (Year - 2039.28) ^ (Year - 1950)

It projects the end of world population growth at 7.07 billion around 2025.

Figure 2. World Population Convex Growth Projection 1950-2050

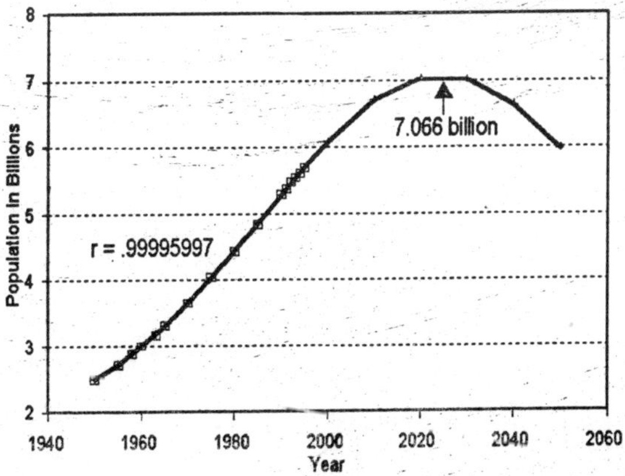

World Population 2000 - 2045

Midyear	Billions	Midyear	Billions
2000	6.086	2025	7.067
2005	6.425	2030	7.009
2010	6.704	2035	6.863
2015	6.910	2040	6.635
2020	7.033	2045	6.337

Such an unusual projection demands other supporting evidence. It gets that support from the declining world birth rate and what must become a rising world death rate. At present the world death rate is 9 deaths per year per 1,000 population. This low a death rate can only be temporary because it would require life expectancy to be 1000/9 = 111 years.

If life expectancy worldwide stabilizes at 75 years, the world death rate would stabilize at 13.3 and a falling world birth rate would intersect a rising death rate around 2030. At about this time, world population growth would stop, which is consistent with the convex growth projection.

9

GOLSSARY

Abortion Rate: The number of abortions per 1,000 women ages 15-44 or 15-49 in a given year.

Abortion Ratio: The number of abortions per 1,000 live births in a given year.

Age-Dependency Ratio: The ratio of persons in the ages defined as dependent (under 15 years and over 64 years) to persons in the ages defined as economically productive (15-64 years) in a population.

Age-Sex Structure: The composition of a population as determined by the number or proportion of males and females in each age category. The age-sex structure of a population is the cumulative result of past trends in fertility, mortality, and migration. Information on age-sex composition is essential for the description and analysis of many other types of demographic data. See also population pyramid.

Age-Specific: Rate Rate obtained for specific age groups (for example, age-specific fertility rate, death rate, marriage rate, illiteracy rate, or school enrollment rate).

Aging of Population: A process in which the proportions of adults and elderly increase in a population, while the proportions of children and adolescents decrease. This process results in a rise in the median age of the population. Aging occurs when fertility rates decline while life expectancy remains constant or improves at the older ages.

Antinatalist Policy: The policy of a government, society, or social group to slow population growth by attempting to limit the number of births.

Baby Boom: A dramatic increase in fertility rates and in the absolute number of births in the United States, Canada, Australia, and New Zealand during the period following World War II (1947-1961).

Baby Bust: A rapid decline in U.S. fertility rates to record-low levels during the period immediately after the baby boom.

Balancing Equation: A basic demographic formula used to estimate total population change between two points in time— or to estimate any unknown component of population change, provided that the other components are known. The balancing equation includes all components of population change: births, deaths, immigration, emigration, in-migration, and out-migration.

Birth Control: Practices employed by couples that permit sexual intercourse with reduced likelihood of conception and birth. The term birth control is often used synonymously with such terms as contraception, fertility control, and family planning. But birth control includes abortion to prevent a birth, whereas family planning methods explicitly do not include abortion.

Birth Rate (or crude birth rate): The number of live births per 1,000 population in a given year. Not to be confused with the growth rate.

Birth Rate for Unmarried Women: The number of live births per 1,000 unmarried women (never married, widowed, or divorced) ages 15-49 in a given year.

Brain Drain: The emigration of a significant proportion of a country's highly skilled, highly educated professional population, usually to other countries offering better economic and social opportunity (for example, physicians leaving a developing country to practice medicine in a developed country).

Carrying Capacity: The maximum sustainable size of a resident population in a given ecosystem.

Case Fatality Rate: The proportion of persons contracting a disease who die from it during a specified time period.

Case Rate: The number of reported cases of a specific disease per 100,000 population in a given year.

Cause-Specific Death Rate: The number of deaths attributable to a specific cause per 100,000 population in a given year.

Census: A canvass of a given area, resulting in an enumeration of the entire population and often the compilation of other demographic, social, and economic information pertaining to that population at a specific time. See also survey.

Childbearing Years: The reproductive age span of women, assumed for statistical purposes to be 15-44 or 15-49 years of age.

Child-Woman Ratio: The number of children under age 5 per 1,000 women ages 15-44 or 15-49 in a population in a given year. This crude fertility measure, based on basic census data, is sometimes used when more specific fertility information is not available.

Closed Population: A population with no migratory flow either in or out, so that changes in population size occur only through births and deaths.

Cohort: A group of people sharing a common temporal demographic experience who are observed through time. For example, the birth cohort of 1900 is the people born in that year. There are also marriage cohorts, school class cohorts, and so forth.

Cohort Analysis: Observation of a cohort's demographic behavior through life or through many periods; for example, examining the fertility behavior of the cohort of people born between 1940 and 1945 through their entire childbearing years. Rates derived from such cohort analyses are cohort measures. Compare with period analysis.

Completed Fertility Rate: The number of children born per woman to a cohort of women by the end of their childbearing years.

Consensual Union: Cohabitation by an unmarried couple for an extended period of time. Although such unions may be quite stable, they are not regarded as legal marriages in official statistics.

Contraceptive Prevalence: Percentage of couples currently using a contraceptive method.

Crude Rate: Rate of any demographic event computed for an entire population.

Death Rate (or crude death rate): The number of deaths per 1,000 population in a given year.

Demographic Transition: The historical shift of birth and death rates from high to low levels in a population. The decline of mortality usually precedes the decline in fertility, thus resulting in rapid population growth during the transition period.

Demography: The scientific study of human populations, including their sizes, compositions, distributions, densities, growth, and other characteristics, as well as the causes and consequences of changes in these factors.

Dependency Ratio: The ratio of the economically dependent part of the population to the productive part; arbitrarily defined as the ratio of the elderly (ages 65 and older) plus the young (under age 15) to the population in the working ages (ages 15-64).

Depopulation: The state of population decline.

Divorce Rate (or crude divorce rate): The number of divorces per 1,000 population in a given year.

Doubling Time: The number of years required for the population of an area to double its present size, given the current rate of population growth.

Emigration: The process of leaving one country to take up permanent or semipermanent residence in another.

Emigration Rate: The number of emigrants departing an area of origin per 1,000 population in that area of origin in a given year.

Ethnicity: The cultural practices, language, cuisine, and traditions — not biological or physical differences — used to distinguish groups of people.

Family: Usually two or more persons living together and related by birth, marriage, or adoption. Families may consist of siblings or other relatives as well as married couples and any children they have.

Family Planning: The conscious effort of couples to regulate the number and spacing of births through artificial and natural methods of contraception. Family planning connotes conception control to avoid pregnancy and abortion, but it also includes efforts of couples to induce pregnancy.

Fecundity: The physiological capacity of a woman to produce a child.

Fertility: The actual reproductive performance of an individual, a couple, a group, or a population. See general fertility rate.

General Fertility Rate: The number of live births per 1,000 women ages 15-44 or 15-49 years in a given year.

Gross National Income in Purchasing Power Parity (GNI PPP): Per Capita GNI PPP per capita is gross national income in purchasing power parity divided by midyear population. GNI PPP refers to gross national income converted to "international" dollars using a purchasing power parity conversion factor. International dollars indicate the amount of goods and services one could buy in the United States with a given amount of money.

Gross Reproduction Rate (GRR): The average number of daughters that would be born alive to a woman (or group of women) during her lifetime if she passed through her childbearing years conforming to the age-specific fertility rates of a given year. See also net reproduction rate and total fertility rate.

Growth Rate: The number of people added to (or subtracted from) a population in a year due to natural increase and net migration expressed as a percentage of the population at the beginning of the time period.

High-risk pregnancies: Pregnancies occurring under the following conditions: too closely spaces, too frequent, mother too young or too old, or accompanied by such high-risk factors as high blood pressure or diabetes.

Household: One or more persons occupying a housing unit.

Illegal Alien (sometimes called undocumented alien): A foreigner who has entered a country without inspection or without proper documents, or who has violated the terms of legal admission to the country, for example, by overstaying the duration of a tourist or student visa.

Immigration: The process of entering one country from another to take up permanent or semipermanent residence.

Immigration Rate: The number of immigrants arriving at a destination per 1,000 population at that destination in a given year.

Incidence Rate: The number of persons contracting a disease per 1,000 population at risk, for a given period of time.

Infant Mortality Rate: The number of deaths of infants under age 1 per 1,000 live births in a given year.

In-migration: The process of entering one administrative subdivision of a country (such as a province or state) from another subdivision to take up residence.

Less Developed Countries: Following United Nations' definitions, the term "less developed countries" (or regions) refers to countries in Africa, Asia (except Japan), Latin America and the Caribbean, and Oceania (except Australia and New Zealand).

Life Expectancy: The average number of additional years a person could expect to live if current mortality trends were to continue for the rest of that person's life. Most commonly cited as life expectancy at birth.

Life Span: The maximum age that human beings could reach under optimum conditions.

Life Table: A tabular display of life expectancy and the probability of dying at each age (or age group) for a given population, according to the age-specific death rates prevailing at that time. The life table gives an organized, complete picture of a population's mortality.

Malthus, Thomas R.: (1766-1834) English clergyman and economist famous for his theory (expounded in the 'Essay on the Principle of Population') that the world's population tends to increase faster than the food supply and that unless fertility is controlled (by late marriage or celibacy), famine, disease, and war must serve as natural population restrictions. See neo-Malthusian.

Marital Fertility Rate: Number of live births to married women per 1,000 married women ages 15-44 or 15-49 in a given year.

Marriage Rate (or crude marriage rate): The number of marriages per 1,000 population in a given year.

Maternal Mortality Ratio: The number of women who die as a result of pregnancy and childbirth complications per 100,000 live births in a given year.

Mean Age: The mathematical average age of all the members of a population.

Median Age: The age that divides a population into two numerically equal groups; that is, half the people are younger than this age and half are older.

Megalopolis: A term denoting an interconnected group of cities and connecting urbanized bands.

Metropolitan Area: A large concentration of population, usually an area with 100,000 or more people. The area typically includes an important city with 50,000 or more inhabitants and the administrative areas bordering the city that are socially and economically integrated with it.

Migration: The movement of people across a specified boundary for the purpose of establishing a new or semipermanent residence. Divided into international migration (migration between countries) and internal migration (migration within a country).

Mobility: The geographic movement of people.

Morbidity: The frequency of disease, illness, injuries, and disabilities in a population.

More Developed Countries: Following United Nations' definitions, "more developed countries," or industrialized countries (or regions), include Europe (including all of Russia), the United States, Canada, Australia, New Zealand, and Japan.

Mortality Deaths as a component of population change.

Natality Births as a component of population change.

Natural Increase (or Decrease): The surplus (or deficit) of births over deaths in a population in a given time period.

Neo-Malthusian: An advocate of restricting population growth through the use of birth control. (Thomas Malthus himself did not advocate birth control as a remedy for rapid population growth.)

Neonatal Mortality Rate: The number of deaths to infants under 28 days of age in a given year per 1,000 live births in that year.

Net Migration: The net effect of immigration and emigration on an area's population in a given time period, expressed as an increase or decrease.

Net Migration Rate: The net effect of immigration and emigration on an area's population, expressed as an increase or decrease per 1,000 population of the area in a given year.

Net Reproduction Rate (NRR): The average number of daughters that would be born to a woman (or a group of women) if she passed through her lifetime conforming to the age-specific fertility and mortality rates of a given year. This rate is similar to the gross reproduction rate but takes into account that some women will die before completing their childbearing years. An

NRR of one means that each generation of mothers is having exactly enough daughters to replace itself in the population. See also total fertility rate and replacement-level fertility.

Nuptiality: The frequency, characteristics, and dissolution of marriages in a population.

"Old" Population: A population with a relatively high proportion of middle-age and elderly persons, a high median age, and thus a lower growth potential.

Out-migration: The process of leaving one subdivision of a country to take up residence in another.

Parity: The number of children previously born alive to a woman; for example, 'two-parity women' are women who have had two children and 'zero-parity women' have had no live births.

Perinatal Mortality Rate: The number of fetal deaths after 28 weeks of pregnancy (late fetal deaths) plus the number of deaths to infants under 7 days of age per 1,000 live births.

Period Analysis: Observation of a population at a specific period of time. Such an analysis in effect takes a 'snapshot' of a population in a relatively short time period — for example, one year. Most rates are derived from period data and therefore are period rates. Compare to cohort analysis.

Population: A group of objects or organisms of the same kind.

Population Control: A broad concept that addresses the relationship between fertility, mortality, and migration, but is most commonly used to refer to efforts to slow population growth through action to lower fertility. It should not be confused with family planning. See also family planning.

Population Density: Population per unit of land area; for example, people per square mile or people per square kilometer of arable land.

Population Distribution: The patterns of settlement and dispersal of a population.

"Population Explosion" (or "Population Bomb"): Expressions used to describe the 20th century worldwide trend of rapid population growth, resulting from a world birth rate much higher than the world death rate.

Population Increase: The total population increase resulting from the interaction of births, deaths, and migration in a population in a given period of time.

Population Momentum: The tendency for population growth to continue beyond the time that replacement-level fertility has been achieved because of the relatively high concentration of people in the childbearing years.

Population Policy: Explicit or implicit measures instituted by a government to influence population size, growth, distribution, or composition.

Population Projection: Computation of future changes in population numbers, given certain assumptions about future trends in the rates of fertility, mortality, and migration. Demographers often issue low, medium, and high projections of the same population, based on different assumptions of how these rates will change in the future.

Population Pyramid: A bar chart, arranged vertically, that shows the distribution of a population by age and sex. By convention, the younger ages are at the bottom, with males on the left and females on the right.

Population Register: A government data collection system in which the demographic and socioeconomic characteristics of all or part of the population are continuously recorded. Denmark, Sweden, and Israel are among the countries that maintain universal registers for demographic purposes — recording the major events (birth, marriage, moves, death) that happen to each individual so that up-to-date information on the whole population is readily available. Other countries, like the United States, keep partial registers, such as social security and voter registration, for administrative purposes.

Post-Neonatal Mortality Rate: The annual number of deaths of infants ages 28 days to 1 year per 1,000 live births in a given year.

Prevalence Rate: The number of people having a particular disease at a given point in time per 1,000 population at risk.

Pronatalist Policy: The policy of a government, society, or social group to increase population growth by attempting to raise the number of births.

"Push-Pull" Hypothesis: A migration theory that suggests that circumstances at the place of origin (such as poverty and unemployment) repel or push people out of that place to other places that exert a positive attraction or pull (such as a high standard of living or job opportunities).

Race: Race is defined primarily by society, not by genetics, and there are no universally accepted categories.

Rate of Natural Increase (or Decrease): The rate at which a population is increasing (or decreasing) in a given year due to a surplus (or deficit) of births over deaths, expressed as a percentage of the base population.

Remarriage Rate: The number of remarriages per 1,000 formerly married (that is, widowed or divorced) men or women in a given year.

Replacement-Level Fertility: The level of fertility at which a couple has only enough children to replace themselves, or about two children per couple.

Reproductive Age: See childbearing years.

Reproductive Health: Reproductive health is a state of complete physical, mental, and social well-being and not merely the absence of disease or infirmity, in all matters relating to the reproductive system and to its functions and processes.

Sex Ratio: The number of males per 100 females in a population.

Social Mobility: A change in status (for example, an occupational change).

Stable Population: A population with an unchanging rate of growth and an unchanging age composition as a result of age-specific birth and death rates that have remained constant over a sufficient period of time.

Survey: A canvass of selected persons or households in a population usually used to infer demographic characteristics or trends for a larger segment or all of the population. See also census.

Survival Rate: The proportion of persons in a specified group (age, sex, or health status) alive at the beginning of an interval (such as a five-year period) who survive to the end of the interval.

Total Fertility Rate (TFR): The average number of children that would be born alive to a woman (or group of women) during her lifetime if she were to pass through her childbearing years conforming to the age-specific fertility rates of a given year. This rate is sometimes stated as the number of children women are having today. See also gross reproduction rate and net reproduction rate.

Urban Countries differ in the way they classify population as 'urban' or 'rural.' Typically, a community or settlement with a population of 2,000 or more is considered urban. A listing of country definitions is published annually in the United Nations Demographic Yearbook.

Urbanization: Growth in the proportion of a population living in urban areas.

Vital statistics: Demographic data on births, deaths, fetal deaths, marriages and divorces.

"Young" Population: A population with a relatively high proportion of children, adolescents, and young adults; a low median age; and thus a high growth potential.

Zero population growth: A population in equilibrium, with a growth rate of zero, achieved when births plus immigration equal deaths plus emigration.

Bibliography

Cahn, Robert: *Footprints on the Planet: A Search for an Environmental Ethic*, New York, Universe Books, 1978.

Caldecott, Leonie: *Reclaiming the Earth: Women Speak Out for Life on Earth*, London, Women's Press, 1982.

Calhoun, R.: *Ecology and Christian Responsibility: A Study of the Theological and Ethical Bases for Christian Ecological Concern*, Th.D., Southwestern Baptist Theological Seminary, 1972.

Callicott, J. Baird: *In Defense of the Land Ethic*, Albany, SUNY Press, 1989.

Cane, Bill: *Circles of Hope: Breathing Life and Spirit into a Wounded World*, Maryknoll, N.Y.: Orbis Press, 1992.

Daly, H. R., : *Population, Technology, and Lifestyle: The Transition to Sustainability*, Boston, Beacon Press, 1992.

Daly, Herman E.: *Toward A Steady State Economy*, San Francisco, W. H. Freeman and Co., 1973.

Darragh, N.: *At Home in the Earth : Seeking an Earth-centred Spirituality*, Auckland, Accent, 2000.

Eck, Diana: *Speaking of Faith: Global Perspectives on Women, Religion, and Social Change*, Philadelphia, New Society Publishers, 1987.

Ehrlich, Paul R.: *The Machinery of Nature: The Living World Around Us and How It Works*, New York, Simon and Schuster, 1986.

Gloria Feman Orenstein: *Reweaving the World: The Emergence of Ecofeminism*, San Francisco, Sierra Club Books, 1990.

Hanighen, Frank: *The Secret War*, John Day Co, 1934.

James, A: *Nature and Grace*, New York, Crossroads, 1988.

Klare, Michael: *Blood and Oil: The Dangers and Consequences of America's Growing Petroleum Diplomacy*, Metropolitan Books / Henry Holt, 2004.

Klare, Michael: *Resource Wars: The New Landscape of Global Conflict*, Metropolitan Books / Henry Holt, 2001.

McQuaig, Linda: *It's The Crude, Dude: War Big Oil, And The Fight For The Planet*, Doubleday Canada, 2004.

Mohr, Anton: *The Oil War*, Harcourt, Brace, Hyperion Press, 1976.

O'Connor, Harvey: *The Empire of Oil*, Monthly Review Press, 1955

O'Connor, Harvey: *The World Crisis In Oil*, Monthly Review Press, 1962

Sampson, Anthony: *The Seven Sisters*, Bantum Books, 1976.

Serafy, S. E. : *Population, Technology, and Lifestyle: The Transition to Sustainability*, Boston, Beacon Press, 1992.

Stephanie, Leland: *Reclaiming the Earth: Women Speak Out for Life on Earth*, London, Women's Press, 1982.

Stoff, Michael B: *Oil, War, and American Security*, Yale University Press, 1980.

INDEX

A

B

C

D

E

F

Index

Index

M

N

O

P